靳国君 著

增订版

陆游

铁马冰河入梦来

北方文艺出版社

哈尔滨

图书在版编目(CIP)数据

陆游:铁马冰河入梦来 / 靳国君著 . -- 哈尔滨:
北方文艺出版社, 2025. 6. -- ISBN 978-7-5317-6600-1

Ⅰ . I25

中国国家版本馆 CIP 数据核字第 2025EQ1017 号

陆游:铁马冰河入梦来

LUYOU TIEMA BINGHE RUMENGLAI

作 者 / 靳国君

责任编辑 / 丛慧颖　　　　　　　　　封面设计 / 博鑫设计

出版发行 / 北方文艺出版社　　　　　邮 编 / 150008

发行电话 / (0451) 86825533　　　　经 销 / 新华书店

地 址 / 哈尔滨市南岗区宣庆小区 1 号楼　网 址 / www.bfwy.com

印 刷 / 哈尔滨久利印刷有限公司　　　开 本 / 710mm×1000mm 1/16

字 数 / 300 千　　　　　　　　　　　印 张 / 30.5

版 次 / 2025 年 6 月第 1 版　　　　　印 次 / 2025 年 6 月第 1 次印刷

书 号 / ISBN 978-7-5317-6600-1　　　定 价 / 68.00 元

纪念陆游诞辰九百周年

（1125年—2025年）

千年风云史，
万首动地诗。
山河家国情，
悠悠无尽时。

靳国君

陆游（1125年—1210年）

序

傅道彬

靳国君先生一直有着浓厚的学术兴趣，倾心于知识的追求，让精神时时沐浴在古典文学与艺术的朗照里。退休以后，他不是优哉游哉地徜徉山水，或者天地玄黄地谈论养生，而是了却繁华，甘于平淡，躲进书斋，沉潜学术，夜寐夙兴，著述不辍。前些时刚参加了他的京剧摄影艺术展览，这几天又收到了他关于陆游文学研究的煌煌大作——《陆游——铁马冰河入梦来》。他的《陆游——铁马冰河入梦来》是用心、用力、用情的热血宏文，是兼史、兼传、兼评的诗意长篇。

陆游是以近于"完人"的形象出现在中国文学史上的。"剑南诗万篇，半洒神州泪"，作为一个伟大的爱国者，他像屈原一样，在南宋风雨飘摇的政治环境里，一生都在为恢复中原、统一中国而歌唱。爱国主义成为他诗歌的主旋律，诗人至死都在梦想着"王师北定中原日，家祭无忘告乃翁"。钱钟书先生在《宋诗选注》里说："爱国情绪饱和在陆游的整个生命里，洋溢在他的全部作品里；他看到一幅画，碰见几朵鲜花，听了一声雁唳，喝几杯酒，写几行草书，都会惹起报国仇、雪国耻的心事，血液沸腾起来，而且这股热潮冲出了他的白天清醒生活的边界，还泛滥到他的梦境里去。这也是在旁人的诗集里找不到的。"

作为诗人，陆游被称为是"南渡诗家之冠"。清代文艺理论家沈德潜说："放翁七言律，队仗工整，使事熨帖，当时无与比埒。"清代诗人、戏剧家舒位干脆把陆游推举为杜甫、李商隐之后七律发展史上的第三座高峰。陆游诗歌以奔涌豪放的激情，洗去形式主义的铅痕粉渍，充满了阳刚健朗的审美风格。对此梁启超在《读陆放翁集》中充满激情地写道："诗界千年靡靡风，兵魂销尽国魂空。集中十九从军乐，亘古男儿一放翁。"作为名臣，陆游不论就任何处，都能为官一任，造福一方，心中常常牵系着百姓温饱，关注百姓生活，他像杜甫一样，为百姓离乱动荡的生活扼腕悲歌，掩泪太息。作为世俗生活中的普通人，他也有儿女情长、世俗悲欢。一曲《钗头凤》，足以让天下有情人动容失色。而面对人生的起伏跌宕，他并非一味地悲愤激昂，也常常静下心来，描绘着乡野的"衣冠简朴古风存"，倾听着市井的"明朝深巷卖杏花"。他像陶渊明一样，在平凡的生活中，"咀嚼出日常生活的深永的滋味，熨帖出当前景物的曲折的情状"。诗不仅是宏大的历史叙事，还是细致入微的生活体味，"歌声即生存"，真正的诗是寓于日常生活的。陆游的诗像屈原、像杜甫，也像陶渊明，而又不全然是他们，他是融会贯通，守正出新，自成格局，别开生面。

"心向往之"构成了靳国君先生这部《陆游——铁马冰河入梦来》书写的内驱动力和行动纲领。全书用诸如"八年离乱""国破之恨""乡居岁月""万里入蜀""烽火前线""高龄入朝""千古绝唱"等短语连接，宛如国画中简明有力的线条，勾勒出陆游一生的生命和艺术历程。

应该说，"陆游"并不是特别好把握的选题，但有了靳国君先生深刻的理性观察和他富有表现力的生花妙笔，一切都变得疏朗清晰、摇曳多姿。

为了最大可能地还原陆游生平的本来，靳国君先生认真梳理文献，出入浩繁的典籍，端详比对，索隐钩沉，不辞考据，多有发明。例如他认为尽管陆游少有诗名，但绝不是简单的天赋异禀，而是积学储宝，渊源有自：一是他有青云之志，年幼时即奋力功课；二是家学深厚，长期浸染，确是寻常人家难以比拟的；三是有山阴（绍兴）乡风的文化哺育沾溉——这里是勾践"十年生聚，十年教训"的雪耻之乡，是子贡借孔子语感叹"郁郁乎文哉"的崇礼之地，是王充辞官大力兴学的课徒之所。再如，靳国君先生写到南宋的偏安政治、文人群体，从不随便落墨，而先要做到于史有据。这种表达带来的必然是真切的现场感、带入感，如此，久远的历史一时近在咫尺，触手可及。

"何方可化身千亿，一树梅花一放翁。"陆游是"梅痴"，有梅花情结，他的咏梅诗逾百首，每到一处他必去访梅，访梅如访故人。作者用了很大篇幅来写陆游与梅："几个孙儿曾问他何以看重梅花？陆游说，在其气节、操守、风骨、格调。他说，梅花高标独举，先天下而春，玉洁冰清，霜雪节操，素质贞心。""生民得梅花装点家园，又得梅花之利，其根、花皆入药，所治之病多矣。"陆游告诉孙儿其太爷陆佃尝赋《梅花》诗云："与春不入都因淡，教雪难如只为香。"上句是说不随俗，自淡然；下句是说不争艳，独有香。是自况，亦是为人之格，家风存焉。书中叙的是陆游对梅的信仰。靳国君先生确信，陆游已在艺术上化身为梅，在陆游那里梅格、诗格和人格相映成趣、和谐统一。

从一一二五年出生到一二一〇年去世，陆游活了八十六岁，这在中国古代诗人中绝对是属于长寿的。而让他生命真正延长的是他的文学创作和艺术影响，"六十年间万首诗"，这样的创作很难用"勤奋"二字概括的。可能大家忽略了陆游是用诗歌记录生活的这一特殊性，他的生命是与诗与文学生长在一起的，对陆游来说，诗不是创作，而是生命，是从生命深处流淌出来的。一个人用诗歌为自己的一生作传，颇令人感动和敬仰。通览全书，靳国君先生的立场自始至终都是推崇压倒挑剔，几乎找不到他对陆诗的微词。康德以"头顶之星空，心中之道德准则"为其人生格言，对靳国君先生而言，陆游是他头顶上苍茫夜空中熠熠生辉的文学启明星，也是人生道路上引领前行的道德楷模。

　　我们可以看下靳国君先生如何在细微处演绎诗人日常生活的仁爱与情趣：

　　　　那天，他看到在池塘侧，有小鱼被细柳条穿颊，将被入锅烹调。他对渔翁说道："几十钱卖我？"原来渔翁认得他，说道："我识陆公，权做小礼奉送。"陆游笑曰："我收下你的情意，你收下我的钱。"渔翁笑应道："只收三十钱。"陆游拿出五十钱，拉过渔翁的手，放在他手心，说道："我们今后为友，不可客气。"渔翁连声道谢，背篓远去。陆游买下小鱼，欣然放生，鱼儿摇尾游走。

靳国君先生深深理解陆游，一个诗人可以有"金刚怒目式的慷慨壮烈"，也可以有"菩萨低眉般的浅吟低唱"。一个细节描写却透露出一个艺术规律，伟大的诗人无不具有悲天悯人的襟怀和仁爱精神，对生命的尊重是文学与艺术的基本旋律。

《陆游——铁马冰河入梦来》一书用心良苦，靳国君先生披阅数载，增删多次，笔蘸深情。他用诗笔、史笔、论笔，引领人们走进陆游一段又一段的人生传奇，他写出了陆游的人生追求、艺术大境界。他为陆游立传，在陆游的诗文欣赏里，寄托着自己的艺术情怀和理想初心。因此，我愿为这部不平凡的著作献上我的祝贺。是为序。

二〇一七年八月

自序

创作历史人物传记文学，无捷径，"三更灯火五更鸡"。笔者创作《陆游——铁马冰河入梦来》初版，用去十年时光。

二〇一九年一月，北方文艺出版社出版后，先后加印两次。《北方文学》《新青年》相继连载。在全国文艺出版系统的图书评比中，获评优秀图书。二〇二二年四月，在国内领先的音频分享平台喜马拉雅，分四十二集开始播讲全书，多家网站推出电子图书。八月十二日，奋斗书院举办研讨会，多位学者、读者发表评论，并在"奋斗者"公众号上发布。十月二十八日，中共中央宣传部"学习强国"学习平台、《光明日报》均发表了刘金祥同志的评论《亘古放翁的隔世知音——评〈陆游——铁马冰河入梦来〉》。二〇二三年十一月二十二日，中共中央宣传部"学习强国"学习平台刊发了温国兴的评论《重读〈陆游——

铁马冰河入梦来〉》。

自我审视初版，尚有不尽意处，大家的关护与勉励，是持续叠加的驱动力，令我自励。再度动笔，笔墨自然仍集中于陆游，兼及屈原、杜甫、欧阳修、王安石、苏轼，岳飞、辛弃疾等，描绘陆游心驰百代、神交先贤的情境。他们胸罗天地，思接古今，文采飞扬，是构成陆游思想与文化性格的历史诱因和时代条件中的人文因素，是历史的纵深。他们的人品、诗品、文品、官品，融于一身，化入中华民族的浩然正气与文脉。

写陆游，早有所思，及至二〇一〇年初秋，读史，再读陆游，有许多新感受。从此，随时查阅历史文献，随时研读陆游诗词及其著作，挖掘史料，始有构思酝酿或片段写作。

或问："为什么写陆游？"原因无他，我被陆游的诗词、家国情怀、高风亮节深深吸引。我深感，我们的血脉与陆游相通，生命相连，灵魂相依。他一生以身许国，反对分裂、力主统一，关注民生，讲仁爱、崇正义、尚和合，关爱自然，痴于诗文，这理性思想的光芒，化为经典形象的文学语言，通古达今，闪耀在他的诗词中，这是民族的基因和血脉，体现了中华优秀传统文化的智慧、力量和永葆青春的旺盛生命力。我们理应追随，吸取精华，交砥互励，结合实际，植根铸魂。

在写作中，敬守历史，遵循史实，大事有据，细节有根，落笔有理。用文学化的叙事状物，增强故事性、知识性、欣赏性。语言文白相融，默化韵律与诗情，力求自成一格，营造语境的历史感、现场感，读来上口。为行文易读，避用生僻字词。

二〇一六年九月初，在中国作家协会雾灵山庄创作基地，改出了第三稿。归家后，又全力投入创作，除夕之夜亦不能辍笔。这全赖文字架起神交的灵犀之桥。刘勰在《文心雕龙》中说"诗人感物，联类无穷"，"精骛八极，心游万仞"；陆机在《文赋》中说："观古今于须臾，抚四海于一瞬。"我在写作这部作品的岁月里，更深切地体验了这文学创作的心路历程，而要将思想与精神在历史的长空驰骋，化为电脑上流动的文字，却需情动于中，构建审美的语境，推敲琢磨，"为求一字稳，耐得半宵寒"。所幸，我不负岁月，岁月亦不负我，继初版问世后，终于又完成这部新书稿。几位知情人说，是心血之作，这是慰藉与推崇。

陆游难写。二十四史《宋史》中的《陆游传》，只有一千余字。这样写陆游，自出机杼，确乎是尝试。

文无定式，水无常形，且按自己的立意和构

思来写，写出"这一个"陆游，该是本真形象。

陆游的生平事迹，多依二十四史《宋史》等历史文献，深研他《剑南诗稿》中的万首诗词（共八十五卷）《老学庵笔记》《入蜀记》《家世旧闻》《渭南文集》等。文中所涉及的历史人物，均以正史为依据，如宋徽宗、高宗、孝宗等，李纲、宗泽、赵鼎、李光、胡铨，岳飞、虞允文、张浚、吴璘、朱熹、曾几、周必大、杨万里、范成大、辛弃疾、尤袤、李清照等诸人，乃至于秦桧、汤思退等 。

笔者尝试在这部作品中，不做泛言，按实而书，不以个人的臆想与推测替换史实。用诗意的叙事和表达，对历史进行活化的描写，全面展现南宋历史面貌及其败亡的原因，探寻陆游起伏跌宕的一生，刻画陆游的人格特征，描绘其在历史大事件和社会生活中的独特风采，塑造陆游真实的历史文学形象，写出他的真性情，丰富的精神世界，万首诗词的诗情画意。

对于长期以来被忽略的他的历史发展观和民族观，用时代的眼光聚焦，给予应有的评价。他在《斯道》等诗中说道："乾坤均一气，夷狄亦吾人""胡越本一家"，"清时更何事，处处是尧民"。在陆游心中，中华各民族本是一家人，都是炎黄子孙，要平等和睦相处，他反对的是金统治者生乱、分裂、割据，江山一统，南北自是兄弟，国运绵长。在八百多年前，陆游的内心之思，该是多么难得，尤值珍视！

在写作中，笔者着意在情节变化中，渐次全景式展现南宋社会，重现庙堂滔滔宏论，亦有渔樵野老漫话短长；再现抗战的宏大场面，间呈山河之美；勾勒经济发展概貌，关注城乡的不同走向；叙及先贤们的精神境界与性格，撷拾民风民俗和市井风习，再现场景，烘托人物。语言但求内敛、含蓄，不刻意渲染，以免冲淡历史生活的真实感。有言"一部《陆游传》，半部南宋史"。愧有不及，退而求其次，或许略有脉络可寻。我想多角度审视南宋，是体验和深入认识陆游的前提，亦是体认中华优秀传统文化的一个重要历史阶段。

清代文学家、评论家李渔就文章的修改，有精辟之论："隔日一删，愈月一改，始能淘沙得金，无瑕瑜互见之失矣。"我体验，李渔所言，揭示了创作的规律。心在书上，文在脑中，日夜相随，总有所思，或删或改，或增补或细化，随时而行，是为达意、传神、尚情，乐在其中。

本次动笔，用去五年时光，主要用于渐进的思考、笔墨的深耕，多数章节若如重新写过。痴迷于此，似是探古远行，无日无夜追踪陆游，蹚过时间的长河，走进八百多年前，重温，思考，构思，写作，不敢虚掷时光。俯仰一室，阳光，月色，春雨，冬雪，似同读者对坐相语。陆游使我们相知相近，千里万里，天涯海角，云水不隔。倘若有更多读者一览，则笔者如愿以偿，欣慰之至。如若中意，期盼推荐传播。"嘤其鸣矣，求其友声"。

笔者当年的初稿，邀请傅道彬先生（中国文艺评论家协会副主席，黑龙江省文联原主席、首都师范大学特聘教授、博士生导师，哈尔滨师范大学原副校长）审阅，他给予首肯，在百忙中为之作序。他立足于历史的高度、文学的审美，对陆游，对本书，条分缕析，做了全视角的评述。他学养深厚，精通中国古代史、古典文学、文艺理论、美学等学科，治学严谨，著述甚丰。二十多年前，东北林业大学出版社组织编写国家重点图书《人与自然》（三卷本），笔者在工作中，得以拜读傅道彬先生写出的十二万字专章文稿《歌者的乐园——中国文化的自然主义精神》，内容丰富，文笔精湛，汪洋恣肆，我被深深吸引，手难释卷，心向往之。得傅道彬先生之序，嘉惠学林，是笔者所愿，读者之缘。新版收入，仍置于卷首。

这部新版，选入九篇评论，附录于后，可作

交流。

二〇二五年恰逢陆游诞辰九百周年，近前奉上此书，亦是表达对陆游崇高的敬意和无尽的缅怀。

笔者学识疏旷，思迟笔拙，尚赖广大读者、学者不吝赐教。若有质疑、订误，敬请指正，率意直言，切磋琢磨，补我阙失，是为良师益友。

感谢您和读者诸君阅读此书。

感谢支持笔者写作和传播的各部门、诸媒体，编辑、记者、有关同志与友人。

二〇二四年七月

写于敬文斋

目 录

附录

壹

八年离乱

一一二五年，十一月，淮河上游，草木摇落，白露为霜，已是深秋时节。

生于暴风雨

十一日晨，陆宰步出船舱，放目四野，天高云淡，远山起伏，几行大雁南飞，水畔人家错落，炊烟袅袅。

夫人方才对他说，昨夜精神恍惚，忽闻叩门声，她循声问道何人？来者曰"秦少游"。陆夫人唐氏，乃江陵名门望族之女，北宋三朝善治名臣唐介之孙，自幼熟读诗文，作诗填词，高格巧思，才名称誉江南。她熟知秦少游，便开门相迎。只见秦少游高大勇武，长髯飘飘，全无词中婉约之气。

他身边有一男童，肩挑书箱，身背长剑，神采不凡。不待唐氏开言，秦少游说声"孺子可教"，便飘然而去。男童放下肩挑，跪地向唐氏稽首三拜，过门而入……唐氏正欲问其名，却听几声雁叫长天，睁眼欲望，却是一梦。船窗外，月光如水，波纹粼粼，山影朦胧。

陆宰听过，微微一笑，曰："昼有所思，夜有所梦，心境使然。"

又说道："前辈秦少游，诗名长在。"

河水波浪翻覆，溅起层层浪花，浮光跃金，水汽清凉扑面。远近几群水鸭翩翔，掠水捕食。

晨风轻拂，撩动陆宰的长衫。他想，夫人已近产期，但愿挨过船上这几天。

十二日，天气阴晦，乌云飘在远方山顶，缓缓移动。到黄昏，点点滴滴下起小雨。顷刻，天气竟骤变，惊风走雷，石号木鸣，一道道闪电明灭，一声声闷雷轰隆隆而来，山奔水立，狂风呼叫，暴雨倾盆，天昏地暗，船赶紧泊岸。浪卷暴雨，惊涛拍岸，激起浪头穿空，翻卷飞落，前浪未灭，后浪骤至，势如排山。船身颠簸摇晃，人皆心颤。此时，夫人出现临产征兆。至十三日（宋徽宗宣和七年十月十七日）拂晓，风雨渐弱，船内传出了婴儿的哭叫声。陆游诞生了。

仆妇向陆宰报喜，说这小官人一双大眼睛，有灵气，要起个好名字才是。陆宰点头说道："当然，当然。"

他想到昨日夫人夜梦诗人秦少游，少游是其字，取其游字；秦观是其名，取其观字，便对夫人说道："此子名游，子曰：'父母在，不远游，游必有方'；字为务观。既游，则务必观之、察之、思之，观于外，观于己。如何？"

夫人说道："善。儿名游，水字旁，是三儿，水上生。水者，地之血脉，兄弟可与天地同生也。"

陆宰指画，说道："名者，皆有寄托，实则称谓而已。解字论名，卜者百卜百解，无可取哉！夫人意，是望子为民为国，善！"

大儿陆淞，十六岁，翩翩少年，正和弟弟陆濬在甲板上远观近望。想看小弟，三天后方可。

陆游诞生三天，遵风俗，要"洗三"，亦称"洗儿"；要典礼，俗说是祛不祥，又免生疮疥。

陆宰说："不在乡，典礼如之何？简也。"

夫人对女仆说道："桃根、李根、梅根，在那个玲珑盒内。"女仆拿出，放入浴盆。烧开水后，浸泡一刻，待水温适，去渣滓，为陆游洗浴。初始任由女仆，继而忽地来个鲤鱼打挺，水花四溅。

女仆笑道："这孩子要鲤鱼跳龙门！三天的孩子哪有这个劲儿！"夫人轻声缓缓道："力健也。"

船头船夫，闻而合掌轻拍，乐而赞曰："超凡！"

陆宰自是欢喜，自谦道："婴儿出生，各个不同。"

几天后，船起锚，驶向汴京（今河南省开封市）。

时见北船南来，挈妇携子，路上亦见，背井离乡，风雨苦行，不绝于途，言道逃生要紧，不填沟壑。陆宰思虑，金人鞍马为家，射猎为俗，战端既起，息战无时。人言"贵高，有危殆之惧；卑贱，有沟壑之忧"，今逢战乱，确如人言，黎民百姓流离失所，命悬一线。

船内不时掠过山影，夫人轻声慢吟道："但倚楼极目，时见栖鸦。无奈归心，暗随流水到天涯。"陆宰听到夫人吟诵秦观《望海潮》中凄婉之句，说道："流水落花春去也，天上人间。世道大变，非可左右，随遇而安吧。"

乱离人不如太平犬

这是动荡的年代。事由辽地引发。

辽地原是契丹族部落建立在辽东一带的地方割据政权，它对北方女真族各部落，进行残酷的压迫和掠夺，激起女真族反抗。一一一五年，完颜部落酋长阿骨打，率女真族各部落在反抗中称帝，也建立了地方割据政权，自号为金，是奴隶制社会。

一一二〇年秋，宋徽宗不顾多人反对，失却战略远虑，与金订立盟约，南北夹击破辽。自古，签约信誓旦旦，违约时而有之。一一二五年初，联合灭辽后，金主借故背信，撕毁盟约，分裂山河，宰割天下，以战聚财，冬季兴兵攻宋。

惊雷骤起，震动朝野。徽宗无备，惧于战事，传位于太子赵桓，是为钦宗。

原来，阿骨打早有谋宋之心，他派奸细，假冒商人及各色人等，入宋，混于人中，或常住，或流动，交往各方，收买人员，窃取情报，画出沿途村庄、山林和汴京全城的细图，对宋的军事部署、攻守力量、朝野动态了如指掌。宋歌舞升平，失之警惕，疏于防备，竟全然不觉。

战云翻腾，人心动荡。陆宰刚被免去淮南计度转运副使之职，他携家眷，奉旨北上进京。此行福兮？祸兮？陆宰忐忑，他把家眷安置在荥阳暂住，独自到京。朝廷念其耿忠、廉能，任他为京西路（路，近似今之省）转运副使，管理一路财政，执掌粮饷的转运和供应，监察各州官吏，兼理边防、治安、钱粮、巡查等事。在战时，这个职务尤为重要，亦是前线命运之所系的后勤保障。

次年，一一二六年（靖康元年）初，金兵挥鞭，强渡黄河，驰骋南下，战火逼近京城，朝中一片惊恐。只因皇帝以"主和"为名，行称臣纳贡、屈辱投降之实，朝中部分文臣武将，趋承圣意，放弃战机，力主"求和"。从此，抗战与投降之争不息。陆宰主张抗战，又参掌京西路后勤保障大权，终被"主和"派御史徐秉哲罗织罪名，弹劾罢官，他不得不举家离荥阳，南奔祖居之地寿春。

时令正是深冬，草木萧条，大雪纷飞，山野水畔披雪迎风。离开汴京，渐行渐远，陆宰回望，雪雾迷茫，汴京亦不可见，他对夫人说道："不知何日再来汴京。"

夫人眼望陆宰，说道："再来有日。"

陆宰长叹一声，微眯双目，摇头说道："无限江山，别时容易见时难。流水落花春去也，天上人间……怕是不可再来了……"

京城远别，悲不自胜。陆宰语多怅惘，夫人说道："无限江山，别时容易见时难……这李煜词，有亡国之音……"一路上，风凛凛，雪纷纷，一家人在严寒中瑟缩，唐氏整天把两岁的陆游抱在怀里，以暖其身。

冬，闰十一月，金兵乘宋弃战求和，攻破汴京，烧杀掳抢。次年（靖康二年）初，先强逼钦宗到金营"谈判"，向其索金、索银、索布帛，征女性，后逼上降表，割让河北、河东，先后掠走宫中的金银、玉器、宝物、州府县地图，国库的全部存储洗劫一空。

昏聩无能的徽、钦二帝和皇族宗室、大臣、嫔妃、内侍四百五十余人，沦为阶下囚，还有"六州氏族富强工技之民"，其中皇室、宗室、贵戚女性一万余人，歌姬、舞伎和从民间抢走年轻女性共两万余人。徽宗的三十名子女、皇后、皇妃亦在其中，惨遭蹂躏。前后共十万余人被掳往金地。

汴梁城内外，烟火张天，几日不灭。消息传来，陆宰哀痛不已，心绪惨然。这汴京，有皇城、内城、外城，是三重城池，人口百余万，物阜民丰，繁华壮丽。从皇城中心到内城，高官豪宅，鳞次栉比；从内城到外城，有各业大作坊，百工竞技。早市、晚市、夜市，商贩骈集，交易兴隆，如去闹处，通宵不绝；从歌楼酒馆到勾栏瓦舍，有南戏、杂戏、曲艺、杂技、杂耍、木偶戏、影戏上演，评话鼓词，讲史说经，歌舞升平。城内外应有尽有，是万国中第一大都市，冠绝一时。

东洋、西蕃城市，大者不过十多万人口而已。看张择端画作《清明上河图》，可见汴河风物。好一幅《清明上河图》，尽画圣都繁华。唐代宵禁，无夜市，宋开其端。而今，可怜一炬，化为焦土，沦为废都！

陆宰不胜悲痛："靖康二年，国耻耳！靖康耻！"

中原人纷纷逃亡，豪门大户、黎民百姓、伤残士卒，各色人等杂沓，或被追杀，或饿死道旁。陆宰全家颠沛流离，终于到寿春住下。

寿春，乃古城，历史悠久，四次为都，十次为郡，山水佳胜，沃野千里。不料金兵复来，战火迅逼近，全家祭拜祖墓，黯然神伤，又投身逃难人流。陆宰意欲在寿春终老，而今已无可能。念及故土鱼稻之美，虑及汉代淮南王之庙，可能毁于一旦，忧心忡忡。站在一棵老柳树下，几只麻雀飞起，他手牵柳枝，回望寿春，又及历代古墓，百感交集。身在难民中，人命危浅，不知归路。目睹惨状，陆宰自叹："乱离人不如太平犬！"

避难东阳山中

过淮河，渡长江。一路上，风餐露宿，饥寒交迫。有时，他们躲进芦苇荡，金兵的人喊马嘶之声鼎沸。躲躲藏藏，走走停停，陆游在母亲的怀抱中，终于辗转逃回山阴（今浙江省绍兴市）农村旧宅。

走过石板路，进旧宅，物是人非，陆宰长长吁了一口气，半是哀叹半是庆幸，说道："千里万里，山河变色，乱中逃归，幸甚！幸甚！"夫人眼含泪花说道："指望太平，安居老宅。"

国难民受苦，战乱盗贼生。时局不如人意，社会动荡，陆宰谋划避之远行，对夫人说："小乱居城，中乱居乡，大乱居山。"夫人愁容满面，神色茫然，久不语，嗫嚅道："且作浮萍，托之于命运。"

友人说，东阳山中，义军首领陈彦声一身侠气，文武兼备，义可依，勇可恃。陆宰曰："东阳人自古刚勇，尚武，互助，可往之。"

东阳何来义军？原来自金兵攻占中原，宋朝军民同仇敌忾，沦陷区和江浙、川陕地区人民揭竿而起，风起云涌，组成抗战义军。史载，几支义军，最多时总数竟有二百万之众。沦陷区抗金义军，怀土顾恋，时有攻城略地之举。河北义军云集太行山，曾一举收复石州等十一郡，威震金营。前线义军则与官军相呼应，配合作战。或以死坚守，各自为战，攻击敌后。金主的不义之战，总是遭遇顽强阻击，两方攻守，高低起伏，进退相间，时有反复。只因高宗为保皇位与秦桧联手，排斥打击抗战派，几次放弃直捣黄龙之机，拱手让敌，毁成功于一旦。抗战将领和义军不甘裂地而治，枕戈待旦，伺机而动。淮水以南，一些山区也出现了一股又一股义军，陈彦声义军就是其中一支。

友人受托去东阳，陈彦声闻之，惊喜异常，说道："早闻陆宰之名，心慕之，久怀敬意，陆公来东阳，是我意外之幸。"经过一番准备，约定日期，陈彦声带十几人，越百里来迎。

青山四合，境僻势险。陆宰到山上，仿佛走进清凉世界，林树掩映，青翠悦目，草木清香，不时有鸟飞鸣。他见义军秩序井然，纪律严明，建寨修堡，在山中坡地种粮种菜，秣马厉兵，严阵以待，陆宰言道："真是豪杰士，可托生死者也。"他住处用物齐备，壁有挂画，案有插花，室有香薰，宾至如归。

当晚，月亮地上，有三五儿童唱歌谣："天上星，少稀稀，莫笑穷人穿破衣，十个指头分长短，荷花出水有高低。"陆游伏窗眺望，新奇，高兴，朗朗复述，陆宰笑吟吟。

山上义军，本是乡兵，有农民、渔夫、脚夫、船工、作坊工人等，陈彦声受州府之命统之。陈本一布衣，却怀社稷，忧黎民，有文韬武略。一次，听闻有散兵游勇数百人，啸聚林莽。陈彦声驰一马，独一人，百里走单骑，自往招之。散兵嚣叫，刀枪交错。陈彦声叙说国难，晓以利害，平息杂言，众感泣，愿效死，随陈归山。陆续又有破产商贩、火药师和木雕、砖雕、竹编等各行能工巧匠，以及北方逃来之民上山，兵强马壮，东阳一带皆安。

有一画师，年四十余，被金兵掳往北方。途中，金兵掳一美女，剥其衣裤，令其作画，画师不从，金兵刀指其颈，吼曰："不画，则死！"画师怒对："辱我同胞，汝岂无姊妹耶？"金兵剁其一指。后趁雪夜逃归，辗转来山上，陆游敬其如师。

"泥人李"，两年前携家眷逃来。他祖传泥塑，人物造型，名闻天下，小者一寸二寸，大者尺余，人物姿态万千，惟妙惟肖，虽京师名工效之，莫能及。在山上，他带两个大儿和义军士兵烧窑制砖，妻子和邻里家眷编竹器，七八岁的幼儿和其他孩子，终日结伙在山上玩耍，吹叫叫儿、放风筝、踢毽子、斗草、赶麻雀、捉萤火虫、攀榆树、吃榆钱、戴戏剧面具，追逐嬉戏。

陆游从父读书，陈彦声和几家人也送孩子来学，陆宰善待之，依次教读四书《论语》《大学》《中庸》《孟子》，亦为山中稚童教读韵语村书《百家姓》《三字经》《千字文》。陆游乐而好学，每背诵，流利无窒碍，时帮小伙伴纠错。

人们喜欢陆游，遇他辄有趣谈。

一次，几人问他："可会猜谜？"

陆游扬脖笑说："可一试。"

画师说道："天下第一家，人人喜欢他，人前他最小，春来开白花。你猜猜看。"

陆游问道："猜什么？"

画师说道："猜四个字。"

陆游含笑而思，手抚佩戴的持莲童子玉佩，片刻，答道："赵、钱、孙、李。"

这几人畅然而笑，"对也！""小子聪明！"塞给他一把青枣，轻轻拍其头而去。

每日课毕，陆游同陈彦声小儿陈愔、陈恪，及几个孩子常去看义军练剑。见此，陈彦声命人为陆游等每人特制一把轻剑，陆游如获至宝。他天天课余和陈惜、陈恪等去学剑，睡前置于床头。一晃两年过去，人们见陆游小小年纪，练剑不辍，舞剑虎虎生威，银光闪闪。问他道："练剑何为？"陆游举剑答道："剑指中原，还我河山！"问话人高兴地说："好也，孺子可为文臣武将矣。"

两年余，家乡趋于稳定。一一三三年夏，陆宰和陈彦声商量回山阴。

陈彦声殷切挽留，对陆宰说道："陆公，我师也。所学甚多，没齿不忘。我心望公长住，是我生之幸。"陆宰细说故土难离，久必还乡，他写诗留赠："前身疑是此山僧，猿鹤相逢亦有情。珍重山头风与月，百年常记东阳名。"

陈彦声和陆宰别情依依，陈彦声小儿陈惜等和陆游也难分难舍。桂花树下，陈惜执陆游手，热泪盈眶，说道："陆哥，长大我要找你去。"陆游紧握其手曰："我亦求之。"

画师送陆宰一幅中原山水，"泥人李"送陆游两个泥塑，寸人豆马，手执长剑，英姿飒爽，陆游谢过，收为家藏。

陆宰离山之日，陈彦声带一众人等，出境饯别，泣下沾襟。

小伙伴陈惜，执其手不放。陈彦声手抚陆游头顶，说道："国有难，英雄出，孺子可待也。"陈惜不忍别，泪落襟前。陈彦声派几位侍卫，一直送陆游全家重归山阴居所。

过往离乱岁月，深深铭刻在陆游幼小的心灵中。至晚年，犹记"儿时万死避胡兵"的危难日子。他写的《三山杜门作歌》，曾忆及逃难之险，全家奔窜，夜逃不待鸡鸣：

> 我生学步逢丧乱，家在中原厌奔窜。
> 淮边夜闻贼马嘶，逃去不待鸡号旦。

国破之恨

中原大好河山沦陷，大宋朝廷风雨飘摇。

一一二七年，徽宗与钦宗被掳走后，第九子康王赵构在应天府南京（今河南省商丘市），五月初一即皇位，年二十一岁，是为高宗。其体健，好骑射，喜读书，擅书法。

即位初，内相李纲，外任宗泽，本有可为，他却只见时危势逼，恬堕猥懦，求自安，以"巡幸东南"为名，远离前线，去扬州。宗泽坚守汴京，昼夜筹划，兵马皆足。一一二八年初春，金兵退守。宗泽力劝高宗返京，乘胜北伐，高宗反疑宗泽拥兵自重。宗泽忧愤不已，毒火攻心，背生痈，七月病逝。金兵闻之，卷土重来，不久汴京复又陷落。

十二月，金兵三路南攻西进，三年里连克数城。高宗仓皇奔逃。他带领宠臣，先是由杭州逃往扬州，再逃往杭州，继之逃往越州（今浙江省绍兴市），接着又逃往明州（今浙江省宁波市），再复逃温州，而后复逃越州，二逃杭州，又逃平江（今江苏省苏州市），三逃杭州，复逃平江。东逃西亡，心惊胆战。

一一三二年，金兵力连年消耗，宫廷内讧，北撤。高宗四返杭州。

山外青山楼外楼

逃到越州时，高宗仓皇中曾宣布在越州建都（行都）。

到底在何处建都，抗战派与投降派斗争激烈。抗战派主张建都关中或南阳，是为上策；中策则是建都建康（今江苏省南京市）。抗战派认为，退而求其次，即便建都建康，也可守可攻，时机成熟，可跨江北上，突出皖北，东京（今河南省开封）在掌控之中，继而北伐，收复失地。可是宋高宗与投降派四返杭州后，又定建都杭州，理由竟是：一则可不引起敌人的猜疑，对敌人亦无刺激；二则金人再南攻时，可从海上退走，因金人不善水战。原来建都杭州，竟是为了便于逃窜，此事贻笑千古，然而却是令人痛心疾首的史实。

从此，杭州改称临安，意有临时驻跸、平安之意，亦称行都、行在。宋高宗五年逃亡，殆忘卫国之责，全无兴国之心，与投降派沆瀣一气，苟且偷安。

这杭州，本是东南大都会，自古繁华。婉约派词人柳永在《望海潮》中极写其盛："烟柳画桥，风帘翠幕，参差十万人家"；又写其富："市列珠玑，户盈罗绮，竞豪奢"，再描绘其山水之美："重湖叠巘清嘉，有三秋桂子，十里荷花"；生活之雅，风情万种："乘醉听箫鼓，吟赏烟霞"。

惜乎，三秋桂子，十里荷花。四年前，金兀术带金兵攻进杭州，疯狂劫掠金银珠玑与美女，撤退前，放火烧城，大火焚烧三天三夜，烟柳画桥、风帘翠幕化为灰烬，十万人家流离失所。

高宗到后，诏谕临安府，赈济灾民，恢复城市。命工部尽揽江南名工巧匠，在凤凰山东南麓，赶工建造皇城。史载，有十九宫、三十殿、三十三堂，七楼、二十阁，六台、一观、九十亭。飞檐斗拱，金碧辉煌，宫墙耸立，方圆九里。皇宫北门外，修御街，十里青石路，纵贯杭州城。

那时，西湖浩渺无际。高宗为游西湖，建造龙舟巨舫，建造之精，无与伦比。高四丈余，长二百丈，四重殿堂，雕栏画栋，锦幕珠翠，豪华气概，叹为观止。高宗每游湖，动辄百艘船舫相随。他又命人在禁内修小西湖，造飞来峰，遍植奇花异草。朝中大臣上行下效，相继营造私家园林四十余处，水榭楼台兴作之风由此而盛。

奸相秦桧，重金请大师，论阴阳，看风水，在望仙桥畔，建格天阁相府，说是一等福地，稍逊皇宫。相府楼高六丈，居高临下，傲视豪宅，气焰不可一世。每入夜，隐隐有管弦丝竹之声，附近百姓侧目曰："咸阳（指秦桧）！"

宋代，风水之风盛行，所谓"风水大师"乘势而出，痞子、帮闲者之流巧舌如簧，以"大师"之名招摇过市，出入豪门大户，抓住主人心虚心理，论风水不利，则有家破人亡之虞；夸有利，可保子孙后代荣华富贵。

陆游成年后，有人问他秦相府风水如何。对此，陆游不以为然。

他说："存心不善，风水无益。风水，环境也。宅，无凶吉之分；人，有善恶之别。天作孽，犹可违；自作孽，不可活。所谓吉凶祸福，皆系本人所作为也。"

他又说道："蔡太师之父，死后葬于临平山。'大师'说以钱塘江为水，秦望山为案，确乎气象雄丽。然富贵既极，一旦丧败，几近灭族，至今不能振。'大师'不知何处去，只留谎言在人间。"

陆游又说道："有山水处，宜居；宅宽敞者，宜气，其余皆无关也。"

诗人林升，看不过官家穷奢极欲，写《题临安邸》一诗，直刺投降集团偏安一隅，不思恢复。他在诗中写道：

> 山外青山楼外楼，西湖歌舞几时休？
> 暖风熏得游人醉，直把杭州作汴州。

这首诗是国人的心声。是时，朝野有识之士、贩夫走卒、乡野老夫，纵然生活自不同，却都期盼收复失地，国泰民安。文人诗词的题材和内容，出现变化。

女诗人李清照，礼部侍郎（副职）李格非之女，夫赵明诚为吏部侍郎之子，门当户对。两人善诗词，精于史学与金石之学，收藏闻名国中。伉俪相得，赏金石，勘书疵，舒卷为趣，远离喧嚣。一一二七年，金兵南下，战乱所及，所藏十余屋书册皆为灰烬，十五车图册文物尽失。几代珍藏，毁于一旦，椎心泣血！

一一二九年，赵明诚赴湖州任太守，路上急行，冒暑感疾，病卒。李清照时四十六岁，投亲不遇，三年辗转流离十一县镇。劫后余生，居无定所，长途流亡，受尽欺凌。昨是高坐华堂贵妇人，今为流落城乡苦灾民！"征鸿过尽，万千心事难寄。"她亲历国破家亡的苦难，诗词内容大变，有危苦之词，忠愤激发，家国之思勃然。她慨叹国难当头："南来犹却吴江冷，北狩应知易水寒。"她期盼英雄抗战，重整山河："南渡衣冠思王导，北来消息少刘琨。"宋朝南渡，她思念东晋王导那样力撑危局的宰相；北来的消息，缺少刘琨那样能帅兵坚守城池的干将。孤身遭苦难，心仍在社稷，她的诗词创作走进了社会现实。

她在《乌江》（亦称《夏日绝句》）诗中，赞美项羽不肯忍辱求生的英雄本色，以春秋笔法暗讽高宗投降集团怯敌逃跑、苟且偷生。她写道："生当作人杰，死亦为鬼雄。至今思项羽，不肯过江东。"

陆宰读这些动人心魄的爱国作品，高声吟咏，听者共情，有客曰："诗人有忧国之思，黎民怀屈辱之恨，人心不死。"陆宰默言片刻，沉吟道："血泪寄河山，生于忧患；歌舞醉游人，死于安乐……"

说与人间不忍听

陆宰一家人回山阴老宅，陆宰称之为"云门草堂"。

未几，就地取材，另建了双清堂、千岩亭，旁有清泉环流，小桥人家。陆宰性俭约，不喜饮酒，常啜茶与弟子诸生长谈，至深夜，仅饮一杯绿豆粉、山药汤为食。

陆游耳濡目染，晚年犹记老父与长辈聚谈情景。

陆宰常论宋亡之因："宋初，百废俱兴，国库充盈，远超盛唐。徽宗在位，蔡京一伙投其所好，鼓吹神灵异说，诱使徽宗沉溺享乐。蔡京蛊惑徽宗，言天下太平，甚堪坐享，乃肆意挥霍，大兴土木，兴师动众，铸'九鼎'，修九殿，造'明堂'，建'延福宫''华阳宫'。凭借大运河漕运，以十船为'一纲'，尽选南方奇花、太湖异石，北运京城，美其名曰'花石纲'，建造皇家园林，名艮岳。全国大兴道观，滥占土地，广养僧尼。"

友人说徽宗在北国也不忘"玉京曾忆昔繁华，万里帝王家。琼林玉殿，朝喧弦管，暮列笙琶。"

陆宰皱眉，指地："彼时，东南骚动，民怨载道，徽宗不察。太学生邓肃进诗讽谏，遭放归田里。"

友人说道："事事历历在目，国人皆知，奈何？莫非天亡我宋？"

陆宰说道:"非也。徽宗,乐而忘忧,安而忘危,纵情于淫逸,沉迷于书画。蔡京、童贯投其所好,为己所用,致其沉溺声色犬马。两人仗势营私,贪得无厌,自加俸禄;卖官鬻爵,依职定价,徽宗继位七八年,官员数量竟增十多倍。蔡京、童贯之流,上下大肆搜刮民财,乱增赋税杂捐;蝗灾为害,不援郡县,民不聊生,方腊造反,势所难免。文治溃乱,武功废弛,军纪涣散,战不成军,金早已了如指掌,几经策划,大举南下。徽宗畏战,匆匆传位钦宗。凡此种种,绝非天意,而系人为。亡宋者,宋也!徽宗误国,亡国之君,罪莫大焉。"

陆宰说,靖康元年,闰十一月(一一二六年),历代未见之奇寒,北风猛烈,大雪纷飞。金军发动总攻,包围汴京开封,钦宗昏聩,无计可施,竟听信骗子郭京所谓神术"六甲法",由其招来七千多个"神兵",实则皆是市井无赖。郭说他施法,念咒语,可大破金军。结果他派出的"神兵"方出城,即被全歼。守城总指挥何栗暴怒,举刀命郭京出战。郭京说"莫开城门,且看我阵前施法"。他带身边"神兵"缒城而下,却不去攻敌,只见他带领众人逃之夭夭,抱头鼠窜了。

钦宗被逼上降表后,金兵撤回上京(今哈尔滨市阿城区),沿途劫掠烧杀,在阿骨打墓前,举行大规模献俘仪式,名曰"牵羊礼"。令被掳者,披羊皮,袒胸,绳牵,极尽虐待和侮辱,不堪言传。封宋徽宗赵佶为"昏德公",封宋钦宗赵桓为"重昏侯"。虽是侮辱之称,却是两个昏君的真实写照。当晚，钦宗皇后朱琏不堪凌辱，以死相抗，投井自尽，年方二十七岁，气节震动金营。

两年后，徽、钦二帝和皇室贵胄等，被押往北国绝塞苦寒之地"五国城"（今黑龙江省哈尔滨市依兰县），住地窨子，坐井观天。一干人众，饥不得食，病不得医，死者不计其数。

在千岩亭上，与友人谈论及此，莫不喟然长叹。

李光说，北国严冬奇寒，天绝飞鸟，地无走兽，人人野，必僵，飞雪过，无迹矣。徽宗初至北国，写诗云："彻夜西风撼破扉，萧条孤馆一灯微，家山回首三千里，目断天无南雁飞。"

众人听后说："凄凉之至！"

少年陆游出语不凡："断肠人写断肠诗！"

有客曰："其修暗道，私会名伎李师师，何曾料到有今日？"众人默然。

徽宗在北国九年，死，遗骸送还临安。众人哀徽钦二帝被掳之惨，怒其在位时不争，皆言此为生死存亡之鉴。

陆宰愤然，感慨："亭上多少前朝事，说与人间不忍听！"

陆游说道："志士仁人万行泪，孤臣孽子百年忧。"

他们眼望南山，痛说国耻。茶中寄情，情不能已。时有弹琴作歌，排遣心中块垒，歌曰高山流水，歌曰秋鸿明月。

陆游一生记得，每言及秦桧丧权辱国，先辈们或咬牙切齿，或怒目如炬，或伤悲流泣，预备饭食，无人食用，"未尝不相于流泣哀恸，虽设食，率不下咽。"当时士大夫言及国事，无不恸哭，人人思杀贼。陆游在侧，陆宰嘱："听众人言，铭记痛史。"

李光之死

李光，三朝元老，强项之士，官至吏部尚书、参知政事，职位相当于副丞相，南宋四大名臣之一。秦桧权倾朝野，李光无畏。在朝议政，面斥秦桧"盗弄国权，怀奸误国"，愤然去职。六十六岁返乡后，时时来访陆宰，终日剧谈，每言及秦氏，"愤切慷慨，形于色辞。"陆游已二十岁，心怀敬佩，此情此景，铭记终生。

一日晨，李光来共饭，陆游奉陪在侧。只听他对陆宰缓缓说道："我即将贬谪远行。"陆宰不解，轻声探问。李光说道："咸阳（秦桧）最忌恨者莫过赵鼎与我。今赵丞相已放边荒，我岂得免？他不除我，焉能独擅权柄？谪命下，我青鞋布袜行矣，不作儿女态！"出此言，他目光如炬，声如钟，陆游觉其"英伟刚毅之气，使人兴起。"

后十余日，果有行。陆宰问道："罪名为何？"李光默而不语。陆宰多年敬佩李光，遇其遭此厄运，寝食难安，陆游亦愤愤不平。

李光走时，陆宰送行到诸暨，归而言曰："泰发（李光字）谈笑慷慨，一如平日。"

陆游问道："何时归？"

陆宰蹙额，至痛至悲，说道："咸阳岂能饶他？去有日，归无日矣。"

陆游叹气："六十六岁老人……"

陆宰又对陆游等说道："丈夫遇难，当如是，天地正气，胸襟人格。"

李光受秦桧陷害，屡遭贬谪，先贬至广西藤州十年，后远徙海南琼州（今海南省海口市）。长子、次子亦同时被贬官，次子被贬至峡州（今湖北省宜昌市），长子与三子随李光同去琼州。那时称海南为"南荒"，是"荒蛮之地"，人烟稀少，生活条件极为艰苦，"非人所居"。三子年少，精神抑郁，思乡至甚，常掩襟暗泣："回故乡！"

后，长子与三子，相继病亡。三子病亡前两日，奄奄一息，仍嗫嚅道："回故乡……"李光俯身，视其面，抚其手，轻声诺诺，泪转双目。死后，哪得归故乡？一抔黄土埋荒坟。

李光一去八年，丧两子，身居茅草，粗食难继，刚毅不屈。时与贬放崖州的胡铨书函往返，论文考史，年逾八十，耳聪目明，笔力犹健。秦桧死后，冤狱昭雪，得荣归，重见天日。哪知耄耋老人，山一程，水一程，却死于归途，路上民众哭祭。

李光死后四十年，陆游已年过花甲，他读到李光海南苦厄中写回的家书，内心震动。李光嘱后人，勿忘收复中原，为官须舍己为民，廉洁奉公；为民须耕读自立，睦和乡里，助人莫图报。陆游握拳击几，向南而望，喟叹："叮咛训诫之语，皆足垂范百世！"陆游为其家书写跋语，短短一百四十一字，重忆当年，李光神态毕现，英伟刚毅，铮铮铁骨。跋语情深词切，人读无不动容。孝宗赐李光谥号庄简。

听父辈说起"靖康之耻"与"绍兴十年（一一四一年）和约"，陆游更是义愤填膺。

所谓"绍兴和约"，主要条文是：对金俯首称臣，割让六百三十二个县，每年奉贡银二十五万两，绢二十五万匹。这哪是什么"和约"，明明白白是霸权条约，是降约。南宋割让土地后，只剩下七百零三个县，真真是半壁江山。而金主，马上得天下，马上治之，生产力低下，经济落后，铁骑驰骋，攻宋掠之。

眼见高宗为保皇位，一再俯首屈膝；奸相秦桧为保富贵，甘做内奸；昏官庸吏为保官位俸禄，主张裂土而治。三者沆瀣一气，百姓身遭其害，为给金国纳贡，担负几倍的苛捐杂税，日益贫困。陆游忧国忧民，立下以身许国"上马击狂胡，下马草君书"的宏愿。报效国家，维护国家主权与领土统一完整，建功立业，逐渐化为他一生的理想追求。

秦桧其人

秦桧（一○九○——一一五五年），江宁（今江苏省南京市）人。其父曾为县令，家有田亩。上太学前，从学于汪伯彦，汪伯彦后来是南宋初期的宰相，有名的奸臣，专权自恣。秦桧心怀叵测，性狡诈，工于心计。在学时，常趋而过庭，密告同学，人称其"秦大脚"。然，其勤于学，擅于书，二十五岁考中状元。

跨海南下

金南犯初，抗战派为朝中主体，秦桧也曾慷慨陈词，附和潮流主张抗战。在宋钦宗初露"议和"主张时，秦桧察言观色，首鼠两端，以两面手法，明里主战，暗中主和，博得钦宗赏识，把他由礼部侍郎提擢为殿中侍御史。

抗战派被排挤出朝廷后，秦桧升为御史中丞。金破汴京，徽宗、钦总等人同被掳走。次年，秦桧被掳往金军大营，变节。他见有机可乘，便卖身求荣，给金军统帅粘罕写密信，出谋划策，建议保留宋王朝作傀儡，金国在幕后操纵，以利金国长远统治。粘罕看到秦桧是为金国谋划，大可利用。后经粘罕引荐，金太宗破例召见了秦桧这个俘虏，把秦桧赐给监军挞懒任用。兀术也曾设宴款待，侍女陪酒，收买其心。

后来，秦桧又为囚中的徽宗修改润色致金帝的信。徽宗此信，建议派人南下，劝说宋高宗称臣纳贡。在上交信件时，秦桧自荐，称愿当此任。金对南宋的最终目标是完全占领、全面统治，自然拒绝了这个建议，不过却看穿了秦桧其人，于是赏赐他大量金银财物，夸其对金一片忠心，尤称其文章"文采斐然"。

一一二九年，金分两路攻宋，东西夹击。东路挞懒视秦桧为左膀右臂，依其为军师，让其出谋划策，后又委以重任，提升其为随军转运使，调度粮草、兵器。秦桧死心塌地，甘当鹰犬。这年战事起伏，金兵打楚州（今江苏省淮安市）久攻不下。金统治者为了达到他们占领南宋的目的，决定纵之使归，以做内应，为金卧底，便令秦桧以逃离金国为名，潜回南宋。

一一三〇年，秦桧按金人谋划，十月带家人与奴仆，经陆路从海上入宋，诡称杀死看守，脱离囚地，夺船而归。朝中文臣武将皆大疑，他们接连向宋高宗启奏，说北国是金兵天下，秦桧一家人携奴仆几十人逃出，是不可能之事。自燕京到临安，逾河越海三千里，无金人助，焉能生还？也有近臣对高宗私下谏言，说道："秦桧阴险深阻，不可用。"唯有宰相范宗尹与同知枢密院李回两人，夙与秦桧交好，竟说他是"不顾兵戈之险、风霜之苦，千里迢迢归来，是一片忠心。"

宋高宗对金的国策是屈膝"求和"，秦桧归来正合其意。秦桧见到高宗后，又献上了他代南宋起草的"求和"书。

不几日，高宗上朝时说"秦桧朴忠过人，朕得之喜而不寐"，"又得一佳人"。他力压众议，任秦桧为礼部尚书，下诏夸奖，严禁非议，并赏赐秦桧金银。三个月后，又任其为副宰相。一年后，秦桧把保荐他的宰相范宗尹和李回等排挤出朝廷，人们说："归来可疑，官德卑劣，实非善类。"一一三二年，高宗因对金求和不成，认为秦桧不力，而大臣们又不断弹劾秦桧，高宗迫于压力，罢免了秦桧。

一一三四年，南宋求和使臣带回信息。挞懒提出，如若议和，必用秦桧。高宗即用，后又升其为宰相。从此，高宗放任秦桧把持朝政。佞者进，忠者退，朝中一批忠诚爱国之士见此情景，为避祸自保，有托言"议论不合"，辞职而去。

秦桧上任不久，为敛财、纳贡，密谕江浙监司暗增民税七八，此例一开，地方巧立名目，搜刮日重，有恃无恐。民生重困，饥死者众，为求生存，铤而走险，大小规模的农民起义此起彼伏。

朝野共愤

秦桧对内高压、对外投降的行径，为众多忠臣良将所不齿。

秦桧入朝不久，金使来，所提条件与秦桧平时的主张吻合，识者知秦桧与金人共谋，他们忧国家之难，恐无尽时。

丞相张浚曾推荐秦桧为副丞相，待到共事，方知秦桧为人卑劣，他向高宗请辞。高宗问道："谁可代卿？"张浚不语，高宗问："秦桧如何？"张浚如实以告。高宗说："然则用赵鼎。"张浚赞同，说道："赵鼎，我朝四大名臣之一。为国，忠心不二；为政，忠君爱民；率军皆能决胜，行文浑然天成，无人可及也。"高宗复用赵鼎为相。秦桧以惯用的挑拨离间手段，私下对赵鼎说道："圣上早想用公，乃张浚阻之。"在暗中，秦桧指使台谏，先弹劾张浚，后诬赵鼎，两人先后遭罢官。

国势日危，乞和投降之论漫延，朝中忠直之士纷起进谏。监察御史方廷实，在给高宗的规谏疏中大声疾呼："呜呼！谁为陛下谋此也？天下者，中国之天下，祖宗之天下，群臣、万姓、三军之天下，非陛下之天下……何遽欲屈膝于敌乎？陛下纵忍此，其如中国何？其如先王之礼何？其如百姓之心何？"句句铿锵，掷地有声，大义执言。

中书舍人吕本中、礼部侍郎张九成诸人，反对金人提出的霸权和议，亦有人提出赵鼎应留任。司勋员外郎朱松等六人，联名启奏，吏部尚书张焘等九位重臣，同班上疏，后又有大臣接连上疏。前线将帅岳飞、韩世忠等也纷纷上疏，提出为国家与百姓计，条件对等的和约可签，金人提出的无理割地、辱国、纳贡的和约不可签，要切责秦桧之罪。纷言屈膝求和，实为投降。敌，欲壑难填，必得寸进尺，得陇望蜀，寻机进逼，何来太平？

在宋金"和议"垂成之时，素以耿直闻名朝野的枢密院编修官胡铨，急上高宗封事。封事，亦称密折，即密封的奏章，只呈皇帝一人阅。胡铨坚主抗战，他任地方官军曹时，即招募乡丁，以佐官军抗金，为人钦佩。他在封事中怒斥秦桧、参政王伦、使臣孙近迷惑圣上，屈膝丧国，言与此三人不共戴天，请斩三人之头，以谢天下。他对金作战，充满信心，他认为"徐兴问罪之师，则三军之士，不战而气自倍增。"他甚而拂逆鳞，写道："不然，臣有赴东海而死尔，宁可处小朝廷求活耶？"

此事泄露，秦桧闻知，毫无忌惮，立即罢免胡铨，将其流放到穷乡僻壤，一贬再贬，直贬至海南吉阳军崖县崖城，欲置之死地而后快。朝野闻之，心皆不平。人们刻版印制、传抄胡铨的封事。凡读过之人，皆为胡铨的忠国之情和冒死谏言的精神感动，共愤，皆言秦桧当杀。金人读到后，言："南朝有人""中国不可轻"。

胡铨身处绝地，志节如初，与谪居海南的李光诸人书信往还，诗词唱和，达观，不屈，与李纲、赵鼎、李光并称"南宋四大名臣"。

一一三九年，金兀术取代挞懒主政，撕毁"和议"，又大举南下。

金兀术派人给秦桧送密信，言"尔朝夕请和，必杀岳飞，而后和可成也。"秦桧依计而行。

这时，金兵南下遇阻，锋芒大挫，连败。

一一四〇年，岳飞等六路将领连克六州，皆为军事重地，捷报频传，大军剑指中原。岳飞在河南郾城、颍昌已发展起来的十万大军，施巧计，调动金兵主力会战，先以五百精锐骑兵，大破其王牌军左右两翼骑兵，野史所称"拐子马"。五百精锐骑兵，久经战阵，志坚意决。头戴坚盔，身围铁叶革甲。远射，有硬弓；近射，施短弩；劈杀，挥长刀；肉搏，有匕首。全身武装，英勇善战，攻必克，战必胜。颍昌一战，以少胜多，以弱胜强，大获全胜，缴获战马三千余匹，歼敌五千余，俘敌军官士兵两千余。岳家军一直打到朱仙镇，离汴梁仅四十余里，直逼黄河渡口。

此时，岳家军还在西起洛阳、郑州，南至蔡州（今河南省汝南县）、陈州（今河南省周口市淮阳县）一带，对金兵构成了一个弧形包围圈，扼其咽喉。战场形势发生重大转折，打出了收复失地、一统河山的重大历史机遇。岳飞对部将们发下誓言："直捣黄龙府，与诸君痛饮耳！"如若一鼓作气，乘胜追击，北进四十里，收复故都汴梁，挥师北上，可操胜券。

秦桧为除岳飞，反复与高宗密谋。一一四一年，农历七月，一天发十二道金牌，强令岳飞班师回京。这金牌，系木制，朱漆黄字，由皇帝直接发出。在驿路上，快马接力传递，日传五百里，急如星火。

方是时，金兀术不知宋朝内部有变，已率败军趁夜色掩护，暗自撤离开封，北退。岳飞旋即得知，这是重大有利战机，机不可失。痛惜金牌已下，无可奈何，顿足而叹。在大营，岳飞跪接金牌，愤惋泣下。他遥望中原，痛洒英雄泪，仰天长啸："十年之战，废于一旦！社稷江山，恐难中兴，恢复无日矣！"

前线韩世忠与岳飞两军元帅等被撤，部伍遭整治，军心散，战力衰，明代将领于谦慨叹"中兴诸将谁降虏，负国奸臣主议和""如何一别朱仙镇，不见将军奏凯歌？"

秦桧与高宗联手，各有盘算，在大胜中急刹车，中国历史翻覆，从此拐个大弯，后果深重。

千古奇冤

这年秋，先后削除战将兵权。岳飞归京后，回庐山为母守墓。高宗、秦桧密商，派人去庐山，欺骗岳飞回杭州议国是。岂知回朝即以谋反之罪，将岳飞投入大理寺监狱，严刑拷打，构陷假案。

岳飞披枷带锁，遍体鳞伤，浑身血迹斑斑。酷刑之下，他绝不接受诬陷不实之词。一次严刑逼供，他奋力挣破囚衣，坦背露出"尽忠报国"四个刺字，绝食反抗，震惊众人。

大理寺先期审案的李若朴等人，不忍枉处岳飞。辅佐审案者甚而冒风险提出，愿以全家性命担保岳飞无罪，皆被罢职罢官，逐出朝廷，另换审判官。

韩世忠同夫人梁红玉，曾率兵八千，扼守长江，阻击十万金军，大战黄天荡四十余日，军威远扬，留下了大战金山寺、梁红玉擂鼓助战的佳话。此时，虽亦被褫夺军权，然正气依然，不惧淫威，怒闯秦府，指问秦桧："岳飞何罪之有？"秦桧敛眉，蛮横对曰："莫须有！"拂袖而去。巴蜀百姓刘允升上书高宗，为岳飞喊冤，被秦桧下令处死。韩世忠为避秦桧，辞官，告老还乡。

秦桧力谋杀飞，高宗钦定赐死。

这年腊月，已是一一四二年一月。农历二十九日是除夕。是夜，星光惨淡，冬雨淅沥，继而大雪纷飞，弥漫肃杀之气。

史载，此时前后八十余年，浙江一带恰逢低温，杭州冬季寒闻江南，陆游曾写"山中大雪二尺强""鸦雀坠死长松折""沟绝无声冻地裂"，这年尤甚。

在漆黑的夜色中，大理寺风波亭上，命岳飞签字画押，承认谋反，岳飞坚拒不签。狱卒提灯，只见岳飞仰天长啸，大吼一声，带枷之手，写下了八个大字："天日昭昭，天日昭昭"。铁链铿然连声，岳飞仰首对天，被逼饮毒酒而死，年仅三十九岁。三十九岁正是好年华，却无辜死于冤狱。诗云：黄龙梦断风波亭，凄风苦雨送忠魂。碧血丹心贯日月，尽忠报国待后人。传说，风波亭畔，柏树森森，岳飞遇害，皆枯死，坚如铁石，僵而不仆，傲然挺立，人称"精忠柏"。

正月初三，大将张宪、岳飞长子岳云俱被杀害，岳云二十三岁。岳飞夫人李娃与三子、一女被流放岭南，岳飞幼女银瓶抱瓶投井，次子岳雷含恨而死。

岳飞遭害当夜，子时过后，狱卒隗顺，不计诛家灭族凶险，潜负其尸，急出钱塘门，至九曲城下，偷葬北山麓，将岳飞腰间玉佩放于尸下，以为标记。春，在坟上种橘树两棵。数年，隗顺年衰病危，嘱其子曰："记住岳王之坟，万不可对人言，有灭族之祸。若有昭雪之日，可献朝廷。"

岳飞遭害次日，正月初一，乌云漫天，冬雷阵阵，雪满杭州路，屋宇皆白，山峰素裹，江河呜咽。岳飞遭害，震惊朝野，天下冤之，有志之士，为之扼腕切齿。宋史等历史文献多处记载，杭州百姓闻岳飞遇害，皆哀泣。陆游愤然，写下六字："是非之公如此！"掷笔长叹。追悼岳飞的诗词代代有之，口口相传，是历史不灭的记忆。

残害岳飞，秦桧自知难逃后代谴责，嘱其子孙，此事万不可入史，万不可承认。然秦桧从未收敛，数兴大狱，陷害忠良，晚年尤甚。主张抗战的丞相赵鼎被排挤出朝后，秦桧独断专行，强力推行名为主和、实为投降的主张，出卖国家与民族利益。其入朝为相十九年，先后将七十多位文臣武将或罢官、或贬谪、或流放、或囚于狱中，有人一年而死，有人三年而亡。一一五二年，秦桧又罗织罪名，制造了王之奇兄弟、叶三省等四大冤案，大批人受害。

老丞相赵鼎，人称中兴之相，被一贬再贬，后被流放到荒僻炎热、人烟稀少的海南。秦桧仍派人暗中监视，逐月上报赵鼎状况。赵鼎上不能回朝廷，下不能返故乡，他知秦桧心毒手狠，对子赵汾曰："桧必杀我。我先死，汝曹无患；不尔，祸及一家，族人亡矣。"他先得疾，自书铭旌云："身骑箕尾归天上，气作山河壮本朝。"遂绝食，七日而死，天下听闻，皆悲愤，骂桧必死。

赵鼎没料到，他死后，秦桧仍指使同伙，捏造罪名，数次施酷刑，逼迫其子赵汾自诬，让赵汾承认联合老将军张浚和大臣李光、胡寅等"谋反"。赵汾宁死不从，然秦桧仍以"谋反"为名，迫害朝中与地方廉能官员与忠国之士五十余人。赵鼎被迫害致死后，门人故吏为之叹息者，秦桧亦皆加之罪，绝不放过，赶尽杀绝，令人发指。

秦桧为掩盖其卧底内奸的真面目，对里巷百姓亦严加防范。《续资治通鉴》载，他"命察事卒数百，游走市间，闻言其奸恶者，即捕送大理寺杀之；上书言朝政者，例贬万里外。"他也容不得百姓敬佩之人，"士人稍有政声名誉者，必嫉之，必斥之，必逐之。"一起又一起冤假错案，所害忠臣良将、士子、百姓，不可胜数。宋史《秦桧列传》载，"一时忠臣良将，诛锄略尽"，几近朝中无忠国之谋臣，军中少有可用之将，路、州、府、县充斥贪官、昏官、庸官。

流恶难尽

秦桧擅权，横行无忌，高宗纵之。

秦桧广植私党，为其所用，凡弹劾忠臣良将之文，皆出秦桧之口，形之于死党之笔，在朝中，人所共知。而其用人，一要"主和"，二要重金行贿，三要言听计从。自其为相，至死之日，易执政二十八人，皆为行贿奸佞、顽钝之徒，政风日颓。

秦桧为掩其罪行，命儿子秦熺和孙子秦埙，把持修史大权，父子两人同朝同修国史，自古以来，仅此一孤例。秦熺本系养子，实为内侄，然王氏掇弄，秦桧视同亲生。秦熺、秦埙修史，专以个人好恶定取舍。所用编修，或为油滑之吏、追名逐利之徒，或为混迹官场、学浅无德之辈。所修之史，淡写忠臣良将、清官廉吏，屏蔽大多名臣、强干贤明之士。凡皇帝言行、大臣奏章、上疏等不利于秦桧的文字，诸如岳飞之死、爱国将领事迹，尽皆删除，或火焚销毁，以掩后人之目。历史被割裂、篡改，真相变碎片、遭扭曲。知者不敢言，不知者受诬骗，迷雾重重，谬种流传。

秦桧卖官鬻爵，开门受贿，无所顾忌，"家门如市，馈赠无虚日"。其相府内的"格天阁"，分类分层专储各地官员"孝敬"的古玩、玉器、珍宝。南方督军方务德为消嫌隙，一次即送名贵香料龙涎香十六箱、黄金四箱、象牙雕屏风、唐名家书法等巨额"礼物"。其子秦熺所用工役甚多，日日锻造金银器，搜罗珠宝玉器，声色犬马。

一次，秦熺回金陵祭祀祖庙墓地，极尽豪奢，尽选临安和转运司华美舟舫，仍嫌不足，又从浙西一路选取，共数百艘，黄旗迎风，楼船连队，浩浩荡荡，郡县监司，投其所好，结队迎饯，观者数十里不绝。

秦熺气焰张天，极尽一时之盛，百姓为之侧目。过平江码头，当地结彩楼数丈，尽选官伎，歌舞其上，缥缈若在云间，秦熺处之自若。沿途官员贿赂公行，攀比交接，买官求升，行之坦然。秦桧时期盛行的官场贿赂之风，经二十年养成，愈演愈烈，渐成南宋痼疾。

秦桧死后，金银、珠宝、玉器不可胜数，田地、房屋不计其数，其霸占田园、宅院甚多。名将刘光世死后，园地、房产尽被其霸占，家产富可敌国。他是中国历史上恶名昭著的内奸、巨贪、祸国殃民之贼。

在宋史中，胡铨言秦桧当国十九年间，搜刮民脂民膏，肥己、纳贡，"迄今府库无旬月之储，千村万落生理萧然"，民不聊生。元人史学家脱脱，与秦桧是毫不相干的隔代两族人，他主持修撰的《二十四史·宋史》中，记载秦桧罪行累累，读来触目惊心。

秦桧给南宋的经济、政治、文化、吏治、边防、人才、人心、社会风气等，造成了严重内伤，留下了重重潜在危机，埋下了断代的祸根，不可弥补和挽回。其大奸、大恶、大贪，祸国殃民之罪载于大量文献史料中，"罄南山之竹书罪无穷，倾东海之水流恶难尽"。

今人忽有所谓"秦桧是旷世良臣""秦桧有大功""秦桧也有冤情","岳飞是大军阀,秦桧是大英雄"之谈等,罔顾史实,指鹿为马,颠倒忠奸,绝非学术之辩,乃有他意焉。

少年才俊

陆游才气超逸，文采斐然。十二岁，按宋制，他蒙祖荫，恩赐登仕郎，与举人同，可直接参加省试。省试，即尚书省主管的全国会试，由礼部主持，各地乡试考中的举人进京赴试，考状元，笔试后，以皇帝殿试为准。

陆游此时写诗已有高格，人读之，击节称赞。或曰其诗，有唐韵之风；或曰其志，必为国之良才。其诗名渐而远播，人誉之"小李白"。

郁郁乎文哉

"小李白"自有他的生长环境。

家乡山阴，地处杭州湾钱塘江南岸，历史悠久，翰墨流芳。无数历史大事、民间传说，滋润民心。天地人文精华，先人开天辟地、重大历史事件，陆游自幼耳熟能详。

远古，越人祖先，在这里繁衍生息七千余年。至大禹治水，华夏大地实现一次划时代的跨越，震撼人心。这是确凿的史实，由此亦衍生若许野史稗闻与神话故事。大禹受命率民治水十三年，三过家门而不入，露宿风餐，艰苦备尝。治水有成，他在这里登茅山，大会各部族首领，按自然地域，划分天下为九州。那日，大旗猎猎，鼓角齐鸣，聚共识，话统一，盛况空前，拉开了中华文明多元一体的历史一幕，开辟了统一多民族的共同道路。为铭记这次盛会，将茅山改名为会稽。次年，大禹病逝，葬于会稽山。大禹历史之功，国人口口相传，彪炳史册，大禹祠也是中华各民族敬仰之圣地。

春秋时期，越国战败，越王勾践与夫人被掳入吴国作人质，为奴三年。勾践割草饲马，夫人担水除粪，夜因于石室。吴王外出，勾践执鞭引马，隐忍奇耻大辱，唯命是从，面无愠色。放归后，越王建山阴城为国都，卧薪尝胆，日日自嘱，勿忘国耻。越王发愤图强，重用人才，劝民农桑，扶商兴工，繁殖人口，整训军队。"十年生聚，十年教训"，越国从此由弱变强。由文种、范蠡诸人辅佐，挥师征吴，上下一心，历尽艰难险阻，终于击败夫差，报仇雪耻。越人以此教化坚韧性格，不惧挫折与失败。

秦始皇统一六国，巡游天下，第五次巡游，过丹阳，至钱塘，临浙江，上会稽，祭大禹。沿途之民奔走相告，倾郭而出，观瞻威仪。秦始皇登险峰，望东海，勒石记功，是为历史大事，相传至今。

东汉时期，太守马臻，爱民治水，疏浚鉴湖，沟通汇聚水系，开发水上航运，兴建水利工程，造福千里，惠及子孙。后遭官宦豪强诬告，被害。有民冒死，将其遗骸从洛阳偷回会稽，葬于鉴湖之畔，年年祭祀。忠义感恩，蔚为风气。

艰苦卓绝的历史记忆，悠远丰富的文化传统，融入人心，绵延传承，润泽民风民俗。春秋时期，孔子弟子子贡来山阴，子贡对这里的仁义教化、尊崇贤才，颇多赞誉，其谓之"郁郁乎文哉！"东汉时期，王充"八岁出于书馆，书馆小童百人以上"，日日竞读，成为乡风民俗。后王充为官，辞官后，回山阴设塾授徒。他三十年完成煌煌大作、传世哲学经典《论衡》，桃李满天下。

书圣王羲之，性情率真，风骨清举，不依家族势力弃学问，但有文采睦群贤。永和九年，暮春之初，上巳日，王羲之与友人孙绰、谢安等四十一人，集于会稽山阴之兰亭，曲水流觞，饮酒赋诗。王羲之为之结集，乘兴挥笔作序，心畅手达，洋洋洒洒，一气呵成，写出了"天下第一行书"《兰亭集序》，开创中国书法新纪元，山阴引领风气之先，亦留下一篇千古读之如新的经典散文。

文脉传承至宋代，兴学重教，学风鼎盛。国子监、太学、州学、县学等官学兴盛，私学亦兴，私塾、学塾、村塾、义学、冬学遍布乡村，家家耕读，户户读书，学童竞习歌咏，弦诵之声远近相闻。讲学书院陆续出现，数以千计，构成了一个完整的教育体系，覆盖全民。那时西方还处于中世纪的漫长黑夜，教育还被教会所垄断。

书院是那时的研究院，大多由各地游学的名师硕儒讲学。范仲淹任越州知州时，创建稽山书院，他登坛讲学，以天下为己任，循循善诱，以身为范，督学不懈。他性至孝，清苦简约，食糜粥为常，留下了许多爱民、兴学、孝悌传家的感人故事。

山阴最多时有书院四十多所，书院周遭桃树李树桂树环绕，馥郁芬芳。各地学士云集，全国四方来此受业者众，是名垂青史的蕺山学派及阳明学派的发祥地。州学由知州主持，教习由州官担任，如是状元出身，必由朝廷任命，尊师重教，民物和乐，而唯学校为先。千年兴学重教史，学术研究薪火传，优秀文化传统是山阴人的精神血脉，是陆游的生命底色。

八百里湖山

这山阴，山水之盛，亦是得天独厚。"仁者乐山，智者乐水"，山阴两者兼而有之。

美丽的大自然，造就三百里会稽山，钟灵毓秀，高峰连绵，青林翠竹。八百里鉴湖，波光潋滟，清流见底，陆游吟咏之诗甚多，陆游在诗中描绘"镜湖四月正清和，白塔红桥小艇过。梅雨晴时插秧鼓，苹风生处采菱歌。""镜湖俯仰两青天，万顷玻璃一叶船""桃源只在镜湖中，影落清波十里红""青旆酒家黄叶寺，相逢俱是画中人"，美啊。

传说，远古轩辕黄帝，曾在鉴湖石上磨镜，光照天地，故而人们惯称其为镜湖。镜湖秀水清澈，滋养灵性，润泽肌肤，男儒女秀。王羲之有诗曰："山阴道上行，如在镜中游。"山阴也是唐代名诗人贺知章的家乡，他在朝五十余年，退休最晚，八十六岁因病致仕归来，少小离家老大回，写道"离别家乡岁月多，近来人事半消磨。惟有门前镜湖水，春风不改旧时波。"李白来过，咏叹："人游月边去，舟在空中行""镜湖水如月，耶溪女如雪。"杜甫则咏"越女天下白，镜湖五月凉。"诗人为之倾倒，吟出魅力之诗，读来心府空灵，如享山岚清风。

登上会稽山，远眺，田塍如画，村墟远近映带，水网密集，六千多条水道长短纵横，大小青石桥错落有致。"柳疏桥尽现，水落路全通"。台门老屋，粉墙黛瓦，傍水而立。真是家家临水，隔桥相望立窗下；户户垂杨，小巷深处有人家。"小妇破烟撑去艇，丫童横笛唤归鸭"，这是怎样的如诗如画的水乡生活情景！水上乌篷船，载物载货，物畅其流；载人载酒，穿巷过户。这"白玉长堤路，乌篷小画船"，恰是一幅独有的水巷人家长卷。丰年，邻里和乐；灾年，相与帮衬，亲情交融，古道热肠。

有道是，一方水土养一方人。陆游生于斯，长于斯，耳濡目染，听先人讲史，访古址遗迹，闻千年书香墨韵，染万里古朴民风，得湖山秀美灵性。他五十五岁时写《思故山》，表达了他对山阴的风土人情和生活，真实、自然而又难忘的切身体验：

> 千金不须买画图，听我长歌歌镜湖。
>
> 湖山奇丽说不尽，且复为子陈吾庐。
>
> 柳姑庙前鱼作市，道士庄畔菱为租。
>
> 一弯画桥出林薄，两岸红蓼连菰蒲。
>
> 陂南陂北鸦阵黑，舍东舍西枫叶赤。
>
> 正当九月十月时，放翁艇子无时出。
>
> 船头一束书，船后一壶酒。
>
> 新钓紫鳜鱼，旋洗白莲藕。
>
> ……

这般奇丽的湖山，人与自然和谐的情境，古朴的风习，是他童年的摇篮，是培植他湖山情、家国心和文学素养融为一体的初始条件。

他的家庭环境，又非常人可比。陆游家本是山阴的名门望族，书香门第，诗书传家，家学深厚久远，名重江南。自其高祖陆轸说起，他是四代高官之后。陆轸曾任会稽太守、严州太守，官至吏部郎中。曾祖陆珪，曾为国子监博士。祖父陆佃，曾任吏部尚书左丞，是宋代三大藏书家之首。其父陆宰，官至直秘阁、京西路转运副使。家学传统，谙熟经典，精于考证，学问超凡，代代有著作传世。几代人为官，忠国悯民，直言敢谏，清廉自守，德高望重，有史可查。

其家"双清堂"，藏书甚丰。陆游在《跋京本家语》中写道："收书之丰，独称江浙。"所收之书，有陆家几代先人手抄本、寻购手写本、石版书、刻版书、雕版书，均为难得珍本。宋朝南渡，国藏图书除被掠走外，皆被金人付之一炬，化为灰烬。私人"藏书之家，百不存一，纵有所存，亦零落不全。"

朝廷到临安后，重建秘书省，派员到各地书坊、书肆和藏书家，广求孤本、善本图书，或重金购买，或借书抄录，抢救典籍，刊刻重印，传承中华文化，是为继绝之举，历史的功勋。诏令，借抄陆游家藏书，有一万两千余卷，可见当时此项文化抢救工程之巨大，陆家自有奉献。

"染于苍者则苍，染于黄者则黄"。陆游在这样的家庭环境中，自幼耳濡目染，崇德尚义，博览群书。他穿行于书山，游思于学海。严格的家庭教育，打下了他童年系统坚实的德育、智育基础，引导他走出人生的起点，起步不凡。

人说，人生始于童年，童年影响一生，性格的形成、心地的高低、道路的选择、成功与失败，总有童年的影子。此言有理。

科考受挫

从东阳避乱归来，陆游终日读书。

陆宰课子，常忆其父陆佃。他对陆游说："尔祖，居贫苦学，夜无灯，映月光读书。蹑履从师，不远千里。去金陵（今江苏省南京市），受教于王安石，钻研经学，而不附其政见。为官一生，著书二百四十二卷，《礼象》《春秋后传》等，皆传于世。"

陆宰又说道："吾家代代苦学，人才辈出，身怀奇才者多矣。尔伯父，幼年得疾，右臂不行，左手握笔，字法劲健过人。性喜抄书，尝抄王岐公《华阳集》百卷，首尾如一，笔笔无倦意，又自精心装帧，储卷藏书楼，由此可见其为人为学。莫轻看抄书，学问之大事，智永抄《千字文》八百次，而抄《兰亭集序》五百次以上者多矣，精学其神韵，得其精髓者也，尔当自励。绳锯木断，水滴石穿。"

陆游诺诺，以父训自勉。

陆游从师每日课毕，归家犹自学，纵览六经典籍和兵法战策，吟诵历代名篇名诗，尤喜屈原、陶渊明、韩愈、欧阳修、杜甫，整日苦读，欣然会心，由晨而暮，手不释卷，"家人呼食，读书方乐，至夜，卒不就食"。"我生学语即耽书，万卷纵横眼欲枯"，数万字他背诵如流，乡人称奇。

其父听闻，嘱其勿恃才自傲，对他说道："凡状元，十年寒窗苦，默诵四十万字，人人皆可背诵如流。而今国人默诵四十万字者，可得闻欤？四十万字入心化人，是古来通才初始路径。"

他十六岁那年，与陈公实和族兄伯山、仲高等五人去临安应试，家人与乡邻吴兄等簇拥送行，一派喜气。六人登舟，再拜而别。六人中，陆游年少聪颖，神俊丰逸，才学超众，人们预期，陆游此去，可望榜上有名。

从隋朝开科考试，考生多借住城中或城郊僧房，以省旅资，又得清净，便于温课。陆游兄弟此次也是借住僧房，尽心备考，夜以继日。他后来在《灯笼》一诗中写道："我年十六游名场，灵芝借榻栖僧廊。"少年的经历，他记忆尤深。

陆游在考场，初试身手，游刃有余，无题可难。经文试题是《王者不治夷狄》。陆游秉笔直书，畅议收复失地，还我河山，待之宽和之策。试后，陆游几人游西湖，逛杭州，观山光水色，看繁华市区，见所未见，大开眼界，耳目一新。陆游言道："杭州名不虚传，国中这等美城该有几多？我辈当自强。"几人知陆游志向远大。

是时秦桧为首的投降派把持朝政，不容抗战之论。发榜日，陆游落榜，众人惋惜。是少年陆游遭受了人生第一次打击，但他却淡然自若。

陆游崇奉"道义无古今，功名有是非"，他不会为做官去迎合秦桧等投降派的主张。与其相反，其族兄仲高，长其十余岁，为功名富贵，竟靠告密、诬陷而投秦桧门下。仲高告密，常人难以想象。仲高是李光的侄女婿。有一日，李光二子李孟光，与仲高闲谈时说父李光在家修史，有谤言。仲高，时任左奉议郎、新诸王宫大小学教授，闻之，立即上告，诬言李光在家修史，讥谤朝廷。案发，李孟光遭贬峡州，父李光贬至滕州，后又贬至海南琼州。陆宰送别时，问其何因何遭贬，李光默而不语。正因此事涉及陆仲高，李光不便相告。秦桧提擢陆仲高为大宗正丞，是宫内近臣。

陆游在陆仲高升官之时，不以为然，写诗《送仲高兄，宫学秩满，赴行在》，殷殷劝诫，深言"道义无今古，功名有是非""临出分苦语，不敢计从违"，希望陆仲高遵从道义，不要为晋升而失义。陆仲高读后，不悦，置若罔闻，安于其位。

陆游遇挫不馁，处之坦然，心无旁骛，用功如初。或问："何以如此？"陆游曰："总有日矣。"他每天晨起整束袍带，从师受业，毕恭毕敬。

恩师曾几

陆游之父陆宰名望高、交友广，时有旧友、乡贤来访。

一日，好友曾几来访陆宰，时陆游十八岁。曾几是他心慕已久的爱国大臣、前辈大诗人和饱学之士。曾几其兄曾开，供职直学士院，他三次质问秦桧，言今日之急，当论生死存亡，何当退而论安危？并说秦桧对外不应"自卑污"，秦桧骇愕，罢免曾开。随之株连曾几，罢其两浙西路提点刑狱公事之职。他临事不惊，从容自若，居会稽禹迹精舍，时来探访陆宰。此后，陆游与曾几交往甚密，执师礼，倾心求教。

曾几每见陆游，或讲史，或谈诗，或论抗战之据，陆游身心受益。曾几坚决主张抗战，具有范仲淹以来，忠国爱民之士共有的"先天下之忧而忧，后天下之乐而乐"的精神境界和追求。曾几深知秦桧与金合谋，朝政无望，后回家乡上饶茶山，读书赋诗，以终天年。陆游曾专程探望。秦桧死后，曾几与其兄曾开均被起用，复见天日，时曾几已七十一岁。陆游常致书问安、求教，曾几回函指点，诲之不倦。

曾几复出后，任两浙东路提点刑狱公事，虽已高龄，精力不减，执法如山。贪赃枉法狡吏张镐，专管全郡酒业，网罗亡命之徒，盘踞地方，谋利害人，作恶多端，为郡中一大害。有人提醒，其是朝中沈大人门客，上下结网，无人敢动，曾几不惧，查得证据，果断处置，奏请斩立决，严惩其手下作奸犯科的一干人等，全郡民众称快，言得安宁矣。

次年任台州知州，夫人钱氏有一族子，为官仗势欺人，收罗地痞无赖，称霸乡里，恣横苦民，曾几亟令捕之系狱，奏请削为平民。另有黄岩县令，贪赃受贿，两衙役知情，为防泄漏，被关死牢中，销证灭口。

查此案，上有官庇之，重金送曾几，曾几不为所动，斥之曰："行贿下官，该当何罪？"

对曰："何罪之有？人情也。"

曾几手指轻敲案几，说道："人情，人皆有之。下官为人，焉能无情？我来问你，情在众民，抑或在一恶棍？"

来人语塞。曾几又说道："尔俸尔禄，民脂民膏。良民易虐，苍天难欺。"曾几下令依法捕之，奏请严惩。陆游致书，表敬意，曾几言，官德当如是。

后孝宗授予秘书少监，曾几七十三岁，以身有疾为由，力辞不受。数月，再召，曾几无奈，三十八年后复入朝。人见须发皆白，衣冠甚伟，精气浩然。曾几对孝宗说："臣已老迈，不宜任职。"帝曰："卿，气貌不类老人，姑为朕留。"都人与老吏，见其风采，言曰："太平之象！"陆游言，老而不衰，山河之志也。曾几又连擢三职，尽责如初。

一一六六年，曾几八十三岁，逝于二子曾逮官舍。孝宗谥号文清，曰："曾公，表里如一，刚毅质直，孤忠之臣！"曾几病危时，犹作书遗陆游，似知永诀，投笔而逝。其子言，父之墓志铭，非陆公莫属。待陆游自蜀归来作铭，曾几已逝十二年。

陆游归来，五十四岁。去曾几墓地祭悼，涕泣失声；重温恩师诗文，潸然泪下，不能自已。数日缅怀，教诲在耳，声声可闻。为其恩师作墓志铭，不知晨昏，泪洒案几，走笔飒飒，叙恩师一生，写其忠国，力主抗战；状其风骨，刚毅质直。

陆游在墓志铭中，记曾几病中，闻朝廷又欲遣使"求和"，记叙："公方卧病，闻之奋起，上疏曰：'遣使请和，增币献城，终无小益而有大害。为朝廷计，当尝胆枕戈，专务节俭，整军经武，一切置之度外。如是，虽北取中原可也……'"陆游记其廉洁奉公："平生取予，一断以义，三仕岭外，家无南物……"曾几南归，不带岭南一枝一物。述往如昨，音容宛在，如见其人，令人肃然起敬。

陆游回忆当年情景，写道："无三日不进见，见必闻忧国之言。"曾几的教诲和风骨，似甘霖滋润了陆游的一生，在陆游心中留下了刻骨铭心的记忆，陆游视为规范。曾几每日晨起，必诵《论语》一篇，内化于心，终生未尝废，陆游以深情之笔，记入了《老学庵笔记》。曾几的理想与追求，终生不渝，源于恒久的内修内炼，陆游视为座右铭。

意外三变

山光水色，湖山可爱；书香墨韵，舒畅心怀。陆游进入弱冠之年，憧憬未来，盼望美好。谁知岁月不尽如人意，人生之路，有风有雨，不可逆料，他平静的读书生活，接连遇到了意外之变，遭受重大打击。

红酥手，黄縢酒

陆游二十一岁时娶妻。其妻天生丽质，秀发丰姿，顾盼生辉，"美目盼兮，巧笑倩兮"。窄衫短襦，长裙曳地，脚步轻盈，亭亭玉立，气度优雅。

她知书习礼，遵妇道。鸡鸣即起，洒扫庭除。厨中摘葵，黄昏具飧。视公婆如亲，百依百顺，奉承雍容，朝夕不怠。陆游夜读，红袖添香。

宋时，熏香是风习。点香入熏炉，其下半部，为半球形，碗般大小不一，花纹多样，上盖半球形，镂空为各种花雕，香烟缭绕而出。熏炉亦称香薰，精制瓷器。读书、听琴、观画、会客、弈棋、闲逸时，必焚香悦意，轻烟袅袅，似有若无，提神醒脑，雅韵清远，融入生活情境。

闲时，与陆游相语，柔情似水，凡诗词歌赋、琴棋书画，常有己见。闻听菊花枕利脑醒目，便在秋日，采摘菊花，晾干，为陆游缝制菊花枕。平日，青瓷瓶插花，应季替换，皆时令之花。伉俪相得，琴瑟和谐，感情至笃。怎奈其母看两人如胶似漆，担心陆游堕于学，误失功名，又因两年无子，数斥之。其妻暗自垂泪，愁肠九转，云容憔悴。陆游好言劝慰，后虽遭谴，但陆游"未忍绝之，则为别馆，时时往之"。其母发现，大怒，绝不相容，遂至仳离。

陆游泪洒青衫，其妻殊不忍别，涕泣失声。这是两人婚姻的悲剧，在他们的感情世界里，留下了终生不可磨灭的创伤和痛苦，恰如"孔雀东南飞""举手常劳劳，二情同依依"。后来，其妻另嫁同郡文士赵士程，陆游后娶蜀郡刺史王膳之女王氏。陆游二十四岁时，其父陆宰病逝，享年六十一岁。同年，陆游长子子虞出生。

事有巧合。十年后，陆游一日去城南，游沈园，思往事，踽踽独行，徘徊于石桥水畔。不经意间，竟巧遇前妻与其后夫一家游园。陆游回避。意外的是，赵士程听闻，遣仆人送来酒肴，以尽礼节。陆游谢过，百感交集，想起当年被迫离异，离情别绪涌上心头。眼见绿柳红墙，春色如旧，桃花落尽，池阁空寂，山盟虽在，人已非昨，转瞬十年，陆游不胜唏嘘。树下伫立，良久，人去后，挥笔粉壁，写下了《钗头凤》：

红酥手，黄縢酒，满城春色宫墙柳。东风恶，欢情薄，一怀愁绪，几年离索，错、错、错。

春如旧，人空瘦，泪痕红浥鲛绡透。桃花落，闲池阁，山盟虽在，锦书难托，莫、莫、莫。

这首词状物写情，委婉缠绵，陆游把他怀有百年之期，却一朝被迫离异的痛苦，和"山盟虽在，锦书难托"的一腔忧思与愤懑，挥洒壁间。

陆游万万没有想到，与前妻沈园一别，竟成永诀。他前妻离开沈园，终日寡欢，抑郁而亡，香消玉殒。

陆游听到这个不幸的消息十分震惊，仰思俯叹，痛感人生无常，又对沈园意外之会追悔不及，他想那日他若不去沈园，也许不会有今日噩耗，真是阴差阳错竟成巧合。往日的夫妻恩爱、老母的不容决绝……一幕一幕掀动心扉。陆游痛不欲生，弃读书，不思饮食。王夫人见他这般情景，不知个中缘由，问他病否？陆游说无病也。王夫人百思不解，悉心照料，饮食起居格外用心。几十日后，陆游渐似以往，恢复常态，王夫人也自放下心来。

陆游从这场精神打击中走过来，把它埋藏在心底，成为他无法挽回也永远抹不去的人生遗憾。这般生骨情思，恰如苏轼自我抒怀所写："不思量，自难忘。"

　　陆游，睹物思人，触景忆往，常付之于笔端。六十四岁乡居时，他采菊缝枕囊，忆先妻采菊花，缝制菊花枕的情景，写下凄然之诗：

（一）

采得黄花作枕囊，曲屏深幌闷幽香。

唤回四十三年梦，灯暗无人说断肠。

（二）

少日曾题菊枕诗，蠹编残稿锁蛛丝。

人间万事消磨尽，只有青香似旧时。

　　他晚年多次去沈园。五十年间，沈园三易其主。旧地重游，缓步行来，俯视莲花水，走过葫芦池，踏上青石板小桥，不时驻足，抚今追昔，似闻隐隐古琴清韵，洞箫幽咽，感旧伤怀："伤心桥下春波绿，曾是惊鸿照影来……"

　　他八十岁后，体衰，不能再去沈园，不过他"每入城，必登寺眺望，不能胜情"。这是怎样的一种情境，怎样的一往情深！八十三岁时，他竟夜梦重游沈园。晨起，情不能已，慨叹唏嘘，写诗两首，诗中写道："路尽城南已怕行，沈家园里暗伤情""玉骨久成泉下土，墨痕犹锁壁间尘"。白发苍苍忆当年，伤悼往事，深情喟叹，哀婉沉痛，从肺腑流出，真个是天荒地老情未老。金元时期诗人元好问在咏情词中，留下名句"问世间，情是何物，直教生死相许"，清代诗人文廷式词中云"人生只有情难死"，信然。

沈园因陆游这段悲欢离合的故事，渐名于世。后有好事者无名氏，假托唐婉之名，写词和之：

世情薄，人情恶，雨送黄昏花易落。晓风干，泪痕残，欲笺心事，独语斜栏，难、难、难。

人成各，今非昨，病魂常似秋千索。角声寒，夜阑珊，怕人寻问，咽泪装欢，瞒、瞒、瞒。

陆游的词《钗头凤》，以爱、恨、悔交织的心情，抒写了凄怆酸楚的内心世界，这首和词，则写得低回婉转，如泣如诉，幽怨绵绵，词语纤细又深沉，思悠悠，怨悠悠，与陆游的词呼应交融，珠联璧合，是心灵的剖白："此时我心，君知之否？"

究竟这首和词是何人所写，历来难以定论。窃以为，是唐婉也罢，非唐婉也罢，学术界自可各抒己见，不过从文学角度看，这倒增加了陆游婚变悲剧的故事性、戏剧性、悬疑性、想象性，也使沈园的历史底蕴和文化氛围平添了几分传奇色彩。

痛遭黜免

一一五三年，陆游参加浙漕锁厅试。此为南宋专为现职官员或有官名而无实职者所设，考试合格者，次年会试，优者同为进士。陆游以登仕郎身份参加。

主考官是两浙转运使陈之茂，他是忠直耿介之士，"心术正而无邪，文章简而有法"。他审阅到一份试卷，内心十分赞赏。文章论说言简意赅，论据服人，学识丰厚，是少见之才。

全部阅卷完毕，排出名次，此卷序号名列第一。拆糊名时，方知此人是山阴人陆游。看其原卷，更令其惊喜，只见字迹优雅，楷书堪称一流，用笔和笔势，颇有颜真卿笔意。宋时，为防考官与考生通同作弊，皆由誊录院誊录试卷，糊名（封名），屏蔽考生姓名、笔迹，及籍贯等信息，交考官阅判誊录卷，原卷另存。陆游名列第一，名实相符。

秦桧时任太宰，闻之大怒，想以权势胁迫陈之茂，将其孙秦埙擢为第一名。陈之茂正义堂堂，不畏权势，坚持按考试成绩，擢置陆游第一。秦桧怒斥陈之茂，下令要追查考官的责任。

一天，几位挚友为避秦桧耳目，黍夜暗访陈之茂，告诉他秦桧下令要严惩、严办他。陈之茂率尔言道："我是为国选材，他是毁才误国。其灭我、罪我，任由他去。哪有只可言和，不可言战之理？士可杀不可辱！"他二十二年前考中进士，仕途走来，体恤民生，关护人才，不计得失。此事他坦然面对。未几，陈之茂遭贬。陆游后知此事，奉为恩师。

次年，陆游参加会试，既尚书省主管的全国考试，礼部主持。

这次主考官和参详官等，皆由秦桧策划提名，由其亲信出任，高宗竟照准。参详官（监试，负责初拟名次）、监察御史董德元，他从誊录院动手脚，得知秦埙之卷号，喜不自胜，自言自语："吾曹可富贵矣！"考毕，他遂定秦埙卷号为第一。参详官、吏部郎中、权太常寺卿沈虚中，未待揭榜，便派吏，夜里逾墙，向秦埙之父秦熺偷报消息，竞相攀附，不择手段。

陆游成绩优异，秦桧却令礼部以"喜论恢复"、鼓动抗金为说辞，下文黜免，考卷无效，除名，取消了陆游参加殿试资格。

殿试，秦桧奏准，由其心腹汤思退统筹。秦桧舞弊无所顾忌，秦桧门生、姻亲，皆名列前茅。殿试时，高宗细读秦埙策论，觉其文章多秦桧、秦熺套语，查验原列第七名张孝祥试卷，策论言简意深，笔墨精妙，文采飞扬，足见饱读六经，遂进张孝祥为第一名，秦埙为第三名。高宗殿上见张孝祥，知时年二十二岁，出身寒微，应答如流，资质超人，过目成诵，潇洒倜傥，高宗喜而言："天纵英才。"范成大、虞允文，亦平步青云，为同榜进士。

陆游三次赴试，秦桧如影随形。这次竟遭黜免，从隋朝承汉制，开始实行科考制度，至北宋五百余年，从未有过黜免出类拔萃者，而陆游竟成为史无前例的第一人，这引起朝野议论，有文献载："天下为之切齿"。对陆游来说，这是晴天霹雳，轰顶之击，陷其绝境，意味前程黯淡，有在乡间了此一生之虞。他感叹："性嗜古文，不通于世俗"。他也深感辜负了周围亲人的期望，在《谢解启》一文中，他写道："内负初心，外愧旧友。"陆游五内俱焚，内心的巨大痛苦，无可言状。而今读其"内负初心，外愧旧友"，犹知陆游心迹，确怀鸿鹄之志。

回到山阴，兄弟们和族人与乡贤、乡邻，接踵慰问。乡邻吴兄，生于耕读之家，与陆游年龄相仿，虽是务农，亦通文墨，热情好义，乐于助人，村人皆称其为吴兄，他素与陆游交好。他嘱陆游慢慢想来，要有越人的"隐忍"，能伸能屈，以待来日，世事无不变者，何况阴云蔽日，岂能久长？

劝人者心明，受劝者意乱。陆游心绪纷繁，徘徊于斗室，踟蹰于庭院，食不甘味，寝不安席。他为考官陈之茂仗义执言遭厄运，忧而激愤。念己处境，他忧思百结，四顾茫茫，不知欲何之。日久，渐自隐忍。

一日凌晨，登城外宝林山，竹林榧树，晨雾云烟，人称飞来峰。他站应天塔侧，观日出。城郭村庄，尽映朝霞。呼吸山野气息，神清气爽，王安石的诗《登飞来峰》从陆游的脑中跳出："飞来峰上千寻塔，闻说鸡鸣见日升。不畏浮云遮望眼，自缘身在最高层。"路上深思王安石的诗句，有新悟。

归来入夜，他挑灯看剑，心绪难平。少年学剑十年，武功在身，岂能自废？兵者，国命之所在。他夜读兵书，在诗中，他抒写收复失地的心境与志向："孤灯耿霜夕，穷山读兵书。平生万里心，执马王前驱。战死士所有，耻于守妻孥……"

十六岁赴试受挫，二十二岁婚变，此次痛遭罢黜，十四年里三次大挫折，是陆游人生起步的三次磨难、三次淬火、三次锤炼。

秦桧一命呜呼

一一五五年秋，一日，旭日临窗，晨风和煦，陆游临帖习字。

他自幼承家训，九岁学书，苦练楷书二十年，出类拔萃。间习行书、草书，喜临怀素、张旭碑帖，也临杨凝式行书，兼学苏轼、黄庭坚。宋代兴草书，书家蜂起，是中国书法的一座高峰。陆游草书三分真、七分草，独辟蹊径，清新流丽，疏放飘逸，卓然超群。他把挥洒草书的狂放与快意，写进了《草书歌》："倾家酿酒三千石，闲愁万斛酒不敌"，"此时驱尽胸中愁，捶床大叫狂堕帻。吴笺蜀素不快人，付与高堂三丈壁"。

正在他乘兴挥洒时，乡邻吴兄兴冲冲地推门而入，举手快言对陆游："新闻，新闻，好消息，好消息！"

陆游问道："什么好消息？"

吴兄一拳砸在案上，一句一字地说道："秦——桧——死——了！"

"啊？"陆游十分惊讶，将信将疑。陆游问道："当真？"

吴兄说道："当真。邸报、小报上都登了。"

邸报，行于官府，进奏院编发，形似公文，宋时已公开发行，称朝报；小报是民办，消息灵通，"始自都下，传之四方"，流于民间，大小只几寸，自唐始，人称"新闻"，小商贩兼售。小报比邸报多了些三言两语的媚俗文字，诸如名流绯闻、离婚纳妾、神医名药、卜卦算命、歌伎私奔之类的里谈巷议之类，亦有杜撰诏令、伪造奏章、妄传事端，摇动众情，官家令禁，禁不胜禁，编者常有德缺学浅无良文人。

陆游听闻邸报、小报都已发表，立即收住笔，出口道："阜卿（陈之茂字）可得脱矣！"他连拍案几，抚着吴兄肩膀，连声说"社稷有幸，社稷有幸！"陆游推窗而立，清风徐来，漫卷诗书，一扫郁闷之气。吴兄说道："今天，我共你饮酒。"陆游摆手说道："不，不，我设酒，俱饮！"邻人也无不奔走相告，言奸贼已死，是国之幸，民之福也。吴兄说道："尔曹身与名俱灭，不废江河万古流！"

原来，早在一一五〇年元月，秦桧在回相府的望仙桥上，忽然斜刺里蹿出一大汉，大吼一声，手挥大刀，向秦桧砍去。只听咔嚓一声，情急之中，却只砍断了轿杆，众卫士蜂拥而上，把大汉扑倒在地。连夜审讯，知大汉名叫施全，是为国除害而来。次日，秦桧命施行残酷的磔刑，在市上五马分尸，鲜血淋漓，惨不忍睹。此野蛮残酷之刑，早在唐朝已废止，秦桧独行之。是日深夜，有人收尸而去，不知其名，不知其所之，人言："烈士入土，英名在天！自有义士相助。"

秦桧逃过一死，却由惊而惧，增护卫五十人。以有病为由，坐轿上朝，不拜，古来未有，权势熏天。其初，精神时恍惚，夜多噩梦，年复一年，病情益重。一一五五年，他竟一病不起，遍请名医，百方用尽，皆束手无策。死前，遗言"岳飞之死，不可入史""不可诿过金人"。他全身疼痛难忍，嚼烂舌根而死。临安百姓闻之，皆曰"恶贯满盈"，无不称快，街巷有人放鞭炮，西湖晚上有人放烟花。

高宗为稳定"和议"之局，追谥秦桧美名为"忠献"，在朝中他却在无意间说漏了一句话："我现在用不着再在靴里暗藏匕首了。"高宗深知秦桧阴险歹毒，自身早有防范，只是为"求和"，才独依秦桧。

秦桧死后，其党羽失势。当年密告者陆仲高被贬谪到雷州，他自思自叹，大梦方醒，终悟陆游诗劝，自语："自作孽。"悔之已晚。考官陈之茂官复原职。

陆游从科考重挫中挺过来，他看到了希望，晨起练剑，闻鸡起舞；伏案读书，更深漏残。有时，登会稽山，笑傲烟霞；乘舟游鉴湖，扣舷而歌；闲步古纤道，发思古之幽情；临池习字，笔墨纵横，痛快淋漓。

陆

初出茅庐

高宗知陆游才干，为秦桧所阻，不能用。秦桧病死后三年，一一五八年，陆游三十四岁，以祖荫出仕，终于走出山阴，进入仕途，获任福州宁德县主簿，正九品。主簿，是下属，从事文墨与出纳官物等具体行政事务。这是他首次离家赴任，摆脱困境，他驰书奉告恩师陈之茂。

赴任路上

离家时，他带上文房四宝，带上书籍，又带上家乡盛产的日铸茶。"囊中日铸传天下，不是名泉不合尝。"

乡友吴兄和李迪满怀喜悦，送其赴任。

沿途所见，远山近树、墟里炊烟、城镇人家，是又一番景象。

时闻山上畲族姑娘唱山歌，这山唱，那山应，清新，脆亮，优美动听。吴兄、李迪扬眉驻足，惊奇不已。

陆游望山，远远近近山花丛丛，姹紫嫣红，言道："山美、音美、韵美，此地多族并居，多族多语、多音、多才。"

吴兄说道："先辈讲古，此地畲族世居山岭村寨，聪慧、达观、勤劳、友善，人人信口放歌，随心而唱。"

陆游应道："多族相处，睦邻而居。自三皇五帝到于今，各族繁衍生息，同是华夏子孙，父老兄弟姊妹也。"

过白鹤岭，山路逶迤，林木繁盛。陆游三人，举目四望，绿满山崖，各色山花远近盛开。斑鸠"咕咕——咕——咕"的平静叫声，似是迎人。苍鹭单腿伫立，引颈向天，叫声呱呱，低沉短促。白鹭群飞，黑鹳振翅追逐。三人见这般景色，自觉新奇，观望不暇。

走至一山弯，一群白头翁飞出林间，黄绿羽毛闪耀。荆棘丛中一大榕树，绿荫蔽天。地面褐色气根相挤相拥，盘纡扭转，参差错落。李迪注目，说这树比所见三百年的还老，吴兄说许有四五百年吧。

三人走进树荫，拭汗。李迪笑对陆游，言道："与俊鸟同飞，必出凤凰。"吴兄言道："异地风物，却待陆公。"

不经意间，见有一巨石横卧，杂草纵横，苔藓满目，石上横刻"树石"两大榜书，石奇，字好。陆游临巨石，跷足摩挲巨石，感觉似仍有字，李迪移步左右，用野草除垢，"才翁所赏树石"六个斗大字赫然入目。

树石幽奇。陆游指曰："才翁者，乃诗人苏舜钦之兄苏舜元也，字才翁。人精悍，任气节，歌诗豪健，尤善草书，曾在此地任职，官至尚书度支员外郎，身负掌管国家收支和事役、粮仓、账目的重任，是财政总管的佐官，权力了得。他与弟苏舜钦，是范仲淹好友。"

吴兄听来面有喜色，对陆游说道："赴任遇此景，乃吉兆也。"

陆游笑问："何来此说？"

吴兄笑而答曰："才翁者，陆公也。陆公才高，谁人不识？此番赴任，必受赏识（石）也。"

陆游仰天大笑道："明公期我仕途得人助，谢你祝愿。"

陆游又说道："苏舜钦善诗，名句颇多，他有诗云：'绿杨白鹭俱自得，近水远山皆有情。'此句如何？"

吴兄笑而答曰："好诗，妙哉！似写陆公此时心境！"

李迪笑视吴兄，手指蓝天，又指巨石，言道："吴兄天才，巧解名诗。"

吴兄说道："莫笑谈。陆兄必有大作为。天行健，君子以自强不息；地势坤，君子厚德以载物。"

路上，他们交谈甚欢，遇有山水佳胜、旧庙古寺，陆游常给二人讲一段稗史轶闻，意趣盎然。

这宁德，临海，海风湿润，海鸥鸣叫，白鹭云下翱翔，村野四季常绿。陆游到来，并无异乡之感，自谦求教，忙于政务。遇假日，或读书、写诗、习字，自得其乐。他亲近宁德，他在《出县》《还县》诗中，描绘了宁德农村生活情景和美丽风光："……稻垄牛行泥活活，野塘桥坏雨昏昏。槿篱护药才通径，竹笕分泉自遍村……""飞飞鸥鹭陂塘绿，郁郁桑麻风露香。"

闽县县令张仲钦、县尉朱孝闻，乐与陆游交往，每得闲，啜茶闲话，谈诗论文，互吐心曲，似如故交。陆游见两人喜其草书，辄精心书写相赠。陆游亦时去拜访，询问宁德古今，切磋学问，友情甚笃，有时和张仲钦、朱孝闻微服出行，近逛市井，远去登山临水。

观沧海　望台湾

早秋一日，雷停雨霁，桂树飘香，银杏初黄。三人带两门人乘船去海上。陆游问船工可有罗经（指南针）？船工说出海必备，大宋独有，外蕃皆无。

陆游首次出海，远望，海阔天空，诗兴迸发，引吭高歌："……悠然云海中……浩气荡肺胸，歌罢海动色，诗成天改容……"陆游豪气激荡，众人欣然赞曰："陆公此首《航海》，令我等情壮意扬！"

行百里，船工遥指东南沿海，说道："船行可到流求（台湾岛的旧称），是在泉州之东，其侧有小岛曰澎湖，烟火相望。海之南，岛群环列，屏障也。"

陆游说道："三国时，吴国孙权派将军卫温和诸葛直，率甲士万人，进入此岛，开拓辟荒，称其夷州，史书可查。"

张仲钦说："开荒辟野，筚路蓝缕，以启山林，先祖劳苦。"

陆游说道："至今九百年，多为福建人、广东人后裔，繁衍生息。今属福建路管辖。"

朱孝文言曰："隋唐两朝立制，官员长往巡察，宝岛也。"

陆游问船工可有海上轶闻？船工讲，一日他出海，风平浪静，天际大雾弥漫，待散去，忽见仙山涌出，林木葱茏，白云缥缈。忽而变为亭台楼阁，辉煌壮丽，似闻仙乐。更奇者，繁华都市出现，市井历历，车马往来，人物穿行，衣冠楚楚……众船远近停观，足有一个时辰。船工说，难得一见，海上仙境，遥不可及，乃海市蜃楼也。船工古铜色的脸上满是笑意。

他又讲起妈祖的故事。他说妈祖实有其人，是福建莆田人，林姓姑娘。自幼聪颖，随父学天文、气象和医术，善驾舟，常海上救人，惠及流求。她在一次海难后死去，传说她凌驾彩云，空中仙乐袅袅，鸥鸟追逐。乡民念其善行，建起妈祖庙，宝岛亦然，同风同俗，是为纪念，又求保佑海上平安。船工露出神秘、敬畏的眼光。

几人听来动容。陆游远望，胸襟舒展，浮想联翩。

张仲钦吟诵曹操《步出夏门行》一章："东临碣石，以观沧海。水何澹澹，山岛竦峙。树木丛生，百草丰茂。秋风萧瑟，洪波涌起。日月之行，若出其中。星汉灿烂，若出其里。幸甚至哉，歌以咏志。"

朱孝闻应道："曹公远征乌桓，凯旋，过昌黎，上秦皇岛，登碣石山，观海抒情，志在九州。"

张仲钦有感："登山观海，气势雄浑。陈寿《三国志》中的曹操，政治、军事、文学才华兼具，乃超世之杰，一世之雄也。"

张仲钦又说道："只是横槊赋诗，有骄矜之气，量难容才。"

朱孝闻曰："操多疑，暴虐，乔玄说他是乱世之英雄，治国之奸贼。"

张仲钦说道："曹操非完人，乃能人尔。"

陆游说道："曹操，文治武功，荡平群雄，功在华夏。其人格，千年任评说。"

船工言："传说曹操白脸。"

又说起妈祖的故事，三人慨叹民知感恩，从不忘情。

当晚，陆游吟《感昔》一首纪行，写远望台湾：

行年三十忆南游，稳驾沧溟万斛舟，
尝记早秋雷雨霁，柁师指点说流求。

十八年后，在成都，他的《步出万里桥门至江上》一诗中，又写了这次远望台湾：

尝忆航巨海，银山卷涛头。

一日新雨霁，微茫见流求。

十八年两写航海，远望台湾，陆游是亘古第一人。两篇作品是独有之作，含蓄，似欲言又止，深蕴家国之情，寄寓存焉。今人读来，殊堪敬佩。

在宁德任上，陆游夙夜在公，颇得众誉。受县令和士绅所托，他挥洒成文的《宁德县重修城隍庙记》，言简意赅，妙语迭出，仅用三十字，即写出宁德山水独特之处："宁德为邑，带山负海。双岩、白鹤之岭，其高摩天，其险立壁，负者股栗，乘者心掉……"

众人放情诵读，大呼写两岭之峻险，神来之笔，过目若身临其境。县令称，是观止之文；朱孝闻称，传宁德世代也，陆游拱手而拜，言曰不敢承受，只纪实尔。

未儿，调任福州决曹，掌管刑事诉讼。张仲钦、朱孝闻钱行。临别，张仲钦馈赠收藏多年的杭坑紫端石砚台，朱孝闻赠湖笔、宣纸。

陆游婉辞道："我等情谊深笃，万勿相赠。"

张仲钦言道："陆公书法用此砚台，是物得其主，我用则废也。喏，勿却！"

朱孝闻言："是为留念，睹物思人，勿相忘。"

陆游揖谢，言道："还望与公从游。"

此后三人，各在异乡为异客，难得一见。张朱二人，政绩可传。三人有诗书往还。可惜，十许年，朱孝闻早逝。

四十年后，陆游晚年几回回梦中与其相逢，犹似当年，醒来唏嘘不已，写诗记之。

两年获重用

廉明有为之官，包拯、欧阳修诸人，体察民间疾苦，不惧权贵，不畏险难，为民做主，不枉不纵，陆游奉为师表。

陆游任福州决曹，研读欧阳修事迹，扼腕三叹。欧阳修贬官夷陵时，"取架阁陈年公案，反复观之，见其枉直乖错，不可胜数，以无为有，以枉为直，违法殉情，以私害义，无所不有。且夷陵荒原偏小，尚如此，天下固可知也。"

陆游精读法典《宋刑统》，读包拯、欧阳修等人所办案例，抽丝剥茧，领悟心、胆、智、谋。凡有讼，必亲听，多方搜证，有罪必惩。遇有申冤者，则必广搜街谈巷议，多方兼听，体察民意，辩证鉴别，不以个人好恶与推测为准，他说："心、胆、智、谋，不可或缺，一案误判、错判，祸及家人，恶于十次犯罪。"

他夜读五代后晋的《疑狱集》、唐代的《唐律疏义》、本朝的法律法规和增补汇编的《折狱龟鉴》等律例，明法理，温法条，析疑狱，精研益深。他职低俸薄，安于其位，勤于行政。

有一衙吏对他说："决曹，权重俸薄，何费其力哉？"

陆游先谢后曰："有一流传楹联，姑且听我诵来：'得一官不荣，失一官不辱，勿说一官无用，地方全靠一官；吃百姓之饭，穿百姓之衣，莫道百姓可欺，自己也是百姓。'"陆游又为之书写民间流传联语："与百姓有缘，才来到此；期寸心无愧，不负斯民。"

陆游手指窗外，又言道："满城榕树，处处有庇荫，我等当庇荫于民。"他娓娓而谈，讲起唐代狄仁杰执法爱民的故事。

陆游时去街坊摊床，巡观营商。宋，坐商收税百分之三，过往行商收百分之二，贩夫贩妇、小商小贩零碎交易免税，严禁小吏收杂捐或勒索。小吏若违章，则杖击一百，故而少有违者。他见路边摊床毗连，生活工具、生活用品桌椅绳床、衣架、水桶、木梳、篦子、鬃毛牙刷，一应俱全，鸡鸭鱼肉生鲜盈目，卖花女游走，鲜花姹紫嫣红，街面祥和，他心安然。

南台九轨浮桥声名远扬，久未得观。一次病愈，他专程去南台。他早闻，往昔民众乘舟过江，时有葬身风浪之险，王祖道在福州知州任上，顺民意，殚精竭虑，组织民众建起此桥。这大桥，是船船相连而为桥，上覆坚木，石柱护固，若通衢大道。陆游久立江边观瞻，佩服王祖道心系民忧，解民愁盼。他过江，坐于榕树荫下，吟诗《渡浮桥至南台》：

客中多病独登临，闻说南台试一寻。
九轨徐行怒涛上，千艘横系大江心。
寺楼钟鼓催昏晓，墟落云烟自古今。

白发未除豪气在，醉吹横笛坐榕阴。

"九轨徐行怒涛上，千艘横系大江心"，意象宏伟，交通四方，畅行无阻，再无船毁人亡之灾，南台人歌之咏之，复又以陆游诗名远播。

这年初春，大旱，知州命陆游写《祈雨文》，依古来风俗，知州率官民跪地祈雨。几日，甘霖普降，实乃巧合。同僚庆于庭，商贾歌于市，农夫欢于野。

知州又命陆游写《谢雨文》。谢雨后，全州传诵《谢雨文》："……云兴东山之麓，雨被千里之内；雷发而不怒，风行而不疾；祁祁脉脉，如哺如乳。起视四野，莫不沾足，愁叹之声，变为欢谣……"此文，短而精，情如注，读书人奉为圭臬，塾学定为必读。

一一六〇年农历五月，陆游出仕两年，调入朝廷，任敕令所删定官，负责编纂、颁布法令和起草国书、文告等事。官品不高，职责重要。

陆游赴任途中，桂树碧绿，杨柳依依，月季、杜鹃盛开，高大的香樟树，枝叶繁茂，密密层层，溪水绕山流转，黄鹂鸣叫，不由得吟起老师曾几的绝句《三衢道中》："梅子黄时日日晴，小溪泛尽却山行。绿荫不减来时路，添得黄鹂四五声。"山林气息，诗中意趣，令陆游目不暇给。

穿过一片柿林，桂树下，巧遇一人，有风仪，互道姓名，原来是秘书省正字周必大，字益公，小陆游一岁。入住官舍，竟又与周必大邻墙而居，小园毗连。

那时，城镇房价昂贵，京城寸土寸金，绝多朝廷高官和地方命官无力购房，皆租住宅，或租住家乡会馆，或暂住僧舍。宋时首都设立官舍，只供朝官本人居住，奉旨进京的官员也可进住，按月付租。

陆游与周必大、史浩、陈俊卿、芮晔、冯方、范成大、邹耘、刘凤仪、查籥等皆住官舍，时相过从。这十多人，从童年起，都经历二十几年日夜苦读，学富五车，人文修养深厚，出类拔萃，陆游在词中写道："青衫初入九重城，结友尽豪英。"日后，他们为官数十年，时有交集，宦海沉浮，皆有起落，饱经历练，忠于社稷，心系黎民，为治国安邦之能臣。

高宗纳谏

周必大，纯笃忠厚。少时，父死，鞠于母家，母亲督课甚严，令其苦学。二十五岁进士及第，任地方官，后入朝。与陆游邻墙而居，逢旬日休，常长谈竟夜，相知尤深，终身相厚。

一一六一年，陆游任职刚过一年，七月调任大理司直，兼宗正簿，是重用。大理司直，负责司法；宗正簿，负责王室宗亲事务，不受信任难获此任。陆游出仕两年，即调入朝廷，两年两重用，德才获众誉。

几日，陆游听闻，高宗拟任杨存中为江淮宣抚使，多人以为不宜，陆游有同感。他认为此事关系重大，不避风险，上疏详陈己见。他说："杨存中久在殿前，不谙地方事务。江淮现为攻守枢纽之重地，官、军、民等诸事纷繁，非杨存中所长，乞圣上改任他人。"杨存中是备受高宗信任之人，任殿前指挥使已二十五年，李浩等早有谏言。阅过陆游上疏，高宗又仔细考量众臣所议，遂纳谏，改任他地。

事后，有人对陆游说道："高宗器重杨存中，称其为当代郭子仪。你竟敢拂逆鳞，要小心。"

陆游说道："兄意为好。然我为国谋，非为私也，圣上知我。"他那时的官品仅是正八品。

宫中规矩甚严，却非人人守规矩。历来"中贵人"（即太监）往往谄媚皇上，以谋其私。有一太监，常买北方珍玩玉器，进献高宗。陆游看此事，究其心，不可测。唐代宦官专权，教训大矣，陆游思忖再三，斗胆启奏高宗。

他在奏折中写道："陛下自经史典籍翰墨外，对其他任何玩赏消闲之物，应摒弃不用。那小宦不体圣意，随意私买珍玩送陛下，是亏损圣德，乞陛下严行禁绝。"

高宗阅奏折，柔中有刚，委婉规劝，是陆游为保圣德而进言，有忠国之心。搁置三日，思索后批道"明令禁绝"。从此，宦官收敛，不再进献。

高宗虽为误国之君，亦有其长。他读书，每日不辍；练骑射，体格壮健；自幼习书，遍临碑帖，尤擅行书、草书，为一代宗主，无人出其右。20世纪的一位大家，生前反复研读的最后一本字帖便是宋高宗的《草书洛神赋》。

高宗凡不碍其"主和"大事，常纳大臣之谏。侍御史汪澈，推荐陈俊卿、王十朋、陈之茂可为台（谏）官，高宗曰："德才超群，名士也，次第用之！"

一日，高宗下诏，问国政之得失。周必大上条陈，直言："陛下练兵，以图恢复，而数次更换主将，是用将之道不稳；择人以守郡国，而频繁更换郡守，是难尽其责。婺州四年换五任，平江四年换四任，而秀州一年竟换四任，吏治无可察考，百姓疾苦何由可除！"

周必大实言，尖锐入木，高宗不以为忤，知其刚正，心怀社稷。

又一次，高宗欲上球场蹴鞠。蹴鞠游戏，起源于战国时期，国人不知这是世界最早的足球运动，历代有发展。周必大知高宗好蹴鞠已久，传、接、停、射，脚上自有功夫。但他却轻声劝说道："仇耻未雪，不该逸乐。上好此道，下必甚焉。请陛下慎行。"高宗驻足不语，片刻点头，转身而回。

周必大在反腐、监督、去弊、储才、强军、兴农、恤民等方面有建言，皆发公论，众大臣佩服。高宗感其识见全局，策论精洽，人才难得，欲与之日夕论书。

暇日，陆游与周必大官舍小园除草，相语，陆游曰："我当以周公为范。"周必大曰："陆兄，我等同心，'与子偕行'。"

前线大捷

一一六一年，经全面筹划，金主完颜亮选调精锐，率军六十万亲征。弥望数十里，朝野震动。农历十一月，兵分四路，全线南下、西进，陆海合围。

完颜亮志在必得，气焰冲天。他精通汉语，擅诗词，挥笔题诗："提兵百万西湖侧，立马吴山第一峰"，他要南下牧马，弯弓射雕，跨越西湖，立马吴山，彻底灭宋。

金兵经和州（今安徽省和县），在江北安营扎寨，临江筑坛，刑马祭天，誓言横渡强攻。

在南岸采石矶，前来犒军的中书舍人、直学院士、都督府参赞军事虞允文，在帅未到位的危急关头，见金兵大军压境，战舰进逼，而宋军竟散坐路旁，已露败象，危如累卵。他临危自任，挺身而出，紧急组织部署，指挥大战。战事既开，他命战舰分队迎敌，又急调江边当涂民兵水军，驾海鳅船向敌船队发起猛烈攻击，分割穿插，将其水军拦腰截断，分进合围，敌死伤惨重。

当晚，万籁俱寂，大帐内灯火通明，虞允文与众将分析军情。几位大将认为金军惨败，必休整，我军当以逸待劳。众将言毕，虞允文目视众将，慢挥其手，言道："不然。"他判断，金兵乘我不备，凌晨必反扑。他命众将待命，兵不卸甲，马不下鞍。

夜半，他命水军悄然驾船到上游杨林河口埋伏。天欲晓，金兵果至，钻进了虞允文设伏的"口袋"。虞允文一声令下，舰船齐发，火器队竹管火箭、霹雳弹、震天雷等纷飞，远距离打击，火烧金船三百多艘，烈焰滚滚，红透江天，仿佛火烧赤壁。虞允文统无帅之兵，以不足两万之军，大败金兵四十万之众，是以少胜多的辉煌战绩，史称"采石之战"。粉碎了金主消灭南宋的战略计划。江淮浙西制置使刘琦，病中执手虞允文，敬佩，感慨："大功乃出自一儒生，我辈愧死矣！"

金军海上一路，亦未得手，遭遇浙西马步军副总官李宝所率军队和抗金义军的绝地反击，溃不成军。李宝早年是岳飞部将，善战，屡立战功。此役，备战充分，他率战船一百二十艘、弓箭手四千人，亦配备霹雳弹、震天雷等火药武器，在海上抗击金兵南进。他们兵在海州附近，先为被围攻的抗金义军解围，合二而一，增加兵力，又和山东境内几支义军联手，千里奔袭，向北推进。在胶西附近海面，李宝巧设埋伏，示敌无形，以逸待劳。

天微明，大雾弥漫，李宝环顾，内心踌躇："万事俱备，只欠东风！"渐闻金军船队金鼓齐鸣，由远而近，先声夺人，如入无人之境。忽见迷雾飘动，风骤起，漫卷战旗，李宝大呼："好也！助我之风！"待敌船逼近，李宝大吼一声，弓箭手万箭齐发，霹雳弹、震天雷等炸雷滚滚，在敌船队引发火海，火借风势，风助火威，火龙翻滚奔窜，浓烟蔽天，金战船被烧爆裂，远近"噼啪"声与弹药声、呐喊声混杂，似天裂海啸。宋军男儿拼死一战，攻破敌阵，金军溃败。李宝军纷纷登岸，吼声惊天动地，追击残敌。金兵首领苏保衡在乱军中改装为兵卒，侥幸只身逃出重围。李宝军歼敌无数，生擒两千，大获全胜。

另两路金兵，一路粮草悉数被烧，后勤断绝，战力顿失，败走。西北一路，在和尚原（今陕西省宝鸡市西南）、仙人关（今甘肃省徽县）一带，遇到四川宣抚使、六十一岁老将军吴璘率军顽强抵抗。吴璘扶病坐肩舆指挥，血战六天六夜，金军遭重挫。吴璘抓住战机，勃然而起，挥剑大呼："男儿尽忠，此其时也！"挥师北上，苦战连日，前仆后继，突破坚城高墙，攻占连环古堡，收复西北两大军事重镇秦州（今甘肃省天水市）、洮州（今甘肃省临潭县），留下了抗金的又一英雄战史，粉碎了金攻占四川转而东进的战略。

金兵大败，京城留守完颜雍发动政变，自立为帝。前线完颜亮在扬州被部将杀死。抗战义军在山东以大股部队东西战、南北攻，搅得金营风声鹤唳。

金兵全线溃退，宋军夺回两淮，战情出现了前所未有的大好局面和反攻条件。抗战派主张抓住可遇而不可求的最为有利战机，乘胜追击，攻其喘息未定。也有人提出，即使守势以待，也应全线向北推进二百里，扩大前线纵深。陆游分析战情，天时、地利、人和皆在我，在朝中极力主张抓住胜机北进。不料宋高宗和宰相陈康伯等竟然提出趁此良机"求和"。朝廷哗然，反对声四起。

陆游此时不惧风险，挺身而出，上疏高宗，直言金人社会经济落后，内有政变，太子争权；外有溃败，死伤累累；人心浮动，部落不和，政权不稳，军力、国力骤减，自身难保，正是我收复河山的最佳时机，断不可错失，陆游说道："应乘连捷之势，击溃败之军，不可复留残寇，长为国家之忧。万望圣上决断。"陆游句句掷地有声。朝野一片主战声。

孝宗即位

此时民意沸腾，高宗已难驾驭，迫于窘境，曲言"淡泊为心，颐神养志"，宣布退位，朝纲交于太子赵昚，是为孝宗。

初闻高宗逊位意，孝宗流泣固辞。百官朝贺，其愀然曰："然此大位，惧不克当。"

高宗则曰："吾在位三十六年，今付托得人，无憾矣。"

高宗逊位时，嘱孝宗，周必大刚正、精洽，通才达识，忠心耿耿，"不迎和，无附丽，忧国之忧，痛民之痛"，足可信赖。孝宗即位后，视周必大为肱股之臣，随侍左右。

孝宗，系高宗养子。高宗原有一子，两岁夭折。孝宗八岁时，在众多同宗同辈童中，被选入宫中收为养子，帝师授课。孝宗资慧聪颖，好学强识，谦和有礼。高宗视同己出，关心备至。孝宗至孝，父子情深。高宗喜焚香读书、听琴、习草书、下围棋，孝宗每见，必陪侍左右。深夜，高宗有时叫外卖，市上流行的张二馄饨、李婆杂菜羹、贺四酪面、臧三胡饼、王五脆酥鸭之类，用时必示孝宗共食。宋，城镇摊床、外卖风行，食盒层层分装保温盘，买者有小费犒赏。

孝宗为储时，一次突患痢疾，御医治疗不愈。高宗微服出宫，亲访几家药店。在一家药店，坐堂医说他可一试。次日来接，他方知是宫中事，倒有些惴惴不安。高宗嘱他不必惴惴，放心诊病就是，他连声"诺诺"。诊后，医生说道，太子喜吃湖蟹，多食必伤脾胃，久之脾胃阴虚，引发冷痢之患。诸位御医以热痢下药，差矣。

高宗问道："如何治得？"

医生说道："易也。可采湖莲藕节，捣烂取汁，温酒调服，三日即可痊愈。"孝宗连服三日，果然痊愈。

高宗说道："治国如治病。"

孝宗应道："对症下药。"

为谢此医，高宗把皇宫的捣药杵赐他，从此这位坐堂医名声日隆，精研疑难杂症，十年后乃成名医。

孝宗被立为皇太子时，三十四岁（一一六〇年）。曾几次被外派地方，任节度使，多历练，阅世颇深，知军国之难、民生多艰。对朝政了然于心，言少而敏于事，深知秦桧之奸。一次，秦桧以缉盗为名，抓捕一千多人，隐瞒不报。孝宗对高宗言之："此事关系重大，捕人众多，伤民结怨，必失人心，望速决断。"高宗惊闻，言道："速告大理寺遵旨，立即释放。"秦桧病危时，对朝廷秘而不宣，阴谋策划让其儿子秦熺接任宰相。孝宗密启高宗，破其奸计。

孝宗一一六二年农历九月即位，次年改元，为隆兴元年。战事未息。他励精图治，锐意进取，试图恢复，紧兵备，修内务，拨乱反正。

孝宗即位之初，迅即为岳飞、赵鼎、张浚、胡铨等大批受迫害的文臣武将平反昭雪。谥赵鼎忠简，赠太傅，追封丰国公。凡健在者，重新起用，委以重任。

孝宗令寻访岳飞遗骨，隗顺之子在荒冢中指认，众人动土，纷纷落泪，亦感隗顺父子冒死收葬与保护二十一年。孝宗嘉之，赐重赏。朝廷改葬岳飞于西湖畔栖霞岭，附葬岳云，在鄂州建庙，追授谥号忠烈。追复岳云、岳雷官职，是为死者洗冤。三子岳霖等悉官之，荣及后人。十七年后，一一七八年，又谥号岳飞武穆。一二〇四年，宁宗又谥号岳飞鄂王。追悼岳飞的诗词历代有作，口口相传，是历史不灭的记忆。

胡铨返京获任，后官至兵部侍郎、端明殿学士。李光案，得昭雪，却病逝归途，享年八十二岁。其二子李孟光从流徙地峡州归来，获任台州知州。陆游、周必大等与国人同感奋，诸人叹死者，庆幸还者，同颂孝宗拨乱反正。

孝宗追夺秦桧爵位，废谥忠献，改谥谬丑。谬丑，谬丑，既谬且丑，朝野同赞："孝宗明察，识忠奸，各得其终，复奚何求？"

孝宗大刀阔斧清除秦桧余党，明令今后不得进入朝廷；改革吏治，裁减省、部、寺、监官吏，去冗员、闲官；开言路，奖孤直，重用忠国廉能之士，排除攀附阿谀无真才实能者；禁祝寿，禁圣节进奉；收编抗金义军和官军一同作战，提高战伤战死者抚恤标准；鼓励农民耕田植桑，命淮南诸州，宽待淮北来归之民，免税役三年；敕令大灭蝗灾，提倡火烧蝗卵，养鸭灭蝗，及时赈济灾民，放宽灾区税赋；严令禁收工商苛捐杂税。他宵衣旰食，殚精竭虑，勤政节俭，一时气象一新，朝野寄予厚望。

孝宗拨乱反正，陆游亲见亲历，如沐春风，是他内心世界一段美好的时光。

孝宗对陆游早有所闻，读其流入宫中之诗，很是欣赏。一日，孝宗步入华文阁，询问当今可有李白才华之人？最高军事长官、权知枢密院事史浩答曰："陆游。"副长官、同知枢密院事黄祖舜等也竭力推荐陆游，详述陆游精史通兵，熟识历朝典故沿革、人物出处，烂熟于心。善辞章，笔力精健，超凡。孝宗听后感叹，人才难得，精史通兵，且听他说史、论兵。

未几，孝宗召见陆游，见陆游身骨俱健，体貌丰伟，双目炯炯有光，言辞畅达，风度卓然，欣喜。问其治国安邦之策，陆游从容以对。

陆游畅言："金，畜牧为业，游牧为主，常有争位之斗、部落之争，其安内时则不攘外。其攻我，胜时急进，败时喘息，以和议为诱饵，言而无信，多变，随机撕毁。收复失地，对金作战，似当从长远计，谋定而后动。"

孝宗问曰："谋定而后动何所指？"

陆游答道："胜机已失，国策之误，悔之晚矣！且待来日。时下，当以大兵与舟师十之九，固守江淮，控扼要害，养精蓄锐；以十之一，与其游击对峙，他袭我，我亦袭他，扰其军心，出奇制胜，速出速战速归。待要地抚定，金有内斗，待机，方可用重兵，趁其内耗而攻之。如此，则进有辟国拓土之功，退无劳师失备之患，实为天下之至计也。此臣愚见，伏惟圣训。"

孝宗听后，内心赞赏，不露声色。他思忖，太上皇"主和"，他如何抗战？朝中重臣顺高宗者多，他如何破除掣肘？陆游论兵，主张持久抗战，需要将帅人才、能战之军，更需强盛国力，势必旷日持久，待到何时？孝宗沉吟良久，不语。

事后，孝宗对吏部评说陆游"力学有闻，言论剀切"，赐以进士出身。同赐者三人，彼二人皆令礼部复试，唯陆游不须再试，且破格赐第一名。进士出身，在宋代视为已在进士之列。孝宗赐陆游进士出身，是为陆游打通了上升的空间。朝臣热议，孝宗识才，破格而用；陆游实至名归。

柒

外放镇江

一一六三年春，陆游再获重任，调任枢密院编修官，兼编类圣政所检讨官。

枢密院，是南宋最高军事机关。枢密院编修官，是起草、编写政令和整理枢密院军政文件与档案的文职官员；编类圣政所检讨官，负责修国史和当今皇帝的圣政记录。

一言震怒

陆游撰文，同僚皆称道。他撰写的致西夏国书，言简意赅，不卑不亢，气度恢宏。孝宗览，曰："人品既高，下笔自不同者也，国之笔也！"又论其字曰："笔札精妙，意致高远。"周必大、范成大诸人闻听，为之欣慰。

孝宗欣赏陆游才干，知其好佳茗，人称"茶痴"，赐其北苑龙凤团饼茶，此乃皇家贡物之极品。陆游心意朗然。一日饭后碾茶，赋诗，抒发心意：

江风吹雨暗衡门，手碾新茶破睡昏。

小饼戏龙供玉食，今年也到浣花村。

——《饭罢碾茶戏书》

如诗表达，孝宗即位后，对陆游信任有加。陆游意气风发，履职尽责，每遇事，据实而言，尽人臣之心。

宋朝有"轮对"制度，在朝重臣、高官、能吏都有轮流觐见皇帝的机会，单独回答皇帝的"垂询"，或本人"奏请"。皇帝通过召对，可了解下情，也可当面考察官员的所思、所想，检验官员的德、才、能、绩等。

一次，召对陆游，入便殿，孝宗问道："可有奏请？"

陆游答道："臣有愚见。"

孝宗曰："奏来。"

陆游奏曰："官家初即位，乃是以严格纪律示人之时，凡官吏将帅，一切吃喝玩乐之风气，尽应杜绝，严格禁止。凡严重败坏官德官品之嗜好，陛下应与众人共弃之。"

孝宗问曰："何哉？"

陆游曰："上有所好，下必甚焉。奸巧之徒，必窥圣上所好，而投所好，以谋其私。楚王爱细腰，宫中多饿死；吴王好剑客，百姓多创瘢。故圣上应以典籍翰墨为好，精研国策，引领风尚，其余嗜好不该有也。"

孝宗曰："善。朕与文臣将帅，当洁身自好，专注国事，宣导国人。"

陆游说道："如此，社风可正，民气可淳也。"

在朝廷，所见日多，针对弊端，他常有所思。孝宗即位后，陆游上书二府中书省和枢密院，就建都这军国大事，直言建康应与临安同为驻跸之地，"如此，则得以暇时建都立国。"这是重臣唯恐避之不及的话题，陆游却不顾位卑阶低，斗胆上书。

孝宗即位后，重用为太子时的两个门客，一为龙大渊，一为曾觌，朝中多人异议。龙大渊任左武大夫、枢密院副都承旨，曾觌任武翼郎带御器械，两人均兼皇城司，兼管皇城卫戍重任。这两人大权在握，不自谨慎，恃宠而骄，结党营私，士大夫中的奸猾寡耻之徒暗中攀附。孝宗不知，还常招两人宫中燕狎，朝中微言流播。谏议大夫刘度、中书舍人张震和殿中侍御史胡炎，先后谏言孝宗，待两人不可无度，孝宗不纳，三人遭痛斥。刘度请辞，后与张震遭贬谪，外放。胡炎不得重用。

史浩一次偶然对陆游讲，他在宫中所见燕狎，陆游听后，说给参知政事（副相）张焘，说这两人花言巧语迷惑圣上，请张焘依职上奏，否则他日尾大不掉，不能除之。陆游还说，圣上也不该招人在宫中燕狎，祸患常积于忽微，智勇多困于所溺。

张焘几起几落，是复入朝老臣，七十二岁，博闻多识，忠直持重，此时须发皆白。他听此言不虚，奏知孝宗。他亦想借此观察孝宗是否坚持用此两人，若仍用，他不愿与这类人同列朝班，将辞官离去。孝宗听奏，变色，问何来此言，张焘无计，如实以答。孝宗闻之，勃然大怒，厉声斥之曰："鼓动是非，小人反复！"怒而外放陆游为镇江通判。镇江，宋时称京口，亦称古徐州、东徐州。

张焘请辞，陆游问道："张老为何请辞？"

张焘捋髯，嘿嘿一声，甩袖说道："我岂能与龙曾之流同列朝班？"

陆游问道："返乡乎？"

张焘答曰："正是。"

陆游问道："何所为？"

张焘答道："先人有遗稿满箧，皆诸经训解，字迹极难辨认，唯我一人识之。我若死，书稿不能传焉。今我归，辨析抄录，可使传世。"

陆游怅然而立，说道："是我误张公。"

张焘摇头，执其手，说道："非也，陆卿不语，我亦要上奏。身在其位，谋国不谋私，知而不言是为私。陆卿年逢四十，不惑也，宦海沉浮，不足畏也。"

未几，张焘致仕。离京时，长亭外，古道旁，史浩、陆游诸人相送，料想相见无日，情皆黯然。

张焘乘车远去，陆游放目垂柳碧草，轻叹曰："谁能摹离别之状，写永诀之情者乎！"诸人怏怏而归。

不几日，陆游离京赴镇江就职。

知　遇

老将军张浚，曾三次遭秦桧等寻隙诬陷罢官，居乡，官吏避之，张浚亦闭门谢客。

杨万里久慕张浚，时任永州（今湖南省永州市）县丞，虽同处一地，三往不得一见，投书力请，始见之。张浚勉以清廉为政、正心诚意之学，从此杨万里自号诚斋，请谪居的胡铨，为其书室名"诚斋"，题写《诚斋记》。一日得两师，传为佳话。杨万里终身服膺，执弟子礼。

靖康年初，张浚曾主和，后见金欲壑难填，恣意宰割，实欲灭宋，转而坚主抗战，矢志不移。张浚被孝宗起用，已去国二十年。他谪居永州，乃偏僻穷困之地。返京，年六十四岁，风采依旧，言辞慨切。宫中卫士见之，无不以手加额，喜之曰："三次为相，废而复用，金所惧也！"孝宗任张浚为太傅、江淮宣抚使，封魏国公，统掌两淮军，驻镇江，准备北伐。任命虞允文出任川陕宣谕使，经略西北，成掎角之势，以待来日。杨万里时任临安府教授，因拜访张浚，时见陆游。

张浚统制江淮李显宗和邵宏渊两路大军，李显宗为正，邵宏渊为副。陆游闻之，大喜过望。他早知前辈张浚老将军文武兼备，能攻善战，功勋卓著。杨万里说，他胸襟开阔，慧眼识人，为国选才，出以公心，当年其所荐者虞允文、汪应臣、王十朋、刘珙等皆成名臣；其选拔吴玠、吴璘、韩士忠、刘锜等人均英勇善战，俱为名将。每推荐，辄有人言，某某因何不宜，某某因何不宜，张浚力争道："金无足赤，人无完人。瑕不掩瑜，在琢磨也。用其长，不偏其短，况其短是否有之，尚待明察也。"

陆游在给张浚的贺启中，表达了内心的期望，写出了自己的军事见解，言道收复中原，终将北伐，然不在今日，建议张浚不可急于北伐，应先重整兵力，积蓄力量，"岂无必取之长策，要在熟讲而缓行。"

是时，孝宗欲建功立业，避开尚书省与枢密院，单独授意，力说张浚，命其立即北伐。依张浚之意，应谋划全局，统筹准备，备战有成，方可用兵，与陆游等多人建议不谋而合。然孝宗决心已定，对张浚说："今朝廷所恃惟公。成，功在卿；有失，责在朕，万勿犹豫。"张浚只得遵圣意。符离之战前，确定分进夹击南进金兵，采用城外掩杀战术，可是邵宏渊因妒忌李显宗，竟违背号令，按兵不动。李显宗孤军应敌，优势顿时化为劣势。而金兵攻城时，本可固城坚守，待援军，邵宏渊却临阵而惧，竟然趁夜擅自撤军，亦有将领脱逃，军心乱，宋军大败，成为历史上留有污名的"兵败符离"。

张浚奏闻孝宗，言说此战得天时地利，失之于人和，欲引咎辞职，孝宗不允，言道："战，无常，岂有常胜将军乎？

朕与卿相约北伐,今有失,其责在朕,卿无咎也,群言不可畏。朕依公如长城,不容浮言摇夺。"孝宗下罪己诏,自责。

一一六四年初,孝宗命张浚以右丞相之位,都督江淮大军,驻节镇江。张浚训练民兵,整编军队,赶造船舰,军阵威武,金军不敢窥淮水而南进,金主叹曰:"张帅,宋之长城,可畏也。"

这时,陆游已在镇江通判(副知府)任上,初以世侄之礼拜见,两人一见如故,日不尽言,夜继之,秉烛倾谈。陆游敞开心扉,力陈抗战主张。

他说道,百废待举,振弊起衰,皆须抓紧治理,从长计议。他主张整顿吏治,选贤任能,彻底清除投降派;轻赋税,抑豪强,扶危困,赈灾民,聚人心;富国强兵,培养国力;整顿社风、民风、村风,去奢华,除萎靡,倡简朴,提升正气。战事尤难速决,尚需备而后发,万不可急于一时。张浚欣赏陆游的战略思想,不时笑而称是,说道:"年轻有为,胸有成竹,来日可待。"他对陆游寄予厚望。

张浚的参赞军事陈俊卿,参议官冯方、查籥、王景文等十几位幕僚驻镇江府,皆为当世英才,陆游在京时已相识相知。王景文是新知,政坛新秀,小陆游十岁。二十五岁中进士,博史通经,气节浩然,深察大势,长于史论、政论,富雄辩,工于诗,精于《诗经》,名闻京畿。张浚器重,招入幕府,人才汇集。陆游和王景文诸人志同道合,每日过往,常论兵、强国、建军、富民,意气风发。

兴会多景楼

新番阳（今江西省鄱阳县）守韩元吉，长陆游八岁，来镇江，看望老母，两人在朝廷相识相知，是为挚友。

知府方滋，重修多景楼，此时焕然一新，邀张孝祥、韩元吉、查籥、陆游、张仲钦、王景文等十几人，登北固山，过甘露寺，上后山峰顶多景楼。

张孝祥进士及第，在朝力主抗战，上疏高宗为岳飞平反，遭秦桧同伙陷害，诬其父谋反，其父下狱，株连张孝祥。秦桧死后，其父冤情昭雪，张孝祥知建康府。

众人鬓发间，各插簪花两三朵。东眺大江，西望群峰，俯瞰金山，远揽对岸扬州塔影……说起三国事，恍闻鼓角悲鸣，烽火连天，触发思古之幽情。旁及轻松故事，自然离不开甘露寺招亲。

方滋说，周瑜说服孙权，以其妹孙尚香招亲为计，诓刘备来，实欲杀之。诸葛亮将计就计，刘备依计去江东，弄假成真，娶其妹，实现孙刘联盟。传说其妹孙尚香，曾在多景楼梳妆，故多景楼亦称梳妆楼。这本是三国民间故事，众人谈起，佩服说书人的妙笔，虽说乔玄是虚构人物，以国老之名被拉进甘露寺当和事佬，成全了刘备。不过这虚构的人物，却描绘得憨直老诚，善为国谋，惟妙惟肖。

陆游笑而言曰："赔了夫人又折兵。这故事必流传，后人演义，亦未可知。"

韩元吉说道："故事、故事，乃老妪、小儿、引车卖浆者流听之野史，非陆公写史耳。有史书，无故事，史书难传。"

张孝祥说道："故事、故事，百姓口中之诗文；诗词，诗词，文人笔下之故事也。有故事，无诗词，不登大雅之堂。"众人纷言有见地。

一个时辰过后，方滋邀众人："诸位故事多多，且请进梳妆楼梳妆，演绎新故事……"

叙谈间，韩元吉说起三国后期西晋大将羊祜，字叔子，镇守襄阳，登临此楼，遗恨十年未能灭吴，但其扶农桑，兴国力，英名千载。

众人忆史思今，陆游即兴作《水调歌头·多景楼》：

江左占形胜，最数古徐州。连山如画，佳处缥缈著危楼。

鼓角临风悲壮，烽火连空明灭，往事忆孙刘。千里曜戈甲，万灶宿貔貅。

露沾草，风落木，岁方秋。使君宏放，谈笑洗尽古今愁。

不见襄阳登览，磨灭游人无数，遗恨黯难收。叔子独千载，名与汉江流。

徐州，古称彭城，兵家必争之地，其典故，诗词常用。众人听来动情，方滋赞曰："这词，思古，慕英雄，抒大志，跌宕起伏，开阖自如，气魄宏大，韵味无穷。"

众人同识，张孝祥赞赏喟叹："一时兴会，千古名篇。"

不几日，张孝祥用颜体书之，敦厚遒劲，方滋命巧匠刻于崖石，喜而言："多景楼又多一景矣！后世当传。"

韩元吉奉母有闲，时来陆游处，秉烛夜话，查籥、张孝祥、王景文等间或座谈。韩元吉谈和、守、战之策，曰："和，为疑之之策；守，为自强之计；战，为后日之图。"与查籥、陆游、王景文所见契合。两月余，离别前，两人相嘱："穷达生死勿相忘。"陆游感叹："呜呼！风俗日坏，朋友道缺，士之相与如吾二人者，亦鲜矣。"两人诗词唱和，吟家国之思，得诗三十首，王景文执弟子礼，每诗必读。成书，名曰《京口唱和集》，陆游为序。不多日，王景文升任太学正、枢密院编修，进京。

孰料，这时孝宗上受太上皇高宗掣肘，左右受投降派压力，不得不按高宗旨意，任秦桧死党汤思退为左丞相。高宗意在牵制张浚，孝宗有苦难言。

王景文不畏风险，大胆上疏，申论和、战、守，主张抗战，反对任用汤思退，反对大策摇摆不定。《论和战守疏》全文仅三百二十七字，剖析中肯，鞭辟入里，包涵重大，人称"万言策"。此策虽有逆耳之言，孝宗知其胸怀坦荡，是为国划策。汤思退一伙不容，暗中构陷，攻其"喜发异论"，夺职罢官，孝宗无奈，不言，王景文被迫离京。

将星陨落

汤思退获任，即策划驱逐张浚，用秦桧之法，假手同党，罗织罪名，连续弹劾。汤思退美言笼络李浩，李浩坚拒，明言不从。汤思退想到，当年李浩与秦熺为同榜进士，入招同去贺秦熺、拜秦桧，李浩斥之趋炎附势，决然不往。汤思退又想到李浩曾谏高宗慎用杨存中，知其非同道，乃告谏议大夫姚宪："李浩非可用者，恶之。"这期间，张浚曾八次请辞归乡，孝宗不准，只把张浚外放福州，以待复用。

张浚即去，不忘朝政，犹上疏孝宗，指出奸邪必误国事，且劝孝宗务要亲贤者，远小人。有人对张浚言，勿复以时事为言，张浚说道："我受两朝圣恩，久获重任，苟有所见，安敢不言？圣上如欲用我，我当束装就道，急驰前往，不敢以老病为辞。"

张浚去福州路上得疾，自知难愈，手书付二子，言曰："吾尝为相，未能恢复中原，雪祖宗之耻。我即死，不当葬我先人墓左，葬我于衡山下，足矣。"张浚心力交瘁，忧愤如焚，死于赴任途中，享年六十三岁。讣告发出，孝宗震悼，停止早朝，言道："天柱折也！"孝宗感于张浚忠国，两次追封，赐谥号"忠献"，以彰其功。

陆游得知张浚逝于路上，悲情难抑，数日怏怏，他自思自叹："自毁长城，国之不幸！"

王景文来镇江，别陆游。两人长谈竟夜，忧国悲叹，自知来日难料。在镇江（亦称津亭），风雨黄昏，送别时，陆游写诗《送王景文》，缅怀张浚，称道王景文无愧老将军，抒发别友之情：

> 张公遽如此，海内共悲辛。
>
> 逆虏犹遗种，皇天夺老臣。
>
> 深知万言策，不愧九原人。
>
> 风雨津亭暮，辞君泪满巾。

此时，虞允文任四川宣抚使，招王景文入幕府，参议军政。见其才干出众，几次上疏孝宗，保荐王景文，孝宗朱批"任用"。因不见容于"主和"派，后来仕途多阻，自知有志难伸，几次辞官，四十六岁奉祠，回乡吉州（今江西省吉安市），山居阳辛，自号"雪山"，专心治学、著述。与陆游音信往还。

汤思退在弹劾张浚之后，又将力主抗战的二十多名官员，罗织罪名，逮捕入狱。他派亲信通敌，暗去金国，邀约派兵渡淮，以与他的投降活动里应外合。

一一六四年，金兵按约分四路大军南侵，连续攻破商州等要地。汤思退启奏"和议"，孝宗直斥不准，汤思退竟仰面目视孝宗说道："请报太上皇。"孝宗内心震动，闪过四字："重臣欺君！"无奈，请太上皇阅，太上皇高宗曰："和议"。金朝开出条件，除了将宋军收复的唐、邓、海、泗四州再割让给金，两国关系还定位为"侄叔"之国，孝宗为"侄皇帝"。

十二月，《隆兴和议》签订。太学生张英等七十二人上书，指控汤思退、王之望、尹穑三奸臣误国，为老将军张浚等人鸣不平，请斩三人，流放其党羽，重用忠臣良将，并明示天下。陆游内心赞赏张英等人。他认为"众生合疏论危机"，"士气峥嵘未可非"。

孝宗面对危局，不得不逆太上皇高宗之意，罢免汤思退左相之职，孝宗言道："众人恶之，则弃之。"汤思退心怀鬼胎，在外放赴任的路上，担心通敌叛国事泄露，忧虑、恐惧而死，太学生诸人相语："内奸死有余辜。"

一一六六年夏，陆游调任隆兴府（今江西省南昌市）通判。七月，他携全家人乘船去南昌。千里水路，时逢暴雨狂风。四日，过金陵，他对家人说："钟山龙盘，石头山虎踞，六朝之史存焉，不可错过。"他戴斗笠，披蓑衣，雨中独游钟山。

山上雨云弥漫，雨声响彻四野，飞鸟避，野兔藏。茫茫烟雨，烟雨茫茫，雨中大山，只此一人。他挽藤攀石，直至山顶，袍带尽湿，他放声高诵刘禹锡的《西塞山怀古》：

> 王濬楼船下益州，金陵王气黯然收。
> 千寻铁锁沉江底，一片降幡出石头。
> 人世几回伤往事，山形依旧枕寒流。
> 从今四海为家日，故垒萧萧芦荻秋。

西塞山，是三国时期吴国的江防前线。刘禹锡路过，俯瞰大江，身临故垒，联想孙权三世孙，孙浩被晋灭，望穿六朝兴废。此诗，深沉厚重，哲思旷远，表达统一必然取代分裂的历史观。陆游了然于心，放声高诵后，他自大呼："痛快！痛快！"

过定林庵，陆游转身进入，移步观瞻，见案几置笔墨，遂题字壁间，言自冒大雨，独游定林。

沿途风雨交替，乘舟苦行十余日方到南昌。

陆游到任，水土不服，又碍瘴雾，体虚，服药，照行公事，仍想作为。

旬休，微服领家人，至进贤门外绳塔寺前，走市井，观风俗，体察民情。那里店铺林立，路边摊床沿街，有四海物品、五洲珍奇，日用百货、家庭用具、熟生食物、各类鱼肉、鸡鸭猫犬，喧嚣叫买。五行八作，三教九流，男女老少，纷至沓来。长衫短襦，浓妆淡抹，赤膊裸足，形形色色，挤挤撞撞，热闹非凡。陆游与家人穿行市中，尤觉适意，言曰："闹市纷喧，众人生计。"心舒情逸，乐而悠然。

不料，翌年二月，陆游又被罢官。事出突然，知府与府内人皆惊诧、惋惜。原来，汤思退虽死，余党仍在，弹劾陆游"交结台谏，鼓唱是非，力说张浚用兵"。家人郁郁，陆游心绪翻覆，不堪言传，无奈，只得交割公事，携全家千里返乡。走时，知府带众官送别，不忍陆游憾然归去。

长烟落日，暮色渐临，不知何处隐约传来南戏高腔："今日空洒同情泪，爱莫能助暂还乡……"陆游侧耳，神色茫然，家人无语。

捌

乡居岁月

途经临川，陆游巧遇国子监司业（副长官）芮晔。七年前同住西湖官舍，知己相逢，颇多快意。芮晔说，有新闻，新人将出。听闻，杨万里谒见虞允文、陈俊卿，上《千虑策》三十篇，论国势、人才，论相、将、吏，论刑法、冗官、民政，是国策之要务，虞允文赞赏有加："东南乃有此人物！"众人云，杨万里似有大用，可进枢密院。然说到张浚老将军死于忧愤，近日四川吴璘病逝，六十一岁，无不哀痛惋惜。起身欲行时，芮晔又言，老丞相张焘在家乡病逝，陈子茂在建康任上病逝，陆游颓然落座，拳击案几，痛惜不已。芮晔劝制痛节哀，宽心乡居，陆游怏怏而别。

老将军兵败内幕

在镇江时，老将军一次对陆游说："吾年少时，师从老太尉曲琦学兵法，今当传授给你。"

陆游答曰："吾不敢从命。"

张浚对曰："君乃大才，当以功名显于世。此郡宿兵大多老将，你可常与他们交往。"

张浚又对陆游说道："我想召你来本司。"

陆游深感张浚对己寄予厚望，量力实不敢当，陆游说道："方以愚戆，不敢安于朝，岂敢拖累张公。"

张浚摇手，说道："不然，等我回朝时，我要力言之！"

未料，不久张浚却被罢免了，但一番肺腑之言中的厚爱与信任，却深深铭刻在陆游心中。

为官九年，返回山阴，陆游和子虡叙说老将军的遭遇，说道："人世常有不测风云，不可逆料；愿望总是美好，意外却是无情。要取功名，先要有经受挫折的准备。不经挫折，难有坚忍之志；不经困苦，难当大任。"

正月中，残雪未尽，陆游遣子去田埂、溪畔、野地剜荠菜。那荠菜伏地层叠丛生，叶椭圆，边如锯齿，在墙犄角旮旯，得几缕阳光，几滴雨水，便长茎展叶。茎叶清香，鲜嫩爽口，正月吃，正当时，民俗谓之"咬春"，若开出米粒大小白花，荠菜就过季了。辛弃疾有诗云："城中桃李愁风雨，春在溪头荠菜花。"陆游喜食荠菜，"手烹墙阴荠，美若乳下豚"，曾写《食荠十韵》等多首咏荠诗，笔下清芬，乡土气息。咏它长在贫瘠地，送春千万家。

陆游请几位乡邻小聚，王夫人厨中忙碌。摆上家乡酒肴，凉拌荠菜、荠菜炒冬笋、荠菜豆腐羹、茴香豆、油炸豆腐、炒蕨菜、炒肉片、氽羊杂碎、葱油烙饼。

酒为欢伯，除忧来乐。喝起温热老酒，你言我语，讲些山野村话。

酒酣耳热之际，吴兄、李迪众人，不免问起高宗时，张浚老将军富平之战。

陆游笑曰："此战，是高宗旨意。高宗驻跸临安，原本与张浚约定，厉兵秣马，备战四年，然后出师，力保川陕。岂知半年后，即令出师。老将军无奈，紧急组织动员，调强兵，备粮草。"

一乡邻提道："人说老将军败战……"

陆游摇头，笑而答曰："有之。然，无人和，谁人能胜？张浚时任川陕路宣抚处置使，集军四十万，战马七万匹。金兀术合军攻陕。匆促间，我方将领等各有主张。开战，军心不齐，几路互有胜负。大将曲端，居功自傲，张扬跋扈，不服张浚，其心腹张仲彦等开战后降敌，大伤士气，各自后撤，退保巴蜀。即便天人率军，又当如何？"

陆游一桩桩说来，众人听得入神。

陆游抿口温热老酒，言道："说来话长。张浚四岁而孤，行之视端，无狂言，识者知其必成大器。入太学，进士及第。张邦昌僭立，他不附伪，逃入太学避之。闻高宗即位，驰赴南京（商丘），践行仁臣之道。他几次受重任，决不负托，高宗欲任其为相，张浚说道：'浚乃后进，实不敢当。'谦逊自抑，婉谢，不就。"

吴兄几人连连赞道："真乃忠臣、良吏！"

吴兄伸出粗壮黝黑的胳膊，说道："将相本无种，何不让我来做？"引得众人俯仰大笑。

陆游见众人重义通情，兴致颇高，环顾左右，轻轻放下筷箸，又说道："今天是野老话渔樵，且听我再讲一故事，却是实事。"

几人停筷，寂静无声。陆游神色凝重，缓缓说来。张浚驻军秀州，尝夜坐，警备森严，万籁无声，忽有人窜其室，入其前，张浚一惊。只见那人，手伸进怀里，从怀中掏出一纸曰："这是贼人买您首级的赏格，首级十万两。"张浚怒视，抚剑，厉声喝道："意欲何为？"那人道："我是河北人，粗读书，知逆顺，我岂能为贼所用？特来见张公，是因为发现张公防备不严，恐有后来者耳。"张浚感动，立执其手，问其姓名，那人只说一句"大人严加戒备"，转身急去……

众人由惊而喜，连说"义士、义士，世道人心！"

陆游说道："义士难得，国人之心，亦见张将军威望耳。"

后来，张浚次子张杓，去南岳衡山扫墓，陆游不计路远难行，迎风冒雨，先后两次同行前去。写挽诗，眷眷深情，沉痛悼念：

河亭挈手共徘徊，万事宁非有数哉。

黄阁相君三黜去，青云学士一麾来。

中原故老知谁在，南岳新丘共此哀。

火冷夜窗听急雪，相思时取近书开。

村趣乡情

　　陆游在镇江时，在镜湖畔，行宫、韩家、石堰三山环抱处买了西宅，对那里的十几间房屋，略改建。罢官归来，全家即搬离"云门草堂"，来三山西宅居住。这里地处山阴西郊九里，宜家宜耕。

　　陆游迁居后，恬然自得。看远山近陵，林木丰茂，草色青青，有鸟飞鸣。松竹高低错落，梅枝横斜，樱花两三丛正开。再看窗前兰花盛开，叶长花白，心情闲适。

　　陆游拾起一片兰花叶，问四子子坦："可知孔圣人说兰花？"

　　子坦年方十一岁，答道："芝兰，生于深林，非以无人而不芳；君子修道立德，不为穷困而改节。"

　　陆游又问"穷"字怎讲？

　　子坦答道："穷，衣食不足，谓之穷；路至尽头，谓之穷；士及其主张，不得见用，亦谓之穷，然一时受挫，非穷也。"三兄子虞、子龙、子修（子㤗）侧耳，听之俱悦。

　　陆游莞尔笑曰："小子学识日进！穷不失义，达不离道，乃君子，大丈夫。"

　　陆游爱抚其头，说道："兰，花中君子也。史载，越王勾践，植兰在兰渚。"

父子几人交谈甚欢，陆游赏观芍药、薄荷，微风若无，却有薄荷辛凉清香，笑意盈眉。

远近树上画眉、黄鹂跳蹿，几只乳燕呢喃，飞出房檐，飘然入林，一群喜鹊喳喳飞过林梢。他对儿子说，这里意境如诗，情趣萦怀，似若《陋室铭》所写，"苔痕上阶绿，草色入帘青""无丝竹之乱耳，无案牍之劳形"。他兴致盎然，在诗中写道："虽云懒出游，闭门乐事足""眼明身健可防老，饭白茶甘不觉贫"。

陆游晨起舞剑，日盛而读，饮茶焚香，心情怡然，他对罢官坦然处之，颇有"用之则行，舍之则藏"的旷达。春来，带几子植花木、种药材。连年去东岭广植松树，绿化山野。

他的一首七言古风《雨霁出游书事》，记叙一次雨后出游，披露自己安闲、淡泊的心境。

那天，他看到在池塘侧，有小鱼被细柳条穿颊，将被入锅烹调。他对渔翁说道："几十钱卖我？"原来渔翁认得他，说道："我识陆公，权做小礼奉送。"陆游笑曰："我收下你的情意，你收下我的钱。"渔翁笑应道："只收三十钱。"那三十钱（文）相当于今之九元左右。陆游拿出五十钱，渔翁不受，他拉过渔翁的手，放在他手心，说道："我们今后为友，不可客气。"渔翁连声道谢，背篓远去。陆游买下，欣然放生，鱼儿摇尾游走。他在诗中写道：

十日苦雨一日晴，拂拭柱杖西村行。

清沟泠泠流水细，好风习习吹衣轻。

四邻蛙声已合合，两岸柳色争青青。

辛夷先开半委地，海棠独立方倾城。

春工遇物初不择，亦秀燕麦开芜菁。

荠花如雪又烂熳，百草红紫那知名。

小鱼谁取置道侧，细柳穿颊危将烹。

欣然买放寄吾意，草莱无地苏疲氓。

　　　　　　——《雨霁出游书事》

　　这诗在自然风光的描写中递次展开，呱呱蛙声，青青柳色，辛夷花开，燕麦、荠花，百草红紫……生意欣欣。诗人为官九年归来，扫净尘埃，在大自然中漫步，尽赏村野风光，得悠闲自在之趣，无意间流露出无官一身轻的淡泊心境。

　　山阴农村乡土文化娱乐久有传统，一年四季按时令，总有"作场"。那时人称各种表演为"作场"。平时常有的是走乡串村的说唱艺人，亦有南戏、杂剧、木偶戏等演出。陆游性本乐乡、乐土、乐群，他常常和吴兄、刘弟、李迪、王弟来听说唱，看表演。唱舞俱佳的南戏、通俗幽默的杂剧、别有童趣的木偶戏，他看来津津有味，他喜欢作场的乡土气和令人深思的故事。他的诗《小舟游近村，舍舟步归》，描绘了这乡民喜闻乐见的场景：

斜阳古柳赵家庄，负鼓盲翁正作场。

身后是非谁管得？满村听说蔡中郎。

那天，盲翁来，村民早知，场地坐满。邻里三三两两，促膝闲谈，小儿呼叫嘈杂。只听啪的一声，盲翁檀板落案，鸟儿急飞，全场忽无声响，人们屏声静气，静待开口。盲翁几句道白，声如洪钟，穿林过木，引人入胜。演唱机智幽默，绘声绘色，说到精彩处，陆游和乡民捧腹大笑，小儿跺脚欢闹，盲翁鼓声咚咚助兴。故事是野史稗说，虽说故事中的蔡中郎蔡邕，并无弃妻为牛相国赘婿之事，但在演绎中演唱的却是人们追求的道德坚守，唾弃的是背信弃义。散场，陆游和乡民边走边聊。

他"闲看儿童戏晚晴"，见男童女孩蹴鞠，停步观看。儿童们颠球、传球，东喊西叫，"处处喧呼蹴鞠场"，颇有情趣。那边"纸鸢跋扈挟风鸣"，儿童放风筝，风筝皆装有精小竹笛，风中飘摇，声如筝鸣。陆游告儿童，风筝之名既由此而来，纸鸢也，乃楚汉时韩信发明。他驻足观看，指点儿童要看风向、风速，放高、放线、收线之法。谁人料到，后世飞机，正是西人两兄弟由风筝开始，研制而出。

又见村童捉迷藏，溪中摸鱼捞虾，几童在猜谜语，他上前出一谜语："画时圆，写时方，冬时短，夏时长。答一字。"小童挠头。陆游笑说看太阳，一小童顿悟，喊道："日。"几小童附和。陆游又出一谜："头戴翡翠冠，外披彩霞衣，身如洁白玉，却有人参须。答一物。"孩子们猜来猜去，都不对，陆游说："慢慢猜，猜对者，到我家吃红萝卜炖肉……"

归来写诗，记村童嬉戏之乐。

病　　中

陆游与吴兄、刘兄、李迪、李弟等少时伙伴和乡邻时相过从，兴致一来，不分时辰，拄杖而出，叩门夜访。逢四时八节，常有茶叙或文酒之会。当地人善酿酒，历史久远，起自春秋越王时。酒是腊月酿制，故称"腊酒"，亦称老酒。陆游在《游山西村》一诗中抒写了这浓浓的乡情古风：

　　莫笑农家腊酒浑，丰年留客足鸡豚。
　　山重水复疑无路，柳暗花明又一村。
　　箫鼓追随春社近，衣冠简朴古风存。
　　从今若许闲乘月，拄杖无时夜叩门。

他有时也与吴兄等乡邻，摇乌篷船去看社戏，或湖上漂游，对酒放歌，兴尽而归。乡情乡风，和谐融洽。

一日，有人来乡访陆游，乡人导引。桂树下，陆游见来人陌生，胸前当心处，缀有麻布，是为丧服。来人目盯陆游，涕泣失声，呜咽道："陆兄，陆兄啊，我是东阳陈恺……"

"啊——"陆游惊叫。"东阳一别，三十三年未见！"

陆游忙执其手，入室落座。

陈愔哭诉其父陈彦声病逝，享年七十四岁。遵父遗嘱，请陆游亲撰墓志铭。

陆游泪落涟涟，南向揖拜，掩泪涕泣道："盖尝有德于我家，永世不忘，义不容辞！"

两人同榻而眠，几夜忆往，三十三年不尽言。当年山中童子戏，而今相见皆壮年，两人不胜唏嘘。秉烛夜谈，言及陈公一生，不慕功名，不羡公侯，几次州府欲官之，不受。先祖死，他散尽家财百万，救助族中贫困子弟，退而躬耕垄亩，复致富，复又散财，救助族中穷人。而今仙逝，惜哉痛哉！陆游感佩不已，说此乃古越范蠡富而散财遗风，与范仲淹晚年倾其所有，买千亩良田，办义庄，周济同族世代穷人，同为高风亮节。

陆游含泪写就墓志铭，铭中写道："乱，能全其乡，功名非其愿也；富，能燕其族，公侯非其羡也。"饱含深情，写出了陈彦声的高风亮节。陈愔走时，陆游携全家送于船上，执手而别，相见时难别亦难！

过两年，又一次意外之事，打破了他内心的宁静。

一一六九年夏，邸报突然传来噩耗：七月，张孝祥在芜湖，送虞允文，饮酒舟中，中暑，不幸英年早逝，年三十八岁。孝宗有用才不尽之叹。

陆游痛悼。他对乡邻说，张孝祥入朝即主战，屡遭排斥和打击，几经沉浮，矢志不移。十六年间先后出守六郡，惠民、扶农、抗灾，强武备、修军寨，泽被一方。在芜湖，捐出自家田地三百亩，开出水泽地脉，为民造福。乡邻感恩，父老相传。

陆游深悲，言曰："中暑，藿香可除也，失之于医；大才，国可用也，失之于时！"

当日，陆游秉烛夜坐，忆镇江，不寐。无言默书："吊祭不至，精魂何依，呜呼噫嘻！时耶命耶，从古如斯，为之奈何？"写毕，忽闻远有野鸟几声凄厉，陆游心绪纷然。

这年十二月，陆游获任左奉议郎、夔州（今重庆市奉节县）通判，主管学事，兼管内劝农事，是正八品。消息传来，令他心起波澜。

在宋，罢官后几年或多年再任是常事。如是正常提擢，任职届满，经考核，等候获任新职，也须等待一年半载。辛弃疾率军归宋，任江阴军签判三年届满，一等近三年，才获任建康府通判，有客斥其"痴"，亦有人曰："好耶，遍游江南名胜。"辛弃疾苦笑，无言。南宋吏治如此。

获任时，陆游正在病中。这年秋季，他去府城的西营"润诗堂"买书，赏名人挂画，看瓶中插花，顺便又去王羲之旧居，在题扇桥王羲之为卖扇老妪题扇处转转，去茶楼啜花坞茶，到几条老街走走，观摊床货色，走过一桥又一桥，青石纵横，桥桥形异，高低错落，流水潺潺，轻松惬意。

不料归来遇雨，偶感风寒。先是头疼、咳嗽、气促，后又肢酸身倦，自己开方，吃了两服药并无大效。请来山阴名医石先生诊治，和陆游自诊相适。石先生对陆游说道："陆公这病，是外感风寒，应该用辛凉解表药。您开的方子是对的，却是剂量小了点。"

陆游说："也是。仆祖曾言，按古方药量用药，时难愈病，草木药性应时有变，略增之，方可。"

石先生开出处方，配伍亦略有增减，说以紫苏叶、麻黄发散风寒，宣肺解表为主；配葛根解肌清热，助苏、麻发散之力，又说了柴胡、杏仁等几味配伍药。

陆游说道："这药可也，不妨再加上桔梗、甘草，既止咳，又清利咽喉。"

石先生说自然。十几服药下来，病轻，只是周身力弱，头晕。

过一月，他对家人说："病未痊愈，休养为是，不堪远行。朝廷已准我明春成行。"

春来，陆游痊愈，嘱家人准备行装。

柯桥离别

陆游虽从未去过夔州，却不陌生，自幼在诗文中常见。他知道夔州远在三峡，是穷乡僻壤，地瘠民贫，远离前方。他想到唐代诗人杜甫，曾漂泊到巴山蜀水，在夔州生活了两年，留下了八十多首伤时悯农的诗作。离开夔州两年后，多病缺医，病逝于湘江船上。晚于他的诗人刘禹锡两次遭贬，二十三年间，一直辗转在巴山楚水的边荒之地，也曾在夔州任刺史，在写给白居易的诗中写道"巴山楚水凄凉地，二十三年弃置身。怀旧空吟闻笛赋，到乡翻似烂柯人。"陆游默诵此诗，为刘禹锡独自伤怀。好友李浩，四年前，往任夔州路转运使司判官，后任四川总领，刚调回京，任太府少卿。他信中言夔州地理风俗，犹如刘禹锡所写。

在思绪纷扰中，他想，为了一家人的生计。该去，"残年走巴峡，辛苦为斗米"，何况乡居三年余，有志难伸，此去也是报国之机。"四方男儿事，不敢恨飘零"，官不择位，夔州再荒远，还是要知难而行，不负初心。全家同去，免得两地分居，山水阻隔，有明月之思。他延迟至闰五月十八日离乡。

一一七〇年春，离乡前，他按陆家几代家风，逐家拜别乡里，叙乡情，述别意，亲情眷眷。离家前晚，陆氏兄弟们在城郊法云寺饯行，酒后啜日铸茶，至五鼓时分。古来我国寺庙兼有宾馆功能，文人墨客可以留住，置酒宴饮为习俗。次日拂晓，兄弟、族人、乡邻吴兄、刘兄、李迪、李弟等，人人折柳，三三两两络绎而来，远送至二十五里外的柯桥馆驿，正是"杨柳岸，晓风残月"时分。

馆驿不远处便是柯桥。这柯桥是单孔石拱大桥，桥高三丈，远远即可望见。桥栏外藤萝密布，参差披拂，下垂迎风，柯水经桥流入大运河。

陆游过桥，想到灞陵送别，这柯桥送别情谊又何深，离情别绪恰如藤萝，牵牵扯扯。乡亲们是既喜且忧，李迪、刘兄等几人说道："大丈夫志在四海，出将入相尽从苦中来。"也有族人想到去路迢迢，水上多险，又不知何年何月归来，暗暗掩泪。近旁的永丰桥上，行人听说陆游远行赴任，也纷纷向他拱手祝贺、道别。

微风轻拂，杨柳摇曳。众人在渡口，送他家登上官船，李迪递上一篮子新剜的山野菜，言离乡，吃乡土菜，常念乡亲，嘱陆游到地写信来。陆游、王夫人和子虡、子龙、子修、子坦长揖相谢，众人簇拥岸边，依依不舍。吴兄手摇柳枝，望着即将远去的陆游一家，轻吟王维诗："渭城朝雨浥轻尘，客舍青青柳色新。劝君更尽一杯酒，西出阳关无故人。"柳枝轻摇，情送行舟。柳枝、柳枝，留之、留之，情意缱绻，留人不住，留住情意。

船经萧山县，先去临安，陆游须去吏部领命。

自其离开临安，至今八年。领命后，五月二十六日晚，老友国子监司业芮晔招饮，编修官张亢宗、张叔潜等几位友人作陪，抚今思昔，畅叙情怀，感叹时光似水，往事如烟。

过两日，几人西湖泛舟，只见岸边园苑，竹树皆老苍，高柳接天，念旧交多星散，陆游若有所失。

芮晔对陆游说道："草木难为久，人岂不凋零？姑苏（今江苏省苏州市）灵秀，水巷人家，吴侬软语，可流连几日。"

张亢宗亦嘱，姑苏稍停，疏朗心怀。赠手札，录杜荀鹤诗《送人游吴》："君到姑苏见，人家尽枕河。古宫闲地少，水乡小桥多。夜市卖菱藕，春船载绮罗。遥知未眠月，相思在渔歌。"好字好诗，众人品味，情景毕现，笔韵悠长。

陆游离临安，别意于心。到姑苏，入枫桥湾，抵枫桥，暮色冥冥，泊船夜宿。仰不见明月，俯不闻乌啼，两岸枫林茫茫，只有远处渔火飘忽，寂静无边。

家人都已睡去，唯陆游难眠。夜半，古刹寒山寺钟声响起，悠远深沉。一百零八声，陆游默诵《枫桥夜泊》：

月落乌啼霜满天，江枫渔火对愁眠。

姑苏城外寒山寺，夜半钟声到客船。

这是唐代诗人张继的传世经典名诗，脍炙人口。张继天宝十二年（七五三年）进京赶考中状元，铨选（面试授官）时遭免，无可奈何。天宝十四年，安史之乱中逃难，颠沛流离，夜泊枫桥，月落乌啼，秋霜弥漫，夜半寒山寺钟声响起，落寞孤寂，国难、民忧、羁旅之苦，充塞心头，愁思不绝。

陆游七年前赴任镇江通判，路经枫桥，曾访寒山寺。只见碧瓦黄墙，青松翁郁。陆游读碑刻张继诗，经历有同，情亦相通，小时熟读于心，寺中再读，感受迥异。住持又引他到一处碑刻，说道："岳飞被十二道金牌召回，过枫桥，夜宿寺中，应邀留字，他不假思索，挥笔写下这四字。"陆游高声念道："还我河山！"四字一气呵成，酣畅遒劲，仿佛有千军万马驰骋疆场，读来荡气回肠。透过夜色，陆游仿佛又看到这四个笔扫千军的大字……

夜色沉沉，他吟绝句《宿枫桥》一首，抒发深沉之思：

七年不到枫桥寺，客枕依然半夜钟。

风月未须轻感叹，巴山此去尚千重。

晨起，陆游心在前路，过姑苏而不入。从大运河进长江，溯流而上，一家人开始了漫长的水上航程。陆游吟诗道："身游万死一生地，路在千峰百障中……"这年陆游四十六岁。

万里入蜀

一家人同住一船，空间狭小，生活不便，何况异乡风土，气候不一。船行三五日后，遇狂风暴雨，舟中尽湿，只得泊岸。一时气温骤变，由大热转而极凉如秋，一日之内，晨昏之间，竟有四季转换。先是五岁小儿子约病，未愈，长子子虞又病，陆游等也先后身染病患。不时泊舟上岸，请当地官员找医生上船诊治。

人生何处不相逢

过镇江，观江中小岛，波浪簇拥，天空湛蓝。去金山寺，路上见几人走来，竟是范成大等，巧遇。

自朝中圣政所一别八年，只书信往还，无缘相会，今在他乡巧遇，实出意外，两人皆惊喜，寒暄不尽情。

次日，范成大招饮于玉鉴堂，畅叙别来岁月，言及中原，所见略同。

范成大言："今受命任赴金使臣。"

陆游问道："此行可成何事？"

范成大蹙眉悄言曰："金主欲壑难填。"

陆游敛眉低言："屈冠带之邦，通引弓之俗。"

范成大曰："晏子使楚。"

陆游曰："善！"

离时，范成大上船相送，言摄自珍重。

陆游言："重任，苦使，危差，折冲樽俎。"

同行者曰："修政于庙堂之上，折冲于万里之外，范公可堪重任。"

陆游嘱："大节不亏，人格不辱。"

船行，陆游见范成大与随从伫立岸边目送渡船。陆游敛眉，忧范成大出使，安否难略。

离镇江，过瓜步山，夜晚可闻虎啸豹吼，声声震撼，山谷回响，闻之悚然。将晓，大风，覆盖夹被，凉如暮秋，陆游与家人患疟疾。七月五日，自新河入龙光门，泊舟秦淮亭。五日晚，建康诸军都统和江宁知县等人来迎。

六日，又有意外之会。原来是奉祠家居的秦桧之孙、侍郎秦埙。

奉祠，这是宋朝的一项制度，大凡被免职或罢官的中级以上官员，按规定授予管理道观的虚衔，即提举某某道观。或是本人请求，后批准。所谓提举道观，是一个远近均不必到任的虚衔闲职，以此为名，领取祠禄，是俸禄的一半，一任三年，可解生活之忧。

秦埙闻听陆游到金陵，竟诚意相邀。陆游勉为其难，随知县何作善等赴秦埙画堂做客。陆游见栋宇宏丽，林木葱茏，前临大湖，波光云影，湖前是御书阁，雕栏画栋，是当年高宗赐予秦桧。高宗曾手书匾额"一德格天"，已无。陆游与秦埙初见，宾主尽礼。秦埙说，家人病，可请当地名医刘仲宝视脉诊治。知县何作善说，他已知会刘仲宝，明日上船探视。

隔日，游天庆观，秦埙门客武康尉刘炜对陆游说，秦氏久家居，衰落可念，生计益薄，时典当，补不足。陆游问祠禄几何，刘炜答道年七万斛（七十万斗米），家中仆人、杂役未减。几日里，秦埙遣医来视，后又冒雨登船，亲来送药。

陆游有感，当年科考被秦桧除名，险误终生，而秦埙依秦桧之力，舞弊得中，十八年过去，而今两人竟于此地得识，人事之变，不可逆料，两山不得相遇，两人不论恩怨亲疏，说不定何时有意外之会。何作善云："有缘无缘非天定，人生何处不相逢。纵不相逢言在耳，云山万里犹闻声……"

翌日，去江边，远眺，只见燕子矶，耸立云下，状如飞燕凌空，三面江水环绕。悠然放目，陆游心绪朗然。登石头城，天高地阔，陆游意气勃发，史上往事，恍如近前。他对子虡、子龙说，秦始皇远望金陵，说有帝王之气。诸葛亮出使吴国，走马石头城，见"钟山龙蟠，石头虎踞"，江山壮丽，称"真乃帝王之宅也"。

陆游说:"建康城,南唐皇帝李璟所作,高三丈,因江山为险固,其受敌唯东北两面,而壕堑重复,皆可坚守。至今,已二百余年,其坚如故,所损不及十之一!"

父子远望近顾,陆游慨叹:"金陵临大江之险,固有金汤之势。仪凤门附近,有造船大坊,可造万斛巨轮,五洲第一。行在不应在杭州,最应在金陵。吾与众臣上札,高宗弗听,奈何?"

子虡说道:"若在金陵,秦桧来宋,不易。"

到定林庵,住持引领。陆游等进昭文斋,见额匾与斋中王安石画像。额匾,乃"书法第一家"米芾题;画像是"宋代第一画"李公麟作。画像着帽束带,神采如生。四年前,陆游赴隆兴,途中冒雨登钟山,进定林庵,题字壁间,今已移刻崖石间:"乾道乙酉七月四日,笠泽陆务观,冒大雨,独游定林。"家人围立诵读,情俱欣欣然,陆游颔首。又见刻功大气,精道,刀法娴熟,想必出自大家之手,心生谢意,略躬身。

去半山园,王安石晚年居处。住持见而有礼,说起王安石变法,他说变法略急,触及皇亲国戚、官僚豪门,又未得黎庶共识,遭反弹,神宗摇摆。王安石罢相外任,后屡召不赴,奉祠,来此居住。此地,毗邻秦淮河,去钟山半路,故王安石名之曰半山园。

住持说,王安石经年撰写《字说》,不舍昼夜,亦常带炊饼，骑驴上钟山，在定林庵休憩，读书写诗，时得佳句，如"终日看山不厌山，买山终待老山间，山花落尽山长在，山水空流山自闲。"

王安石，字介甫，祖居江西临川，十七岁随父赴任来江宁。其父，在江宁通判任上离世，葬于江宁；乃母逝，亦葬于江宁；介甫弱冠黄金年华，在江宁度过，晚年又任江宁知州，官于斯。其兄安仁、弟安国墓地亦在江宁。他对江宁，独有两代深情。他第二次入相，赴任途中，从京口渡江到瓜州，回望钟山，作《泊船瓜州》："京口瓜洲一水间，钟山只隔数重山。春风又绿江南岸，明月何时照我还？"未及到任，已盼早归钟山，心之所系，方有半山园十年，"买山终待老山间"，了却最后岁月。

住持略有所思，言道："人言，王安石晚年五言、七言绝句，妙传天下。"

陆游颔首，说道："此言不虚，诗品、人品俱有境界。他节俭成性，一身官袍穿八年；为相，亦粗茶淡饭，一无所择，每餐一菜一饭，与乡民同，食之怡然。"

住持感慨："王安石两次拜相，共七年，国库充盈。其贵为一国之相，自奉至简。"

住持说，王安石居半山园，未曾想到反对他变法的苏轼会来探望。那是苏轼离黄州，改贬汝州（今河南省汝州市）的路上，途经金陵，专程来拜访，这是意外之会。

陆游说，此是超然之境。苏轼深知王安石变法是为国不为私，故虽因昔日政见不同，屡受重挫，甚而险些丧命，然对王安石不怀私怨，罕见。

住持说，那一日，山鸟欢鸣，似会意。两人一见，宿怨冰释。苏轼住半山园多日。

陆游说，这可见苏轼心胸，是青史难得佳话。

两年后，十岁哲宗继位，宣仁太后高氏听政，任司马光为相，废除所有新法，王安石忧心国事，多年痰火症（肺疾）加剧，病逝，年六十三岁。过多年，赐太傅，谥号文。有《临川文集》等传世。

千古一人虞允文

此后，苏轼得高太后赏识，调京，由流放之人渐至显赫大位，先后任兵部尚书、礼部尚书，端明殿学士兼翰林侍读，正是宦海得意时。哲宗亲政，风云突变，苏轼与弟苏辙接踵遭贬，苏轼先贬岭南惠州，后贬海南儋州，苏轼痛言："垂老投荒，无复生还之望。"在海南儋州，艰辛备尝，不堪言。徽宗继位，遇赦，复有生还之望，年六十六岁终得北归。不料年老体衰，不堪舟船劳顿，病于途，逝于常州友人宅（一一〇六年）。吴越之民哭于市，友人吊于家，太学生相与奠于寺。苏轼文章各体兼备，散文与诗词独步文坛，历代传颂。

住持与陆游，说起王安石与苏轼，情不能已。

陆游回首，对子说："王安石与苏轼，两人同是欧阳修门生，政见殊异，势不两立，晚年殊途同归，谁人能料？司马光原是王安石同朝好友，因变法而成政敌，此一时彼一时，亦非可料。"有客曰："人可知己之前，不可知己之后，后之不可揣测，凡再变矣。"陆游在诗中写道："人生穷达谁能料，蜡泪成堆又一时。"他对几子感叹，王安石、苏轼，居官，不恃官而骄；有功，不以功为傲；范蠡，善贾而富，不仗富而狂，尽散家财于民。范仲淹暮年，散尽积蓄办义庄，人之为仁者，屈己待人也；善待人者，仁也，善始善终者也。

住持感喟："人之废兴、成毁，祸福、贵贱、贫富、生死，不可先知也。得势不失德，失势不丧志，君子也。骄、傲、狂，小人，妄得者也，烈火烹油岂可久哉？盛极而衰者多矣。大千世界，三灾八难、五劳七伤，可得避乎？"

陆游言道："盖人各有其幸与不幸。幸，常在努力中；不幸，偏在意料外；世事多变，三灾八难、五劳七伤，事与愿违，是可叹也！"

每到一地，总有地方官吏来迎，引岸接风叙旧，倒也有他乡遇故知之感。两岸风物怡人，山光水色迭变，"道路半年行不到，江山万里看无穷"，胸襟开阔，把酒临风，其喜洋洋者矣。

出金陵，过黄山，越九华山，至采石矶，陆游与家人疮疾痊愈。

陆游站在船头，远眺，采石矶突入江中，峭壁千寻，晚霞落照，大江奔流。晚泊舟，问诸子曰："尔等可知采石矶大捷？"

皆曰："知也。"

陆游又说道："尔等说其详。"

几个儿子面面相觑，无人可道。

陆游凝望夜色，明月银辉，江波荡漾，心生快意，说道："采石矶，古津渡口，江面窄狭，是长江咽喉，自古为兵家所重。采石矶大捷，虞允文之功也。"

陆游说道，虞允文去采石矶，是奉命犒师。阴差阳错，他到采石矶时，敌大军压境，战骑嘶鸣，我方帅却未到位，队伍三五星散，解甲束鞍，闲坐于道旁，未战已露败象。

虞允文当机立断，召诸将，言道："坐待帅来，则误国。立战。"

众曰："今既有主，请死战。"

亦有人言："虞公受命犒师，未受命督战，他人坏之，虞公任其咎乎？"

虞允文怒道："危及社稷，吾将安避？"

陆游说到此，钦佩之情溢于言表，举拳赞赏。

他说，时敌兵四十万，我军一万八千，实力悬殊，谁人敢战？无人也。战，必败。然虞允文临危不惧，挺身而出，力挽败局，是战史奇迹。而后，又上奏，言金主完颜亮绝不甘于大败，必从扬州东进，攻京口（今江苏省镇江市），当急调重兵守之，上从其言。如其所料，金兵果至，攻京口，欲决一死战。怎奈宋军重兵二十万早至，战舰战船布于江中，严阵以待。金兵恃骄而来，不意宋军有备，士气高昂，攻防果决，金兵溃不成军，大败。此战，乃虞允文之远谋也。

金主完颜亮，乃阿骨打之孙，荒淫无耻，嗜杀成性，弑兄篡位，积怨深重。在此败后，他又大开杀戒，尽杀不战之卒，内部群起兵变，在扬州被部将所杀。

众子交相热论。陆游说道："以身许国，不计生死。然采石之战，无大勇大智者必败。扬州京口之战，虞允文料敌在前，抢得先机。"后人有曰："伟哉虞公，千古一人！"实乃公允之论。

陆游讲起虞允文："虞允文，蜀人，家在仁寿县。体貌魁伟，慷慨磊落。他六岁诵九经，七岁能属文。母逝，守孝三年，哀毁骨立。既葬，朝夕哭墓侧。墓有枯桑，两鸟来巢。念父之鳏孤，且有疾，七年守候，不离左右。父死，守孝三年，四十四岁始去科考，进士及第，在彭州、黎州、渠州等地任职，有政声。秦桧当国，摒弃蜀士，不得用。

秦桧死，高宗召之。入朝，忠勤无二。察大势，尽忠言，运筹帷幄，料敌攻守之计，每战皆不出其所料。使金，金叹其能。出将入相二十年，屡立功勋。为政，力行减赋安民；治军，精兵汰劣；其所荐能臣，胡铨、周必大、王十朋、赵汝愚、晁公武诸人，上皆收用，政绩彰明。

辛弃疾率义军，过淮南，曾到扬州拜见虞允文，虞允文识其文武全才，胆识超群，上奏朝廷保荐，可惜辛弃疾未得大用，难尽其能，虞允文抱憾于心。”

陆游又说道："虞允文度量大，事事以国事为重，不计私怨。御史萧之敏，弹劾虞允文，虞允文获罪遭贬，后复用。孝宗贬放萧之敏，虞允文不计恩怨，力言萧之敏正直，请召回以广言路。孝宗谓其宽厚，命载之《时政记》，彰其德。"

说到此，陆游感喟道："政者，正也。子帅以正，孰敢不正？正，方可从政；有宽厚之胸怀，方可成大业。宰相起于州郡，武将拔于卒伍，尔等自当奋发。若非其才，耕读可也。学，可以孜孜以求；官，不可孜孜以求。无其能，莫思其位，历练积累；无其才，莫慕其名，苦读积累。不如此，必遭祸，切记，切记！"

上庐山

越铜陵，过阳山矶。初见苇塘无边无际，长尾水鸟飞蹿，野鸭成群，一人划小舟荡漾其间。浅水中，数只白鹭引颈剔翎。阵风吹过，芦苇摇曳，荻花如雪，漫天飞舞，又有苍鹭追逐，奇幻炫目。

陆游对家人说道："苇塘，这一带甚大甚多。枫叶荻花，水草丰美。《诗经》有云'蒹葭苍苍，白露为霜。'冬用荻絮做被，轻而暖，家乡难得。"

两小儿子坦、子约惊喜喊道："蒲棒多耶！"

子龙说道："那是薅不得的。蒲草细叶上指，尖利似剑，绒却轻柔。"

忽然，两孩又指水上远处，大声喊道："怪牛犊！怪牛犊！"

陆游循声望去，见十多条似若巨鱼，色苍白，翻覆水中，激起白浪冲天。体之大，确如黄牛犊，不知此为何物。继之有江豚三五跃出水面，相继畅游，家人争观，惊喜异常。又见江中有物，双角，远望亦似小犊，出没水中，有声嘭然，几子孙莫不称奇，陆游说道："天赐万物，各有其性，如此之大，天养也，物我一体，万勿相伤！长江，长江，万物长生长长，长长之江耶。"

过池州（今安徽省池州市），遇惊险，惊心动魄。

初时，江南群山，苍翠万叠，如列屏障，连绵数十里。江面浩渺，眼界无限，悠闲自在。舟顺风，行甚速。渐而，风起微波，忽而大风骤至，掀起白浪滔天，排击翻腾，陆游所乘大船，随浪头上下剧烈起伏，却似一叶扁舟。

至马当，天气骤然再变。船行石壁下，瞬间昼晦，暗无天日。风势横甚，摧地倒天，群山为之震动，舟人大惊失色，急落帆，欲进小港，却遭浪阻，纵竭力牵挽，枉然。已进港者四五舟人，皆来助牵，化险为夷。水上相助，民间良俗。

入夜，风愈厉，似天哭地号，啸声愈加恐怖，舟人增十余根特粗缆绳，仍有船毁人亡之虞。直至次日晚，风稍定，然怒涛未息，"嘭嘭"击船，终夜有声，惊心动魄，人仍惶恐难安。陆游镇定自若，将小儿搂于怀中，连声叮嘱"莫怕，莫怕"。

八月二日晚，泊江州（今江西省九江市）溢浦口。

江州，当年白居易越职言事，遭贬，由京城长安左迁来此，任司马，是知州属官。溢浦口夜送客，实乃送兄返乡，舟中琵琶女，恰从长安漂泊沦落至此。

翌日，陆游移泊琵琶亭。知州、通判等人来拜访。

寒暄过后，知州周强仲讲起白居易在江州事，言白居易在庐山东林寺西林寺间建草堂，完工于四月，"人间四月芳菲尽，山寺桃花始盛开……"通判胡羹吟《琵琶行》："浔阳江头夜送客，枫叶荻花秋瑟瑟……同是天涯沦落人，相逢何必曾相识……"言曰："此诗，自怜自伤者也。"

周强仲感叹："白居易，'惟歌生民病，愿得天子知。'其《赋得古原草送别》《长恨歌》《放言五首》《秦中吟十首》近三千首诗流传至今三百余年矣。"

又言，白居易诗，晓畅易懂，流传广远，唐宣宗《吊白居易》诗，深情写道："童子解吟长恨曲，胡儿能唱琵琶篇。文章已满行人耳，一度思卿一怆然。"

陆游接言："欧阳修诗作，承唐启宋，李白苏轼诸家之诗，字词亦无窒碍，读来畅流无阻，人人可读可通。"

众人交谈，联想苏东坡乃欧阳修门生，无愧也。贬黄州四年、惠州三年、儋州七年。六十一岁时，贬海南儋州，朝廷令其不得食官粮、不得住官舍、不得签书官事。仅此三地计十四余年，苦不堪言，而他却在《自题金山画像》中写道："心似已灰之木，身如不系之舟。问汝平生功业，黄州惠州儋州。"诗有未尽之意。

陆游缓缓而言："儋州绝艰。史载，初到时，食无肉，病无药，居无室，出无友，冬无碳，夏无寒泉。黎族百姓帮建茅屋，又买几亩薄田，躬耕，不悲苦，不移志。和黎族父老相谐，互敬，写诗多首，描写黎族老少与他的亲情，'总角黎家三小童，口吹葱叶送迎翁'。他教掘井，讲耕种，开办学堂，传播中原文化，培养当地人才，调教出海南的第一个状元。东坡独好陶渊明诗，在儋州苦境，竟唱和百余首。东坡离儋州时，黎族父老携酒馔簇拥送行，百里不舍，执手涕泣而去。黎族，兄弟也。"

众人喟叹东坡才干、磨难、阅历、见识，绝境不绝。

几人陪同陆游又看过白鹿洞书院、濂溪书院旧址，惜久已残败。过濂溪书院，诵读周敦颐《爱莲说》，似悟其讲学情景。周敦颐，为宋代理学开山鼻祖，有历史之功。十五岁与母寄住舅家，其舅官居知州，凭舅父得朝廷恩萌，官由主簿渐至提点广南西路刑狱。为官几任，敢驳酷吏，为民数洗沉冤，深得民心，有讼皆愿其亲手处置。致仕，居庐山莲花峰下。黄庭坚说他"人品甚高，胸怀洒落，如光风霁月"。其风骨清正廉洁，爱莲、植莲，四十七岁与友人诗文会，写出《爱莲说》，一百一十九字。陆游说道，文如其人，其人如文，周强仲随口吟"出淤泥而不染，濯清涟而不妖，中通外直，不蔓不枝，香远益清，亭亭净植……"

次日晨，登庐山。极目远望，庐山北邻大江，气象雄丽，天气澄霁，诸峰尽见。

通判说，三四年前春冬，周必大曾两次来庐山。他读过周必大的庐山游记，文中分析庐山的几度兴衰，确有见地。

知州感而言曰："旁观者清。苏东坡由黄州改贬汝州，路上曾绕道登庐山，雅兴不减，而后探访王安石。苏东坡西林壁题诗云'横看成岭侧成峰，远近高低各不同。不识庐山真面目，只缘身在此山中。'哲理。"

陆游说："周公，独具眼界，治国安邦之才。触事而发之文，见解独到。东坡此诗，深意广远：当事者迷，旁观者清。"

途中，陆游请几位叙说诗文掌故，知州打拱，手指前方说道，陶渊明家在庐山南麓。辞官彭泽令后，常居庐山，读书、吟诗、抚琴、醉酒。生计困顿，友人相助，时靠乞贷。李白求仕，不得志，五上庐山。五十五岁时，李白第三次上庐山，住庐五老峰旁，居半年余。应永王李璘召，入幕府，随军东下。事变，李璘被杀，李白入狱，郭子仪向肃宗讲情，由死罪改判流放夜郎（今贵州省桐梓县夜郎镇），途中过白帝城，喜遇全国大赦，得返，"朝辞白帝彩云间，千里江陵一日还……"

当夜，宿山中。初更，听人唤，忽见夜幕下，远方，数百河灯从天而降，莹莹点点，由远及近，飘摇水上。至眼前，似满目落霞，倒映夜空，蔽江而下。家人争观，小孙拍手而呼。至水宽处，渐散渐远，赫然如繁星丽天，倏然隐没夜幕。船工说，此乃一富家，放五百河灯，禳灾祈福。凡船相遇，敬畏避让，视为吉祥，此乃本地风俗。

日出，山上放目，江山烟云，近若几席间。时见几百年古物与唐碑，几处古宫旧寺，皆有先贤题字。陆游在冷翠亭故址，闻溪声，若风大雨骤，毛骨寒栗，言道："冷翠亭，名副其实，冷也！"仰望太一宫，钟楼，高百尺余，三层，砖砌，飞檐斗拱，不用一木；赞先人良工绝技，不舍离去。观主、名士胡思齐告陆游，此楼建费三万缗，钟重两万四千余斤，三年竣工，历经百年风雨，屹然如初。陆游与众人啧啧有声。随后，去东林，登香炉峰，众皆气喘吁吁，接连拭汗，言语断续。九日，游西林。山上夕夜极寒，甚可拥炉。

连日在山中，遍历奇峰秀水，亦见香炉峰下白居易草堂，及诸多先人遗迹。陆游感叹，山上方七日，一揽几百年。众人问陆公庐山如何，他言道："庐山，奇哉，天下至境也，久之必兴焉。"有客曰："风云多变。"七百多年后，庐山近代以来成为避暑胜地。庐山几度冠盖如云，也曾惊动朝野。牯牛岭已成为庐山风景区的中心，演绎庐山故事多多。

十日晚，回舟中，秋暑未艾，陆游挥扇，二子曰山上山下两重天，陆游怡然自得，言曰："登泰山而小天下，上庐山而知天下。"

走访东坡

十一日，陆游一家谢别众人。

过刘官矶，泊船登岸。得小径，至山后。有陂湖，烟水渺然，沿湖多木芙蓉。夕阳下，数家芦藩茅舍，宛有幽致，寂然无声。有大梨，欲买之，拒售。湖中有小艇采菱，呼之，不应。欲问其故，见道边有机关，似防虎狼，避之而归。

子龙回望，说道："世外桃源。"

子虡不屑："世外桃源焉能这般待人！"

陆游笑道："十里不同风，百里不同俗。"

过药市蕲口，闻远处人声，陆游登岸。市井俨然，购薄荷、乌梅等成药。陆游说药肆善贾，知过客所想，到手即可用，经营有智。

抵黄州，知州杨由义、通判陈绍复和主簿等人，陪伴陆游遍访苏轼遗迹。路上多竹，时见海棠。通判陈绍复笑曰："居，食可无肉，不可无竹，苏公所言甚是。"

杨由义曰："苏轼任湖州太守，写诗，暗讽变法，言民生与便民之事，御史中丞李定等三人，断章取义，诬其'诽谤''包藏祸心'，押进乌台牢狱。广搜苏诗苏文，构造飞语，深纳罗织，酝酿百端，久拖不决，必欲滞之以死。"

陆游说道："乌台诗案，沈括诸人，亦皆曰苏轼该杀，独有政敌王安石与章惇为其缓颊，曰罪不当死。曹太后怜其才，为之说项。此时王安石已罢官，谪居南京半山园，上书神宗曰：'安有盛世而杀才士乎？'神宗虽不喜苏轼，亦怜之。关押五个月，以黄州团练副使安置，遣来此地'思过'，不得问政事。若神宗不怜，久拖不决，苏公必死无疑。那年苏公四十四岁（一〇七九年）。"

言语间登冈垄，去东坡，观垄地。此乃久荒营地，是来黄州三年，友人为其请得，苏轼领家人，掘井，辟荒，斩荆棘，去石砾，种粮种菜，与田父野老相从溪谷之间。在此筑草堂五间，黄芦苦竹环绕，自号"东坡居士"，侍妾王朝云相伴。

通判陈绍复曰："江山之外，第见风帆沙鸟，烟云竹树。手执一卷，送夕阳，迎素月，不亦谪居之胜概也？"

知州杨由义叹曰："时艰，苦甚！其家老乳母，扶持其母三十五年，又抚育苏轼姐弟，再抚育苏公三子，耄耋之年同来黄州，一年忧苦而逝，苏公视同骨肉至亲，终身以不能归葬故乡眉山为憾。前后，弟苏辙在流放地丧女、故乡堂兄病逝……"

杨由义熟读苏轼，由衷感念。他对通判陈绍复说，王朝云，贫家女，天生丽质，温柔多媚，善解人意。在杭州，苏东坡观其跳采莲舞时，王朝云年方十二岁，纳为侍女，十八岁同来黄州，纳为侍妾。后，苏东坡流放岭南惠州，年近花甲，遣散姬妾，独王朝云坚不离去，东坡手指天边说道："此生归路愈茫然。"王朝云说道："他乡犹可是家乡。"执意相随，同去惠州。王朝云布衣布裙，相伺左右，荒野耕作，不拒劳苦；下厨为炊，野菜为食。生一子，一岁夭折。未几，王朝云染疫卧床，苏东坡守候病榻，求数医，不得救，月余而死，三十四岁，可叹！苏东坡年逾花甲，不胜悲痛，深忆二十三年陪侍，亲书墓志铭，寄托哀思，葬于惠州丰湖水畔，苏公改称西湖，后世传焉。

陆游说道："苏公身处逆境，却在黄芦苦竹中，写出了不朽杰作《赤壁赋》《后赤壁赋》《念奴娇·赤壁怀古》《海棠》《定风波》等诗词，撰写了《易传》《论语说》学术专著，含辛茹苦，意志超凡。"

再去旧居雪堂。竹泥为壁，茅草为顶，是苏轼同家人所建。陆游环顾，说道："苏公造堂时，曾大雪漫天，故四壁皆画雪，隐喻高洁。"堂中苏公像仍在，乌帽紫裘，横按竹杖，气象萧然。堂外其手植大柳处，只有片石。南坡，残伐无几。安国寺，当年苏公尝寓居，兵火之余，无复遗迹。栖霞楼如故，下临大江，烟树微茫，远山点点。知州杨由义说，楼主与苏公友善，时邀饮酒赋诗。惜乎，茂林修竹不复见矣，唯鸟声可闻。

杨由义感言："苏轼'大江东去……'超然观世。"

出栖霞楼，循小径，过竹楼，其下稍东，乃茅冈，当地称赤鼻矶，后人有说是赤壁。苏轼来游，写词《念奴娇·赤壁怀古》，词中写"人道是，三国周郎赤壁"，苏轼一笔点出：只是人说而已。无争，置身度外。

陆游说，李白《赤壁歌》云"烈火张天照云海，周瑜于此破曹公”，所指赤壁亦非此地。说是此地，乃误传。窃以为，苏公疑之甚早，他在《赤壁赋》中，概写赤壁：“西望夏口，东望武昌，山川相缪，郁乎苍苍”，随之有保留地设问：“此非孟德之困于周郎者乎？”在全篇语境中，这般表达，有深意，若不然，岂不大煞风景？文章怎么做下去？又，那年代瘟疫流行，另有一说，曹之北兵近半染疫，初战即引兵北撤，“烈火张天照云海”，大战之惨烈，实乃诗人夸张、文人想象耳。

知州对陆游说，他曾细查舆图，确非此地。

陆游接言：“苏轼在此地四年，焉能不听人言？不细查舆图？不核查方志？”

山中客曰：“此乃黄州赤壁，非周郎破曹公处。”

陆游说道：“时过境迁，误传多矣。往事依稀，烟云远去……”

或曰赤壁何在？考古实证，赤壁古战场在长江南岸，今湖北省东南部，赤壁市（旧称蒲圻县）西北三十八公里处。

离黄州，江平无风，船正从赤鼻矶下过，但见壁立，高耸如危墙，色如丹，亦见奇石，五色错杂，七彩辉映，粲然可爱。陆游嘱船工缓行，悦赏奇石，漫吟道：“花如解语还多事，石不能言最可人。”船工笑曰：“好诗啊，好诗！花不解语，事少；石若能言，麻烦，它们见事见人太多……陆公联想，神思！快哉！”

他对几子说，宋以来，鉴赏雅趣风行，赏石兴起，书画家米芾，赏石、拜石、供石、画石，人称“石痴”。其好友苏东坡亦有此好，他在这里拣石三百枚，铜盆盛之，以水激之，置于案头，随日观赏七彩之变，写出《怪石供》《后怪石供》，尔等当读，可修身养性。

又言，苏公，大才。在黄州，灾难相逼，磨难接继，竟有闲情逸性写海棠："东风袅袅泛崇光，香雾空蒙月转廊。只恐夜深花睡去，故烧高烛照红妆。"心境澄明，世人不及。

子虞有感而叹，说起当时苏东坡与友人沙湖道中突遇大雨，众人狼狈快奔，他独不觉，从容自若，策杖徐行，晴后写《定风波》："莫听穿林打叶声，何妨吟啸且徐行。竹杖芒鞋轻胜马，谁怕？一蓑烟雨任平生。"

"竹杖芒鞋轻胜马，谁怕？一蓑烟雨任平生"，乃苏东坡自画像，人生遭际的超迈心态，风雨人生的诗意独白。

子龙接诵道："料峭春风吹酒醒，微冷，山头斜照却相迎。回首向来萧瑟处，归去，也无风雨也无晴。"

随行山中客曰："《定风波》，抚慰人心，化解忧烦，风雨中人读来，心境豁然，窃以为此乃《定风波》又一独特之处。"

陆游面露喜色，对客曰："君有深悟，见解独有。"

陆游又言："苏公身本有疾，常受腰疾、肠疾、眼疾、痔疾所扰，重时苦不堪言，如此遭遇，竟无颓态。一蓑烟雨任平生，意深之至，确可抚慰人心。"

壮哉，鄂州！

晚泊江村，大堤高柳，居民稠众，淳厚诚直，鱼贱如蔬，又皆大鱼，花百文，二十口饱餐。

晚风习习，陆游环望周遭，说道："苏公在黄州，食有鱼，写诗咏鱼多首。雨雪之晨，风月之夕，殊堪苦中自慰也。"

过青山矶，至白羊峡口，见居民和舟船甚多，口音有异。船工说，这里多是兵丁和家眷。原来，宋实行募兵制，兵丁月俸一千文至三千文不等，另有补贴与奖金，可带家眷，自行安置，多居乡村。凡有驻军处，村民必多。亦见骑马武官行路。宋代，武官骑马，文官坐轿。

至鄂州（今湖北省武汉市武昌区），却是另一番景象。满目商船客舫，不可胜数，数十里不绝，远接天际。四方商贾，蜀人居多。陆游说道："李白所咏'万舸此中来，连帆过扬州'，似此，可信。"

陆游领众子到陆上一走，只见市邑雄富，列肆繁错，其间复有巷陌，行人络绎。一市人见陆游等是江浙打扮，抬手远指曰："城外南市，长有数里，贸易兴隆，晚市至三鼓，早市五鼓又开，人流不绝，可观也。"

陆游笑曰："这里富庶远超钱塘、建康。"

这人见陆游随和有礼，又攀谈几句，说道："三国时，东吴孙权在此称帝，改年号为黄龙，雄踞江东，开六十年大业，与魏蜀三分天下。此州名夏口，汉水入长江要地，通衢，故水军都督周瑜求精兵进驻夏口。岳飞元帅曾在此驻军，仰天长啸。"

别时，他说道："尊公谈吐不凡，似是官人，好官人。"

陆游拱手道别，说道："先生知经史，见面有缘。鄂州人好耶。"那人又说东湖百里，别有气象，烟云古木，渔舟点点，白鸥竞飞，故事多耶。另有罗家山（今名珞珈山）清幽凉爽，村野风光，处处山花，亦可览观，多趣。

四儿子坦，年少好闻。返船上，对陆游说："街上人说岳飞，愿闻其详。"

陆游笑答："好耶，大江东去鄂王在，此处正可说岳飞。"

陆游从鄂州讲起。他说，岳飞三十一岁那年，获制置使重任，是本朝最年轻的将领，开始独当一面。绍兴九年（一一三九年），他三十七岁，几次上札，反对屈膝"和议"，要求北上，以图收复中原大计，高宗不允，只能蛰伏鄂州"存抚军旅"了。雪靖康耻，报臣子恨，遥遥无期！岳飞心绪难平。一日雨后，他在鄂州江边，凭栏远眺，见大江滔滔，长空万里，仰天长啸，愤烈慷慨，吟出《满江红》。说罢，陆游叩舷而歌：

怒发冲冠，凭阑处、潇潇雨歇。抬望眼、仰天长啸，壮怀激烈。三十功名尘与土，八千里路云和月。莫等闲，白了少年头，空悲切。

靖康耻，犹未雪；臣子恨，何时灭。驾长车，踏破贺兰山阙。壮志饥餐胡虏肉，笑谈渴饮匈奴血。

待从头，收旧山河，朝天阙。

子虞对子坦说道："这首词用了三个典故：贺兰山阙，是借指北方险山峻岭；胡虏肉、匈奴血，借指金军，文学笔法夸张，表达必胜之豪情。"

子虞抚子坦头，接言，未几，金兀术撕毁"和议"，南下，岳飞北伐，方有绍兴十年（一一四〇年）朱仙镇大捷。

子虞又叙说，岳飞少年刻苦，沉稳厚重，性刚直，心口如一。从父岳和耕田读书，燃柴为灯，临帖习字，熟读《左传》《史记》和兵书战策，背诵《孙子兵法》《孙膑兵法》，一如目视，烂熟于心。他习文，修武，文武兼备。其父请原军中善战武师周同，教枪法箭术，练得一身好武功。起兵后转战，宗泽收入麾下。岳飞出生入死，由士卒而为将帅，军纪严明。他的军队"冻死不拆屋，饿死不掳掠"，尽忠报国，是一支威武之师，人称"岳家军"。

陆游俯身对子坦说道："岳飞有如此胸怀、如此境界，方能写出如此豪放壮烈之词。其书法亦是独树一帜，笔墨酣畅淋漓，有横扫千军之势，大气磅礴，自有高格。这词，别人写不出，必流传千古。"

两天后，陆游意外看到了大军演练水战，往昔见所未见，闻所未闻。只见大江之上，大舰皆长六七十丈，上有城壁楼橹，战旗漫卷，金鼓声震，乘风破浪，铺天盖地而来，有七百余艘。将士金盔铁甲，光闪耀眼，威武雄壮。另见强弩排列，一弩三卒，掌控机关，一声令下，百弩齐发，连发不绝，遮天蔽日，声飕飕，似飓风。百丈外目标，木碎铁裂，桅杆为之折断，大船洞穿沉没。众人惊叹不已，陆游对子孙说道："器也，人也，江山代有英雄出！"

江边观者如堵，有数万人，壮观。八年前在临安，曾有洋人发问："宋之舰船，载重二三百吨，载物载人之多，各国惊叹，不知何以竟败于金？"问者昭昭，听者藐藐，无人回答。陆游今日所见军力之强，感慨万千，不由得拍栏大呼："壮哉，鄂州！鄂州，国之重镇！"

后几日，上蛇山，登南楼，访黄鹤楼，已不复见。

问老吏，老吏唏嘘，手指楼址在石镜亭与南楼之间，正对鹦鹉洲。远望，捋髯，随口吟崔颢诗《黄鹤楼》："昔人已乘黄鹤去，此地空留黄鹤楼。黄鹤一去不复返，白云千载空悠悠。晴川历历汉阳树，芳草萋萋鹦鹉洲。日暮乡关何处是？烟波江上使人愁。"

陆游称是，目视鹦鹉洲："三国纷争，名士祢衡，桀骜狂放，被江夏太守黄祖所杀，葬于鹦鹉洲。"

老吏应道："祢衡，名士，击鼓骂曹，激怒曹操。曹操将其送刘表。刘表心会，忍而不发，将其送黄祖。黄祖性暴躁，不忍祢衡狂放，中曹操借刀计，怒杀。"

有客曰："恃才傲物，天低吴楚，目中无人，难得善终；性暴躁，易中计。"

老吏又指黄鹤楼故址，说李白在此送孟浩然之广陵："故人西辞黄鹤楼，烟花三月下扬州……"

陆游近望远眺，上下天光，一碧万顷，情兴满怀，神驰万里。

离鄂州，两岸民居市肆，数里不绝。其间复有巷陌，往来憧憧。此乃四方商贾所集。船工曰："多为蜀人。"陆游环望，对曰："蜀人多智、刻苦。"

绝妙三峡

在宜昌，晨起，几位当地官员陪他去城外白洋驿，拜谒张商英墓。

阵阵秋风吹过，黄叶零落。

至张商英墓前，陆游凝神静立，语声深沉，说道："文忠（张商英谥号）公，蜀人，长身伟然，富姿采，负气倜傥，豪视一世，为蔡京所嫉，宦海沉浮，三起三落，先后任吏部、礼部侍郎，两次为丞相，不愧为殿前重臣、三朝元老，四海皆闻。他力劝徽宗节华奢、息土木、宽民力、抑佞幸。提议通商旅，施行货币法。徽宗若听其言，国祚不衰，鄂州之壮气可张也。"

在墓前碑楼壁间，刻有魏泰题诗：

三朝元老公方壮，四海苍生耳已倾。

白发故人来一别，却归林下看升平。

陆游指着碑文说道："魏泰，字道辅，襄阳人，元祐年间名士。"

主簿汪至文说："魏泰，少时气躁，恃才豪纵，科场因事不忿，考官斥之，他竟怒殴考官，众生哗然，科场乱，惊动朝廷，是为科考罕见大事，坐是除名，传遍朝野，终生不得用。"

陆游道："磨难醒世。知不可再为，隐居林下，是为智者。历经神、哲、徽三朝，治学有成。他专程来谒，凭吊文忠公，寄托哀思，肺腑真情，可敬！忧国不忧己啊！"

陆游离宜昌，诸人送别至城外。主簿汪至文说道："陆公水上一行，长江沿岸，名人多历。远者，司马迁离长安，出武关，过南阳，走江陵。汨罗江畔，凭吊屈原……郦道元探三峡，写下山水名篇，盼陆公摘翠撷英，写眼见之境，抒万里之情，留传世之作。"

陆游颔首称是，执手曰："主簿厚望，必践行。然，不敢奢望，只状风物耳。"

船离岸，景色殊异，如进山水画卷。渐见高崖断壁，巍然耸立，江水时明时暗。晚至峡州（今湖北省宜昌市），因其扼三峡之口，故称峡州。回首，云水迷茫，家山万里；前望，山高水险，风云多变，他吟诗道："故乡回首已千山，上峡初经第一滩。少年亦慕宦游乐，投老方知行路难。"这诗一语双关，是经年知世之叹。

天微明，远近猿声啼叫，如哨如鸣，攀跃林上，敏捷如飞，雄雌相随，日出乃止。船夫说此乃长臂猿，长臂灵活，身轻如燕，不伤人。

船夫望山，说他听闻，"早年船上有人捕一猿子，母猿缘岸哀号，追行百余里，后至，急纵上船，挽猿子，气绝而亡！"

陆游哀之。

又问："可听闻虎豹、金丝猴欤？"

船夫北指，远望，答曰："甚多。秦岭南，巴山北，有斑斓猛虎、金钱豹，各据深山。未明出行，多为所害。夜不可打更击鼓，闻鼓则出，循声恶扑。"

陆游北望，言道："丛山峻岭，遮天蔽日，先祖神农氏尝百草，穿行此间，多险多难。"

船夫漫指大山："神农氏尝百草，子孙不忘。"

正说间，突闻虎啸声声，山鸣谷应。

船夫曰："猛虎在山，绝少同出，携幼子，同类亦不得近。蜀地有竹熊，亦称花熊（熊猫），憨态可掬，不类虎也。金丝猴冬来，有山坳，避风寒，族居，不相扰。有猴王，夜有哨猴，扶老护幼，大类人也。"

船夫又言："听闻象群亦是族居，老象命衰，离群远走而独亡，凤凰从一而终，此非野性与人性相通乎？"

陆游曰："自有相通处。"

陆游记下有感："清风明月，猿啼虎啸，山谷传响，多闻多识。"

船行舒缓，仰见"两岸连山，略无阙处。重岩叠嶂，隐天蔽日……绝巘多生怪柏，悬泉瀑布，飞漱其间……"陆游翻阅郦道元《三峡》，身临书中之境，倍感真实生动，不由得高声诵读；"每至晴初霜旦，林寒涧肃，常有高猿长啸，属引凄异，空谷传响，哀转久绝……"

船行幽谷深峡，冲波激浪，船窗辄被山影遮蔽。陆游手抚郦道元的《水经注》，对子虔、子龙、子布言道"信哉，天下有奇作；久矣，名家多奇才！"他叹服郦道元为官正直，历览奇书，每有机缘，辄走荒野，探险山，涉奇水，历艰辛，文笔简洁精美，撰四十卷。

山影重叠，水光变幻。陆游长吁，惋惜郦道元临危受命，闯敌阵，招抚叛军，与两弟、两子俱被叛军杀害，惨烈。陆游敬佩其临难，凛然赴死，怒斥叛首，气节薄天。

至下牢关，千峰万嶂，倚天雄立，夹江耸起，俱呈奇姿。有竞高者，有独拔者，有危欲坠者，有横裂者，其形不能尽数，虽初冬，草木皆青苍不凋，鬼斧神工，天成地造。

系船，他与诸子登三游洞。石磴难攀，险处不可着脚。佝偻艰攀二里，始到洞。洞有一穴，才可一人过，阴黑峻险，可畏。出洞，石壁直立十余丈，下临溪潭，水声激天。大儿子虔汗淋漓，透衣。二子等气喘吁吁，衣衫散乱，扶洞石坐，疲惫不起。船工神态自若，对陆游说："入峡山渐曲，转滩山更多。"陆游拭汗，笑曰："这是欧阳文忠公（欧阳修）当年过此所留之诗。欧阳文忠公沿途轶闻多矣。"

"云千重，水千重，身在千重云水中。"船过百里巫峡，奇幽秀美，峰峦云雾缭绕，山脚直插江中。陆游见巫山十二峰中的神女峰，宛若少女凌空，纤丽奇峭，体态飘然，连声赞美，他诵读李白诗《宿巫山下》："昨夜巫山下，猿声梦里长。桃花飞绿水，三月下瞿塘……"船工说，神女是西王母娘娘之女，名瑶姬，除妖驱虎，助大禹斩石疏波，久立峰顶云中……

入瞿塘峡，两壁绝岩耸天，危立如削，高数百丈，窄处只容一船，仰视，天如一线，人称"夔门"。家人惊叹，陆游写诗《入瞿唐登白帝庙》抒怀："晓入大溪口，是为瞿唐门。长江从蜀来，日夜东南奔……丈夫贵不挠，成败何足论。"

往昔，陆游曾看过一幅水墨画《三峡图》，他不知三峡有那般景色，疑是画师虚构，乃戏人之作。百闻不如一见，今置身此中，但见山水之秀，可用四字统揽：雄、奇、幽、险，方知此画断非妄作，实为传神写意的不凡之品。写诗，恨自己笔力不精，难以描绘这绝世之境。他在诗中写道："昨日到峡州，所见始可惊。乃知画非妄，却恨笔未精。"流露自疚，悔不该未临其境，误解名作。事不目见耳闻，而臆断其有无，可乎？

江上重阳节

自离柯桥，溯长江，穿巫峡，入夔门，一路行来，青山看不尽，绿水去更长，沿江风物，所见所闻，处处有新奇之处。

过富池（今湖北省阳新县），遇一木筏，长五十多丈，宽十余丈，上住三四十家，中有小径来往，有鸡犬，有神祠。船工说，这尚是小者，大者于筏上铺土做菜圃，还有酒肆。陆游说道："这般水上生活，见而知真。若说与江南人，人听人疑，必以为是妄言。"

停舟黄牛庙，村人多来售茶，妇人以青斑布裹头，肤皆白皙，沿途未见。语音颇正，似吴侬软语。神态自若，温文尔雅，笑靥可人，颇有江浙气质。

江浃北庙，有妇人卖秋茶，"褓儿着背上，妥帖若在榻"，小儿睡得很香。又见妇人汲水，背负三足木桶。有妇人卖酒，亦背负木桶，若遇买者，长跪以献，陆游颔首说道："敬人也。古风犹存。"

船工对陆游说道："此地妇女翻山越岭，习以为常，练就脚板，善走。未嫁者，头髻为同心髻，高二尺，插银钗六支，后插大象牙梳，其大如手。独特。"

船工又说道："奔走江边，是为生计，虽为贫家女，却遵古训，严守礼仪，不逾矩。"

途中逢中秋节，丹桂飘香。

船上，陆游焚香一炉，静观空江万顷，清风徐来，月如银盘，自水中涌出，水天一色。月至中天，山峦澄明，江水碧透，水中月摇，时有蛙声。人在此境中，风飘飘而吹衣，水澹澹兮生烟，今夕何夕，对此良夜何？小儿拍手欢叫"小时不识月，呼作白玉盘；又疑瑶台镜，飞在青云端。仙人垂两足，桂树何团团？白兔捣药成，问言与谁餐……"童声稚脆，回声悠远。

陆游一笑："此乃李白诗《古朗月行》也。"陆游望月，水光接天，江流有声，感叹平生无此中秋之境，乐甚。

他请船工饮酒，船工打拱，推辞曰："陆公是贵人，安敢同桌而饮？恭谢盛意。"

陆游说道："四海之内皆兄弟也，劳者为贵，且勿推辞。"于是摆上酒肴，执手船工入坐，对饮畅叙，月落中天方息。

过鄂州后，在塔子矶，恰逢九九重阳节。一村民屠一羊，诸船皆买，俄顷而尽。过重阳不可无菊，陆游求菊花于船上人家，得数枝，插入瓶中。看花内敛而含笑，叶扶苏而迎风，枝挺内柔，芬馥可爱。

暮色迷茫，山影朦胧。陆游感时念亲，思绪飞回山阴，遥想家乡湖山秋色，乡邻、族人、友人，今日登高，采菊花，选茱萸，遍插鬓间、帽上，"食糕酒帽茱萸席"。那几位族兄弟，那同窗好友陈公实、王季夷诸人，那乡邻吴兄、刘兄、李迪、李弟……他们登高聚饮，菊花、茱萸浮于酒上，品重阳糕石榴、银杏之味，自会说起还在路上的他来，他不由得默诵王维诗："独在异乡为异客，每逢佳节倍思亲。遥知兄弟登高处，遍插茱萸少一人。"

江上重阳，远离家乡。一窗秋月，忧思难忘。他摘一朵菊花，插入发间，忆古伤今，不胜唏嘘，吟诗一首，名为《塔子矶》。铺纸挥毫，字迹沉稳：

> 塔子矶前舟自横，一窗秋月为谁明？
> 青山不减年年恨，白发无端日日生。
> 七泽苍茫非故国，九歌哀怨有遗声。
> 古来拨乱非无策，夜半潮平意未平。

几个儿子读后，深感老父志在江山社稷："七泽苍茫非故国，九歌哀怨有遗声。"

长子子虞说："自古来，每逢佳节，人们总是在思亲上做文章，是老父面对一窗秋月，生忧国之思：'古来拨乱非无策，夜半潮平意未平。'"

三子子修环视几位兄弟，说道："一窗明月为谁明？老父是范公心怀'不以物喜，不以己悲。居庙堂之高则忧其民，处江湖之远则忧其君。是进亦忧，退亦忧'。耿耿忠心，秋水长天可鉴。"

陆游敛眉，对众子说道："家国之思，何可忘怀？"

弯月在天，万里澄碧，清风送爽，江水无声。远方船上，灯火闪烁。有人扣舷而歌，如怨如慕，如泣如诉。案上烛光摇曳，陆游望着瓶中菊花，陷入沉思……"青山不减年年恨，白发无端日日生。"

　　四野寂静，万籁无声。陆游复提笔，另写一纸，赠船工。船工拜谢，言"我乃山野之人，不通文墨，烦请陆公见教。"陆游请船工落座，手指明月，娓娓道来……

拾

荒原水畔

长江万里，两岸连山，峰高水长。每泊舟，陆游必随当地州县吏，探访名胜古迹。去遗址，观碑文，赏题字，听掌故。与陪者相叙，探求幽微，思辨真伪。虽是萍水相逢，却因皆饱读诗书，有识见，相谈无滞碍，快意盈怀。

遥望屈原故里

过洞滩，船工言道，此处江流迂回曲折，滩恶多险，人不可乘舟。陆游和家人下船，改乘轿，陆行过滩。这时，可见黄牛峡庙后山，兀然屹立。李白漫游蜀地十六年，走遍了蜀地山山水水，到此方知黄牛峡是难过险地，曾写《上三峡》，诗云："三朝上黄牛，三暮行太迟。三朝又三暮，不觉鬓成丝。"过黄牛峡，要三天三夜，这里难行如斯，陆游体验了，似乎李白就在眼前，双鬓如丝，面容憔悴，愁煞人也。

十三日，离开新安驿，登舟上新滩。新滩，是三峡中远近闻名的枯水险滩，又是败船之地。船到这里，十之八九被水中尖石穿透，大家救助，只能保其不沉，却不能移走。陆游思忖，冬腊月和正月，水落石出，可清除滩上尖石，不生石祸。船工诉曰，这是人为之祸。原来，这里的村民可得船漏之利，废船板木可拾可卖，又可滞留船客做生意，兜售土特产。陆游闻此见利忘义之风，长叹一声。他问道官府不管吗？船工说，官府也曾派遣清石工来，村民则贿赂他们，请他们上报说，石巨多而难除。欺上瞒下，下边皆有利可得，陆游无语。他想，祸在官府，受贿成风，须整饬吏治。只要官府一心清石，再以大字刻碑，立于驿站前，公示船载不可超重，派人监督，否则过滩必被石穿，如此一来，谁人自取其祸？船工看陆游若有所思，说道：“此地官府，心知肚明，谁人看不破这事？自有盘算而已。”他又说道：“真心为百姓办好事，不难，不爱钱即可。为民办事，可比逆水行舟，不进则退。”陆游点头说道：“所言甚是。”心想百姓盼官府除弊，整治风气，洞若观火，却不知官府的心思不在这里，贪利而失义，何能苦民所苦。

十六日，过归州（今湖北省宜昌市秭归县）。

船夫遥指云下一荒城，对陆游父子说道：“那是屈原故里。他的名句，这一带人子孙相传，‘长太息以掩涕兮，哀民生之多艰……’屈原祠，乡民祭拜，千百年香火不断。”

陆游闻听，精神一振，翘首遮额远望，拱手，躬身，深揖，片刻吟道："一千五百年间事，只有涛声似旧时……"

船夫慢声说道："屈原自幼喜洁，为官不同流合污。那里橘林丰茂，秋色如金。"

陆游自幼熟读屈原《离骚》《九歌》《天问》等二十五篇作品，屈原精神早已融入他的身心。他说道，屈原，名平，又字灵均，官居左徒，入则与王图议国事，以出号令；出则接与宾客，应对诸侯。他家乡多橘，漫山遍野。橘花细小，洁白如雪，他的《橘颂》，寄意高远："绿叶素荣，纷其可喜兮……苏世独立，横而不流兮……秉德无私，参天地兮……"

屈原博闻强识，明于治乱，娴于辞令。主张改弊政，明法度，选贤任能，富国强兵，联齐抗秦。他"正道直行，竭忠尽智""信而见疑，忠而被谤"。他秉承怀王旨意，制定大法《宪令》。怀王听信谗言，出尔反尔，废其稿，疏远屈原。未几，屈原又遭襄王驱逐。他思君念国，坚韧不拔，"路漫漫其修远兮，吾将上下而求索""亦余心之所向兮，虽九死其犹未悔"。

"亦余心之所向兮，虽九死其犹未悔"。陆游深知，自己亦奔走在求索的崎岖路上，亦不会改变初心，他对儿子们说道："亦余心之所向兮，虽九死其犹未悔，但功成不必在我。"

他注视各子，缓缓说道："功者，难成，易败；时者，难得，易失。仁人志士皆怀九死其犹未悔之心。"

他语气沉重，说道："楚怀王弃用屈原，失人；不改弊政，失时；不联五国，失势。"

他说："秦将白起攻楚，修渠放水，大水淹鄢城（今湖北省宜城市），楚三十五万军民，挣扎于水中。白起又率军长驱二百里，南下攻破郢都（今湖北省荆州市）。楚都东迁陈城（今河南省淮阳市），楚襄王割地求存，半壁江山，南宋何其相似乃尔！屈原和逃难的百姓，遵江夏以流亡……"

船夫说，这里一直流传一个故事，说一渔父，见屈原颜色憔悴，形容枯槁，披发行吟泽畔，劝他与世推移，顺方就圆，随其流，逐其波。屈原对渔父说道："信而见疑，忠而被逐，能不怨乎？眷顾楚国，系心生民，能易志乎？吾宁赴清流而死耳。"渔父摇头，莞尔而笑，言道不值也，鼓枻而去。屈原终不易志，五月五日晨，抱石自沉汨罗江而死。他之前百年，伍子胥自刎后，吴王投之于江，是五月五日。

陆游凝视江水，自语："惟此志可与日月争辉也！"他自幼崇敬屈原，奉为人格楷模，曾书其名句："举世浑浊我独清，众人皆醉我独醒。"回船舱，写《哀郢》二首抒怀，云："《离骚》未尽灵均恨，志士千秋泪满裳。"李白诗云："屈平辞赋悬日月，楚王台榭空山丘。"明代朱天然在屈原像题句："深思高举洁白清忠，汨罗江上万古悲风。"敬悼屈原，一脉相传，后人诗文，灿若繁星。

窃以为，屈原在两千三百多年前，遥望星空，在《天问》中问天，学识超绝，胸怀宇宙，想象力奇崛，他从天体的产生，问到大自然的形成；从无史时代，问到有史以来；从奇异的神话，问到人的产生；从对天命、神鬼、巫祝的怀疑、否定，问到国家与社会的走向。茫茫宇宙，星辰陈列，一百七十余问，三百七十四句，是哲学的思辨，是囊括自然科学与社会科学之问。《天问》，是天下千古第一问；屈原，是天下天问千古第一人！陆游的千古之思，自有屈原千古之问的潜移默化，他崇敬屈原，崇其博大之问、敬其超凡之思焉。而今，"嫦娥"蟾宫折桂，现实超越神话；"天问"探测火星，《天问》有解。

屈原之问，奇也；祖先之思，智也；今之子孙答之，能也。

寇准巴东之缘

沿途所见，苍生贫困，陆游唏嘘不已。归州为州，却只有三四百户人家，仅为江南一镇人口而已。小城背靠卧牛山，城中无尺寸平土。知州对陆游言，州仓岁收两季，共五千余石，陆游说这还不及江浙一个下等农户（自有土地者）的收成。知州叹曰："此乃穷乡僻壤耳。屈原'长太息以掩涕兮，哀民生之多艰'，正因此而发。"

陆游感叹，说道："昨日船上闻渔者歌曰：'巴东三峡巫峡长，猿鸣三声泪沾裳。'看来渔者所歌，是诉远离家乡的离人之苦，也是悲叹生活之艰。"

二十一日，船泊巴东县。江山雄丽，滩声阵阵，闻似暴风骤雨。小城萧条，只有百余户人家，除县衙外，都是低矮茅草屋，了无片瓦。知州说，这三峡边上的几个县，荒僻穷困，人烟稀薄，辄有官遣知县，辞不就任，拒来此地，往往空缺两三年，无人补。代理秭归县事的王康年慨叹，巴东人少，县官无所事事，焚香下棋解闷，虚度光阴，深感寂寞。县尉兼主簿杜德先指众人对陆游说，王康年与他们皆是当地人，江南人罕见。

去寇莱公（寇准）祠堂，下临大江，奔流激荡，陆游叹曰："逝者如斯。"王康年曰："贤者已逝，其迹犹存。"几人敬佩寇准，见碑文，一一默读。王康年说，人去留政名，口碑在民间。每来，必读碑文，启迪心思。

碑文叙，寇准博学多才，十七岁，大胆上书太宗，慨言驱逐外敌，保国安民。太宗欣赏其胆识文采，命人记其名。十九岁，寇准进士及第。未几，遣任巴东县令，意在历练。

寇准来此荒僻穷困之地，怀民自任，减赋，兴农，造林，山上广植林木，修白云亭、秋风亭，民众休憩事也。他刚直不阿，用人不拘一格。居庙堂之高，通观大局，临危不惧，决意长驱破辽，迫于几大臣掣肘，退而求其次，定"澶渊之盟"，退河北辽兵。两次拜相，有安邦定国之勋。遵真宗意，秘密主持起草太子监国诏书，防范皇后刘娥擅权，酒后失言泄密，铸成大错，遭奸臣丁谓等反扑陷害，罢相，接连五次遭贬，终至贬为雷州司户参军，是办理户籍、赋税的小吏。他位卑不忘忧国，传授中原文化，兴修水利，不遗余力。一生一妻，不养姬妾，无子，未置房产，同代诗人魏野赞曰："有官居鼎鼐，无地起楼台。"晚年清贫艰困。仁宗天圣元年（一〇二三年），调任衡州司马，未及知，已卒于雷州，享年六十三岁。

杜德先说："归葬西京洛阳，所过之地，民皆设祭，哭于路，折竹植地，挂纸钱。传说，逾月，插地枯竹尽生笋，县民为其立庙，岁享之。"

王康年接言："清官能吏得人心。可慰者，十一年后，仁宗为其恢复名誉，追复太子太傅，赠中书令、莱国公，后又赐谥号忠愍。有《寇莱公集》传世。"

交谈中，陆游缓缓言道："寇准，刚烈，有直言之风，少顾忌之心。敏于军国大事，不拘小节。性豪奢，厕间、马厩，点烛通旦。每罢官去，后人至其官舍，见其厕间、马厩，烛泪凝地，往往成堆。人生穷达谁能料，蜡泪成堆又一时！寇公尤喜夜宴剧饮，酒后失言，招大祸。世无无瑕之玉，人无完美之人，自求、他求，均不可得也！退而求其次，已不可多得矣！寇准，名相，大才！"

山径漫行，不觉重阴微雪，秋风萧瑟，凉意沁人。至秋风亭，陆游肃然而立，似悟寇准当年之苦。久久仰望秋风亭三字，耳闻寒蝉凄切，始有流落天涯之感，转而想到孟子所言："天将降大任于是人也，必先苦其心志，劳其筋骨，饿其体肤，空乏其身，行拂乱其所为，所以动心忍性，增益其所不能。"又觉坦然，莞尔一笑。

王康年等陪陆游离开秋风亭，登上双柏堂、白云亭。周遭群山环拥，古木森然，王康年说，多是二三百年前所植，堂下旧有莱公手植二柏树，高可参天，已枯死，残根犹存。栏外双瀑飞泻，跳珠溅玉，寒入人骨，众人面面相觑，耸肩缩肘，抱臂跺步，互言道："冷也，冷也！"陆游却旁若无事，言道："吾自吴入楚，过十五州，幽奇绝境，亭榭之胜，无如白云亭者。"

后日，他们又陪陆游参谒妙用真人祠。

王康年讲传说："真人，即巫山神女也，传说夏禹见神女，受符书于此。符书，乃治水之秘籍也。"

神女祠面对巫山，层云游动。县尉杜德先笑言："神女，美艳温婉，且为朝云，暮为行雨，在宋玉、曹植笔下，巫山云雨则是人间风情了……"

对面峰峦，耸上霄汉，峰脚直插江中。十二峰得见八九峰。庙后山半，蹬石坛，巫山十二峰一览无余。此时，独见神女峰宛若少女亭亭玉立，有白云数片，形如鸾，状似鹤，若翔若舞，翔舞蹁跹，经时不散，众人仰视，相呼奇妙。陆游喜曰："奇异！巧遇！求之不得，祥瑞之象！"二十五年后，陆游七十岁，在山阴写《三峡歌》九首，其中一首写道：

十二巫山见九峰，船头彩翠满头空。

朝云暮雨浑虚语，一夜猿啼明月中。

祠中住持，对陆游说道："犹有奇异，每月十五，夜月明时，有丝竹之音，往来峰顶，忽隐忽现，若远若近，山猿皆鸣，山回谷应，达旦方止。"听到这等情境，颇有神秘莫测之感，陆游说道："是风声？是水声？是天籁之声？抑或是霓裳羽衣曲？不得知也，未由也已……"众人凝望峰顶。

住持又说道："这里旧有乌鸟数百，远迎客舟，复又远送，几至遮天，与船相随，亦可异也。"

他又说道："从乾道元年起，群乌忽不至，今绝无一乌，怪哉！不知其故。"

王康年等几人无语答。

陆游俯瞰江流，望望众人说道："时移世易，必有其因。"

县尉兼主簿杜德先对曰："奇异之事，必有难料之因。"

陆游称是，言不可妄臆也，且作故事听来。

夔州传奇

眼见夔州在望，四子子坦问道："夔州之夔，实难写也，夔州为何名为夔州？"

陆游说道："《山海经》中有精彩叙说：'东海中有流波山，入海八百里，其上有兽，状如牛，苍身而无角，一足，出入水则必有风雨，其光如日月，其声如雷，其名曰夔。'此地古氏族以其为图腾，古曾属楚国，称夔子国，夔州之名由此而来。"

陆游环望近水远山，又对子坦缓缓说道："蜀地远古，难溯起源。李白诗云：'蚕丛及鱼凫，开国何茫然！尔来四万八千岁，不与秦塞通人烟。'古蜀人，曾助周武王伐商纣王，有功，建巴国，都城设在江州（今重庆市）。几经战乱，七百五十年后被强秦所灭，巴人流落到此。今之盾牌，系其先人发明创用。"

过夔门，两岸对峙，中贯大江，壁立千尺，危崖入云，雄立瞿塘峡口，望之如门，天如一线，江流咆哮如雷，震撼天地。船夫紧把舵，高声吼道："此乃夔门雄关，三峡第一峡，川东咽喉！"众人屏息，船随波涛忽涌忽落。人言："西控巴渝收万壑，东连荆楚压群山。"陆游今日亲历，顿知夔门之险。

船行万里路，人过千重山。二十六日，肩舆入关。身后夔门之险，令家人终生难忘。主簿张仲领衙役来迎，陪陆游，伴子虡、子龙、子修、子坦，顺路拜谒白帝庙。先攀登千级石阶，数次驻足小憩，气喘吁吁，大汗透衣，终至山顶。

白帝庙，甚古，数百年古松古柏，气象森森。有数碑，五代时立。张仲对陆游说，杜甫离成都，来夔州，历长江之险，诗云"白帝高为三峡镇，夔州险过百牢关。"他抱残年衰病之躯，登白帝高台，是在此吟出千古名诗《登高》："……无边落木萧萧下，不尽长江滚滚来……"两地一雄一险，久经战乱。

张仲熟读《三国志》及野史，他说，东汉后，三国时，刘备据蜀立国，只有两川之地，偏于一隅，弱于曹魏和东吴。

为报关羽被杀之仇，刘备誓夺荆州，拒绝群臣力谏，亲率大军，西出伐吴，沿江扎营密林深处。吴大都督陆逊率军，兵力相当，冬春固守，以逸待劳，消磨蜀军士气与后勤。野史传，各带兵几十万，乃是演义，实则各五六万人尔。待至酷暑，炎热干燥，陆逊突施火攻之计，火烧连营七百里。刘备损兵折将，兵败夷陵（今湖北省宜昌市），精锐尽失，有倾巢之危。人传退守白帝城，忧愤成疾，病危，召诸葛亮从成都来，托孤，嘱以后事。

陆游边拭汗边言道："你说得不错，不错。"

又说道："治国，不可守成，不可急功。主不可以怒而兴师，将不可以愠而致战。兵者，国之大事，死生之地，存亡之道，不可不察也。岂可意气用事、违时用兵！"

陆游收起汗巾，扬眉说道："刘备托孤白帝，是传说，史载托孤之地，是在夔州永安宫。"

张仲举两指曰："是。这白帝与夔州，远望似一城，实是毗邻两地，距十里。东汉初，公孙述据蜀十二年，筑城奉节山上，有井辄飘白气，似白龙腾越，他自号白帝，名城白帝城。杜甫诗云'绝塞乌蛮北，孤城白帝边。'永安宫现已改为州仓，州治在宫西北，刘备甘夫人墓西南。"

二十七日晨，到夔州。陆游对家人说，屈指算来，此行横跨浙、苏、皖、赣、鄂、渝，穿越十八州，横贯万里长江，水陆行程难计，历时一百六十天。

从船上走下，几个儿子和船工往下搬箱笼和器物。迎接他的同僚和衙役，纷纷上前拜见，道辛苦。张仲陪陆游，略说眼前所见。他指城西南说，那里有诸葛孔明的八卦阵，名曰天、地、风、云，龙、虎、鸟、蛇，聚细石围之，各高五丈，广十围，相距九尺，共六十四聚，八八六十四，中有二十四聚为两层。

张仲赞曰："诸葛亮智谋冠三国，善用兵，发明兵器木牛流马、连弩、鹿角、箱车……"

他面视陆游，惋惜道："惜乎不得地利，难与魏、吴争锋也。"

陆游应诺，说道："敌骑兵入此阵，兵力化整为零，优势顿失，蜀又有游兵二十四阵紧接……"

"每夏，江水上涨数十丈，形同汪洋，八卦阵没入水中。"

张仲说来绘声绘色，又压低声，面露神秘："冬季，水落石出，八卦阵水雾缭绕，夜有攻伐之声……诸葛亮曾言，此阵可当十万精兵。"

陆游说："传说神秘。杜甫有诗云：'功盖三分国，名成八阵图。江流石不转，遗恨失吞吴。'"

陆游感喟："诸葛亮明大势，联吴抗曹，三足鼎立。遵刘备遗嘱，受命于危急存亡之秋，竭忠尽智，五次北伐，以攻为守，不得已而为之……"

边走边言，张仲指了指西北方的府衙说："山麓夔州州府，称奉节时，就俯临江沙，比白帝城平旷，显得气魄略小。"

陆游说道："无碍。"

过两日，陆游给家乡人修书，报告平安并致意，信末皆录李商隐绝句《夜雨寄北》一首："君问归期未有期，巴山夜雨涨秋池。何当共剪西窗烛，却话巴山夜雨时。"怀乡之思，深情浓浓。交张仲送递铺。

张仲告陆游，递铺一处一处转下去，送到山阴，得三四个月吧，还不算慢。

陆游笑说不如鸿雁捎书。

张仲说，若是文书，交驿站就快了，一天五站三百里。

陆游笑说："夸父逐日，竖亥日行，孰快？为递铺捎书可乎？"

张仲笑曰："有大鹏，翼若垂天之云，飞天九万里，绝云气，负青天，可为陆公捎书乎？"

陆游扬首而笑："此乃《逍遥游》之气魄也。"

两人幽默尽兴，相视而笑。奇思妙想，神游九天，轻松自在。

山民踏歌"陆游泉"

一路行来，陆游每天记录所见所闻所感所悟。那时，交通闭塞，官员赴任或离任，山川阻隔，费时超长。欧阳修肇始，长途远行官员，尽管旅途劳累、辛苦，却随时写旅途日记。陆游到夔州后，汇辑旅途日记，题名《入蜀记》，刊刻问世。

《入蜀记》所记，山川风物，奇丽独特；民风民俗，古朴淳厚；古迹碑亭，文脉悠长；地理地貌，形态具体；州县沿革，追叙翔实；验证古今，常有灼见。文风舒展、自然、简约，文字洗练，读来饶有兴味。

这是他对大自然的探查，历史的眷顾，生命的体验，人性的辨析，是一部亲历、亲见、亲闻，所思悠远的宝贵历史文献，也是一部诗情画意兼具学术性的经典散文，传世之作。

初到夔州，见街人多衣麻布，陆游见疑，张仲说道："本地不事蚕桑，无绸绢，盛产苎麻，富贵贫贱皆以此制衣。"

陆游问道："古来，夔州多征战，几度兴衰，是府治所在。现今民生如何？"

张仲答道："城里人偏少，经营白盐、白酒、苎麻者，有店铺、作坊，衣食尚可，山民苦甚！"

他说，彝族山寨，男丁少，女人四五十岁未婚者多，一家有两三代女子未婚并不鲜见。她们靠山打柴、市井卖柴供养家人，常年奔波在山野间，面目黧黑，衣难蔽体，赤足。或土楼，或茅屋，建在山坡，不避风雨，家当仅是一锅一盆而已，白水煮菜，难得一油。

陆游闻之，痛心不已。

一日，陆游问通晓汉语的山民："因何不种田？"

答曰："古来不事农桑，刀耕火种，所收甚少。"

陆游说柑林可种，答曰："不敢。"

陆游不解其意，他们说道："旧米新豆都要送入官府，种柑不得柑，这是几百年的规矩。"

后来陆游方知，这里商人只经营盐、酒、苎麻，男丁多在船上当船工或纤夫，常年随船，冒死在急流险滩中谋生，稍有闪失，转瞬间葬身江中，死后不知漂流到何处。纤夫号子却不曾灭，"号子嘛，喊起来吆，吆呼哎哟……"年年回荡山谷间，高亢、自信、合心、沉重。纤夫躬身拼力与地平，不避烈日，不惧风雨，古铜色皮肤，似若铠甲。陆游江上时闻时见。

夜读杨万里手抄名诗人尤袤的诗《淮民谣》："流离复流离，忍冻复忍饥。谁谓天地宽，一身无所依……"陆游慨叹天下苦人多，此地山民尤甚。忆起多人谈过尤袤，陆游赞赏其诗，亦钦佩其人，"他为官地方，做诸多好事，不枉为官！"

陆游有时上山，发现彝族，天性坚韧、乐观，生活虽这般困苦，却擅歌"竹枝词"。正月人日，鼓声起，短笛声声，簪花歌舞，团聚而饮，日暮乃归。

陆游看他们联歌唱竹枝，此唱彼舞，天性欢乐陶然。他对张仲说道："刘禹锡在夔州，被竹枝词吸引，多次到民间采风，记录曲调和唱词，烂熟于心，写出十一首竹枝词，传入江南，开文人写竹枝词之先河。"

张仲含笑，说道："源于民间，精于民间。"随即背诵"杨柳青青江水平，闻郎江上踏歌声。东边日出西边雨，道是无晴还有晴。"他说："这词无曲亦是歌！"

陆游复诵，说道："一语双关，有景有情，梦得（刘禹锡字）

诗豪也。然梦得并不耽于诗，他任夔州刺史三年，解民忧甚多，老少皆知，我等当步其后，以解愁盼为幸。"

张仲应道："愿随陆公为之。"

州在长江北岸，地势高峻，百姓吃水难，他们说古来已然。小镇人吃水，用笕，是把竹筒连接起来，有的长有几百丈，竹筒盘环，引水到住地。居住在三游洞一带的人家，附近无水可引，要攀山路，到远方背水，一年四季翻山越岭，惜水如金，苦不堪言。

陆游想，这山在长江边，焉能无水源？他带张仲和通晓彝族语言者，催促他们探寻水源。几次往返，这几十户人家感于陆游之心，结伙攀山崖，登绝壁，苦苦探寻，终于在三游洞山腰，发现细微滴水处，点点滴滴，落入石隙，隐而无形。其下石岩弯转，有水痕。经多日搜寻，找水线，开掘，滴水成溪，涓涓而出，汇流折下，渐而在山脚冲出一深潭。潭水呈乳白色，似有草药香。水珠如玉，常盈不枯。彝族说陆大人亲山民，陆游快然说道："多难兴邦，尧民同心，夔州必兴焉！"

此举传远近，后人感念陆游功德，称此泉为"陆游泉"。每年，逢插花节，三游洞山民，必盛装而来，衣着姹紫嫣红，长鼓短笛，在泉边载歌载舞，对唱竹枝词："山上层层桃李花，云间烟火是我家……""三游姐妹来负水，春水滢滢拍山下……"

书画功夫老始成

府衙近处，山上多竹。一日清晨，他和主簿张仲走进竹林小径，只觉一身清凉，听不到夜里的虫叫了，几鸟穿林鸣啭，闻人声，窜入竹林深处。清风吹过，风摇翠竹，远近响起沙沙声，抖落叶尖上的串串露珠。

陆游指竹言："有首写竹的好诗：'移去群花种此君，满庭寒翠更无尘。暑天闲绕烦襟尽，犹有清风借四邻。'清风翠竹，读来爽快，若临其境。"

张仲心会，请陆游再慢诵一遍，品咂称道："好诗，好诗，有境、有味、有神。这是何人所写？"

陆游说道："这是僧人释智圆名作。乃唐末宋初人。"

走到转弯处，陆游驻足，伸手弹一青竹，对张仲说道："这竹，值霜雪而不凋，历四时而常茂，虚心有节，雅而脱俗，性淡而疏，可为我等之师。"

又说道："竹可为我师。非止淡泊，大有可学之处，其虚而有实，其节老而弥坚。写竹不易，画竹尤难，简约疏朗为上，叶似风来而动，竹似疏而实繁，几竿青竹，隐约翠竹连天……"

张仲应道："陆公所言甚是。墨竹，早于唐代吴道子，是集书法与绘画之美，非人人可学。"

陆游说道："书画同源。水墨写意，工笔重彩，皆有佳作。画竹，须胸有成竹。用笔当多用中锋，竹竿清而挺，务求气韵生动。画之六法，气韵生动为先。然诗、书、画、印，浑然一体，不可或缺也。"

张仲又言："气韵生动，由心而生。夔州古来画竹者多矣，惜无成者。习书者亦众，然亦未有成者。"

陆游语气凝重，缓缓而言："书、画，笔墨情趣，熏陶文气，可也；若成名，难矣。"

张仲说道："大人若有闲，我向大人学书。"

一麻衣布鞋老者，上山路过，闻声驻足，似有情兴。

陆游面对老者，颔首示礼，又对张仲说道："你已学书二十年，再临帖十年，手摹心追可也。字，平和简静为上，剑拔弩张次之，丑、怪、陋，等而下之，非书也。"

老者曰："书道者，每患趋邪道而舍正路，以假为真，以奇为新，以怪惊众，甚误人也。"

张仲曰："病书者也。"

陆游称是，又曰："最难者，是草书，草书不可轻为，行草、狂草尤难。构思、布局、章法、结字，不深思不可得；提、按、顿、挫，有笔力，自有气势；浓、淡、枯、涩，行笔用墨，贵自然变化，气韵也。书家张芝擅草书，飞舞流动，平时却写楷书，人问其故，答曰："匆匆不暇草书。"缘由在此。

陆游见老者静听，感而叹曰："往事越千年，千年几大家？自秦汉以降，岂有弃学，独以字成家者？无也。书法，技也，手上功夫。要者，腹须藏书万卷，可日日读书，潜心于学，修身养性，超凡脱俗。日日习技，日复日，年复年，两者并进。人说二十年学画，三十年学书，书画自有书卷气，意也，独有风格，诚哉斯言。"

老者言："远学古人，外师造化，中得心源。读破万卷书，走路千万里，攀过名山大川。情之所至，潇洒笔端。书法从殷周起，代代演进，隋唐五代求'工'，达意；大宋升华，'尚意'，抒情，诗书画通矣，性灵之情也。"

老者曰："画意，妙在似与不似之间。"

张仲拱手，应曰："尊言甚是。似者媚俗，不似者欺世。"

陆游打拱，礼对老者曰："求教方家。"

老者移步，打拱谢曰："不敢。吾乃草野之人，喜书画，粗知其理，无其才。"

陆游说道："羲之之书，秀美飘逸，晚乃善。"

老者曰："出新意于法度之中，寄妙思于豪放之外。"

陆游称是，又言："灵性、悟性、韧性，盖以毕生精力自致之，非天成也。书，画，古人学问无遗力，少壮工夫老始成。"

老者接曰："尊公必是大家，所论，登堂入室。王家数代，自幼熟读经典，勤学不辍，修德养性，学养超凡；临池，不舍昼夜，童子功，一生为之，其家善书者不绝于史。古人学问无遗力，少壮工夫老始成，两句可铭万世。"

几天后，陆游题《学书》赠张仲：

九月十九柿叶红，闭门学书人笑翁。

世间谁许一钱直，窗底自用十年功。

老蔓缠松饱霜雪，瘦蛟出海拿虚空。

即今讥评未足道，后五百年言自公。

这诗，意有所指。当世不习书不懂书之人，对陆游书法妄自讥评。陆游在诗中，言学书之苦、用功之深，自信后人自有公论："即今讥评未足道，后五百年言自公。"

张仲读后深有感触，说道："门户之见，同行相嫉，其来有自。自以为是者，必有门户之见：非出我师门，必贬之，必非之。无胸襟格局者，学浅必嫉博学，平庸必妒超凡，不知己之学识，浅也、薄也，自鸣得意，所谓'文无第一，武无第二'是也。以无识之识评书，用寸光之目观画，乃庸医把脉，小儿辨日。"

南宋末，诗人陈深，大家也，慧眼识珠。他评陆游书法曰："陆公书法经久而成，妙在不经意间，天真烂发，姿态横生，种种可谓师法。杂之杨凝式、大小米，又何愧焉？人说陆公以诗名，书名为其所掩，然草书，实横绝一世。"公道之论，信矣！

草书，挥洒意趣，不难于写形，而难于得意，读来得意尤难，与众人远矣。

清代刘熙载有言："书者，如也，如其学，如其才，如其志，总之曰：如其人而已。"历代大家书法皆如其人，陆游已然。

陆游凝视张仲，说道："张君读书甚多，洞明世事，可为官，仕途可行。"

张仲说道："仕途多阻，枝蔓横生。"陆游点头。两人心意相投，有闲常谈诗论画，张仲也常陪陆游到各处走走，讲起夔州正史、旧闻、野史、掌故，陆游听来辄有心得。

考场风清

陆游主管学事，这年正逢夔州乡试，即解试，亦称州试，选出举人。

考试前，考生们陆续而来，大多衣着陈旧，面有菜色。闻听陆游为监考官，盼望科场风清气正。

那时，从京城到地方，科场舞弊案时发，几地曾有考生持棍棒追打作弊者，也有考生举报作弊，"喧闹屋场，蹂践几死者数人"。科场作弊手段繁多。单说"代考"，代考秀才，要银五十两；代考举人，要银二百两，至于打点官员、考吏和查验等人，花费更多。

考前，陆游有病月余，未痊愈，勉为其难，任监试官。与几位考官议事，言曰："唐代实行'公荐'制，名人推荐，外加优势。我大宋废除，考生不需名人推荐，只看考试成绩。锁院、糊名、誊录并行，评审之卷乃糊名誊录卷，不见原卷笔迹，不论出身、门第、家世，不拘一格，一视同仁，为国广选人才。本朝将相大臣、路州府郡之吏，出身民间者，多矣，此乃先民所望，学子终生所求，国之大事，开世代风气之先。

我等须精心阅卷，遍加批点，即文不中式，亦须点出缘故。众多学子孤寒落地，家徒四壁，几代人望眼欲穿，以求榜上有名，得公俸养家，情亦可悯，务使公正，令庠生（考生）心悦诚服。倘有大才出，乃国之大幸！"

陆游还说道："众卿阅后，我要一一复审。"

一位考官扫了其他几位一眼，说道："陆大人，我等仔细批阅便是，何须大人劳神？再说考卷如山，怕到拆名那天复审难毕呀！"

陆游说道："这如同我等上山采灵芝，深山寻俊鸟，职责在肩，抓紧便是。"

几位考官诺诺连声，起坐，告退，陆游伸手说道："且慢。还要重申，凡有奸佞取巧，冒名替考之徒，要依刑法处之，刺配千里以外，所涉庠生取消终生考试资格。"几位考官称是，表示即日贴出告示重申。

按规定，开考前锁院，陆游抱病和众考官、衙役等进入考院，以待开考。按规，与外界隔绝，联络皆断，诸事不理，焚香读书。

月余，陆游写诗十七首，时有故园之思："此生漂泊何时已，家在山阴水际村。""岁月背人去，乡间何日归？"

开考时，庠生自带食物，提前进考场，依次立甬道，要经三道关口验身查检，严防夹带。军士搜检，从头到脚，衣服内外，砚台笔墨，篮筐查验无漏，经三关，方准进场。号舍成排，每人一间，小而局促，仅可容一人，乡试号舍尤简陋。

每场三天两晚，三场九天六晚，每场间隔一日。

发榜之日，庠生三五议论，赞考场风清气正，有一庠生却求见陆游。考官说，无此先例，陆游说例系人立，请他进来。

这一庠生衣带褴褛，是寒门子弟。进来后，陆游问明来意，命人找出他的试卷，请他自己先阅。片刻，只见这位生员双鬓已汗水涔涔。

陆游对他说道："文章千古事，得失寸心知。考官批阅，圈圈点点，无误，我曾复审。"

陆游拿过考卷誊录件，指其瑕疵，纵论为文之道，嘱其博学之、慎思之，陆游又说道："你家境贫寒，十年未中。地僻人少，录取亦少，乃朝廷通制，不可泄气。范仲淹两岁丧父，随母改嫁。家贫，寄居寺庙苦读，划粥为食。后别母，远去应天府书院，攻读不舍昼夜，终成功名。吾亦备尝诸生之苦，勤苦忧患，三更灯火五更鸡。汝归，当多思国计民生，论、策两科方有见解，不可囿于死记硬背，亦不可自满于吟诗作赋，不可作酸腐文人，亦不可作无良文人。科考三年一大比，金榜题名，进士、同进士、赐进士三百多人。天道酬勤，有志者事竟成，来日可待。"

这位庠生见陆游体谅，并无责备之意。事后，陆游又送他两件旧衫，这庠生感激欣喜以至泣下。众人闻听后皆曰："陆公知寒门之苦，哀我等不幸，其可造福生民。"

拾壹

烽火前线

通判是副职，难以施展才能，陆游辄在梦中谏言国事，可见其怀抱所在。知州王伯庠欣赏陆游官德与才干，曾举荐，陆游心自宽慰。原来，这王伯庠乃王次翁之子，王次翁当年在朝，是秦桧心腹，助纣为虐，奸臣。王伯庠与其父人格迥异，博学、正直，恤民、公道，他待陆游似亲朋，陆游遂与之相洽。一一七二年，任期将满，陆游后顾有衣食之忧，无可奈何，只好投书左丞相虞允文，请予援手。

陆游与虞允文未曾谋面，素无交集。凭对虞允文的了解，陆游心怀热望。陆游在信中写道："我行年四十有八，任期三年将满，行李萧然，固不能归乡，归又无所得食。一日俸禄不继，则无策矣。家贫，儿女婚嫁尚未敢言也。请捐一官，使粗可活，或可具装归乡。望哀我穷也。"

虞允文早知陆游的为人与主张，对陆游科考与官场受挫之事，内心十分同情。读过陆游的信，他心惨然，陆家儿女未婚嫁，廉吏、能吏家境何其难哉！他当即写信给到任不久的川陕宣抚使王炎，请他尽力安排陆游以后的差事，以解其衣食之忧。

治事能臣王炎

王炎接信后，即聘陆游为宣抚使干办公事，兼检法官，襄助军事、政务。

驿站送来公文，知州王伯庠阅后，甚慰，对陆游说道："任满，不还乡为是，舍万里水路，就近就职。去王炎处，可申报国之志！家眷我等关顾，莫牵挂。"陆游言："伯公知我！"陆游将手中公务交割清楚，正月离夔州，奔西北，去南郑（今陕西省汉中市南郑区）。王伯庠与张仲等僚属送至江边，互道别意，王伯庠说道："百年前，范仲淹自请守汉中，拒西夏，三年之功，边境始安。陆公此去，乃立功之壮行也。"

陆游谢所期，怀揣文书，水陆兼程。住驿站，走大路，亦饱览山川风物："微雨晴时出驿门，乱莺啼处过江村"，不过却也辛苦，他在《马上》诗中写道："迷行每问樵夫路，投宿时敲竹寺门"。

三月，陆游进入汉中平原。汉中，自古就是富庶之地。北望秦岭，南依巴山，汉水中流，满目生机。一望无际的油菜花金灿灿，开遍田野、浅山和丘陵。蜜蜂叮蕊，蝶飞姗姗，香气爽人。再走一程，麦垄青青，桑林郁郁。又见苜蓿连云，路边草头<u>丛丛</u>，家乡常见，春食嫩叶，鲜美入口。

又一程，枣林一片，白杨绿柳夹道，槐树花开雪白，串串花穗，草木清香拂面。远方山林蜿蜒，秦岭隐于云中。又见浅溪中，有几只朱鹮，黑喙长曲，羽毛红如胭脂，双腿颀长，体态优雅，探步觅食。陆游初见，惊喜，注目细观。忽闻"啊嗷""啊嗷"叫声，又有十几只翩翩飞来，飘然而落，水映倒影，波光摇动。那方白鹭翩翔，有野鸭嘎嘎叫。田里远近三五农夫低头劳作，几小儿戏于田头，追逐玩耍，童稚之声清亮悦耳。

三月十七日，到达南郑兴元（今陕西省汉中市）。陆游进城，见古城俨然，坊巷交通，人来人往，平和自得。进王炎幕府，方知人才济济，均是久经历练、见多识广的多谋之士，而又各有专长。周元吉、章德茂、张季长博古通今。与张季长在杭州即识，时为秘书省正字，交情笃厚。高子长是表亲，少时相从，情分至厚。今竟相会于征西幕府。其长身苍髯，意向轩举，已非当年书生意气。范西叔、刘戒之、邓公寿等十四五人，各擅军民之事。众人见陆游来，寒暄招呼，皆以陆公相称，奉品青茶。陆游礼数有加，融融相乐，一如故人。

次日，拜见王炎。寒暄中，王炎请饮青茶，说道："久闻公誉，必当仰仗，职务屈尊，授以实权。"

陆游拱手自谦："承蒙厚待，我当尽职，怎奈在下愚钝，怕难胜任，有负厚望。"

王炎放下茶盏，诚恳而言："来而有缘，我等当以手足处之，为国鞠躬尽瘁。"

夜间，两人促膝相谈。王炎问道："公对进取之策，可有己见？"

陆游注视王炎，缓缓答曰："有《平戎策》，草成，浅见而已。"

王炎道："愿闻。"

陆游手指画几，按大略方位指画道："吾以为，经略中原，必自长安始；取长安，必自陇右（今青海省乐都县一带）始。当务之急是广积粮，勤练兵。金兵挑衅，坚决回击；无衅，则守，积蓄军力、民力、财力，待时而动。"

王炎点头道："《平戎策》，尽心也。"

陆游深感孝宗睿智识人。

这王炎确系能臣。一一六二年，王炎是两浙路的计度转运副使，官阶较低，可他治理地方，不惧豪强。陆游知道，浙西是皇亲国戚盘踞之地，他们网罗地痞，独霸一方，霸占草荡、荷荡、菱荡，乃至坡湖溪港的所有可耕之地，毁坏水利网，损毁农田、地力，乡民受苦。王炎到任后，常遇受害百姓拦轿喊冤，下人禀报，王炎必曰："停轿问来。"下人曰："此等事多矣。"王炎曰："多矣方来诉冤，我等理冤，来日必少矣。"他大刀阔斧地进行整治，铲恶锄奸，强占巧取之地该退则退，该停则停，该收则收，不惧勋臣权贵、富豪大户，一年即见成效。孝宗见奏，对大臣言："王炎，还百姓之地，良善也；不惧豪强，强项之臣也。"

一一六三年，王炎升任荆南知府。这荆南之北，百里是襄阳，是连接东线与西线的枢纽，一旦襄阳有失，东西线则被分割切断。荆南是策应襄阳的后方军事要地。王炎到任后，知荆南有壮丁近万人，遂建立"义勇民兵"，农忙务农，农闲练兵，所用费用，只是正规军的二十分之一，所需粮食只是正规军的十分之一。孝宗对王炎的才干十分欣赏，三年三提擢。

王伯庠曾向陆游讲，王炎干练、果断，诚以待人。朝廷派王炎到川陕后，把利州东西两路十四州军队，也交他统一调动指挥，地方财政、民政、粮食等统交他掌控，职权相当于副相。陆游深感将西北之地交王炎统管，是人尽其才，边境可安。

陆游到职，身着戎衣，不计日夜，成为王炎的得力助手。

王炎与陆游来往无晨暮，时有倾心之语，陆游在《怀南郑旧游》一诗写道："南山南畔昔从戎，宾主相期意气中。"

一次，王炎和陆游谈到军内将领人选，深怀忧虑。

王炎说道："吴璘之子吴挺，任都统制，掌兵权。其人远不及其父，骄横放肆，倾财结交士人，为己深谋。他草菅人命，多次误处好人，谁可代之？"

陆游说："吴玠之子吴拱可代之。"

王炎叹曰："吴拱少谋，遇敌必败。"

陆游呷口茶，沉思片刻，沉吟道："倘若是吴挺遇敌，焉能保他不败？他心怀异志，以利为先，恃功而骄，待价而沽，传予其子，倒可能造成大祸……"

王炎说道："吴挺为官无德，率军无智，不可用，且待朝廷。"

陆游说道："当断不断，必遭其乱。早奏知圣上为是。"

三十五年后，一二〇六年，吴挺的儿子吴曦，派人密通金军，带领全军叛变投敌，请金封其为蜀王。陆游预测果验，这是后话。

铁衣卧枕戈，睡觉身满霜

南郑，地处南宋西北前沿，是两军必争之地，久经战事。

一风雨夕，陆游登上兴元城高兴亭，心绪纷然。东北望，风声呼啸，大雨滂沱，城堞逶迤，一派迷茫。金军近在咫尺，长安在六百里外，沦陷四十年余，高兴亭何来高兴？陆游与士卒默默无语，耳畔是风声雨声。

又几日，去南城下拜将台，见已倾圮。相传汉高祖刘邦，初疑韩信之能，疑而不用。几经验证，萧何力荐，拜韩信为大将，筑此台授命。韩信征战北方，攻必克，战必胜。参加垓下会战，立下赫赫战功，项羽败走乌江而亡。怎奈韩信恃功自骄，渐生野心，欲独霸一方，反叛称王，阴谋败露，被斩于长乐宫钟室，夷三族。

众人相语："假令韩信遵道义，不谋反，其功勋可延续后代，而他竟居功自傲，乃谋叛逆，身败名裂。"

"有功，岂可忘其所哉？韩信有功不如无功。"陆游指点残迹，曰："居功自傲，人之大忌。保国安民，我等所求。"

他带领士卒，巡查前线，从荒原水畔，到铁岭绝岩，从骆谷口、和尚原（今陕西省宝鸡市西南）、仙人关（今陕西省凤县、略阳交界处），到定军山、大散关，奔走于军营哨所、边防要塞，察军事设施，观山川形势，体察军力民心，行行重行行，不辞劳苦。在后来的《忆昔》诗中，他写道："忆昔轻装万里行，水邮山驿不论程。"

陆游看到一处又一处古战场遗迹，心情沉重，侍卫问其"何所思？"

陆游说道："汉中，古来兵家必争之地，北傍秦岭，南据巴山，是南北门户，蜀地屏障。这是当年川蜀大将吴玠、吴璘兄弟，数年血战金兵之地，数万英魂所在！"

遇山脚乱石中一断戟，陆游交军卒带回，自将磨洗，挂于帐内。

春来之夜，路过东骆谷，刁斗声声，清角吹寒，远山连绵，月色如霜。山麓，马卧有序，军帐列阵，"柳荫夜卧千驷马，沙上露宿连营兵"，这枕戈待旦的军营景象，陆游初见，勒马环顾，四野寂静，不舍离去，写入诗中，他愈加佩服王炎治军有方。这情景，深深地刻在他的记忆中，二十多年后，他诗中描写"我昔在南郑，夜过东骆谷，平川月如霜，万马皆露宿……"

军旅生涯对陆游而言，陌生而艰苦，"铁衣上马蹴坚冰，有时三日不火食。"他却不以为苦，南郑方圆三百里内，都留下了他的足迹。漫漫荒野，杳无人烟，"行行求旅店，借问久乃得。"有时，只得在山民家借宿。

一夜，几人借宿老妪家，晨起，得食粥。老妪，苍然白发，面目黧黑，夫死于战，儿死于战，独居茅屋，难避风寒。离时，陆游送其千文，军卒留下一块锅盔和荞麦饼，老妪喜极而泣，涕泣涟涟。陆游出而叹曰："边民不惧穷，乃惧寇入尔！几多孤苦，老而无依。"他心中涌出杜甫的《垂老别》："四郊未宁静，垂老不得安。子孙阵亡尽，焉用身独完……弃绝蓬室居，塌然摧肺肝。"

他与士兵同食同眠。操练毕，辄与士兵交谈，问家乡父老与桑麻事。有时同场踢球。一次，他竟飞脚将球踢进网窝，众人大呼叫好，陆游笑道："猫逮死老鼠，碰巧。"王炎听闻，问他："常蹴鞠乎？"陆游说道："非也，鼓士气，练身耳。"与士兵同在边防，身心俱健，是他快乐而又豪壮的日子，他在诗中曾写道："打逑筑场一千步，阅马列厩三万匹"，"朝看十万阅武罢，暮驰三百从军行"。

一天夜晚，他巡行到沔阳驿。那里山势崎岖，不通道路，军卒生活很艰苦，少有人去。众人意外见陆游来，分外亲近，傍晚他和军卒围篝火叙谈，夜里同睡长板木铺，"铁衣卧枕戈，睡觉身满霜”。天未明，闻鸡即起，短打装束，舞剑，教军卒口诀，传剑术，告曰，虽为童子功，成人可后学，积以时日，成效自见。卯时，和军卒同以荞麦饼为食；辰时，训练；巳时，单兵教练；未时，飞马练攻；申时，蹴鞠之戏，淋漓畅快，士气勃发。

远近有山民猎户，多年难见山外人，闻有长吏来，欲睹风貌，行百里，穿山过林，来哨所拜望。陆游善待，共饭，言边防事，问行猎，所带猎物一一买下，交伙夫。走后，军卒曰：“何曾见长官？唯陆公耳”。

走马大散关

山风阵阵，征马踟蹰。陆游带领三十几个士卒，去大散关。

这大散关，山高路险，危崖耸天，宛若屏障，是战略要地，扼秦蜀咽喉，古来多征战，宋与金数次血拼争夺。

在山路上，他一马当先。遇岔路口，忽闻猿声嘶叫，他挥鞭问道：“此为何地？”

士卒答道：“鬼迷店。”

陆游勒住缰绳，停马，侧转身，问道：“鬼迷店之名何其怪哉？”

士卒答道：“此地鬼哭，夜里出没，无足，或远或近，飘忽不定，目为蓝色，忽大忽小，身无形，瞬间变幻，绕人身前身后，大吼斥之不去，行人觳觫，惊魂。暗夜，月黑，风高，近似有妇人断续声声悲泣，远似有人墓地号哭，凄厉，恐怖，闻之腿颤，不知路之所之，倒地如泥……"

兵头挥鞭，止之，曰："诡异之事，不可就地言之。"

陆游说道："且看究竟。"

他领士卒，进入岔路口，原来这岔路口斗折蛇行，山径回环。

陆游说道："此名奇特，便于记忆，不涉其他。"

陆游又说道："我十余岁时，家乡'鬼火'夜间郊野甚多，麦苗稻穗之杪，往往可见，色正青，俄复不见。'古路傍陂泽，暗夜鬼火昏。'当是时，兵乱四起，死人露于野，枯骨腐而为磷，夜间明灭，'鬼火'者，实为磷火。所谓营魂不返，磷火宵飞之。初，人人惊惧，夜不出户。渐而乡民知其所以，视为寻常。此地久为战场，枯骨未尽，夜飞磷光，非鬼行魅游也。所谓妇人悲泣、墓地哭嚎，实为山风穿谷，林声回响，猿声啼叫……"

陆游趁此接着又说道："时下幻妖邪人已流及两浙、江东、江西、福建惑众，什么大师，什么灵异功夫，什么神算高人，什么百病神医，是诳惑良民，害人作孽，骗财骗官。记住这鬼迷店，战时施奇计，引入敌兵，自有胜算。"

山路险峻，牵马攀援。大散关上，哨兵齐声问好，陆游摆摆手，掏出汗巾擦汗，几个侍从气喘吁吁。陆游引颈向北方远眺，看到金兵的军帐，像粒粒小沙粒，在阳光下闪烁。

陆游问道:"他们可挑衅?"哨兵们说:"这季节,渭水水浅,时有挑衅,互有胜负。"陆游说:"好,且在这里住两日。"

晚饭后,陆游与士卒围坐帐内,他接白天的话茬说道:"旧朝宰相蔡京,自少好鬼异之说。及为宰相,常与所谓有灵异者交游。有一人,名林灵素,常以施符水自夸,言是神医神药,包治百病。蔡京车驾幸其居所,设次临观。林灵素早已暗中招来京师无赖数十人,让背曲者为伛,扶杖者为盲,噤口者为哑,曳足者为跛。待喂水投符,则伛者伸背,盲者弃杖,哑者大呼,跛者急走,或拜或泣,各言得疾二三十年,今日立除,痊愈。草根之民早知这本是骗术,欺诈莫甚于此,蔡京等见状却大悦,惊呼真乃神医、神术。林灵素以此行骗,被蔡京引入宫中,迷惑徽宗、皇后、皇妃。徽宗手书'聪明神仙',亲赐林灵素。妖邪伪气、鬼神之说大行其道,惑乱朝野。"

众人纷纷说道:"林灵素,大宋名人,身手通天,国人皆闻,然我等小民不知内情,今乃知其为巨骗!"

陆游又说道:"白日所讲幻妖邪人,不可小视。他们所印伪经妖象,假借官员作序,流布国中,口耳相传。我在绍兴三十一年(一一六一年),上高宗三札,此事是第三札。我乞请朝廷立法,禁绝伪经妖象,违者从徙一年论罪,重者刺配三千里,永不准归,消除其异时窃发之患。尔等不可信幻妖邪人、鬼魅之说,勿害国,亦勿自害。"

一士卒说道:"大人所言甚是。我有一邻,求官不得,

178

忽遇神算高人，此人自言神算无失，又认得吏部郎中和太子宾客，给其百金通融，可官至知府。不料百金已付，那神算高人踪影全无。求官者急，后病，暴毙，一命呜呼。"众人各言所知，皆曰："鬼迷心窍也。"

铁马秋风

士卒睡前，你言我语，皆曰妖幻邪人自古有之，未若宋之盛也，我等士卒可奈何？论及陆公，皆叹曰："难遇之官也。"此时，夜色已深，兵头曰；"且睡下罢，恐明日有事。"

冲杀在前，截敌刺虎

次日，乌云聚拢山顶，白杨早落，青草尽衰，凉气袭人。午时过后，稀稀落落下起雪来。陆游料敌将趁雪骚扰，他先到关上，嘱班头，今夜刁斗不鸣，灯火全熄，全队隐蔽关下。待听到杀声起，立即堵截追击。

夜幕低垂，山影幢幢，万籁俱寂。陆游带领三十几个士卒，带上蒸饼（今之馒头），埋伏在山脚渭水畔密林深处。叮嘱士卒马衔枚，人噤声，敌过半水而击。

战马伏地，悄无声息。士卒旁卧，屏气凝神。陆游目视渭水方向，时而侧耳。不出所料，夜半对岸似有马蹄声，待近渭水，星光下人影散乱。只见他们停马，左顾右盼。见无任何动静，齐策马跨进渭水。陆游见机，挥剑大喊一声："杀！"三十奇兵大喊"杀"！犹如神兵天降，跃马跨进渭水。陆游一马当先，冲入敌队，手起剑落，先杀一金兵落马。一时刀光剑影，几个金兵落水，战马伤而狂奔，阵脚大乱。这时关下士卒闻声冲杀过来，吼声震天，两面夹击，人喊马嘶，山鸣谷动，金兵皆惧，落荒而逃。

追过渭水，陆游下令莫追穷敌，以防埋伏。他胯下战马前蹄腾空而立，引颈嘶鸣，草木摇落，声震四野，大壮军威。陆游说马通人性，知人之喜怒哀乐也。

回到驻地，陆游与士卒围看夺得的三匹战马。

陆游说道："这马是北方马，适于草原、平原，虽威猛强壮，却不适于山地丘陵。吾等所骑，是洮河马，机敏快捷，擅于跨水、登山，千里奔袭，金不如也。"

陆游又说道："为防偷袭，今夜不眠，枕戈待旦。"

此后数次，他带兵与小股敌军遭遇，处变不惊，指挥若定，获胜而归。一时金兵不敢来扰，士兵赞陆游文韬武略，是安邦定国之才。

军中食，清汤寡水。陆游有时带士卒驰猎，补不足，"马鞍挂狐兔，燔炙百步香，拔剑切大肉，哆然如饿狼。"一日，陆游上山，过一村庄，见一老者伏地而泣，他向前俯身细问老者，何故伤心至此，老者哀号相告，山中有猛虎为害甚烈，村民和行旅遭扑食多人。今晨，其女上山打柴，死于虎口。陆游良言劝慰老者，旋即下山，召三十士卒传授打虎之策。尔后，率士卒南山北山逐一搜索。

　　登上北山一密林处，突然一声虎啸，惊天动地，狂风平地起，树叶纷纷震落。士卒皆为平原人，个个惊恐，陆游投袂而起，大吼一声，冲上前去。只见猛虎双眼如铃，张开血盆大口，前腿猛蹬，一纵如风，忽地腾空扑下，陆游急闪，猛虎扑空。猛虎前爪按地，腰胯一掀，陆游又一跳，腾躲。这虎一扑、一掀两招不成，兴风狂啸，轰然如雷，猛剪虎尾，只见陆游腾跃十多步外。那虎见这第三招也落空，疯狂冲将过来，直立如人，张开血盆大口。忽地，陆游一个箭步急如闪电，挥剑直刺猛虎，连刺三剑，猛虎倒地挣扎，血流如注，片刻气绝。众士卒缓过神来，皆一身冷汗，连声赞道："陆大人了得，了得，英雄！"众人缓步向前，探身看虎，见虎已亡，惊魂甫定。纷然下手，抬虎下山。陆游写诗记之：

　　　　眈眈北山虎，食人不知数；
　　　　孤儿寡妇仇不报，日落风声行旅惧。
　　　　我闻投袂起，大呼闻百步。
　　　　奋戈直前虎人立，吼裂苍崖血如注。
　　　　从骑三十皆秦人，面青气夺空相顾。

　　他们下山时，山民迎道相谢，大呼为民除害，老少不忘。

陆游找到老汉说道："人死不可复生。我予你三服药，可吃六天，以防悲痛伤心而后病也。"老汉眼含热泪，其声呜咽，一再下拜，说道："没齿不忘。"

陆游北山刺虎，军中传遍。回南郑，王炎与众幕僚设酒接风，皆言华夏自古以来，为民除害，诗人刺虎第一人。王炎赞曰："秦岭巍巍，林木苍苍，陆公刺虎，安民家邦！"

细雨骑驴入剑门

九月，驿站送来家信。信中写道，王宣抚使派人把全家从夔州接来，安置在府衙附近的一个院落里，是租房，还送来了粮油等物。信中还提到，院里有几株桂树，金桂、银桂、丹桂，花开正盛，枝腋间挂满一串串小花，花如米粒，清香扑鼻，散入小巷，路人闻香。陆游读毕，将信放桌上，轻拂，深觉王炎情谊深长，自言自语道："终生之友！"

七月十六日晚，陆游登上兴元城"高兴亭"。全家已来，自然高兴，陆游说："高兴亭，高兴亭，亭名好也。"可转念一想："敌未灭，古都长安可望而不可即，何来高兴？何时高兴？"

他手抚长剑，东北望，长安远在白云生处，那灞桥烟柳安在？曲江池馆安在？"多情谁似南山月，特地暮云开。灞桥烟柳，曲江池馆，应待人来。"这首《秋波媚·七月十六晚登高兴亭望长安南山》情景交融，委婉缠绵，遥寄眷恋故国的深情，抒写收复古都的期盼：

秋到边城角声哀，烽火照高台。悲歌击筑，凭高酹酒，此兴悠哉。

多情谁似南山月，特地暮云开。灞桥烟柳，曲江池馆，应待人来。

正在陆游踌躇满志、能力得以施展之时，朝廷发生了重大人事变动。十月，陆游看邸报，得知王炎被调回京城，代理副相。陆游赶回南郑，幕僚周元吉、章德茂、张季长、高子长诸人皆在，他们说，等陆游话别。大家聚坐饮茶，默默少言，全然没了平日闲时诗酒唱和、大笑剧谈的畅快。

周元吉沉吟道："王炎回朝廷代副相，前景若何？"

章德茂沉思片刻，嗫嚅道："王炎公，国之干城，圣上知也。然从此边防重镇调京……"

张季长饮一口茶，面视章德茂，缓缓说道："可虑。"

陆游颔首，放下茶盏，轻声说道："难测……"

晚间小酌，言犹未尽。

回到家中，陆游与王夫人闲话后，一夜难眠，想起这八个月的日子，终生难忘，就这样戛然而止，心不甘，意难平，可又奈何？唉，梦断南楼，不堪重省。渭水秦关本不远，怕是著鞭无日了。次日，陆游鸡鸣而起，舞剑。秋风掠过，凉意袭来，桂花飘落，余香不尽，偶有桂子落地，簌然有声。

陆游逐一送走幕宾友好，言语不多，情皆黯然。张季长与陆游，为至交，"风霜朝并辔，灯火夜连床。"

陆游离时，张季长执陆游手曰："望笔墨不辍，常有书信来。"

陆游言道："异体同心，山水无阻。"

张季长远送至江边，延伫，目送，直至白帆隐入天际。从此，两人长别。张季长后曾任大理寺少卿、知潼川府。直至晚年，音书不断。张季长谢世后，陆游晚年有多首忆张季长、梦张季长诗作，是为绝世之谊。

这段短暂的辉煌岁月，是陆游一生不可磨灭的记忆，在他以后的诗中、词中、梦中，不时重现，直至最后的岁月。二十年后，他在《秋夜感旧十二韵》中写道：

　　冷萤缀蓬根，忽复照高树。年光逝不留，百感集迟暮。

　　往者秦蜀间，慷慨事征戍。猿啼鬼迷店，马嗫飞石铺。

　　危岭高入云，朽栈劣容步。天近星宿大，江恶蛟鼍怒。

　　意气颇自奇，性命那复顾。最怀清渭上，冲雪夜掠渡……

这是陆游征戍边关的长卷，诗中有画，画中有鬼迷店、飞石铺，有高入云的危岭、难容步的栈道，山峰上的星宿、恶水中的蛟鼍。他不顾性命，冲雪夜渡……壮怀激烈，生命迸发。

他获任的新职是成都府路安抚司参议官。他安顿好家人近期的生活，走古驿道，去成都。山路崎岖，烟云浩渺，少见村庄。

过剑门关，遇微雨。大小剑门山，仰视双峰对峙，地势奇险，蜀道之咽喉，易守难攻，历称"天下雄关"。周遭七十二座山峰，刀丛剑林般高插云端，古栈道穿行其间。那古栈道乃悬崖凿孔，横木为梁，立木为柱，上铺木板，顺山蜿蜒，远望似断似连，隐没云间。古代出蜀入蜀，必经栈道。楚汉争雄、魏蜀决战，在剑门斗智斗勇，奇谋妙计迭出，战史惊心动魄。

陆游环顾，山上满目千年柏树，绿涛奔涌，覆盖四野，气息沁人，颇有神秘莫测气象，犹似藏有千军万马。石板古道，盘环幽曲，窄处只容一人。诗人李白在《蜀道难》一诗中，惊叹"噫吁嚱，危乎高哉！蜀道之难，难于上青天！蚕丛及鱼凫，开国何茫然。尔来四万八千岁，不与秦塞通人烟。""剑阁峥嵘而崔嵬，一夫当关，万夫莫开。"

陆游从成都来南郑时，被其奇险震慑，联想千年战史，驻足仰望良久。那时他想，"客主各殊势，存亡固在人"，到汉中要建功立业，为国建起雄关。而今归来，再过剑门，天低云暗，神情黯然，他心中涌出《诗经》名句："昔我往矣，杨柳依依。今我来思,雨雪霏霏。"全然没有了出关时的心绪。

微雨沾衣不湿,似有若无,驴蹄不紧不慢,叩响石板路,空谷传音,踏踏有声。陆游手挽缰绳,有所思,蓦地想起李白的诗句:"大道如青天,我独不得出。"在这羊肠小道上岂能出得? 陆游行吟:

衣上征尘杂酒痕,远游无处不销魂。

此身合是诗人未? 细雨骑驴入剑门。

——《剑门道中遇微雨》

险峰古道,山野茫茫,湿云四合,只有陆游一人踽踽独行,此时他心境若何? 是落寞? 冷峻? 惆怅? 迷茫? 细品这诗,又有自我调侃及反讽的意味,"我此生只合是个诗人?"是无可奈何? 抑或纷然兼而有之?

拾叁

书剑飘零

　　进入剑门关，逢过一地，遇有名胜古迹，他必探幽访古，凭吊先贤，自是"剪不断，理还乱，是离愁，别是一番滋味在心头"。他这离愁，不是李煜词中原意之愁，而是壮志难伸之愁，他远没料到南郑的战斗时光会戛然而止，"渭水岐山不出兵，欲携琴剑锦官城"。他何曾料到会有这突如其来的变故？

五年七调任

　　由秋而冬，北风吹寒，落叶飘摇，白雪漫长街，陆游回到了成都。

　　陆游的参议官一职是个空衔，"冷寂无一事，日日得闲游"。他除读书、写字、练剑外，余时则遍游武侯祠、杜甫草堂、翠微园、白塔院、大明寺等。

他伫立在武侯祠名联前，缅怀诸葛亮，心中默念：

有志者，事竟成，破釜沉舟，百二秦关终属楚；

苦心人，天不负，卧薪尝胆，三千越甲可吞吴！

他读上联，赞赏项羽率八千子弟兵破釜沉舟，以少胜多，大败秦军的"力拔山兮气盖世"的英雄之举。读下联，思度越王勾践卧薪尝胆，终于报仇雪耻的决心。陆游早就熟读这个对联，今日在武侯祠重温，多了几分深思的沉重感。"十年生聚，十年教训"，是会稽山的坚定、镜湖水的流长，是越人的隐忍韧性。他思忖，他从越地来，怕是要以越人的经历艰难而行了。

他身在成都，心在前方。一次，他与几位朋友饮酒，他是"把酒不能饮，苦泪滴酒觞。醉酒蜀江中，和泪下荆扬"。他心中之思，渴望得到一纸诏令，为国建功立业："戈船破浪飞，铁骑射日光。胡来即送死，讵能犯金汤。汴洛我旧都，燕赵我旧疆。请书一尺檄，为国平胡羌。"（《江上对酒作》）

在成都只有短短几个月，他被调任蜀州（今四川省崇州市）通判，席未及暖，又命其代理嘉州（今四川省乐山地区）政务，复又调他回蜀州，再调荣州（今四川省荣县），又复调任成都，再复调任嘉州，五年七调任，奔走不暇。

陆游在七地调来调去，写诗自嘲，自比云游僧，云游四方。他在这些地方，循环往复，却不虚应差事，凡有补于世之事，不辞辛劳，率而为之。在嘉州，他几经筹划，组织民众修堤防洪，未雨绸缪，以绝水灾之患；修建岷江浮桥，开辟水上交通。

每逢假日，辄微服出行，访民俗，走胜地。他访牡丹之城彭县，观牡丹，品花色，记花名，追溯彭县牡丹变异、演化，采集蜀人赏花故事，草成植物学著作《天彭牡丹谱》；游峨眉山，望群峰叠翠，金顶独绝，领略"一年有四季，十里不同天"的磅礴气势和奇观异景；登大蓬山，观高崖矗天，瀑布飞落；上乐山，仰望大佛塑像，看大渡河、岷江、青衣江，三江汇流，三色交融，浪激涛涌；去都江堰，观察水利工程，细究防洪疏导之理，缅怀李冰父子；寻古迹，听人讲神奇传说，探讨蜀地古史，高诵李白名诗《蜀道难》。

晚间夜读，他打开大散关地图，思考恢复中原之策，渴望重整山河，结束分裂局面，为统一中国建功立业。他在《金错刀行》一诗中大声疾呼："楚虽三户能亡秦，岂有堂堂中国空无人？"

一次他从成都去犍为，过眉山，与隐士师伯浑相识。师伯浑博学多才，名闻秦蜀，声被吴越，书法独树一帜。当年考中举人后，无意仕途，隐居眉山。陆游与师伯浑虽有出世入世之别，却一见倾心。告别时，师伯浑在青衣江上，为陆游钱行。酒酣，浩歌，声动江山，水鸟皆惊。陆游不善畅饮，不觉大醉。

夜半，舟始发。两岸山影重重，间有猿啼虎啸。途中酒解，师伯浑醉书，赠大轴，陆游见其字，盛赞"如春龙奋蛰，何其壮也！"以后每见，师伯浑辄问边事，言："隐于山，不忘社稷。"陆游则据实相告。陆游作词《夜游宫·记梦寄师伯浑》，草书见赠，向他抒写自己遥想边陲，不甘虚度岁月的心绪：

　　雪晓清笳乱起，梦游处，不知何地。铁骑无声望似水。想关河，雁门西，青海际。
　　睡觉寒灯里，漏声断，月斜窗纸。自许封侯在万里。有谁知，鬓虽残，心未死。

师伯浑读来，动心，悬于室，时有同心之叹："铁骑无声望似水，想关河，雁门西，青海际。""有谁知，鬓虽残，心未死。"传抄，行于世，流入宫中，孝宗览曰："山河之魂！"

几次过眉山，陆游常邀友人复与师伯浑小聚，登万景楼，俯江流，望远山，叙友情，抒心志，志同道合，宛若手足。怎奈好景难续，四年后，陆游归山阴，师伯浑患疾，久卧数日不起，病逝。陆游手迹仍悬其室，其弟收藏。其子师怀祖，汇辑师伯浑手稿，编《师伯浑文集》。为求陆游作序，他沿江东下，水路苦行八千里，至山阴。陆游见其风尘仆仆，形容枯槁，难抑深情，待之如子。调饮食，服草药，留住月余。夜读文集，音容宛在，才气跃动，为之扼腕，泪洒青衫。序成，师怀祖告别，陆游携众子远送登船，赠银，备旅途所需。

编选岑参诗集

嘉州官廨院落，荔枝树下，散置奇岩怪石。陆游问门人何来这多美石？门人称，石来峨眉山等几处，多年渐存，"岑嘉州"时亦有。陆游说道，山石乃地之骨、云之根，千年万年，是大地之精髓，有山林之灵气，我等何不叠石为山，一得山石之气？

陆游筹划设计，在官廨正堂后，居敬堂旁院落，公余，选"瘦、漏、皱、透、秀"之石构山，筑亭，名之"月榭"。曲栏石磴环绕，小径高低错落，曲折盘环。又植桂树、海棠，翠竹掩映，曲径通幽。

有客观赏，拊掌笑曰："美哉！瘦、漏、皱、透、秀，乃米芾倡导之美，未采苏轼以丑石为美之说。"

客又言："两者并非冰炭不同炉，实乃异曲同工尔。"

陆游笑答："然也。美趣不同，各美其美。"

客曰："山有石则奇，水有石则清，园有石则秀，宅有石则雅。陆公乃人中之石也。"

陆游笑曰："心可为石也，心如磐石，余则不及也。"

陆游摘荔枝，二人品尝。

客曰："日啖荔枝三百颗"。

陆游笑答："不辞长作岭南人。"

客曰："这四川荔枝色美、果大、肉白、味清，苏东坡焉能不赋诗以歌之。"

陆游向树而望，言杜牧诗："一骑红尘妃子笑，无人知是荔枝来。"两人又说起杨贵妃吃荔枝的故事，开心言笑。

有时他在院落，煎茶自啜，以消永日；吟诗，排遣寂寥，"今日蜀中生白发，瓦炉独试雾中茶"。房侧，高大的梧桐枝叶婆娑，几竿青竹摇曳翠色，桂树飘香，鸟雀飞鸣，倒也闲适散淡。闲适归闲适，陆游终不是追求闲适之人，他追求的是万里赴戎机，渴望到前线去。令他失望的是不见驿卒踪影，何能得见诏令？昼思，夜想，他在诗中慨叹："京书不到天涯路。"

公暇，他读书，吟诗，翻拣初稿，搜寻资料，访问知情老者，修订了《天彭牡丹谱》，成为宋代一部重要的植物学著作。

他嘱府吏，去眉山万卷堂书坊，刊刻岑参画像，挂于厅壁，顶礼膜拜，众人不解。

有客问道："为其曾任嘉州刺史乎？"四百年前，岑参从新疆归来，曾任嘉州刺史，故人称"岑嘉州"。

陆游含笑答曰："不只为此。"

他请来客落座，细细道来。

他说，他佩服岑参"功名只在马上取，真是英雄一丈夫"的雄心壮志。天宝年间，京城繁华无比，岑参却两次辞官，挥别繁华的都城，甘愿追随节度使出塞。穿越大沙漠，不惧弥天风沙，应对烈日高温，远走新疆安西（轮台）和更远的北庭（今新疆吉木萨尔县北破城子），先后任幕府书记、判官及支度副使，屯垦戍边，共六年。

岑参往来天山南北，鞍马风沙间，亲历大漠之苦，如他所言，风似箭，沙扑面，双目眯，泪常流。他也体验了长日寂寞，写道："终日风与雪，连天沙复天。二年领公事，两度过阳关。""愁里难消日，归期尚隔年。阳关万里梦，知处杜陵田。"

客问："此诗若何？"

陆游笑答："塞花飘客泪，边柳挂乡愁。远而有家山之思，人之常情。抒写真情，诗人之心也。"

陆游年少时，即好岑参之诗。及长，他常倚胡床，焚香听读，让儿子在他身边诵读岑参诗篇，直至睡去。这胡床，是西域传入之斜椅，并非现代之床。李白："床前明月光"中之床，即此床，胡人之斜椅也。

他常对人言"岑参之诗，超拔孤秀，度越常情，气魄宏大，豪迈壮丽。"他认为李白、杜甫之后，名诗人唯岑参一人而已。每当诵读岑参的《白雪歌送武判官归京》，他仿佛也与岑参一起在白雪中送别："北风卷地白草折，胡天八月即飞雪……"他吟咏"轮台九月风夜吼，一川碎石大如斗，随风满地石乱走……"宛若和岑参迎着风沙，同走大漠，壮歌边塞诗。

他熟读其诗作，精心选出岑参诗八十余首，交眉山万卷堂书坊刊刻，激励世人守土戍边，弘扬民族浩然正气。

这眉山万卷堂书坊，九州闻名，刊刻图书质量精良，勘误皆请名儒，列名书前；三校诸人，列名全书卷后，以示其责与其功力。南宋亦有乱编滥出劣书者，陆游痛斥滥刻书籍"略不校雠，错本书散天下，更误学者，不如不刻之者。"陆游选择万卷堂，是决意出精刻本，以便传之久远。万卷堂与其心意相合，指定六名刻版高手分卷刊刻，三月即出，迅速流传大江南北。

业外人有所不知，两宋时期，毕昇发明的木活字印刷技术，因工艺不配套、成本高，尚未应用，而雕版印刷技术臻于完美，写本时代已成历史，刊刻印刷业方兴未艾，官刻、坊刻、私刻遍布通都大邑，仅刊刻书坊，南宋已发展到二百余家，从访名家搜求写本或印本，到抄写、校勘、刻版、印刷、发行，形成了完整的图书出版体系和发行网络。那时欧洲还在写羊皮书，望尘莫及。四川、浙江、福建、江西等地是刻书重镇、图书集散中心。成都等各大城市，书肆图书种类繁多，既有经、史、子、集，也有当代新作，历朝历代诗人和名家作品单行本，《武经总要》《历代兵制》《百战奇法》《论孙武》《将才论》等兵书战策应有尽有。

南宋书铺，蜀地眉山万卷堂、眉山程舍人宅等，临安府太庙前尹家书籍铺、棚北大街睦亲坊南陈宅书籍铺等几十家著名书铺，铺主皆为饱学之士，熟读经史，精通出版，讲求职业操守，善于经营。其校勘之准确、刻版之精良、装帧之考究、发行之迅广，为史上黄金时期，故宋刻本当今为国家一级文物，所存仅千余部。宋代图书发行形式完备，开后世先河，书铺批发零售兼营，递铺邮寄，流动售书车走街串巷，送书上门，有人写诗赞曰："随车尚有书千卷，拟向君家卖却归。"

出版兴旺，突破了宋以前手抄本点对点传播的时空局限，一跃为超越时空的全方位传播。图书流布城市、乡镇、坊巷，传于都下，时时流入宫禁。孝宗见陆游选编的《岑嘉州集》，刊刻是蜀地习用的颜体字，字划丰劲朴厚，选诗精到，赞声连连。宫外听闻，竞购尤甚，国中畅销。

南宋出版业是人文精神的田园，学术发展的依托，是一代文化繁盛的沃土，陆游诸公诗书画精品迭出，得以传世，其功不可没。

海棠之会

二月，陆游接到成都知府、著名藏书家、目录学家晁公武来信。信中说："四川海棠名全国，成都海棠冠四川。趁此清明时节，何不会之于芳园，以消公务之烦、编书之劳？"他邀请陆游和几位友人，去成都赏花。

晁公武，靖康之变随父避乱入川，长陆游二十岁。他早知陆游，看重其人，推崇其诗文。他看到陆游编选的《岑嘉州集》，赞赏有加，称其为岑参诗集的最佳善本，经典荟萃。集中的爱国思想、戍边精神和边塞之苦，动人心魄，必行之于世，传至后人。

清明，乃朝野重大节日。自唐起，寒食、清明、上巳，三节融合，连续十许日，统称清明时节。陆游诗中云："忽见家家插杨柳，始知今日是清明"。

寒食是纪念介子推的高风亮节。春秋时代，介子推随晋文公重耳流亡八国十九年，历经艰难困苦，忠诚不二。一次，重耳饿昏于荒野，介子推忍剧痛，割股啖君，重耳转危为安。重耳六十二岁回国即位后，奖赏有功之臣。介子推不求利禄，功成身退，与老母远避深山，不惧寻者烈火焚林，死而不出。从此，为纪念介子推母子，这日户户禁烟火，名之曰"寒食"。

清明当日，家家插杨柳，祭祖扫墓。坟头纸钱纷燃，悲声和泪，"纸灰飞作白蝴蝶，泪血染成红杜鹃"，追思先人开辟洪荒，创业维艰，恩情难报，寄托悲痛缅怀之情，表达哀思感恩之心，崇本尊亲，慎终追远，赓续传统。

上巳日，纪念中华始祖轩辕氏，全国大祭。祭后，返身自然，携来游春，登山临水，游目骋怀，寄思赏心，感受天地万物与人间生生不息。愉悦春光，期盼美好，踏青、插柳、簪柳，放风筝，荡秋千，赏花，咏诗，游园。官府从上巳日三月三起，休假三天。东晋王羲之在这一天，与四十多友人，有山阴兰亭之会，曲水流觞，写下了名篇《兰亭集序》。杜甫诗："三月三日天气新，长安水边多丽人。"写的是长安仕女结伴出游。这日，各家园林向社会开放，游人纷至，竟日不绝，正如陆游诗中所写"有花即入门，莫问主人谁。"

陆游接信后，深感慰藉，逢此盛节盛情，焉有不去之理。他准备停当，怀对先人敬畏之心，欣然前往。

他几人随晁公武等遍访各家名园，尽兴而游，所见海棠品种之繁、花色之盛，叹为观止。几种极品海棠，确是名不虚传。看那西府海棠，花生枝顶，含笑迎人，五瓣宛若胭脂透红，清香缕缕；那贴梗海棠，花满短枝，仿佛串串宝珠，浓淡相间；几丛吊钟海棠，细枝似竹丝，花梗下挂花瓣，宛如朵朵小钟，隐约似有清亮之音；垂丝海棠，丝丝如思，思之萦绕，花瓣丛密，迎风摇曳。

晁公武指曰："这垂丝海棠，江南民间称有肠草、乡思花。"

几客纷言"有肠草，乡思花，触动心境。"

陆游接道："草有肠，花乡思，湖山性灵。"

晁公武和陆游几位朋友尽赏海棠的千姿百态，尤以西南隅碧鸡坊王氏园中海棠，为春游之冠。这株海棠，岁久繁盛，众人下瞰，满目锦绣，竟覆地几丈余，初见者，惊呼"海棠之王"，只为这株海棠，也不虚西蜀一游！

园里游人，鬓上发间多插簪花，三三五五，结伴同行，联翩而至，前者呼，后者应，徜徉流连。陆游感叹，春色满园，出门尽是看花人，却难得一谢忙于四季的花工。晁公武说道："白发翁，越溪女，旦与暮，花自知。"

三日游赏，亦见蹴鞠，放风筝，又有少女荡秋千。风清景明，生机盎然。晁公武诸人，间或品评海棠诗。

晁公武说道："写海棠之诗，自中唐以来多如海棠，风格竟秀。沈文立的一首绝句，晓畅如话：'岷蜀地千里，海棠花独妍。万株佳丽国，二月艳阳天。'锦城流传此诗。"

陆游说道："薛能的名句'四海应无蜀海棠，一时开处一城香'，概括描绘，写意抒情，传神之至！"

几人又纷议杜甫不作海棠诗，莫衷一是，陆游言："或是零落散失？亦未可知。"此说，后为多家引用。

这几日，陆游自是心神愉悦，却也别有所思，写出《花时遍游诸家园》绝句十首，其中一首写道：

为爱名花抵死狂，只愁风日损红芳。

绿章夜奏通明殿，乞借春阴护海棠。

此诗，陆游的期盼心情涌动，诗意双关，友人心会。

别时，晁公武设宴饯行。春韭，春笋，各色本地小菜，羊肉涮火锅。吃过主食馒头（今之包子），赠陆游《郡斋读书志》一套二十卷，刊刻精美。

晁公武说道："拙作多年考证、写作，还待修订，且请雅正。"

陆游答曰："久闻先生大作，今得之如宝，无以回报，我必攻读，以报盛意。"

晁公武说道："陆公饱学，但请不吝指正，拙作有讹误处，可书信告我。"

陆游拱手说道："从命而行，但恐才疏学浅，辜负厚望。"

晁公武说道："此书目录，收录古今图书一千四百余部，涉及每书提要、作者生平、成书原委及有关典章制度等，撰写若有失、有误、有不及，恐贻误后世，我愿闻指正。"晁公武虚怀若谷，虑及后世，陆游感佩至深，诺诺连声，长揖而别。晁公武回拜，含笑目送，举手说道："来日方长，后会有期。"家人送陆游登车，又搬上赠酒两坛。

一路上，陆游几人沐春风，赏溪流，即兴赋诗。友人叙孔子句："暮春者，春服既成，冠者五六人，童子六七人，浴乎沂，风乎舞雩，咏而归。"

说起三日见闻，适意畅快。言及《郡斋读书志》，几人公认晁公学术、体系、考证、论辩，高标独举，苦心经营，必为后学之经典，不可或缺。

途经一处荒圃，陆游说可去一观。一友人说成都尽得天下奇花，荒圃不足观也，又一友人说可去观来，许有可观之处。进荒圃，只见荒草遍地，间有海棠几株，确不足观。

几人散踏，走进荒圃深处，一友人忽惊呼："奇花！奇花！"几人走近聚来，发现这竟是一株极品，千叶朱砂海棠，惊喜异常。这株海棠，花繁叶茂，温婧鲜媚，花萼重叠，花蕊娇鲜，花瓣似开未开，枝叶似沾春露，这在素有海棠之国美名的四川，极为罕见。杭州、绍兴，花种繁多，海棠亦盛，亦从未见过这等极品，奇丽绝代。可惜可叹的是，却埋没于荒圃，长于野草凡花间，不被人识，友人慨叹："遗世独立，天涯芳草。"陆游颔首称是，轻移脚步，凝神细观，说道：
"确系极品！"

这日陆游回到官舍，夜不能寐。弯月临窗，瓶插海棠花开，熏香未灭。他铺纸、研墨、挥毫，题咏荒圃海棠，寄托心曲。写道：

重萼丹砂品最高，可怜寂寞弃蓬蒿，

会当车载金钱去，买取春归亦足豪。

——《花时遍游诸家园》

未几，传来噩耗，左丞相兼枢密使虞允文病逝于汉中幕府，陆游惊诧不已。本来孝宗两次派虞允文入川，是为东西两路北伐做准备。他两次主川，增兵饷，倡养马，减赋税，筹划兵备，奔忙于途，寝不安席。冬季披星戴月，冰满鬓髯。今忽得疾而逝，委实突然，享年六十五岁。孝宗悼曰："将军一去，大树飘零；壮士不还，寒风萧瑟。"陆游慨叹虞允文："早以文学致身台阁，晚际时艰，出入将相垂二十年，孜孜忠勤无二焉……"又感喟"张浚、吴璘、虞允文，金所惧也！奈何三人已逝……"陆游深知国失栋梁，心情陡然而落，连日情趣萧然。两年后，孝宗赠虞允文太师，谥忠肃。

拾肆

成都四年

　　陆游一日去成都，黄昏时候，住进城郊多福院。夜读传抄流传的辛弃疾词，情不能已。辛弃疾词豪放悲壮，痛惜山河破碎："夜半狂歌悲风起，听铮铮阵马檐间铁。南共北，正分裂。"恢复山河之心，跃然纸上。想到虞允文、张浚、吴璘已逝，陆游自语："江山更待何人？"

范成大入蜀

　　晨起，陆游走出院落，旷野寂静，林气爽人。但见山峦起伏，宛若绿涛翻腾。俯瞰山下村庄，炊烟袅袅，山径蜿蜒远去，隐没于白云深处。仰观长天无际，苍鹰穿空翱翔，游目骋怀，思清志勃，灵感跃动，神飞九天之上。

　　他想，人生不能作隐居求仙的安期生，要作手枭逆贼的李西平！他心潮翻腾，情不能已，乃作《长歌行》，抒发郁勃之志：

> 人生不作安期生，醉入东海骑长鲸。
>
> 犹当出作李西平，手枭逆贼清旧京。
>
> 金印煌煌未入手，白发种种来无情。
>
> 成都古寺卧秋晚，落日偏傍僧窗明。
>
> 岂其马上破贼手，哦诗长作寒螀鸣？
>
> 兴来买尽市桥酒，大车磊落堆长瓶。
>
> 哀丝豪竹助剧饮，如钜野受黄河倾。
>
> 平时一滴不入口，意气顿使千人惊。
>
> 国仇未报壮士老，匣中宝剑夜有声。
>
> 何当凯还宴将士，三更雪压飞狐城！

《长歌行》回旋跌宕，写出了陆游心境中未得其用，不能远征的失落和无尽的遗憾，更写出了要为社稷收复山河的壮志豪情。诗中现实的描绘与浪漫的向往，淋漓酣畅，陆游的家国情怀激荡人心。

诗中亦透露着陆游的孤寂，"成都古寺卧秋晚，落日偏傍僧窗明"。这是心境的无奈。自入蜀到成都，他的诗作，写出游、观名胜、会友、饮酒、品茗、夜读等，辄有愁苦、悲思之叹，皆发自于心境的无奈，内心深处是他不甘于这样的生活，他向往"手枭逆贼清旧京""何当凯还宴将士，三更雪压飞狐城！"读此诗，谁人不惋惜"国仇未报壮士老，匣中宝剑夜有声!"他在《暮归马上作》中感叹:"不辞与世终难合,惟恨无人粗相知。"

一一七四年,陆游回到成都,是获任朝奉郎、成都府路安抚司参议官,兼四川制置使参议官,正六品。

成都地处盆地,花木扶疏,桥水连城,风景佳胜。未几,他的同龄相知老友来了。诗人范成大由桂林调任成都,知成都府、四川制置使,负责地方行政、军事、边防等。陆游不再孤寂,郁勃之气升焉。

十三年前,他与范成大同在朝中圣政所,闲时论五经、谈诗词,投契于心,是为知音,"相识满天下,知己能几人?"

这范成大,是一位德才超群的能吏,屡受重任,闻名朝野。童年,家境贫寒,父母早逝,十六岁起,在禅寺苦读十年,二十八岁中状元。他在地方任职,明法令、减赋役、兴水利、安边防,政绩卓然。修松阳通济渠,叠石筑防,建堤闸四十九处,灌田二十万亩,民食其利,颇得圣上信赖。他知静江府(今广西壮族自治区桂林市)、广西经略安抚使时,奏请圣上,整顿官府经营盐业增价、摊派、巧取豪夺之弊,保护郡县和盐商正当权益,保民平价用盐,上从之。范成大依法而行,建立起盐业专卖正常经营管理秩序,深得人心。他又以文著称,尤擅于诗。

陆游为参议官,范成大格外倚重,从保境安民之计,到军国大事,二人无所不谈。每谈,两意契合。用人,无地域偏见,广招当地人才,用其所长,不拘小节。凡杰出者,向朝廷推荐，得用后，往往显于朝，进入两府：枢密院、中书省。为戍边安民，外修堡寨，内强军训，奏准增兵，智擒多年边乱内奸，除一大患，蜀士归心。

范成大顺应成都民意，修复多年毁弃的铜壶阁、学宫、筹边楼、石笋街。从筹划、动员到施工，陆游日夜相随，终日操劳。成都多雨，石笋街等十多条街道，雨天泥泞，人难跋涉，车难行，人愁行路难。改为砖石路，风雨无阻，四季畅通。

四大工程竣工，万民皆欢。铜壶阁距府五十步，雄立高耸，陆游撰《铜壶阁记》，由阁之兴废，纪范成大之功，纾"荡清中原"之思，期盼范成大"以廊庙之重，出抚成师，北举燕赵，西略司并（司州、并州）""勒铭凯旋"。陆游与范成大虽为至交，却不忘以拳拳之心，激励友人收复河山之志。此为君子之交喻于义，可见陆游心境与格局。

两人同心，相得益彰，政通人和。逢四时八节，两人微服出游。首次观看元宵节灯会的大慈寺冰灯，尤觉新奇，江南未见。二月十五花会与家乡花朝节大同小异，别有蜀地风韵。

陆游与范成大每过村庄，遇民，辄问菽稷稻粱，算赋税，听乡情。有闲，诗词唱和，亦赴"雅集之会"。

这"雅集之会"是宋代的社会风习。宋代的文化和社会生活是"雅骚之趣"与"郑卫之声"交汇，阳春白雪与下里巴人争胜，高雅与低俗并举，文人的交游之趣，市井的娱乐之好，远超盛唐。"雅集之会"在酒肆、园邸、歌院，必有歌伎、舞伎，献歌、献舞、献艺，妙语新词，曲弹新调，丝竹之声悠扬，管弦之音盈耳，聚会者亦焚香、品茗、观花、赏画，饮酒赋诗、填词、题字，"风流非俗饮，歌舞参笔砚"。此风贯穿宋代三百年，瓦舍勾栏日夜笙歌，汴京、杭州、成都等大城市尤甚。饮酒、品茗流行城乡，士大夫饮酒赋诗，虽是古来延续之习，然至宋朝胜于古今，陆游虽不胜酒力，亦不能免，故其诗中常有饮酒之作。

宋代女儿厚嫁，陪嫁之值，是男方聘礼的十倍左右。生女无艺，嫁女难，得卖房卖地，所谓"破家嫁女"，并非传说。世风愁于生女，不堪其累。亦有以生女为幸者，那是生女学歌习艺有成，做官伎或民伎皆可富家。官伎属官府服务，民伎是富商巨贾家中专职歌舞娱乐人员，多者养伎二三十人，间有养优伶者（戏班）。她们从小要读诗书、学宋词、练语言、习礼仪、弄琴瑟，或长于吟诗作赋，或长于琴棋书画，或吹打弹拉，或说唱歌舞，十年苦功，才艺超群，短襦红裙，接宾宴客，不可或缺，时有赏金，生活优渥。亦有教女学厨艺者，必有家传或名师，一旦超群，名扬市井，身价百倍。入富宅，做一场宴席，可得几百贯。或进酒肆，主后厨，家必富矣。这般人家嫁女，无难，富富有余，又可攀权结贵。然绝大多数人，生女养于家，并无艺才、厨技，嫁女破家，愁煞人。

宋代雅文化漫延浸润，渗透民间，"凡有井水处，皆歌柳（永）词"，引领俗文化，出现俗中有雅，并向雅文化提升，这是宋代特有的文化现象。书场的兴起，说书人的话本，雅文俗语融会贯通，是宋词、"雅集之会"等衍生的文化效应。

不过，雅集之风有两重性，它对社会风气的浸润、渗透，从官府到市井，莺歌燕舞，无疑会引领社风偏于娱乐、消遣，枉自沉溺于炫富、奢华、攀比、声色犬马中，"商女不知亡国恨，隔江犹唱后庭花"，消损阳刚之气，助长萎靡之风。陆游对"雅集之会"并不热衷，只是从众应酬，他体认此风易令人消极颓废，堪忧。他在《送范舍人还乡》一诗中写道："酒醒客散独凄然，枕上独挥忧国泪。"这是他的内心世界。

自号放翁

重阳节五天假日，巧遇晴天。他与范成大在九月九日上街，行观节庆。城中遍植芙蓉，正应季盛开，深红浅红粉红，花团锦簇，桂花树、香樟树，绿荫撑伞，幽香阵阵。

宽街窄巷，芙蓉朵朵，茶坊处处，只见矮方桌、靠背竹椅，家家大同小异。各色人等麇集，短裤汗衫，三教九流。这两人在谈生意，那三人在谈婚论嫁；这边厢说边防战事，那边厢悄言邻里故事；这角低声论价卖穷女，那角请托诉讼。亦有占卜算命，说和邻里，百般杂事……人情世故，说古论今，昨夜绯闻，今日消息，手摇蒲扇，话题多多。娱乐节目必不可少，这坊说平话，那坊唱小曲，飞棒打花鼓，大坊时有川杂剧演出。人说，成都社会在茶馆里，人情世故在茶碗里，风俗长卷，市井百态。陆游对范成大说道："蜀人围坐喝茶，摆龙门阵，少时也得一个时辰，多者两个时辰不算多。喝蒙顶山甘露、青城茶、茉莉、素毛峰、杭州西湖茶，任由其便，无人不来。"

绕过几处芙蓉花丛，走进酒巷，范成大说道："妙哉，酒香扑鼻！"深深吸了几口。

陆游捻扇说道："蜀地山水嘉胜，名酒多矣。这锦城，几大酒坊酒流如溪。"

范成大举扇大笑曰："吃火锅，喝名酒，不亦乐乎？"

陆游说："查典籍，蜀人吃火锅已八百余年，物美价廉，四五人喝酒，吃火锅，花五六百文足矣。可羊肉却稀贵，若涮羊肉，则需五千多文了（相当于今一千五百多元）。麻辣火锅、海味火锅、香菇火锅种种，价格不一，几百文亦足。"

范成大说道；"久闻成都川菜品种繁多，风味独特，是美食之城，吃上顿，想下顿。"

行至城南，玉局祠前，铜壶阁畔，是重阳药市长街。百肆售百药，天南海北的药材、奇珍数不胜数。酒楼歌台笙笛悦耳，弦歌不绝，"锦城丝管日纷纷，半入江风半入云。"骑从杂沓，车服鲜活，医者、商者穿行，夫人小姐联袂，穿着随意，短襦长裙，光彩照人，迤逦而行，香透衣裙，"裙开见玉趾，衫薄映玉肤"，观药市，亦被人观。

陆游本想逐肆看来，范成大不耐，言道："今闻百草，已治百病，不可再挤，汗多矣！"

沿街芙蓉树下置有大酒尊，容酒数十斛。芙蓉笼荫，菊花酒香，杯杓齐备，游人走过，随意畅饮。

陆游问范成大："饮乎？"

范成大笑曰："余乃酒仙，有歌姬乎？有舞姬乎？有琵琶乎？有羌笛乎？"

走过书坊书铺，道畔桂花香气袭人，芭蕉宽叶高拂。进扇子巷，又见另番景象。团扇、六角扇、折扇摆满店铺和街面摊床，扇面多有水墨丹青、仕女美图，清雅秀润，精致可人。巷里人头攒动，有江浙客商，有公子王孙，多者是百业之民。

范成大对陆游说道："这蜀扇名不虚传，女工之妙织，匠人之巧制，名人之书画，自唐以来做贡品入宫，实为袖中雅物，亦是随身珍玩、手中清凉世界。"

陆游摇扇应道："在蜀地，看人手中之扇，则知身份。"

两人边走边聊，对蜀扇制作之精美，连连惊叹。这蜀扇有纸面，亦有丝织绢素面，扇价低者三五十文，高者洒金扇面其价竟一两黄金，陆游为之咋舌。

此时市场流通的"会子"，类于北宋的"交子"，是我国早期流通的纸币雏形。陆游对范成大说道："蜀人务农，有都江堰大平原，沃野千里。蜀人经商，水陆四通八达，销往大江南北。蜀地多竹，纸质优良，笔墨之佳品，制扇得天独厚，名冠九州。蜀锦、蜀绣、蜀茶、蜀盐、蜀笺，还有佳木良材蜀杉，远销域外。蜀盐专卖，井盐出井利润为百货之冠，'会子'源源流入，蜀地焉能不富？"

范成大应道："故而称为天府之国。"

陆游称是，举扇感言："天府之国，历史久远，远古食稻米，屋为竹骨泥墙。蜀人朴实、率直，待人以诚。

两人说起文翁。

西汉，蜀郡太守文翁，治蜀三十三年。效法先郡守、战国时李冰父子，修水利，治沱江，扩展都江堰灌溉水系，涵养成都平原，重农养民。在成都设官学，建石室学宫，号精舍学堂，有教无类，选用贤能。陆续在几地兴办学宫，大兴教化。汉景帝、汉武帝时推广全国，公学由此兴焉。蜀风雅韵勃然兴起，渐而人文荟萃，出多名臣；战时，忠国善战，攻坚夺隘，如履平地，出名将。

陆游赞曰："李冰父子、文翁皆鞠躬尽瘁，终老于蜀。蜀为国中宝地，九州名都，四海通衢，功不可没。"

范成大举扇北指，提议："选一日，去石室，拜谒文翁祠。学堂所在，文风佳胜。"

陆游颔首，言道："文翁化蜀，功利千秋。"

中国公学由文翁开山，至今二千余年，文脉绵延。文翁精舍犹存，石室弦歌不断，桃李芬芳。

一一七六年初，好消息传来，陆游获任嘉州知州。众友闻讯，皆来祝贺。范成大言："陆公此去，我失左膀。然陆公任知州，得施展，当贺也！"孰料，陆游尚未赴任，忽遭突然变故，取消所任，改为奉祠，提举桐柏山道观，闲置，人皆惊诧莫名。

陆游此次遭罢官，范成大先闻，愤而无言。那缘由，似是而非。朝中几人，弹劾陆游，说他先前代理嘉州政务，"不拘礼法，饮酒颓放"。陆游对此污名异常气愤，他拍案而起，怒言这是"流俗之见非，加之罪其无辞！"

宋代实行酒类公酿公卖制度，地方各级府衙，均可酿酒销售，亦可公干宴客和自用，陆游照例而行，有规可依。不过，事已如此，范成大只自好言劝慰。陆游无奈，他以"颓放"罪名，为自己起个名号——放翁，是自嘲，是纾闷，亦有如此而已，其奈我何之意。

从此，放翁名号行于世。时年五十二岁。

躬耕杜甫田

陆游奉祠，虽有祠禄，怎奈家人多，生活依旧艰困。为补衣食不足，他和家人在郊外浣花溪畔，杜甫草堂原址附近，开出一片荒地，种菜、种粮、种草药，以度时艰。

一日病后，他夜读兵书，重读诸葛亮的《出师表》，心潮激荡。他患病而不悲己，失官却不失心，掩卷沉思，神入忘我之境，挥洒《病起书怀》，写出"位卑未敢忘忧国，事定尤须待阖棺"的千古名句，写出了他的向往，他的无尽远思：

　　病骨支离纱帽宽，孤臣万里客江干。

位卑未敢忘忧国，事定尤须待阖棺。

天地神灵扶庙社，京华父老望和銮。

出师一表通古今，夜半挑灯更细看。

"京华父老望和銮"，和銮，代指御驾亲征，是百姓盼望御驾亲征，收复山河。

窗外，月光如水，四野无声，他心澄如镜，浸沉在诸葛亮忠贞为国的《出师表》中。

田间休憩，父子谈起诸葛亮，又说起杜甫。

陆游蹙额，说道："是啊。他死时，家里无钱安葬，四十三年后，他孙子杜嗣业来，才将遗骨移回老家偃师，埋葬在首阳山先人墓旁。杜甫爷爷杜审言，曾官至宰相，唐代早期名诗人。"

陆游自幼熟读杜甫，深知杜甫，他又说道："杜甫经历多，读书多，深知民生。阅历不足、读书少，难懂杜诗。走千里路，读万卷书，方可读杜诗。"

唐肃宗上元元年（七六〇年），杜甫避战乱，流落到成都，事事靠友人援手，远方表弟王十五司马，还有先后任成都府尹、剑南节度使的严武，彭州（今四川省彭州市）刺史、诗人高适，三人接济建草堂与衣食，杜甫的日子还算静好。

子龙问道："浣花溪、万里桥、百花潭，这岂是荒凉之地？"

陆游说道："这是诗意的栖居，寓意乐心。中国文化是诗性的文化，单从物名、花名即可体验。是美的理想，代代相传。杜甫在这里开荒，种子、树苗、工具亦是友人提供。"

三子子修说道："杜甫的《茅屋为秋风所破歌》写于此。"

陆游说："他曾去梓潼、阆州年余，在草堂三年许，五年写诗四百余首。五十五岁携家从成都去夔州。州都督柏茂琳出力相助，先是租给他东屯的公田，后又把西瀼溪之西的四十亩柑林，交他营生。此地特产柑橘，闻名遐迩。他粗得温饱。两年余，他携家离开夔州，沿江东下，去几地寻亲访友，屡遭冷遇，无安身之所，常年乘船漂泊，"亲朋无一字，老病有孤舟"，穷愁潦倒。他早年患消渴症（中医对糖尿病的称呼），船上并发肺疾、风湿、风痹等多病，耳聋齿落，步履无力，早入残年，五十九岁（七七〇年）病逝于在湘江舟中。一生留诗千余首。"

子修感叹："忧患出诗人。"

子虞接言："经历出文章。"

陆游颔首，说："经历出文章，诗人皆如是。李白生于盛唐，除短暂入宫年余，一生都在漫游高山大川，遍访名山奇水，诗多豪放浪漫。传说在当涂，跳水捞月而死，享年六十二岁（七七二年）。杜甫十年困居长安，又逢安史之乱，写出'三吏''三别'。十年漂泊，诗多民瘼苦情。当年，西邻，一无儿无女无食的老妇人，常来扑枣充饥，杜甫慈心相待，"堂前扑枣任西邻"。

杜甫手植桃树百株，竹林百亩，枣树几棵，已不复见。

他手植的楠树、银杏，历经三百年风雨，林木蔚然。

陆游有感："草堂留后世，诗圣著千秋。"

子龙说道："杜甫在《南征》诗中写道'百年歌自苦，未见有知音'，陆家就是他的知音啊。"

几个儿子说道："我们的日子总比杜甫好过。"

陆游遥想杜甫，流落四方，"飘飘何所似，天地一沙鸥"。此番自己一家，似若其往，自有别种滋味。忆往思今，自隆兴元年诏议和金，十五年过去，歌舞升平，不思恢复，一一七七年正月，他写下了经典名篇《关山月》：

和戎诏下十五年，将军不战空临边。

朱门沉沉按歌舞，厩马肥死弓断弦。

戍楼刁斗催落月，三十从军今白发。

笛里谁知壮士心，沙头空照征人骨。

中原干戈古亦闻，岂有逆胡传子孙。

遗民忍死望恢复，几处今宵垂泪痕！

忆往，思今，悲慨，感叹，呼唤，情景交融，铸就了这震撼人心的不朽之作。

暮春，又有大变故，范成大接旨回京，赴重任，暂代吏部尚书，拜参知政事，相当于副相。陆游闻知，一则以喜，一则以忧。喜者，喜其身晋重位，可为国出良谋；忧者，忧其再见难矣，心有戚戚然，知音远走，失去可交谈之人，不知何时相逢。又闻好友李浩病逝，终年六十一岁，惋叹天不假年，谢世略早，才未尽用。

范成大离成都，府中众人和蜀中名士百里相送。大路沿着岷江向南，江流湍急，涛声阵阵，不绝于耳，天边岷山雪顶皎洁闪耀。

范成大说道："汪伦送李白，李白说'桃花潭水深千尺，不及汪伦送我情'，陆公与府中人送我，情过汪伦！"

陆游说道："我等之谊，如岷江之水。"

至中崖山，众人宿寺中。次日上山，不忍分别，小饮，忽风雨大作，诸人即席赋诗。陆游诗赠范成大，嘱其下情上达，为圣上多做筹谋，恢复中原，"公归上前勉画策，先取关中后河北。"范成大说道："我等终身，意愿在此。"

风雨依然，不觉日暮，不成行，皆下山，复入宿寺中。是夜，山雨初晴，月色满窗。晨起，范成大言道，诸公百里相送，我心惶惶然，况山行尚远，劝诸公从此归去。饭后，十几人依范公意，一一拜别，唯陆游与子虡等十余人不舍，续送。

在中崖启程那日，细雨绵绵，陆游送到船上。范成大见陆游依依，想到陆游仕途多舛，自是难过。陆游返身上岸，伫立码头。范成大长揖，挥手，衣衫飘动。

子虡感深，轻声缓诵范成大诗："南浦春来绿一川，石桥朱塔两依然。年年送客横塘路，细雨垂杨系画船。"

陆游父子与众人目送官船远去，孤帆、远影、大江……

拾伍

奉旨东归

返程过青城，到眉县，陆游父子盘桓几天，拜谒三苏故居，苏氏后人迎门。小小故园，地只五亩。绕竹林，观池水，俯瞰古井，拜谒苏轼遗像……

复又归于赋闲，耕读度日。

沦陷的中原和那里的人民，一直是他心之所系："中原干戈古亦闻，岂有逆胡传子孙？"

对投降派屈辱投降，征歌逐舞，沉湎于灯红酒绿的奢华享乐生活，陆游心怀忧愤。在成都赋闲三年，他写下了《前有樽酒行》等多首直刺"华堂乐饮"的诗作。

人事多磨

陆游在蜀，深得蜀士之心，蜀之名卿巨儒，对其钦佩敬仰，皆倾心相交，愿其长居蜀地。晁公武曾调京离蜀，官至吏部侍郎、礼部侍郎，系副首。致仕归蜀后，专心于目录学。他愿舍一别墅，馈赠陆游。一日，两人相见，他说："陆公留蜀，我等可朝夕相会，切磋琢磨，编书纂目，传之后人。"

陆游言道，他也有"在蜀终焉"之志，他曾对长子子虞说："蜀风淳厚，古今多出文臣武将，长居，后世子孙，必有兴焉。"只是无事闲居，陆游难耐。壮志未酬，心绪不平，他更向往南郑岁月。

当日归家，夜至三鼓，陆游突闻金鼓声，一怔。急出门，只见远方烟火冲天，人马奔突。忽听人报，被金兵占领的松亭关在血战中被夺回，他和晁公武等众人大呼快哉，他三呼击股。骤醒，原来是一梦。他唏嘘而起，夜不成寐，舒纸挥毫，写下了"一点烽传散关信，梦中夺回松亭关"。又吟出"刺虎腾身万目前，白袍溅血尚依然，圣时未用征辽将，虚老龙门一少年。"

闲居成都，心在边关，虚老龙门，梦中征战，他无可奈何："丈夫不虚生世间，本意灭虏收河山。岂知蹭蹬不称意，八年梁益凋朱颜。"

陆游不知，在他赋闲的第二年，孝宗曾有意任命他为淮南东路常平茶盐公事，这是国家经济命脉所在，是比知州高一级的官员。严管地方的钱粮、赋役和茶盐专卖事业，是孝宗心头一件大事。

孝宗严管茶盐走私出口，是严防官税流失。先是下诏，严禁蜀茶入蕃，紧随其后下诏，严令京西、湖北商人，不得以牛马负茶出境，违者死罪。官府掌控茶盐，尤有茶马互市之需，易得战马，补充军需。

投降派反对陆游到前线任职，又不情愿让他出任有实权的地方命官，听说孝宗要用陆游，他们又以"不自检饬，所为多越于规矩"之名，进行阻挠，孝宗不得不忍让。但孝宗并没有放弃陆游。孝宗清楚，掌管茶盐专卖事业，必得用廉能之吏，陆游主掌此类事务，断不会为己谋，而论陆游之才干，也当授予实职。

一一七七年，吏部知孝宗有意任用陆游，先在八月下令，任陆游为叙州牧。叙州（今四川省宜宾市），在川、滇、黔三地交界处，鸡鸣三省，时为僻远之地，多山多水少人居，民风剽悍。陆游接文后，筹划去叙州赴任。

出乎意料，一一七八年正月，陆游接到内旨，孝宗召其东归回京。友人们纷纷祝贺，叙往事，谈东归，又争相挽留，自是情深谊长，陆游亦有不舍。晁公武对陆游说道："仍留别墅，待陆公来蜀终老。"陆游说道："蜀地九年，承蒙诸友相护，久住天涯，归心渐懒，留也难，去也难，人去京，心念蜀。"

暮春，草长莺飞，杂花生树，杜鹃漫山遍野。陆游一家在众友人的簇拥下，在渡口登船，不载一物，尽载九年所购蜀书也。

过泸州，陆游登临南定楼，遇风雨大作，以此为题，写道"行遍梁州到益州，几年又作渡泸游。江山重复争供眼，风雨纵横乱入楼……"留也难，去也难，恋蜀又思乡："天涯住稳归心懒，登览茫然却欲愁。"

当年入蜀，那时节满目秋色，而今出三峡，恰逢仲夏，沿江景色千变万化。放目青山绿水，陆游吟咏李白名诗《早发白帝城》："朝辞白帝彩云间，千里江陵一日还。两岸猿声啼不住，轻舟已过万重山。"陆游自没有李白遇大赦，死生巨变那般心情，却也觉豁然开朗。山一程，水一程，程程有诗作，山景水色，忆往抒今。在《初发夷陵》一诗中，他写江上绮丽壮观的景色，"山平水远苍茫外，地阔天开指顾中。俊鹘横飞遥掠岸，大鱼腾出欲凌空"，寄托他身欲奋飞的志向。他写"今朝喜处君知否？三丈黄旗（官员统用之旗）舞便风"，抒发他欢快的心情，怀抱对未来的向往与期盼。

往昔曲折坎坷的经历，陆游的返京心情亦是五味杂陈。他途经瓜州（今江苏省扬州市），在瓜步山遇雨，江云黯淡。又得知王炎回京后，渐遭冷落，已抑郁而逝，暗自悲悼，默看江雨激波。到建康（也称石头城），他登临下水门城上的赏心亭。耳闻雨声淅沥，木叶萧萧，眼见山水苍茫，城郭依旧，往事涌上心头。

本来，陆游与主战派一贯主张不应以临安为都，其旁临大海，偏于一隅，不利战守，勉可建都建康，进可攻，退可守，又可稳定军心民心，震慑北金。他也曾在高宗在位时，上札枢密院、平章省提出这个建议，却是泥牛入海，复有感慨，晚间在雨声中写出《登赏心亭》一诗：

蜀栈秦关岁月道，今年乘兴却东游。

全家稳下黄牛峡，半醉来寻白鹭洲。

黯黯江云瓜步雨，萧萧木叶石城秋。

孤臣老抱忧时意，欲请迁都涕已流。

耿耿老臣心，滴滴忧国泪。

辛弃疾登赏心亭时也曾写道："落日楼头，断鸿声里，江南游子，把吴钩看了，栏杆拍遍，无人会，登临意。"当是异曲同工，自叹孤独忧患之心。

孝宗召见

陆游八月回到临安，孝宗即在便殿召见，对坐。

问到蜀中风物，陆游一一作答。

孝宗问到蜀道之险、剑门之雄、古栈道之奇，言道诸葛亮治蜀功莫大焉。陆游说道，他几次拜谒武侯祠，五体投地。古人言"天下未乱蜀先乱，天下已治蜀未治"。诸葛亮治蜀是忘身忧国，训章明法，民生安定。

孝宗言道："文韬武略，德智超人，千古一相。鞠躬尽瘁，死而后已，可佩可敬。"

言罢，孝宗流利背诵："先帝创业未半而中道崩殂，今天下三分，益州疲弊，此诚危急存亡之秋也。然侍卫之臣不懈于内，忠志之士忘身于外者，盖追先帝之殊遇，欲报之于陛下也。诚宜开张圣听，以光先帝遗德，恢宏志士之气，不宜妄自菲薄，引喻失义，以塞忠谏之路也。"

孝宗略停顿，说道："诸葛亮的《出师表》，千古一相之心也。"

陆游听来意味深长，再拜，说道："前后出师表，一读泪沾襟。诸葛亮以身许国，忠贞不贰，期以'奖率三军，北定中原''兴复汉室，还于旧都'。辅佐刘氏父子二十七年，病于前线，卒于军中，年五十四岁。臣，高山仰止，景行行止。"

孝宗和颜悦色，又问起夔州的岁月，言谈间，孝宗颇有慰问之意。孝宗还谈到吏部任其叙州牧，他觉不妥，孝宗说："念你久在外，故寡人下内旨，命你返京。"陆游连声道："谢主隆恩。"孝宗不计前嫌，陆游被深深感动了。十四年前，孝宗初即位，一怒之间，斥陆游，外放镇江，今又下内旨，召其返京，是圣君的胸怀。孝宗流露出派其出使金国之意。陆游说道："听圣上旨意，不辱君命。"

陆游回山阴，过几日诏书下，却意外有变，不是出使金国，而是任他为提举福建路常平茶盐公事，驻建宁府（今福建省建瓯市）。这是孝宗为藩王时的封地，是福建唯一之府。事出有因。原来，"主和"派闻听孝宗要委陆游使节重任，便启奏另任，孝宗转圜，却不再退，又回到任命陆游为茶盐公事的思路，只是由淮南改去福建，去其发祥之地，自有深意。陆游接旨后，心知有人作梗，自是感念孝宗之德。

赴任前，陆游回山阴探亲，"万里归来值岁丰，解装乡墅乐无穷。"父老热迎。"昔我东归时，父老迎船头，开蓬相劳苦，怪我领雪（白发）稠。"他一一拜见族人、乡邻和吴兄诸友，话九年之别。住月余，乡人不舍："故山何负君，且作数月留。"陆游亦感叹"岂知席未暖""归哉不可迟"，"微官寄邮传，俯仰阅半世。"

陆游所任提举常平茶盐公事，各路（近似今之省）均设，是唐宋一项重大治国理财大策。陆游获福州路此任，朝野有识之士皆曰"孝宗识人，陆游胜任。"知制诰兼侍读周必大，写诗相送，史浩、吕祖谦、范成大、张仲钦、张季长等友人纷纷来书祝贺。老友、建安宰韩元吉赠诗《凌风亭》，忆往，叹今，寄望。

韩元吉在诗中，忆京口（今江苏省镇江市）相交，觥船（酒杯）相对，一饮而空，"觥船相对百分空，京口追随似梦中"；赞陆游草书，一如云烟，优美飘逸，叹己白发如霜雪，已成老翁，"落纸云烟君似旧，盈巾霜雪我成翁"。他希望陆游迁回绕道，到凌风亭上相会，"小迁旌节上凌风"。往事涌动心头，陆游慨叹，时光荏苒，一别十五年。诗中，韩元吉英雄迟暮之叹，令陆游难过。韩元吉期望陆游："春来茗叶还争白，腊尽梅梢尽放红。"他轻轻收起诗笺。即回书，曰："我定不负茗叶、蜡梅之望，报老友殷殷之心。"

另有一札，翻视落款，乃太和（今安徽省阜阳市太和县）赵蕃。范成大曾言，赵蕃以诗代信，援笔立成。他与赵蕃论诗文与荒年救济事，知此子心怀家国，博闻强识，深知流弊，时虑深远。因祖荫，两次获任，固辞不就。陆游读札，并非贺启，乃诗论。读来如行云流水，行书飘逸，难得一见。一日，赵藩竟远来拜访，风度翩翩。几日相谈，陆游自忖："此子入仕，大材之质；隐入山林，领一代风骚。当荐与孝宗，造就栋梁之材。"

铁腕治盐

陆游之职，全权管钱管粮且不说，单说管茶管盐，已是重权了。

汉朝，继秦政，全面实行茶盐专卖，是国家财政一大收入，各级有贪官亦常从中谋私，手段繁多，中饱私囊，百姓苦不堪言。走私贩卖私茶私盐，皆有暴利可得，官商勾结，独霸一方，为害甚烈。及至唐宋，茶盐已是重要战略物资，既是民生必需，又是与南诏等边地购买战马之需，国家专营专卖已成铁律，不过总有人追求暴利，走私贩茶贩盐。他们用金钱开路，行贿官员，打通关节，故而走私贩茶贩盐，禁而不绝。荆南曾有贩私团伙，四百多人持器械贩私茶，官府下令禁止，令不得行；派兵围剿，他们起而造反，两年战及三省，震动朝野，为辛弃疾所灭。百姓说"清官能吏必治盐，贪官污吏盐必乱。"

陆游赴任，千里入闽，闽江浩渺。绕道拜访韩元吉，秉烛夜话，深谈茶盐之政。又纵谈八闽古今人物，不尽言。到任后，明察暗访，听街谈巷议，要破茶盐之题。

他听两老者互诉，已三月未吃盐，陆游问道："市上有卖，不吃为何？"

一老者说道："你口音是外地人，不知乡情。"

另一老者说道："盐贵，买不起。"

陆游问道："一斤价几何？"

老者伸出一指，答道："一斤百文以上，价值十五斤米！"

陆游惊愕："官府卖给专卖户，一斤多少钱？"

老者答道："据说一斤十文。"

陆游回到衙内，夜问更夫，知此地只有四家有盐引（销售执照），他们合手哄抬盐价，又转卖"盐引"，层层加价。

陆游摸到真情，一手打击贩卖私盐私茶，一手打破销售垄断，放开盐引，小商小贩亦可申请盐引，多家销售，并明令不得违法收税，不准官府外加任何杂费。他也发现有制售伪劣食盐和茶叶者，他皆坚决整治，麻烦也由此而来。

一日深夜，陆游夜读，忽听动静，见窗下似有人影潜入，他即吹灭灯光，抄起长剑，倚墙角大吼一声："何方歹徒？"只见一人影一纵上墙，再一纵，逃离官舍，遁形远去。陆游推窗纵身跳出，几个衙役闻声而来。陆游说道："室内廊中定有人！"话音刚落，忽一人破门而出，一刀向陆游砍来，陆游一闪身，挥剑迎去，只听哐啷一声，剑起刀落，那人急转身，一个箭步纵身上房，飞檐而去。

几个衙役欲追，陆游急阻拦，说道："歹徒有轻功，已远走。"衙役围拢来，一人忽然叫道："看，墙上有字纸！"

陆游拿下，入室点灯，只见上写："盐茶，取陆儿之头！"

衙役说他们心狠手辣，曾伤官民。

陆游却道："盐茶，盐茶，严查，就是要严查！陆儿之头不好取也！"他吩咐衙役，夜里要格外戒备，不可对人言，免生惶恐。他又嘱更夫不可懈怠，黑夜要当白日做。

他上书朝廷，建议全国长期整治，以收长效。府中有人问他，何来如此重视？

陆游笑而言曰："此乃国家财政支柱。唐朝此项收入是国家财政收入的两成，我朝高于唐朝。这下系百姓生活，上关国家收入，是国运人心所在，我做此官，焉能马虎从事？"

一时在其管辖之地，贩私茶及贩私盐者，辄绕境而过，一旦有走私案发生，陆游必躬亲督办，依法处置。专卖户无苛捐之忧，市场无伪劣产品之迹，百姓买茶买盐价格持平，一斤盐售价降至十五文，百姓称善。销售量攀升，盐税不降反增。

赈济灾民

上任不足一年，一一七九年冬，陆游奉命改任提举江南西路常平茶盐公事，治所在抚州（今江西省抚州市），辖十县，水网密集。此地是名相王安石、名家曾巩、词人晏殊的故乡，民风古朴淳厚。一一八〇年，仲夏小旱，旱后忽大雨，连绵数日，止而复下，江水泛滥，来势凶猛，一日之间，数万亩农田和无数村舍淹于汪洋之中。灾民困于山，流于途，逃荒人流携老扶幼，啼饥号寒，死亡日增。

独断开仓

陆游启奏朝廷，请施皇恩，开仓赈灾。传檄辖内诸郡，发粟济民，火速送粮到灾区。并命主簿，告安济坊、居养院、安怀坊、施药局和惠民局等，要全力救灾、救人。主簿领命一一告之。

这些坊、局，皆系宋代社会保障机构，粗成体系，遍设州、府、郡、县，部分乡镇亦有。安济坊，负责公费医疗救灾；施药局、惠民局、和剂局，负责免费门诊和低价供应成药；居养院、安怀坊，是养老院，收养鳏寡老人；婴儿局、慈幼庄等，收养孤儿与弃婴；漏泽园，是社会免费公墓。这等事，自北宋兴办后，规定各地必须保证资金，是全世界最早建立的社会保障机构。后因制度初创，管理不善，赃官伸手，享保障者多杂，真假混淆，财力难支，逐渐收缩。

陆游全面部署，指挥救灾，却迟迟不见朝廷回文，也不见各地车船前来，心急如焚。陆游眼见灾民死者日增，他当机立断："开仓救民！"

身边粮官面有难色，委婉说道："大人，且暂缓一两日如何？"陆游眼盯着他说道："缓不济急，缓不得也！"

粮官支支吾吾："没有朝廷旨意，启用官仓，这、这……"

陆游问道："你只管说出来，我无他意，你无二心，只为救灾，你这、这，这什么？"

粮官喃喃而语："没有朝廷旨意，开仓放粮，法、法、法不容情……"陆游皱眉，俯首对他说道："人命关天，救民于水火，是我等天职。再晚一天，还要有多少生民死去？"粮官无言。

陆游说道："乌纱不足惜，生民亟待恤，我等以命救人，如何？"陆游下令："开仓！"

继而，他给困于丘阜的灾民送粮，到粥棚慰问灾民，坐平底小舟，到县镇、到村督办赈灾。丘阜上的灾民皆说这是救命粮，少死多少人哪！灾民热泪涟涟，连呼不忘救命之恩。

朝廷旨意终于下来，各郡车船亦送粮来，陆游见大批灾民得救，内心庆幸，如释重负。

这本是体恤民生，广施皇恩的一大功绩，却不料朝中皇室宗亲、给事中赵汝愚，竟起而弹劾陆游。说是旨意未下，陆游擅自开仓，有擅权之罪。

陆游因功获罪，又遭罢官。他上为朝廷，下救黎民，问心无愧；他无怨无悔，对这次罢官，仍心怀坦然。不过，对灾后，他颇有忧虑。他离开抚州前，对主簿说道："水灾之后，必有瘟疫。"他拿出一本书来，对主簿说道："我从政以来，常读医书，深究医理药理，常研验方治病之效。宦游四方，搜集验方，精选百多方，补于先祖《陆氏验方集》，刊刻了这部《陆氏续集验方》。内有数方，各地曾用，防治灾后瘟疫，救人无数。"

主簿问道："老少皆可用乎？"

陆游慢声答道："《黄帝内经》有言，五疫之至，皆相染易，无问大小，病状相似。视老少，剂量可加减，书中有别。"

主簿曰："善。"

陆游又嘱："告安济坊，传给百姓。急时，安济坊可煎制，由医视情施治。须隔离病人，避毒气，人人远离，绢巾蒙口鼻，不可探视。常人家居熏蒸，人佩香囊，可防也。"

主簿心动，眼望陆游，低头凝视手中验方，轻轻抚卷，又抬头对陆游，欲言又止，掩卷叹曰："陆公啊，陆公……"

百姓惊闻陆大人罢官，自是暗鸣不平。他离开抚州那天，阴云细雨，百姓纷纷相送，十里长街处处有惋惜声传，间有流泪掩泣者，亦有诉说"陆大人为救民丢官"者，泪雨湿衣。

主簿和几位同僚，相随左右，远送至郊野驿站，迟迟不离。陆游在返乡路上，并不以赈济灾民之功自慰，萦绕他心头的也不是被罢官，而是灾后的瘟疫难以预料，继而又想到国家多难，悲叹未能为抗战出力，他在以后的追忆《雪后苦寒，行饶抚道中，有感》一诗中写道：

> 十年走万里，何适不艰难？
> 附火才须臾，揽辔复慨叹。
> 恨不以此劳，为国戍玉关！

一路走来，陆游内心很不平静。近乡，忆起三十年前，他与同窗陈鲁山、王季夷、堂兄仲高等人，风华正茂，在重阳节同游禹庙，祭拜。月下饮酒赋诗，颂大禹治水为民之功。而今，他从三桥泛舟环顾，秋高雨霁，禹庙楼殿参差，光景宛若当年，举目所及，物是人非，同侪星散，赵蕃等新秀却远在他乡。

又逢九九重阳节，家家登高，山径人声不断，扶老携幼，前呼后应，纷至沓来。陆游与家人，鬓间簪菊花、茱萸，佩香包，携酒肴，采茱萸，赏菊花，登高望远。饮于林畔，品尝螃蟹，食重阳糕，尽重阳之兴。

"九九，久久，祈福，祈寿，人寿年丰。"孙儿元礼信口而言，子虞、子龙心悦而视，称善。几个小孙儿，只顾边吃边玩耍。野鸟此起彼落，无惧，人前人后啄食。陆游重温乡间生活，又享山野之趣，得秋野诗意，神清气爽，轻松自如。

待归家，入夜，陆游焚香夜读，别样感觉入怀。窗外薄云片片，弯月时隐时现，人声俱寂。不闻雉叫鹿鸣，偶闻园中夜虫之声，秋蝉低歌，蟋蟀细吟，水塘蛙声断续，萤火虫流光点点，远方似有夜鹭飞过，嘎嘎鸣叫两三声。

陆游释卷，环望窗外，夜色幽暗，山影幢幢。不由忆起成都，每逢重阳，铜壶门外张灯结彩，药市游人如织，车马杂沓，月下人声喧哗，笙管丝弦，满街歌唱鼓吹，而今家乡重阳之夜，是又一番情境。陆游合卷，心绪浩渺：

锦城曾醉六重阳，回首秋风每断肠。

最忆铜壶门外路，满街歌吹月如霜。

——《湖村月夕（之一）》

夜思千里，意境深远，欲说还休，撩人遐思。

朱熹来浙东

转年正月，陆游寂寞难耐。一日，风卷大雪，玉龙横飞，陆游戴斗笠，披蓑衣，挟长剑，骑驴冲雪出游。

过越耶溪，到云门山中，攀上云泉，风飕飕，风卷雪，雪裹风，大雪愈烈，充天塞地。至觉林寺，眯目赏雪，天地白茫茫，他抚剑长啸数声，豪情千里，一泄心中郁闷。雪落连日，黄昏渐霁，陆游浩歌而归。

山径幽折，松白泉冷，汗水淋漓，体乏心清。进院，大儿牵驴入厩。夫人端来热水，盥洗。子虞说道："大雪漫天，老父出游，浩然之气！"

陆游说道："索居闲处，沉默寂寥，求古寻论，散虑逍遥。"

二儿子龙说道："千山鸟飞绝，万径人踪灭。孤舟蓑笠翁，独钓寒江雪。"

陆游说道："柳宗元名诗。他贬谪辟地永州（今湖南省永州市零陵县），精神不屈，千山万径无人，孤寂世界，寒江独钓。"

孙儿元敏应声道："此诗，四句字头是千、万、孤、独，句尾四字逆念，是雪、翁、灭、绝。"

陆游说道："四字巧合。"

子虞说道："孺子寻章摘句，猎奇尔。柳子厚（柳宗元，字子厚）这大雪天，怕也不能出钓，独我父冲雪出游。"

陆游说："子厚，勇为人，救穷困，拯饥民，办诸多好事。才识高，主革新。与韩愈改骈俪文风，文起八代之衰，老父恭敬，不可比拟。"

又言道："柳子厚的《捕蛇者说》写尽了永州之民活命之难。永州八记，揽山水之奇，文章篇短，精美清丽，独抒性灵。"

陆游望二子，出言沉痛："他贬永州十年，祸不单行，老母困苦病故。五年连遭四场大火，书籍衣物焚烧殆尽，仅余多病之躯，再贬柳州四年，饱受摧残，四十七岁时死去，可惜可叹。民念善政，年年祭之，香火不断。"

指窗外，陆游预测，正月大雪，十分罕见，怕是非涝即旱，农事堪忧。

果不出所料，这年两浙又大旱，殃及七州四十余县，千村万落赤地千里，大批灾民流离失所，挖草根，啃树皮。陆游"身为野老已无责，路有流民终动心"，他常以饭食救济过路灾民，只是他家历代为官清廉，人多地少，余粮有限，一锅粥在路边，不到半个时辰，灾民分食净尽，他心有余而力不足，难以为继。

一日，他闻知朱熹获任提举浙东常平盐茶公事，只是不见到职视事。陆游立即奉书一封，遍数旱情之烈，灾民之苦，请他速来赈灾，还建议他上疏朝廷，放宽征科赋税期限，减免两年的官赋民税，给当地百姓喘息之机。他在信中附诗一首："民望甚饥渴，公行胡滞留？征科得宽否，尚及麦禾秋。"

朱熹见陆游相催，知灾情严重，立即束装就道，赶来浙东。他拜访老友陆游，对他说："朝廷刚下旨，我知刻不容缓。陆公忧民之忧，我心亦然。"朱熹奉旨，下令开仓济民，命本地米商速出采购，灾情渐为缓解，陆游释然。

朱熹又一日来三山，看望陆游，叙谈间，说起赵汝愚弹劾陆游抚州赈灾一事。

朱熹说道："赵汝愚至忠至孝，与卿无公仇私怨，他弹劾你，是依职行事。"

陆游说道："此人心中无百姓。"

朱熹说道："不然。他忧国忧民不逊于卿。他闻四方水旱，辄形于色，江淮警报至，他为之流泣，不食累日，视灾民如亲人。遇灾年，旦夕率其家人辍食之半，以饲饥者。如此者，国中有几人？"

陆游皱眉道："既如此，何来弹劾我？"

朱熹说道："吕祖谦曾致函周必大，请他进言赵汝愚，勿弹劾陆公，赵汝愚驳之。"

陆游又说道："周必大位居参知政事，赵汝愚理应听取才是。"

朱熹缓缓言道："赵汝愚他说是职责所在。无旨而开仓，此例一开，焉知以后是否有人以赈灾之名盗国家粮仓？孝宗纳其言，说陆游职期已满，本人已请奉祠，罢官归乡可也，并说陆游救民于水火，经察并未谋私，其心可谅，不宜重处。"

陆游言道："圣上知我。"

朱熹笑曰："卿有所不知，赵汝愚律己甚严，自养甚薄，冬季在家，衣布裘，菜羹蔬食，无厨师，不外出点餐。"

朱熹敛眉，面露哀容，说道："其母精神有疾，惧怕雷声，闻雷辄惊，必披衣远走。曾有一寒夜，从远处寻回，从者欲叩门环，少年赵汝愚遽止之曰：'莫惊吾母。'露坐到天明，门启而后入。母丧，赵汝愚终日伏首枢旁，闻雷扶枢，侧立而泣……"

陆游听罢，唏嘘不已，言道："汝愚，学富五车，心有苍生，奉母至孝，自养甚薄，可敬！"

朱熹语出幽默，说道："祖宗之法，因事制宜，变而通之，汝愚不谙世事，汝愚，汝愚，愚哉，愚哉！"

朱熹听陆游言浙东苦甚，灾后，访民苦，问民疾，设立备灾社仓，以救灾恤民为大务。奏请免除旧税，救济贫困。

他执法，"保佑善良，抑挫豪横"。他六次上奏，弹劾违法乱纪的台州知州唐仲友，严惩渎职失责的两知县，惩治欺民土豪。人说，知州唐仲友乃丞相王淮姻亲，两知县朝中亦有瓜葛，朱熹对曰："祸害地方、糟害百姓，可宽待乎？"他连四次上奏，唐仲友在丞相王淮庇护下，竟不追责，反提拔到江西任提刑。朱熹毫不畏惧，毫不动摇，又上第五折，直至唐仲友免职、"告老还乡"。

针对风俗昏愚，他颁发告示，严禁滥设传经会和庵舍，严禁男女混杂、竞演淫戏浪调。兴办教育，创立县学，启民智；矫正风俗，敦尚礼仪，辨荣辱；严禁讼棍包揽官司，欺弱者，诈民财。有违者，必问罪。他严中有宽，宽严相济，对百姓犯法，情有可原者，寻求从轻，"稍从宽典"。保护弱势，严待权贵，浙东公序良俗兴焉，传及后世。

孝宗知其学深思远，治理浙东有绩，信任有加。朱熹上奏《社仓法》，孝宗阅后，甚为赞赏，下诏，颁行各州府。一日，孝宗已就寝，闻朱熹有疏来，即起，秉烛夜读。朱熹疏中言曰："今天下大事，如人有重病，内自心腹，外达四肢，无一肌一发不受病者。且以天下之大本与今日之急务，为陛下言之：大本者，帝王之术，陛下之心。急务则辅翼太子、选任大臣、振举纲纪、变化风俗、爱养民力、修明军政，六者是也……"以下逐一陈述。孝宗细读，终篇，夜深，自语道："朱熹，深谋远虑，施善政，能臣也。"

朱熹生活俭朴，衣不求新，只求蔽体；食不求味，只求充饥；居不求华，只求障风雨，人不堪其苦，而朱熹处之坦然。

赵汝愚来福州，见其居室，只有水仙可观，笑吟朱熹诗句"水仙仙子来何处，翠玲黄冠白玉英。"

朱熹打拱，笑曰："拙句不堪赵公吟。"

赵汝愚言，愿割俸，助其改善饮食，朱熹婉谢曰："食不求饱。"

陆游闻之，致函，言公务在身，劳心劳力劳神，充饥而外，辄可食鱼，江河湖溪鱼多耶，百姓常食。朱熹不为所动，却捐出自己的薪俸，置田五百亩，用于供养游学的生徒学子。

陆游告之诸友："元晦（朱熹字），整顿吏治，弹劾豪门；转化民俗，治理有方；赈灾恤民，学行并茂，公忠体国。其亦有个人所好，惟之所好者，水仙者也。"从此，陆游与朱熹成为挚友。

重新起用

陆游在山阴赋闲，读书是他每日的必修课。

他称自己的书屋是"书巢"，四壁皆书箧，地皆罗书，纷然杂陈，晨不见日，暮不知日落。他在《书巢记》中写道："俯仰四顾，无非书者。吾饮食起居，疾痛呻吟，悲忧愤叹，未尝不与书俱。"客来难入，出则仄身擦肩，探步缓出。有客大笑曰："信乎，其似巢也！不待客也。"陆游笑曰："书山有路勤为径，请君入巢！"

从幼"书生意气重，见书喜欲狂"，到而今"读书有味身忘老""读书犹自力，爱日似儿时"。他写诗自勉："退食淡无事，一窗宽有余。重寻总角梦（少年梦），却对短檠书。"后来，他称自己书斋为"老学庵"，自题楹联："万卷古今消永日，一窗昏晓送流年。"

"老学庵"，名副其实。立意取自师旷语："少而好学，如日出之阳；壮而好学，如日中之光；老而好学，如秉烛之明。"庵者，草屋也。只是在镜湖水畔，背绕青山，面临碧水，适宜读书。

推崇诗友

陆游诗中，几次写风月佳夕，深夜读书，四野寂静，辄有笛声起自湖之西南，隐约传来，高高低低，时断时续，如梦似幻，恒久不绝，有神秘色彩，吹笛者何人？若许夜境何耶？读者难解，颇费思量。独杨万里体悟，乃陆游读书入境，实乃自喻湖上吹笛隐者也，独抒心曲。其诗真性情也，出神入化者也。

陆游诗真性情，篇篇可见。归乡诗作，写日常起居、乡野情趣、听雨咏雪、观花赏月、酬答友人、追思过往、访僧问道等。他写诗与读书交融，不舍昼夜，神游百家，有所思则尽情抒发。乡居并不能消其报国志，其真性情之情中情，是报国情。

诸葛亮的《出师表》，陆游少年时已烂熟于心。"出师一表通今古，夜半挑灯更细看"，而今再读，又有新悟，"凛然出师表，一字不可删"。忆起过往岁月，他愤愤然，心有不甘。他的《书愤》一诗，表达的恰是此时的心情：

早岁那知世事艰，中原北望气如山。

楼船夜雪瓜洲渡，铁马秋风大散关。

塞上长城空自许，镜中衰鬓已先斑。

出师一表真名世，千载谁堪伯仲间！

　　黄钟大吕，激越铿锵。"读书有味身忘老，报国无期涕每倾"，他渴望朝廷起用，向往"楼船夜雪瓜洲渡，铁马秋风大散关"，一扫狼烟，再息战鼓，重整河山，他希望像诸葛亮那般建功立业。

　　他的《书愤二首》，发出内心强烈的战斗欲望，为自己"袖手看"深感遗憾，在第二首中写道：

镜里流年两鬓残，寸心自许尚如丹。

衰迟罢试戎衣窄，悲愤犹争宝剑寒。

远戍十年临的博，壮图万里战皋兰。

关河自古无穷事，谁料如今袖手看。

　　他读《后汉书·窦宪传》，向往窦宪去塞三千里，驱除北单于，登燕然山，刻石勒功，纪汉威德。读《世说新语》，读到"晋室南渡，几大臣登新亭，饮宴，忆昔，思故国，相视流泣，如楚囚相对……"陆游感叹："南宋何其相似乃尔！"他有横绝大漠，为国远征之志，万死不辞，怎奈请缨无路，报国无门。在《夜泊水村》一诗中，他写出了这样的心境：

腰间羽箭久凋零，太息燕然未勒铭。

老子犹堪绝大漠，诸君何至泣新亭。

一身报国有万死，双鬓向人无再青。

记取江湖泊船处，卧闻新雁落寒汀。

双鬓染霜，新雁寒汀，哀哉！

一一八六年初春，残雪未尽，荠菜发新芽，萌嫩叶。墙角、垄埂、溪头、河边，一丛丛、一簇簇，村姑、儿童，三三两两去剜，回家或拌或炒，家家"咬春"。吴兄在河边，采得一篮荠菜，心情尤佳，漫吟辛弃疾诗句："城中桃李愁风雨，春在溪头荠菜花。"

那一日，陆游正读书，吴兄兴冲冲而来，带进一缕清香，放下一小篮荠菜，对陆游说："好消息，好消息，陆公又获新任！"陆游闻香而爽，听话见疑，面视吴兄，问道："消息从何而来？"吴兄答道："小报登载。"

果然，陆游又被重新起用，获任朝奉大夫、权知严州（今浙江省建德、淳安、桐庐三地）军州事，按南宋官制，是朝廷派遣的知州，乃一州之长，统辖军民。朝奉大夫是正五品，官秩晋一级，虽不能到前线去，总能为国尽力。陆游长吁一口气，终于结束了六年乡居生活。这年陆游六十二岁。

他奉旨进京，住进西湖畔官宅，等待孝宗召见。

老友尚书省左司员外郎周元吉，领国子监几位监生来访，茶叙，议论风生。周元吉言，国子监及太学之规，日益完善，远超前代，一年四试，总分判定。说到文学，皆曰："形于言，付与行，陆公殊为师范。"陆游躬身，摇头道："吾不及也，延之（尤袤字）诸公，堪称翘楚。"

陆游说道，孝宗器重能臣，凡在地方久经历练、政绩彰著能吏，陆续调京，提升新职，诗人尤袤便是。他说，有人钦羡，有人谤议。孝宗曰："能者进，庸者退。尤袤，诗名冠群，然其勤于政事，政绩卓然，尤堪重任。"

陆游敬重尤袤，引为师友。

尤袤，生于无锡，五岁能诗，二十二岁中进士。初任江苏泰兴县令，奏减苛捐。见外城颓毁，率民筑城。已而，金攻陷扬州等城，生灵涂炭，独泰兴，城坚得全，保民一方，政声在民。多年后，尤袤因事去泰兴，吏民罗拜曰："此吾父母也。"破例为其立生祠，实属罕见。虞允文奏请孝宗，调京任职。后因率三馆官员，数次力谏不可重用张说，惹怒孝宗，外放尤袤，知台州。

周元吉环顾监生，略沉思，说道："他到任，访查，知有一万三千家特贫，奏请减免三年赋税。接续前任赵汝愚修城工程，加高增厚，易守难攻。外墙马面改为弧形，防水、抗洪，数月而毕。翌年，洪水特大，多城淹没，独台州城坚如磐石，保民无灾。吾料其工程形制，当为各地效法。"

尤袤廉能，昏官、奸佞之徒蜚声毁之。孝宗疑，派人暗访秘查，民颂其善政，不绝于口，孝宗叹赏，遂先后提任淮东、江东提举常平使。遇大旱，尤袤单车走千里，逐地调节赈贷抗灾，救民于水火。逢蝗灾，早察其幼虫未成，即令郡县教民及早烧之、掩之、鸭禽食之。在地方共历三十二年，久经磨炼，夙夜在公。五十六岁调入朝廷，权礼部郎中，多谏言，孝宗欣赏。

陆游说道，尤袤深知丧乱苦民，他的《淮民谣》写道："淮南丧乱后，安巢亦未久，死者积如麻，生者能几口？"陆游又说道，尤袤韧性，无可比也，既勤于政事，又苦于学，手抄经史子集甚多，国中独此一人。杨万里送他作品集《西归集》《朝天集》，尤袤秉烛夜抄月余。

陆游赞佩有加，周元吉亦然，众人听来动容，周元吉对几监生说道："政绩超群，久孚诗名，众子可追。"

啜茶夜话，你言我语，又说起杨万里、范成大、辛弃疾等人的政绩与诗作。陆游虽名冠诗坛，却虚怀若谷，推崇诸公之长。论杨万里诗，他说："文章有定评，议论有至公，吾不如诚斋（杨万里号）。"

窗外渐起雨声，淅淅沥沥。周元吉望望窗外，告辞，代邀陆游去国子监讲授"诗教化"或经义、策论，陆游言道不敢班门弄斧，周元吉恳言："吾受人之托，莫令我等失望，期以莅临，万勿爽约。"几监生附言，抚乌纱，理皂罗衫，长揖拜别。

路上，周元吉问监生："见陆公何所感？"几监生道："尽言人之善，诚敬，高风！"

再答孝宗之问

这夜，雨丝风片。陆游视熏香袅袅，赏瓶插杏花，听雨，思绪起伏。此来京华，距他首次在京任职，已经过去二十七年，当年的故交、友人和同僚，星散，有者远在他乡，杳如黄鹤。今见周元吉，心生怀人之思："帝城漫诵新诗句，客路难逢旧辈流。"

在延和殿，孝宗召见陆游。

陆游揖拜，落座。孝宗曰："卿，体健如昨，甚感欣慰。"

陆游曰："鬓发如霜，臣老矣！承蒙圣上不弃，委以重任。"

孝宗问曰："六年乡居何为？"

陆游答道："读书、哦诗、练剑、学老圃耕田、育菜、植草药耳。"

寒暄过后，孝宗问曰："卿可有谏言？"

陆游答曰："乡居有所思，非臣所当言。"

孝宗曰："言者无罪，只管道来。"

陆游再拜，曰："臣闻，善观国者无他，唯公道行或否尔。"

陆游又说道："朝廷之体，责大臣宜详；郡县之政，治大姓宜详；赋敛之事，宜先富室；征税之事，宜核大商，这是为公、为平。愚见如有万一可采，望陛下采焉。"陆游这是主张富者多担，贫者少负，缩小两者悬殊差别。

陆游见孝宗颔首，他直言道："当下颓败之风浸染人心，炫耀、夸富、攀比、享乐之风遍及城乡，'奢靡之始，危亡之渐'。人之寿夭在元气，国之长短在风俗。当务之急，是凝聚人心，扭转世风，提振人心士气，养而成之，毋使挫折，四海一心为国，上下同德抗金，国运可兴。"

孝宗问道："卿看边事如何？"

陆游答道："自隆兴和议，金国内乱频仍，无暇南顾，至今二十年矣。然其言而无信，应趁眼下边陲晏然，缮修兵备，搜拔人才，明号令，信赏罚，强国强军，近可防其突然袭击，远可待机，一统社稷。十年可无战事，不可一日无战备。无战备，国危矣。"

孝宗深知陆游一心为国，言道："爱卿所言，朕已知之。此去严州，山水佳胜。州治梅城，城似半朵梅花，城内多梅，李白、刘长卿、孟浩然等皆有咏叹名篇。公之余暇，可赋诗自适。卿，笔力起落回转，独具文采，他人不可及。"

孝宗又对陆游说道："卿离京多年，可盘桓几日会友，清明后回山阴，七月到严州上任，可也。"

陆游见孝宗饶有兴致，斗胆举荐赵蕃，孝宗笑曰："周必大数荐有加，赵蕃恃才傲物，征召不出，自放山林，非弃用也，乃不赴也。"

陆游愧曰："臣愚言烦君。"

孝宗曰："无碍。"

陆游揖谢，趋而出宫。回味孝宗所言，嘱他赋诗歌咏，对他似无边防之用。

　　杨万里来，陆游言及孝宗召见，又言赵蕃事。杨万里说，孝宗所言甚是。他、周必大、范成大赏识赵蕃，早年，曾荐举，得准，赵蕃却先后两次固辞不赴，后来任太和（今安徽省阜阳市）主簿，调任辰州（今湖南省怀化市）司理参军。因一案定罪量刑，与知州意见相左，抗辩，遭罢。从此，无意仕途，再不出仕。

　　杨万里说，一次，赵蕃拜见周必大。周必大与其谈史论政，赵蕃有独见，切中肯綮。然论意愿，赵蕃言："黄尘倦马久非地，野水白鸥终是乡。"周必大知其意在草野。

　　赵蕃任太和主簿时，杨万里曾顺路探访，见其饥中吟诗，知其心志。别时，将眼前所见，写诗一首，留赠赵蕃，亦有幽默："西昌官舍如佛屋，一物也无唯有竹。俸钱三月不曾支，竹阴过午未晨炊。大儿叫怒小儿啼，乃翁对竹方哦诗。诗人与竹一样瘦，诗与青竹一样透。"赵蕃读后，路追杨万里，曰："一见有深知！"

　　陆游说道："活灵活现，如见其人。"

　　拂晓，春雨初霁，屋檐下滴滴答答，湿润的晨风飘来花木幽香和湖水气息。小巷里，挎篮小姑娘，身着蓝布白花衫，声声叫卖杏花，童声童气，渐行渐远。他推窗远望西湖，秀色怡人，烟波浩渺，几艘画舫在湖中漂动，似点缀景色。远山如黛，弥漫着缓缓浮动的轻雾。近处，桃花正开，松柏青翠，冬青如洗。

这一日，陆游足不出户，长思至夜。阶前青石板路偶响足音，稍过，不知谁家小楼吹玉笛，阳关之曲袅袅，……陆游难以入睡，徘徊于斗室，沉吟良久，提笔草书《临安春雨初霁》：

世味年来薄似纱，谁令骑马客京华？
小楼一夜听春雨，深巷明朝卖杏花。
矮纸斜行闲作草，晴窗细乳戏分茶。
素衣莫起风尘叹，犹及清明可到家。

尽得文采风流

次日逢旬休，有园林之乐。

陆游和老友、枢密院检详官兼太子侍读、诗人杨万里，礼部侍郎兼同修国史、诗人尤袤、尚书省左司员外郎周元吉、司农寺少卿章德茂，前去秘书省著作郎张镃的园林小聚。

著作郎张镃，名诗人，有画名，擅画竹石古木，豪放纵情，小陆游十二岁，性喜招友雅集。其园林，祖父所传，名冠江南，声伎服玩，丽甲天下，国中千园无可比者。陆游早有所闻，今得一见。

众人鬓间、帽上皆有簪花，芍药、百合、牡丹等，鲜活耀眼。簪花，自南北朝起，兴于唐，盛于宋，流风习俗，男女老少皆好，逢节假日与常日聚会，头上簪花灿然。

陆游见在南郑王炎幕府时相识相知的周元吉、章德茂，一如当年，只是鬓间生白发。诸人勤于政事，夙兴夜寐，今日闲游，散漫轻松，时不时调侃取笑，不论职位，宋时风习。

在西园，有女荡秋千，五色罗裙，飞上飘下。尤袤以扇遮口，轻声问道："谁记秋千诗？"

杨万里举扇遮面，答道："花板润沾红杏雨，彩绳斜挂绿杨烟。"

陆游说道："此乃北宋名僧惠洪之作，眷顾婵娟，形象生动，情意生焉。"

杨万里搭讪："秋千婵娟红杏雨……"章德茂扇指杨万里，打趣道："万里窥春光……"诸人以扇遮口，一笑。

周元吉举扇，说道"且勿笑。跳水秋千，诸位可见？"

尤袤笑道："我曾见。两画船间，立架，秋千荡平空中，翻身跳水，人称跳水秋千，洋人大呼惊险，见所未见！"

叙说间，走进邻近球场，观看蹴鞠。这是女子蹴鞠队，两队各十二人，单球门，球网在两高杆中间顶端，只见队员们传接挑射脚头准，球飞入网，一进再进，煞是好看。

杨万里说道："女子踢球，腰带紧身，有趣、有趣！"

张镃笑道："球艺可观，乐也！"

众人皆曰："女队，女队，难得，难得！"

周元吉举扇说道："我与陆公、章公，在南郑只见过男队，今一睹女队，幸甚，幸甚！后世，此戏可兴焉。"

比赛方停，又表演身上与脚下功夫，鼓乐伴奏，风摆荷、斜插花、双肩背月等解数，巧也、精也。

陆游说道："球艺高也！"

尤袤轻声说道："更有高手。曾有女子比赛蹴鞠，是散踢。一百六十人，衣四色，绣罗宽衫，系锦带，比的是脚功。球不离足，足不离球，球带脂香，纷来观赏，盛况空前……"查史，汉唐时，已有专业群体，似是足球俱乐部雏形。

你言我语，张镃回身说道，陆公曾有诗句"寒食梁州十万家，秋千蹴鞠尚豪华。"

陆游说道："贤弟，此言不差，敢问是哪首诗？"

张镃对曰："自然知道……"

未待张镃说出，章德茂走上前来，轻轻捻开扇子，手指扇面，说道："这扇面有题：《春晚感亭》，陆游。"

几人趋前，纷曰："陆公诗传书画，名重临安。"

张镃言道："扇子巷，引丹青，谁人不写陆放翁！"

陆游感言："挥毫当得江山助，不到潇湘岂有诗。"

张镃引入北园，花草盈目，梧桐笼阴。去南湖园，海棠满园芬芳。乘兴泛舟湖上，清风拂衣，微波荡漾。莲花初放，青叶滴翠，水珠滚动，大珠小珠，珠圆玉润。伸手触摸绿叶，长歌短吟："根是泥中玉，心承露下珠……"

坐亭上，张镃碾茶、研磨、细筛，逐一放入茶盏。众人各自调糊，沸水倾冲，拂搅反复，汤花纷起，汤花乳白、型美为胜，此乃宋朝风习"斗茶"，亦称分茶，风行三百年。众人斗来斗去，如行酒令般，煞是热闹，互有胜负，陆游胜多，张镃赞道："不愧茶痴之名！"

茶后赋诗，挥洒雅趣。众人盛赞张镃园林，杨万里曰视野简远，陆游曰疏朗有致，周元吉曰雅致可心，章德茂曰情趣天然，尤袤曰大有水墨意境，堪称园林杰作。张镃拱手笑曰："花径不曾缘客扫，蓬门今始为君开。但使小园可悦目，还待诸公闲中来。"

择日，陆游又和几位良友游西湖，上天竺山，登灵隐寺，攀飞来峰，心情舒展、闲适。

微服游杭州

回乡前，几人相约微服逛街。这是陆游二十七年后重回杭州，首次上街游览。

只见行道树荫遮凉，御街两侧、清河坊等坊巷，茶楼、酒肆、面食店、果子店、食米铺、鱼肉铺等鳞次栉比。百种果品，土产蓄货，泥人玩具，奇艳争目，挑担叫卖者亦多。酒肆、饭馆或挂招牌，或高悬幌子，或缚彩楼，或有炫金红纱栀子灯，醒目招摇。酒肆挂分素茶幌，专卖素菜、素食。

太庙附近空场，处处人围，看魔术，观杂耍。这边空盆取水，那边仙桃出飞鸟；这边顶长杆，那边罗汉翻飞；这边蹬瓮踢碗，那边高空两童踩钢丝起舞……引得叫好声不断，喧嚣热闹。瓦舍勾栏传出阵阵乐曲，男女乐工吹打弹拨。忽地群鸟临空，上下鸣叫，众人惊闻，蓦然抬头，却不见一鸟，原来却是艺人口技，众人笑道："群鸟来翔，嘴上功夫，可作百鸟之王！"

路上茶字招牌，随处可见。陆游说道："我走多地，茶楼、茶肆、茶铺、茶坊甚多，家家挂画、插花，门面雅气。"

章德茂目视杨万里，说道："诚斋有诗《道店旁》。"

周元吉接言："且诵来。"

章德茂随口而出："路旁野店两三家，清晓无汤况有茶。道是渠侬不好事，青瓷瓶插紫薇花。"

杨万里笑曰："有劳大驾！宋始，饮茶风初盛焉。"

周元吉对曰："茶品（小吃）风味不同，家家可吃早茶。临安路上，乡镇茶馆斗茶流行，品茶多趣。"

陆游说道："祺运亦兴焉，棋室、棋社，民间围棋、象棋高手辈出，有人下盲棋，竟连赢十人。"

尤袤说，茶肆棋社，挑担叫卖，不可小觑。货郎叫卖零星什物、针线花粉，略可养家。一个炊饼五文钱，有升斗小民，精心制作，洁净味纯，走街串巷，十年小富。又说道，安观桥下有一王郎，厚道有礼，挑担贩油，货真价实，和乐万家，家道渐兴，今已坐商启肆，大矣、富矣。

过一酒楼，门庭若市，陆游仰头，只见三个斗大榜书：太和楼。尤袤摇扇，对陆游说道："这是当今最大的酒家，三层楼有三百包厢，可一次礼待三千客。天未明，五更即开业；夜深，三更方打烊，可谓昼夜待客。"

陆游合扇，笑道："诺，闻所未闻。玉帝、王母可在此中设宴矣！"

行道夹竹桃盛开，高丈余，花红灼灼。又过丝绸巷、织锦巷、杭绣巷、西湖伞巷，五光十色。四海商品汇聚，顾客盈门。柜台上算盘，本朝所创，算账专器，大账小账，噼里啪啦一打清。

走进扇子巷，桂花树下，大小扇铺毗邻，满目团扇、折扇，山水花鸟，似有清风微来，步入山野小径。扇面书画，工整清丽。唐时浓墨重彩，而今疏朗留白，写意高雅，尽现赏玩之美，亦有民俗所好《百子图》《百竹图》《百马图》。路遇西蕃顾客，碧眼金发，男手执檀香扇，女摇凌娟扇，男女并肩而行。

绕过几家药铺、席铺，去众安桥修文坊，路畔花木扶疏，书棚书肆林立，书箧琳琅，尤袤对陆游曰："这有几大家，古今书籍应有尽有，每家年盈利几千缗，还有内棚北大街、太庙前，书铺毗连，与此相类，几大户盈利可观，书铺自是黄金屋哇！"

陆游感叹："书业兴旺，未曾料想。"

章德茂低语："图书出境，十倍之利。"

周元吉畅言："杭州人口超百万，西洋几个大城不过十万。各业兴隆，前朝不及。今有四百一十四行，皆有行会，听命于官府，守信经营，阿拉伯商人说：'中国商人的交易和诚信，无可挑剔。文明之国，礼仪之邦。'他们愿来此做买卖。"

尤袤摇扇，笑嗔："本土市上却有不良之商。"

杨万里："童叟无欺，商德也，人人尽守商德乎？"

众人皆曰不尽然，奈何？

谈兴浓浓。章德茂对陆游说："贸易兴隆，通海达江。我出口品类不止瓷器、丝绸、茶叶，小到荔枝亦能保鲜出口，近到日本，远至波斯，日本人说是杨贵妃荔枝。进口货多为珍奇之物，市面上有乳香、木香、丁香、安息香、珊瑚、水银、珍珠，还有高丽的布匹、白银，药材人参、麝香、血竭、甘草、红花，山货亦多，日本的黄金、杉木、松木，南洋的犀牛角，西洋的玻璃器皿，更远的象牙……"

章德茂一一说来，如数家珍。

杨万里兴致勃勃地对陆游说道："海运之兴，规模空前。广州之后，杭州继起，名扬海外，远非盛唐可比。新兴港口泉州，后来居上，由渔村而为大港，各国商人云集，聚居，亦有船员、传教士、医生、文身师……与我和睦相处，守法而行。"

周元吉说道："港口还有山阴、温州、明州、青龙镇……海上贸易，后来居上，远超陆路。外邦殊俗，随之而来，令人瞠目……"

章德茂笑言："一老妇人，见街上黄发碧眼男女拥抱，掩面低头而趋。"

尤袤、陆游摇扇，笑曰："西洋景尔。"

周元吉对陆游细数："万国中，有五十多国与我有贸易往来，陆上西北来，海上四海来。商贾纷至，市舶司（海关）临安一处货场库房超万间。茶叶、丝绸、瓷器、漆器大量出洋，铜钱走私出口，禁而不绝，外国亦做流通货币。我大海船，四层，底十三舱，防水隔舱，役使千人，名冠全球，洋人震惊。近抵朝鲜、日本等诸国，远达波斯古国、阿拉伯世界。市舶司年收关税二百多万缗，是国库一大收入，了不得。"

尤袤赞叹："孝宗即位，清除秦桧之祸，经济振兴，国家年收入，远超秦桧为相时。"

变化之大，着实让陆游心喜。然而亦是一则以喜，一则以忧，众人亦深感偏安一隅，如若中原不失，该是何等景象？

品茗赏诗

归来，夕阳在天，清风习习。

穿过几棵香樟树，去诗人尤袤官廨院中纳凉品茶。坐于高大的梧桐树下，远近有银杏、桂花树。白兰花满枝，朵朵可人。

尤袤摆出青瓷茶器，众人欣喜。只见那青色柔和温润，胎体细腻，晶莹如玉，质比翡翠，清新高雅。

杨万里说道："这是梅子青，釉色绝美，龙泉特产。"

尤袤说道："不错。龙泉溪畔，高山密林，独有矿石、高岭土。"

周元吉说道："青瓷，除宫中御用，大量出洋，最远到埃及。

厚利。"

陆游打趣说："匠人绝技，千峰翠色，赏心悦目。这是宫中御用，尤公知罪乎？"

尤袤笑而言曰："陆大人开恩。此乃吟诗一首，官家（皇上）赏赐也。陆大人素好名茶，焉能不用青瓷？"

几人凑趣而笑。沏龙井茶，色绿醇香，清冽可人。言及街巷所见，畅抒襟怀。

陆游观赏茶盏，举扇指画，说青瓷千余年，中原传来江南，至宋已巧夺天工，民间少见。

杨万里说到两面绣，亦是赞不绝口："杭绣作坊两面绣，绣女飞针走线。绣虎，虎如腾跃山岗；绣猫，猫似入室，双眼视人，毫发之细，栩栩如生，堪称绝技。"

章德茂缓缓放下茶盏，应答："熟于心，巧于手，口传心授，代代胜焉。"

尤袤捻开折扇，轻拂，环视诸人："一幅西湖全景，尽收眼底，风光无限，如画如诗。这绣女是用针线写西湖之诗啊！"

陆游喟叹："洞中方七日，世上几千年。"

周元吉抿口茶，品咂后说道："画者，诗也；诗者，画也。诸公，敢问这些杭州的诗词，哪首可冠群芳？"

众人纷说道："这诗词多似西湖荷花，各美其美。"

陆游放下茶盏，说道："苏东坡两次来杭州任职。首来任通判，以白居易为范，走遍杭州山山水水。元祐四年

254

（一〇八九年）左迁，复来杭州，相隔十五年，任知州。治理西湖淤塞，民工云集，挖淤泥湖草，筑三十里南北长堤，引水蓄水，解饮水之难，意外留下'苏堤春晓''三潭印月'诸多美景，也留下了他的西湖诗，不同凡响啊。"

尤袤合扇，有所思，慨言："本朝水利、农桑等利民之举，远超历代。然地方官不可随意许之，须量力而行。若无余力，说而不做，则失信于民；若鲁莽行事，兴利不成反成害。白居易、苏东坡治理西湖，涉水踏查，不畏其苦；访民问计，集思广益，权衡利弊，择善而从，治而果成，立德、立功、立言。"

章德茂接言："地方官兴利不成，反害百姓，非鲁莽，乃谋私利尔，是自取其咎。"

杨万里举扇道："苏公的绝句《饮湖上初晴雨后》，至今百年犹新，堪称名冠古今之作：'水光潋滟晴方好，山色空蒙雨亦奇。欲把西湖比西子，淡妆浓抹总相宜。'"

周元吉眼望杨万里，面露狐疑，又视陆游，说道："有人说，此诗是苏东坡暗喻小妾王朝云。"

陆游停盏，头轻摇："说这首诗暗喻王朝云，乃穿凿附会耳。苏公写王朝云诗词多矣，何须暗喻？"

陆游又沉吟道："当年去蜀途中，我曾去黄州，访东坡住地……王朝云苦哇！"

章德茂感叹："以身相许，不离不弃，真情奇女子。"

尤袤举扇以应，感叹："苏公得遇，是三生有幸。"

话题又回到西湖。陆游放盏，拱手对杨万里："廷秀（杨万里字）白话入诗，别富诗意，乃一大创造，自成一家。晓出净慈寺，送林子方，归来所写绝句，平白如话，与苏公各有千秋：'毕竟西湖六月中，风光不与四时同。接天莲叶无穷碧，映日荷花别样红。'这是美意巧思，宛若大写意。若说词嘛……"众人接言，同举白居易的《忆江南》三首。尤袤张口轻声吟诵：

江南好，风景旧曾谙。日出江花红胜火，春来江水绿如蓝。能不忆江南？

江南忆，最忆是杭州。山寺月中寻桂子，郡亭枕上看潮头。何日更重游？

江南忆，其次忆吴宫。吴酒一杯春竹叶，吴娃双舞醉芙蓉。早晚复相逢！

周元吉熟读白居易，往前轻移茶盏，深情忆往："乐天（白居易字），任杭州刺史三年，疏浚蓄水井，修湖堤，惠及民生，至今三百六十年，诗在、堤在、英名长在。这词是白居易内心之思，美啊。"

周元吉又说道："白居易离杭州时，伫立堤上，内心不舍：'未能抛得杭州去，一半勾留是此湖'，情深妙笔出好词啊。"

陆游说所悟："先贤文学有成，是有一眼、一心、一骨、

256

一功。"

章德茂问道："陆公何所指？"

陆游对曰："一有从政的深厚阅历，知政事，广见识，方有望穿人间的好眼力；二有丰富的经历，超越一隅，征以万里，熟知百业，识人众多，方有真学识，不失悯民之心；三有胸襟气度和风骨，志向高蹈，气节超迈；四有腹笥和长修久炼的文字之功，读五车书，积学储宝；写百家文章，独抒性灵。"

周元吉说道："然也，先贤莫不如此，为官爱其民，著文传予世，各领风骚。"

当晚众人谈诗论文，小酌，听陆游讲了一番茶经，兴尽而归。

几日后，陆游回山阴，路遇乞者，破衣烂衫，打板唱莲花落。陆游送其三十文，乞者长揖拜谢，陆游俯身曰免谢。乞者缓行，打板唱起谢词。

拾捌

秋水长天

七月到严州赴任。

严州，大州，山明水秀，景色宜人。州治梅城，城墙雉堞如梅花状，两水环流。居民喜梅，遍植梅花。杜牧、范仲淹曾在此任职。一百四十多年前，陆游的高祖陆轸，曾任严州知州。其人，性质直，不从俗，爱民，政声流传民间。陆游沿先人足迹走来，又同任知州，进入州治梅城，他格外敬畏，心怀亲切，似曾相识，如入故里，自励"实继遗躅"。梅城人知陆游来，叙其高祖事，亦有似曾相识之感，颇觉自有缘分。

精选删诗

初到严州，接赵蕃赠诗五首，是论诗求教，距前次已过十年。他终不仕，在玉山乡居。王景文寄诗来，镇江一别二十三年。陆游想这两人，赵蕃不仕，是绝意仕途，自求之；王景文仕途不达，是欲为之而不得不弃之。陆游慨叹两人回乡治学，殊途同归，志也，时也，势也，机缘也。陆游一一回函，以慰故人之思。

公务繁忙，不误晨练剑夜读书。未料夏季大旱，晨剑夜读俱废，日夜忙于救灾。他火速奏请救济山郡瘠土之民。在灾区要路，设粥棚，接济流民。组织安济坊、居老院、施药局、和剂局、惠民局等救助灾区病人和老者。告漏泽园，鳏寡孤独死者，立即收葬，万不可弃尸街头。奏请减免了灾区税赋。几场大雨过后，旱情渐解，陆游带衙役巡行灾区，扶贫解困，打击抬高粮价者，抓捕欺诈灾民的地痞无赖，维护社会治安，早出晚归。

秋季，风调雨顺，收成尚可。次年，一一八七年，严州六县丰收，百姓安居，无流徙人户，陆游政声有口皆碑。一日，几位下属陪他微服简行下乡。偶遇乡民，有识陆公者，皆拦路跪地而拜，敬言陆大人灾年救命，子孙不忘，随从一一扶起。陆游嘘寒问暖，乡民喜说今年丰收，吃饭无虑，连言连拜，不舍离去，久久伫立路旁。陆游对几位属官感叹："我等学仁，仁，人心也，仁者爱人，爱人者，救民于水火，天职也，不然，我等岂非率禽兽而食人者乎？"

路上遇送嫁妆长队，喜气洋洋。走一阵，又遇一家娶亲长队，前有铜锣开路，队中唢呐欢奏，大红花轿在后，人心欢畅。陆游等让于路边，众人你言我语，言道千村丰穰，十里红妆，三秋喜事，是可乐也。

秋起，陆游逢公假日，闭门读书，曾写一绝句，披露心境："官身常欠读书债，禄米不供沽酒资。剩喜今朝寂无事，焚香闲看玉溪诗（晚唐诗人李商隐，号玉溪）。"

这时，门人、博学者、在城都税务郑师尹，为陆游编辑《新刊剑南诗稿》。陆游反复诵读、比较，精选，选而又选，百之选一。

郑师尹十分惋惜，叹曰："何其少哉！"

陆游手抚诗稿，说道："郑公劳心劳力，情谊深焉。一人之作，如林树高低，吾不能免。字字珠玑，篇篇经典，世上所无。我意，沙里淘金，但留上品，余者淘汰，不误世人，不辱诗名，吾心方安。"

郑师尹曰："或有多多益善者。"

陆游笑曰："多多益善，充数拼凑，我等不可为。"

郑师尹称善，言道："杜牧，焚稿选诗，十之二三。"

陆游曰："是也。好诗如凤毛麟角。写诗易，人人可写，写好却难，百之有一。"

这个选本，精而又精，风骨清俊，篇体光华。

郑师尹受嘱作序。他在序中写道："剑南之作传天下"，"敛衽肃观，则浩渺闳肆，莫测津涯，掩卷太息者久矣。"

陆游抚卷对郑师尹说："韩元吉兄与我有约，新编剑南诗，韩公欲先睹，可叹已逝，痛哉，哀哉！"

诗稿由当地名书坊郡斋付梓刊印，每页十行，行二十字。

白口，左右双边。字用浙江书坊惯用的欧体，笔力劲险，藻耀高翔。卷末，列有刻工四人名姓。

装帧设计，皆由陆游亲为。三个月书出，印装精美，一纸风行，书家皆藏，张镃、杨万里、楼钥、姜特立、韩淲、戴复古、刘应时等评家阅后，纷纷赞许，是少见之象。人言陆诗一扫靡靡之风，"忧国复忧民""为国忧民空激烈"，张扬社稷之情，唤起民心："安得铁衣三万骑，为君王取旧山河。"

杨万里出知筠州（今江西省高安市），经严州，暂住，会陆游，陆游置酒江亭，畅叙。言及剑南诗，杨万里赞誉有加，说道："鬼啸狨啼巴峡雨，花红玉白剑南春！好评连连。是社稷百姓之诗啊！"他写跋剑南诗稿二首，赠陆游。

此时，邸报讣告胡铨逝世，享年七十九岁，谥忠简。两人痛惜。胡铨掌管浙西、淮东时，腊月率军迎战西进金兵。是日，大雪纷飞，河冰皆合，众人俱有难色。其环视左右，纵身跳江上，举重锤击冰，士气大振，苦战，以弱旅击退金兵。陆游言胡铨怒斥秦桧、力抗金兵、抚恤黎民，不愧名臣之誉。

杨万里感慨："胡铨弥留之际，口述遗表，言其'为厉鬼以杀贼，死亦不忘'，何其壮哉！"

郑师尹在侧，哀戚，说道："忠魂在天。犹可慰者，其大作《澹庵集》一百卷行于世，忠心长存。"

杨万里目视郑师尹说道："可化后人。"

郑师尹见杨万里气度不凡，晚间问陆游道："久闻杨公大名，常读其诗。听闻他任知县到任之初，竟敞开牢门放人？"

陆游手点案几，笑曰有此事。那是乾道六年（一一七○年），大旱。杨万里获任隆兴府兴县知县，他见牢中人满为患，无地可容，问牢头，方知狱中全是欠租税的百姓，苛政如此，可府库却空空如也。杨万里微服暗访，发现是县吏们加租增税，暗中分赃。他立即下令，开牢放人。他提出，减少税额，极贫者以工抵租税，宽限两月完税。再遇欠税者，照此办理，不得逮捕，不得鞭打。不出两月，租税全部缴清，放出的二百余人，分文不欠。百姓称善，孝宗闻之大悦，半年后，提任国子监博士。

郑师尹听得入境，陆游又对他说，杨万里有达济天下之志、悯民之德、道义之心，为人正直，敢为人言。侍讲、左司员外郎、张浚之子张栻，对一大臣任用，谏言不宜，激怒圣上，外放。张栻外放前，众臣默默，独有杨万里甘冒风险，上殿为张栻申辩。未几，杨万里又获新任，连升至少监。

郑师尹言道："张栻名诗《立春偶成》：'律回岁晚冰霜少，春到人间草木知。便觉眼前生意满，东风吹水绿参差。'见其才气。"

陆游颔首。沉思片刻，说道："杨万里少年时，家藏书万卷，苦读。父病，侍奉在侧，二十八岁离家赶考，中状元。能力不凡，诗文超迈，风行于世。"

郑师尹额手称道："修文之大才，治世之能臣，其多哉，国可兴焉！陆公之友，皆我师也！"

陆游言道："能臣施政，正也；民瘼在心，仁也。"

登天钓月

端午假日，陆游、杨万里、郑师尹等出游。

先去桐庐。新安江、兰江、富春江三江汇流，自古是名胜地。江流山野，长天碧空。白鹤峰下，先拜谒天子冈，瞻仰孝子孙钟葬母处，谈及其子孙坚，其孙孙策、孙权，搏击三国风云，陆游与几人述说"时势造英雄、英雄造时势"之理，各抒己见。

郑师尹说道，唐末罗隐有诗云："时来天地皆同力，运去英雄不自由。"

陆游言道："罗隐，貌不扬，有诗名，长于咏史，十科不中，未得其时，故有时运之叹。古来，时势与英雄这题，多议。窃以为，以两句先后之序，论之如何？"

杨万里言道："有理。风云际会，能人乘势而出，是时势造英雄；纵横驰骋，万众相拥，民心可依，借力得力，英雄可造时势……"议来，饶有兴味。

次日登临富春山，穿过层层林木，深处灌木丛林间，见两香榧树，峭然，高五丈余，绿荫冠盖蔽天，主干粗壮，几人合抱，虬枝苍劲，羽叶珊珊。驻足，仰面上视，枝枝有绿果。郑师尹说，香榧树皆挂三年果，独特。这树植于八百多年前，

263

历经魏晋南北朝、隋唐，久得山野天地灵气。陆游说，家乡会稽山，香榧林立，有千年者，乃树中之隐士，山中长寿树。其果尤珍，止咳、润肺、消痔，明目轻身，润泽肌肤。杨万里缓缓说道："树隐，必有其珍；人隐，必有其才。"

远处，山下，遥遥可见几户人家散居，烟柳翠松，水绕坡田。又见小桥人立，樵夫径行，旁有草亭，一书生闲坐。水上两叶扁舟，渔夫对谈，远山苍苍。几人极目眺望，感言山居富春，世外桃源，可入画。

过严子陵祠，乃苏东坡在此为官时所建。漫步，登上严子陵钓台，旁有巨石雄踞，上镌四大字："登天钓月"，苏东坡手书。

俯瞰富春江，水流澄澈，征帆远去。环视天际，云影岚光，群峰叠翠，白鹳群奋翅凌云，旋绕如阵。陆游赞"登天钓月"四字，笔势超然，情境皆出，神游九天，气魄宏阔。几人兴致勃发。

郑师尹问陆游道："这严子陵数次辞官不受，归隐富春江，李白何以引为同调？"

陆游笑曰："李白诗中说'永愿坐此石，长垂严陵钓'，说说而已。他漫游山水，岂肯滞留一石垂钓？他笑傲烟霞，只因不得入仕。他自视甚高，'天生我材必有用'，而不得用也。诗人浪漫情怀，是歌此地之美也。"

郑师尹另有所言："李白，五岁颂六甲，十岁观百家，十五岁练剑术，二十岁后漫游蜀中，二十六岁仗剑去国，辞亲远游，四十一岁应召入宫，翰林供奉，文墨虚职也，实为天下第一门客。恃才傲物，桀骜不群，岂可见容？两年请辞，正合玄宗意，玄宗顺水推舟，赐金放还。李白，非从政之材，徒有经纶之志。'白也诗无敌，飘然思不群'，一生写诗九百首，气吞山河，诗仙也，豪放盛名之下，世人忽略其攀附、狂傲、炫耀。"

有客驻足，客曰："然也。其好友杜甫诗云：'痛饮狂歌空度日，飞扬跋扈为谁雄'。"

陆游笑曰："诗仙浪漫，非可比也。"

客曰："王安石所编《四家诗》，列李白于后，评其识浅，乃公道之言。"

又言及严子陵。严子陵，名光，故事不虚。少年与刘秀同耕读。刘秀乃刘邦九世孙，性格开朗，性喜耕种。读兵书战策，知战、善战，识人，终生俭朴。十九岁入太学。二十八岁，在河南南阳的一场大灾荒中，乘势而起，利用宗族势力，联合绿林军，广招文武，重用人才。凭借洛阳，纵横捭阖，削平群雄，成为东汉开国皇帝，执掌天下。

陆游言，刘秀知其德才，不忘旧谊，召严光进京，封他为谏议大夫，是为身边重臣。严子陵无意为官，婉辞不受。为避屡屡征召，隐居于此，七里滩上，渔樵为乐。

客曰："文人隐居，兴于魏晋，盛于唐，或真隐，不求闻达，甘于出世；或隐以求名显，渴求征召入仕；或非己愿，不得已也。"

杨万里与客交谈，言及陶渊明，有共识。陶渊明出身世族大家，生于乱世，其曾祖陶侃独具东晋八州，朝野称道。至陶渊明，与平民无异。陶渊明二十余岁起，五次入仕，五次归田园居。四十一岁任彭泽县令，只八十余日，郡督邮欲来，要其束带拜见，即挂印辞归，自云"岂为五斗米折腰向乡里小儿！"从此永离仕途。

客曰："'登东皋以舒啸，临清流而赋诗。'是其心之所向。"

杨万里接言："三年，其家毁于一场大火后，'夏日常抱饥，寒夜无被眠。'艰困难继。"

陆游感慨："陶渊明'性本爱丘山'，多得友人接济。"

左右几人道："严子陵果不入仕，在此了却一生。"

郑师尹沉吟："唯余岩下多情水，犹解年年傍驿流……"

杨万里说道："事各有因，人各有志。"

陆游说："士之仕也，犹农夫之耕也，皆为本分之事。我等经世致用，得志，为黎民苍生，泽加于民，不亦乐乎？"

郑师尹道："鸟鸣春，雷鸣夏，虫鸣秋，风鸣冬，各有所为。田叟野老犹耕耘四季，我等由士入仕，岂可无所事事乎？"

众人称是。

几人道："无州府和友人接济，严子陵何来渔樵之乐？陶渊明何以为生？不可活也。"

陆游说道："严子陵隐居，自有其山水情怀。诸葛亮走出隆中，匡扶汉室，鞠躬尽瘁，一代良相，两者孰是？"

客曰："千人千面千心，言人人殊，然世间总有公允之论。"说罢拱手道别。

几人话题连连，盘桓山崖，谈史说文，登临送目，纵览胜景。提及六朝梁代诗人吴均，杨万里与郑师尹相语，说道吴均《与朱元思书》中有言："自富阳至桐庐一百许里，奇山异水，天下独绝。水皆缥碧，千丈见底，游鱼戏石，直观无碍，急湍甚箭，猛浪若奔……"香樟树下，几人记诵品味，莫不称道他以生花妙笔，写活了百里富春江绝妙之境，传世经典。

夜间，陆游与杨万里剪烛夜话。说起赵蕃与王景文。杨万里告陆游，王景文已逝月余，享年五十五岁，留下《雪山集》十五卷、《诗总闻》二十卷、《夷坚别志》等八十余卷。

陆游听来突然，吃惊，继而连连叹惋，不胜唏嘘："时势不容，负其有位之才；乡居有成，创《诗经》新说。痛哉，惜哉，英才早逝！亦已焉哉。"

片刻，杨万里轻吟庾信诗："昔年种柳，依依汉南。今日摇落，凄怆江潭。树犹如此，情何以堪？"

烛光摇曳，灯花闪烁。又言赵蕃，近年征召仍不赴，绝意功名，自托于学术，问学于朱熹，精研理学，成就非凡，独成学派，大有作为，两人同感欣慰。又言及山野有饱学之士，如今日所遇之客，若问学通达，岂非赵蕃乎？

钱塘江观潮

陆游严州任满，他上书孝宗，按惯例，请求离职还乡，授予道观祠禄，孝宗照准。七月，陆游离梅城，回首三望，眷顾。

返乡，去临安，会友，欣逢盛事。

农历八月十八日，孝宗检阅水师，观钱塘江大潮。

天色未明，沿江两岸三十余里，人已倾城倾郭，拥满两岸。豪门权贵搭起的观潮彩棚，鳞次栉比，六和塔一带人头攒动，喧嚣声随尘而起，沿岸房屋尽已租出。

天明，观潮人流络绎不绝，车马塞途，男男女女，簪花五彩缤纷，珠翠罗绮溢目，前呼后应，挤进江边。各色商售夹杂，吹糖人、捏泥人、叠风车，举卖木制刀枪、戏剧面具、大小儿童玩具，手摇拨浪鼓，挑担推车，你来我往。酒家、店铺外卖，穿梭吆喝。提篮小卖，篮中满是小笼包、筋饼；挎篮者，叫卖各色糕点、糖果；挑担者，兜售酱羊肉、羊肚、杂碎汤。馄饨担子热气腾腾，一担又一担，芹菜馄饨、草头馄饨、翡翠馄饨，又来老字号丁香馄饨。

这边厢高声报菜名："宫中五品食官刘娘子的手艺……"

那边厢大唱："圣上游西湖，荷花满池开，听闻赵五嫂，点来一道菜，连夸好好好。若问什么菜？这么奇，五嫂亲传醋熘鱼！"

这摊上撑遮阳伞，一青衣布裙娘子，头戴两朵红娟花，

268

兜售果子蜜饯、紫苏糕，嘴甜如蜜，手脚麻利。

那摊遮阳伞下，银钗簪花少妇，正卖解暑冷饮荔枝浆水、冰雪甘草汤、紫苏汤，应答如流，不苟言语。

一货郎挥汗推车，敞怀，蓝布衫，红肚兜，连气吆喝："帽子、手帕、小孩儿鞋，扇子、拂尘、香草叶，笙管笛箫五音美，任挑任选钱不多……"

饮食百物，数不胜数，价随潮涨，人亦欣然。处处人声嘈杂，好不热闹。

寅时，朝中文臣武将在百尺观潮台下，分列两班，静候孝宗。卯时，孝宗驾到。孝宗登上高台，黄伞高擎，雉扇映辉，气宇轩昂。既而，检阅开始。

礼炮响过，只见数百艘巨型战船，阵如长蛇，冲破天际，破浪而来。转眼间，前望不见头，回顾不见尾，恰似长龙垂天而降，翻江倒海，岸上一片惊叹声。继而演练五阵分合，编队变换，远守近攻，分进合围，阵阵精彩，两岸掌声四起，经久不绝。忽地水中冒出几百水兵，赤背踩水，前进后撤，左游右行，阵形似棋盘，井然有序，如履平地，令人大呼好也。又见他们腾身跃上战舰，徒手夺刀枪，忽而水上，忽而水下，忽而腾空，忽而潜水……

演练一番又一番，精彩迭出，观者啧啧称奇。倏然，轰然连声，发射五彩水炮，声若崩山，震耳欲聋，烟雾四起，遮天蔽日。待烟消，波静，突然不见了船队与水兵的踪影，偌大的江面，无一兵一卒一船，竟隐形而去。

检阅毕，孝宗大悦。诏书下，嘉奖受检水师，赏赐将帅与兵卒，并令水师扩军苦练，忠国为民，令军器监，研新技、制新舰、创造新火炮。赐茶，丞相以下。祭奠潮神后，孝宗召周必大，说道："大潮即来。告礼部并百官，与民同乐，可随意观之。"

杨万里等几人到陆游座前，叙谈，几人说话间，有人提醒说大潮即来，诸人就近随意坐下。

翘望钱塘江口方向，有人喊道："潮来也！"瞬间，人声皆寂。只见天边出现一条银线，转瞬消失，继而又一条银线横出，由微而巨，滚滚奔涌，撞岸轰然，飞浪齐天，声如万马奔腾，大有吞江挟海之势，人称冲天潮。岸边一片惊叫声，谓为惊天奇观。又见回头潮，巨浪回翻，飞沫反涌。人们惊魂未定，忽见几十人，从海门踏浪翻波奔来，身手矫健，有手擎彩色大旗者，有高举彩伞者，破惊涛，踏骇浪，如鱼戏水，似水鸟逐涛，忽而飞上浪尖涛顶，忽而坠入浪底，惊险万分，却自由自在，人称他们是"弄潮儿"。舟人渔子以此为业，胆大心细，水性超人，无与伦比，其中竟有十多岁小儿。抗金水战，总有舟人渔人敢为先锋。宋代的冲浪、跳水，开世界之先河，非源于西方者也。

弄潮始毕，孝宗面谕，赏赐诸人百金，特谕倍赏那十多岁小儿，言曰："绝技，百业不可或缺，尤须后继有人。"

陆游和杨万里早年看过钱塘江大潮，一线潮、交叉潮、鱼鳞潮、龙头潮、回头潮、冲天潮，俱已领略。杨万里感叹：

"潮起潮落，敢立潮头不惧险。"

陆游对曰："为官须弄潮，敢过千重浪。"

有人问："周公呢？"

陆游向上指一指："在陪圣上。"

杨万里说道："周必大，肱股之臣。"

陆游对曰："周公常在，圣上身边可多忠国之士。"

杨万里手指眼下大江，说道："周公立潮头，多险；我等立潮头，多难；赵蕃不仕，任自逍遥，荣辱由之……"

陆游点头称是，深有感慨："此身恰似弄潮儿，曾过了千重浪……"

又获任用

陆游在乡，一日去蓬莱馆，曾是古驿站。他独自倚栏，听雨声阵阵，心境别样。想自己六十四岁，已到暮年，再遇合圣上，重回朝廷任职，似是不可能了。而今抚州六县皆丰收，百姓安居，令他犹觉心宽，殊堪自慰。他抒写《寓蓬莱馆》绝句两首，其二写道：

古驿萧萧独倚栏，角声催晚雨催寒。

残年遇合应无日，犹说新丰强自宽。

出乎预料，孝宗犹怜其才，仍想复用。

秋季，孝宗问左丞相周必大："倘若任陆游为郎中，如何？如恐或有议论，且任少监可否？"孝宗胸有成竹，却征询于周必大，是要预测朝中会否有烦言。

周必大回奏道："臣近来与二参商议，只是议论陆游任满多日，没有探究如何差遣。陛下爱怜其才，想任其为郎中，臣曾奏知，不如降格先任其奏事。近来众论可任闲职之类，亦足以示陛下不弃人才之意。如后有烦言，非臣能预见。倘若只放其外任，亦无不可。圣意若留陆游在朝廷任少监，现有李祥即将任满致仕，可顺势令陆游补缺。"

孝宗紧接，说道："补缺，任军器少监，负全责。"

又言道："邦之兴，由得人也；邦之失，由失人也。非一朝一夕之故也。"

周必大应道："其所由来者，渐矣，长期之事也。"

孝宗颔首，笑曰："广用忠国之才，国兴。"

陆游重回朝廷任职，已过二十七年。

军器少监，从六品，隶属工部，监督武器装备生产、调拨和修缮，备军国之用，下辖火药作、猛火油作、青窑作、火作等十一大作坊，是军队命脉所在，咸聚各行工匠。

火药、指南针、造纸、印刷术等科学技术，宋代广泛应用，欧洲大陆还不知其为何物。从北宋起，已能生产弓火箭、霹雳炮、皮火炮、蒺藜炮、震天雷、投石炮等，是那时先进热武器。火药配方有创新，威力惊人。蒺藜炮是薄瓦罐内充火药、石灰、铁蒺藜，临近击敌船，灰飞如烟雾，敌兵不能张目，铁蒺藜伤人毁足。震天雷，以竹筒为炮管，初射石为弹，今改射火药，发射后如黑旋风，击中目标，铁甲全透，牛马粉身碎骨，俗语说："神仙难躲一溜烟。"《水浒传》中李逵绰号"黑旋风"源于此。象棋在南宋，增设双炮，隔山打，是受投石炮启发。

火药应用于武器，又是一大发明创造，早于世界二百多年，似可视为火箭、导弹原生思维的雏形，并非如有人言西方火药已用于武器，吾方仍在玩烟花爆竹。

陆游离家进京赴任。一路上，红叶似火，黄叶耀金，明亮阳光点染山林如画。他自嘱东隅已逝，桑榆非晚，当怀白首之志，多做强军之事。微风轻拂，四野寂静，秋水长天，鹤飞晴空，他心旷神怡，不由得吟唱起刘禹锡的《秋词》："自古逢秋悲寂寥，我言秋日胜春朝。晴空一鹤排云上，便引诗情到碧霄。"

他到任后，到各作坊一一监察督办。眼见炉火熊熊，石炭（煤）火旺，远胜于木炭、竹炭，如李白所写"炉火照天地，红星乱紫烟"。他对随行者漫言道："石炭，三国始用，唐代渐多，我宋盛行。茶亦始于三国，唐兴宋盛，茶道传入东洋。"

工匠们劳作甚艰，常见父子兄弟同作，言几代人以此为生。赤膊工种，汗流浃背，肤有伤疤。铁匠挥锤，砧铁坯件红热炙人，火花四溅。一人背向陆游，言曰脸有烧伤，不可睹，不敢面见大人，陆游为之心动。

陆游到火枪作坊，看到以竹为管的长火枪，对匠人说，若是以铁为管，射程远，威力大，必然代替弓箭，是攻守兼备的利器，可以左右战果。陆游和各大作坊长官做深谈，嘱咐他们精研利器，他说道："工欲善其事，必先利其器。孙子兵法中的火攻有五种，是人力放火攻敌。那是旧战所依，到而今，中国火药器隔山而发，火枪远处射击，军器大进，然不可固步不前，须精研精制，机巧胜人，卫疆守土。"他又问到工匠薪酬，知略高于平民，养家无虞，嘱要善待。又嘱，防伤在前，环环不怠；多备红伤药，救急。

拾玖

大势之变

观钱塘江大潮，潮起潮落，惊心动魄。归乡，心平意难平。再返朝廷，力尽新职，陆游不知宫中潮起潮落，意外之变，正悄然而至。

众说孝宗功绩

一一八九年，正月，右丞相周必大升任左丞相，留正升任右丞相。陆游升任礼部郎中，兼实录院检讨官。

周必大为朝廷计，曾建议任陆游为中书舍人，此职参议政事和百官任命，起草诏令，是皇帝身边重臣，孝宗不语，未许。片刻，孝宗言，拟任尤袤。后，提擢尤袤兼中书舍人、直学士，尤袤诚恳婉辞，三次保荐陆游，孝宗不允，说道："此职，旦夕制册甚多，如卿才识，堪当此任。"众人听闻，皆敬尤袤官德。孝宗语陆游，陆游拊掌称善。

这年，高宗病逝。孰料杨万里一言有失，外放。

事起于配享名单。高宗神位要入太庙供奉，已逝深孚人望的文臣武将神位，同时要进入西配殿供奉。翰林学士洪迈，未经集议，提出配享名单，竟无老将军张浚。

此时，杨万里为秘书省少监，上疏，直言张浚当入，指斥洪迈无异于指鹿为马。孝宗览疏不悦，言道："赵高欺骗昏君秦二世，指鹿为马，万里视朕为何主？"是以外放杨万里任筠州（今江西省高安县）知州。

杨万里自叹："急不择言，咎由自取，岂怨官家！"

陆游说道："错用一语！错用一语！一事两误，奈何？"

周必大颔首，又言："孝宗怒时，有伤大臣，然其识人之深，非可比也。如李浩，慨然以时事为己任，忠愤激烈，言切时弊，不知者以为傲，有人告与孝宗，孝宗一笑，曰：'斯人无他，在朕前亦如此，非为傲者，风骨也。朕知李浩。"

孝宗为服丧三年，与周必大密言，筹谋禅让三子赵惇。周必大心知孝宗近几年倦勤，早有退意。周必大说："依主行之，细细做来。然，举大礼前，我乞归还乡，还望圣上恩准。"孝宗曰："少留，筹划大礼，尔后再议。"

陆游与周必大几位知己，甚感惋惜。

周必大言道："孝宗是有为之君，惜乎生不逢时！"

陆游颔首，说道："孝宗在位二十八年，独撑危局。秦桧之奸，贻害到今，朝中几无可用之将，帷幄难有忠国谋臣，孝宗深谋远虑，力挽危局，心劳力瘁。"

尤袤接言："孝宗重经济，恤民生，轻徭薄赋，兴水利，禁围湖，修塘堤，灭蝗灾，废杂捐，尽力无余。今日国力，竟能在兵连祸结中见强，孝宗之功也。"

章德茂点指细数，说道："孝宗淳熙四年（一一七四），共修治陂塘、沟堰四万余处，可灌田八百万亩。三年后，又新增灌田面积五十万亩。州县共治，朝廷补贴，大见成效，民得水利，少受其灾。也有狡吏虚报冒领挪用，欺上瞒下，是另类。"

陆游应曰："此事我亦知。贪官污吏坏孝宗大策。"

周必大环顾众人，畅言："他接高宗之位，拨乱反正，三年见效，实非凡君可比。他慎选吏，严治吏，究贪官，去庸吏，果决行之，裁减中书省、门下省、尚书省三省六部编制，及百司和临安府等冗官两千余名，振弊起衰，得有困境之兴。"

陆游深言："孝宗是为宋代圣君，朝野共识。三次校阅水军，四次调训两浙和福建民兵，补装备，强兵力，超前代。然降与战并存于朝，此消彼长，大策遭扰；人心不齐，国力难聚。但愿光宗承孝宗之志，进而勿退，解此两端。"

周元吉缓缓说道："廷秀早年给孝宗上《转对札子》，在札中点出，地方乱增赋税，远超前朝，粟在一倍以上，帛在五倍以上，钱是数倍。豪强凭权势兼并土地，'阡陌相望，而多无税之田'，他们把赋税以各种名义转嫁给农户。州县超前收赋税，急如星火，'蚕丝未生，已督供输；禾谷未秀，已摧装发'，不超前交付，则被投入监狱。"

陆游说，这是逆耳之言，廷秀剖肝沥胆，孝宗阅后默然深思。

周必大称："重赋苛税不减，民心可覆舟。载舟覆舟，所宜深慎。贪腐不治，恶吏必害国。春缴秋赋，超前两季，殃及民生，廷秀的札子，孝宗深纳，两次诏告天下，方得遏制，捐税有减。"

又言，语带惋惜："孝宗时有掣肘之忧，理乱犹多未竟之事。"

赞曰："孝宗在位二十八年，为南渡中兴之君。"

他又言道，孝宗严以自律，崇尚节俭，一鱼可食三天，日居穿旧衣，多年不动宫中专用之钱，乃至内库钱币绳索腐断。

孝宗所好者，百家典籍与荷花尔。难得去西湖，便在后宫御花园，以瓦盆埋地为池，植莲，暇时远观近视，寄思赏心，默诵《爱莲说》，恬然自得。

孝宗常言，为主贪，必亡其国；为臣贪，必亡其身。贤者多财，损其志；愚者多财，生其过。朝中人当引领风气之先，修德立身，教化风俗，孝宗言行如一。

众人纷言，每有水灾、旱灾、蝗灾、地震，孝宗必诏国库拨银救济，令地方减免赋税，抚恤灾民。一年绍兴流民多死，立罢守臣、县令。

尤袤言道，蝗灾，两三年一小灾，五六年一大灾，苦民久矣。蝗虫之灾，群飞遮天盖地，十里不绝。凡蝗虫所过，庄田尽毁。孝宗颁"淳熙敕"，是治蝗救灾专法，令路府州县，依法多方灭蝗，保黍稷；倾力救济，保民生，泽被灾区。民称圣君，无愧焉。

贪腐不除，危及后世

众人说来，皆曰治国不易，孝宗功不可没。陆游说道："然也。我辈等世上人，自非完人，岂可苛求于人？孝宗之功必载史册。"

三子赵惇即位，是为光宗。孝宗为太上皇，居重华宫。光宗初即位，即召回杨万里等能臣，调整三省六部重臣，依靠留正等四大臣辅佐。他数召大臣轮对，大臣披肝沥胆，他似虚心纳谏，

陆游几次上札言事。他在札中，力主缮修兵备，搜拔人才，坚持恢复中原大策。对吏治，多有谏言，他说岳少保言，"武官不怕死，文官不爱财"，其言乃为金玉。金兵进犯中原，兵不如我众，器不如我坚，国不如我富，在万国中，我大宋财富高居首位，每岁收入，各国望尘莫及，然我大宋何以退居江南？此无他，军心不齐、民心涣散，贪腐所致也。武官怕死，文官爱钱，大敌当前，临阵带兵降敌者有之，率部脱逃者有之，及战则溃不成军，或不战而退。朝中高官，是战是降两意相左，主降者为私欲而上下其手，祸国殃民。

陆游所言，句句中的。单说军纪，已混乱不堪。战时逃兵，

非但不追责，三年内归队，反倒有奖。

他还写道："当朝，三十年国力由衰转盛，北来的百万逃民已立业，或叠梯田，或开荒地，或改旱田种稻，优良稻种已达五十余种，栽接剥治，各有其法。或在城中百业为工，生产发展，商业繁荣，海外贸易联通五十余国。"

他说："以愚见，窃以为当务之急当治贪腐，有贪腐亡国者，殷鉴不远；治贪腐兴国者多矣，治贪腐而亡国者，从三皇五帝到于今，未之闻也。贪腐不除，危及后世，经济强盛，付之东流。"

一次光宗召见，问其头绪纷繁，其意如何？

陆游答曰："窃以为，长远计，广选人才，不论远近亲疏，不论门第，重用廉能贤吏。当务之急，治腐必治吏，从重臣始。治腐必救民，要轻民赋，减负担，普降皇恩，民心自顺。"

他说："世风可忧，圣上当慎独，多思，厉行节俭，振衰起弊，激浊扬清，一扫奢华之风、颓败之气和靡靡之音，养吾浩然正气，长我民族志气。依法行之，以德论之，以阳刚之气导之，重整河山，恢复中原，积以时日，待机可为。"

光宗面有喜色，言道："卿乃国之干城，所言甚善。"善则善矣，陆游却不知光宗难胜其位。

光宗即位几月，已渐露疲态，力不从心。

五月，左丞相周必大被罢免，原来这是谏议大夫何澹乘乱而为。

何澹，状元及第，心在官位，急于荣进，谋私忘国，阿附权贵，嫉才妒能，斥逐善类。初入仕途，显谦谦君子风，为周必大看重，周必大推荐其为学官。两年后，右丞相留正识人有误，力荐，使其升迁，其转而对周必大心有猜疑，又忌其德正。待其依李后之力，官居谏长，则以怨报德，他弹劾的第一人，便是周必大，数次弹劾，周必大遂遭策免。增设台谏之官，原本是周必大奏请，当年孝宗采纳，周必大却受诬于何澹，周必大感叹："世事不可预料至此，为人难亦哉！"此时，谏官可"风闻弹奏"，不需证据，弹劾有误，并不追责，是为广开言路，却留下一大漏洞，诬告有机可乘。周必大遭贬，左迁潭州（今湖南省长沙市）通判。

一日，何澹与友人刘光祖谈及此事，刘光祖劝说道："周丞相德、才、能超群，孝宗谓其刚正，不迎合，不附丽。论政为国，出谋划策，议论精洽。他权兼兵部侍郎，奏请圣上要重侍从，以储将；增台谏，咨询国事、监督官吏，以广耳目；择监司、郡守，后备，以补郎官，是长治久安之谋。秦桧忌刻，驱逐人才，流弊至今，不除不可。周必大倡议，'储备文武人才，于和平之时，是为后世谋。'你怎可弹劾他？"

刘光祖又苦心规劝道："周必大历任朝中要职，其门多佳士，万不可牵扯他所推荐的人才，更不该以个人好恶待人。"何澹本气量狭小，心怀妒忌，他不听好言相劝，构陷成性。未几，何澹再弹劾，贬周必大再迁隆兴府通判。周必大坚辞不就，又迁潭州通判。未几，再两变。宁宗即位，致仕。后又同赵汝愚、留正被列为"伪学"罪首。

同气连枝

对陆游，何澹也是除之而后快。

在官廨，他对人说道："陆游的诗有甚佳处？有人说其诗是经典，佳评不足信，依我之见，是嘲咏风月，刊刻专集不足观，雕虫小技而已。"

随后，他弹劾陆游"其前后屡遭白简，所至有污秽之迹"，攻其"嘲咏风月"，趁势又鼓动别人弹劾，一时依附何澹者，借题发挥，一一八九年冬月，陆游遭罢，奉祠。

这是陆游第四次被罢官，不由仰天长叹："悠悠苍天，此何人哉！"

周必大感慨尤深，叹曰："世不皆君子。识人有误，反遭其害，史上多矣。君子坦荡荡，小人长戚戚。识此类人，难矣！"

杨万里对陆游说道："飞短流长，百口难辩。谗言三进，慈母不亲。谗言如浪，为害甚烈。知人知面难知心，防也难哉！无此类人，人世其为人世乎？"

不幸的事接踵而至，翌年，五儿子约英年早逝，年二十五岁。陆游痛心不已。

五年后，在上饶带湖闲居的辛弃疾，也因何澹两次构陷，竟被撤免了祠禄待遇，成了"白衣卿相"。

周必大谪迁，连受重挫，屈左相之尊，去做潭州通判，坦然处之，仍勤于政事。公余，不赴雅集之会，灯下与友人编纂欧阳修诗文全集，欲尽终生敬慕之心、传承之意。陆游驰书，言，欧阳文忠公，一代文宗，引领转变文风，沾溉百世。编其全集，惠及后人，苦心可钦。

陆游对几子说道："欧阳修思深，支持范仲淹庆历新政。其人好学，藏书万卷，每如厕，必挟书以往，讽诵之声朗然，闻于远近，笃学如此！"

子虡感言："日无暇时，枕上、马上、厕上读书如常。"

陆游道："学问'三上'得之，日日增时，超凡！其晚年，苦于牙病十五年，辄发作，剧痛，日日饮食难，话语难，却不废读书与撰述，谁人可及？"

周必大精心编纂，与友人遍搜旧本，旁采先贤文集，钩沉校勘，对比考证，参校同异，一字一句必加考核，仅一篇《秋声赋》，搜集手抄本三十余种，一一查验校订，即费功月余，可见用心之精，细过毫厘，不留瑕疵。历经六年岁月，终于编纂完成欧阳修诗文全集一百五十三卷、另卷五卷，是为史上著名善本，后被收入《四库全书》。

陆游与周必大诗文往还，有远隔千里之叹。周必大受"伪学"之陷，在庐陵（今江西省吉安市）乡居后，有人诋毁、攻讦，传播流言蜚语，周必大听闻，无惧，一笑置之。人云如此刚正，胸襟气度广于四野。这在陆游意料中。对周公处变不惊，身领正气，诗领风骚，颇感欣慰。

周公得乡邻意，率众集资，建三忠堂，纪念乡贤文忠公欧阳修、忠襄公杨邦义、忠简公胡铨，亲写铭文，颂三人道德文章，教化乡土，传于后世。陆游历数周必大忠国、爱民、重史、修文之行，告诸友。周公离京十一年，宁宗嘉泰二年（一二〇二年），七十七岁时，恢复名誉，追复为少傅。

周必大七十九岁去世，陆游闻讯，"秋风闻雁过，老泪沾衣襟""奔赴不遑，涕泗澎湃"，言道："周公为相，鞠躬尽瘁；为友，披肝沥胆；为文，呕心沥血，百代之师！"

他多日食不甘味，挥泪痛写《祭周益公文》，追忆风华之年，"始至行在，见公于途"，他写道："得居连墙，日接嘉话……从容笑语，抒写肝胆；邻家借酒，小圃锄菜；荧荧青灯，瘦影相对，西湖吊古，并辔共载……淡交如水，久而不坏……"沉痛倾诉五十年情谊、相知挚情，寄托悲慨。陆游哀甚，病数日。

后，朝廷封赠周必大太师，谥号文忠，宁宗题篆其墓碑曰"忠文耆德之碑"，盖棺论定。陆游得知，心情释然，对人言曰："周益公，学行致远，高风亮节，得其所哉！其一生著述八十一种，有《平园集》二百卷，已行于世，死无憾焉。"欧阳修后人，敬以伯祖之礼，祭之。

陆游对几子说周必大，言曰："周公长寿，却远超长寿者。其生命之长，亦有宽、深、高之度，尔等当效之。"

有客曰："生命有涯，求生命之长者，长而有之，是为三餐乎？是为消磨乎？黎庶安于畎亩，乐其所乐，可也，吾辈岂可？噫！惟斯人生命之长，却独有学之深、识之宽、格之高。惟斯人，吾谁与归？"

却说自孝宗退位，周必大左迁后，宫中多事。光宗有一黄爱妃，宠爱有加，皇后李凤娘早怀妒意。忽一日，后宫传出，黄妃暴疾而亡。光宗惊闻，失色，精神错乱。从此，辄感恐惧，难理朝政，奏折统由李凤娘一人独揽。其实，黄妃并非暴疾而亡，实则是李凤娘指使内侍，于暗室中，将她暴打而死。隔墙有耳，那日有人听闻，秘不敢言。

李凤娘本一恶妇，弄权无忌，祸乱朝纲，以光宗名义，封本家三代为王，两侄竟官拜节度使，亲属多人入仕，他们近身侍从，亦受封为官。李凤娘急于按己意立太子，孝宗在重华宫几次点拨她，不可急于立太子，要积以时日，择贤而立。李凤娘心怀不满，添油加醋撺掇光宗，渐而两人孝心泯灭，不顾人伦，冷落孝宗，病时不探视，节日不拜见。左丞相留正、兵部尚书罗点、枢密院知事赵汝愚、给事中尤袤、中书舍人陈傅良和彭龟年等一众大臣，每每进言相劝，晓之以人伦，动之以亲情，甚而叩头流血哭谏，光宗拂袖不纳。孝宗弥留之际，想见光宗一面，不得，死时竟不治丧，惨矣！百官见李后祸心如火，朝政纷杂芜乱，各怀忐忑，有臣暗曰："掩袖工谗，狐媚偏能惑主，豺狼成性，残害忠良。正风不张，阳气殆尽，正义安在？恐宫中府中再无宁日，国运何如？"

贰拾

怅思萦怀

陆游对"嘲咏风月"的罪名嗤之以鼻。十年前，他自号"放翁"，这回他索性将小轩命名"风月轩"，言下之意，这是"嘲咏风月"之室，台评诸公如之奈何？他在诗中写道："扁舟又向镜中行，小草清诗取次成。放逐尚非余子比，清风明月入台评。"他深知所谓"嘲咏风月"是借口，其实是投降派容不得他。

朱熹作为旁观者，他认为陆游"笔力精健，能太高"，"当路有忌之者"，亦是一个原因。朱熹在答友人信中愤愤不平："放翁笔力愈健，但恨无故被天津桥上胡孙搅乱。"

"木秀于林，风必摧之；行高于众，人必非之。"门户之见，同行相嫉，势所难免，然政见不同，抗与降形同水火，乃是主因。

渡河！渡河！渡河！

陆游这次归乡，仍同以往，"父子扶携返故乡，欣然击壤咏陶唐"。在《雪夜小酌》一诗中写道："从来本不择生死，况复区区论祸福。"

他不以物喜不以己悲，又见农家烟火，悦乡景，听笑语，放艇舟，摘藤花，乐民所乐：

> 春水六七里，夕阳三四家。
>
> 儿童牧鸭鹅，妇女治桑麻。
>
> 地僻衣襟古，年丰笑语哗。
>
> 老夫维小艇，半醉摘藤花。
>
> ——《泛湖至东泾》

这首小诗，浅白易懂，如一幅小画，别具意趣。农村丰年的情境，映照陆游的澄怀，他与民亲近贴心。每忆庙堂投降派，他心中温情尽失，笔锋所指，横眉冷对。他在《追感往事（五首）》中，怒斥"诸公可叹善谋身，误国当时岂一秦（桧）！"他视他们为"蒲柳""懦夫"，他写菊花，"过时有余香"：

> 蒲柳如懦夫，望秋已凋黄。
>
> 菊花如志士，过时有余香。

他登会稽山，访大禹祠，放舟镜湖，情系一山一水、一草一木、一友一邻。心中有纠结，却不是自己的宦海得失，而是庙堂国事。

有一日，他遇到了一位常在淮水两边穿行的商贩，听他讲述沦陷区的惨状。商贩说："金是奴隶社会，落后千年。南人被掠去，即为奴隶，禁穿南服，稍不如式，立被斩首。金民亦苦甚，金各地大起地牢，其民，路上拾遗一钱、拔菜圃一葱，皆难活命……"商贩以脚跺地，再不能言。陆游闻此，痛心疾首，言道："南民、金民，皆尧民也，金帝恶行如此，作孽也！"。

彻夜他辗转反侧。天欲晓，出宅，推开篱笆门，凉风迎面。返回居室，他写下了《秋夜将晓，出篱门迎凉有感》，歌咏雄伟壮丽的河山，表达中原人民的强烈期盼与泪水中的痛苦失望：

　　三万里河东入海，五千仞岳上摩天。
　　遗民泪尽胡尘里，南望王师又一年。

他读范成大出使金国的日记《揽辔录》，看到中原沦陷区人民长跪迎汉使，说："此中华佛国人也！"他又读书中《州桥》一诗：

州桥南北是天街，父老年年等驾回。

忍泪失声询使者，几时真有六军来？

国土沦丧，身处异乡，命如草芥，忍泪失声盼望六军来，解救于水火，重见天日。《揽辔录》言简意深，读到中原父老兄弟盼望早归故国，陆游长叹。

这夜，镜湖波翻浪涌，风声、雨声、水声，交响翻腾，声震屋瓦，陆游不能入睡。夜色将尽，恍惚睡去，外面风雨时急时缓，当年南郑的战斗生活竟又入梦，醒来他挥洒出千古名篇：

僵卧孤村不自哀，尚思为国戍轮台。

夜阑卧听风吹雨，铁马冰河入梦来。

——《十一月四日风雨大作》

室外风雨大作，梦中铁马冰河。

他反复读《揽辔录》，佩服范成大出使，闯龙潭，入虎穴，不畏强暴。一次在金营，面对刀剑威逼，不惧死，词气慷慨。十年四次远行出使，不辱使命，全节而归。

范成大笔下金地惨状，令人不忍卒读。陆游感念范成大壮志难酬，五十七岁只得告病请闲，回苏州，奉祠，任宫观闲职，授大学士荣誉称号，去年已逝，年六十八岁。《揽辔录》《石湖集》等著作行于世。他几次夜梦范成大，似昨日，他痛惜国失英才、天夺良友，"梦中不知何岁月，长亭惨淡天飞雪"，"青灯耿耿山雨寒，援笔成诗心欲裂"。由哀而悲，由悲而愤。他情动于中，又想到投降派迫害抗战将领的恶行，发出郁积心底的愤懑，倾诉对中原父老的深刻理解与悲悯同情：

> 公卿有党排宗泽，帷幄无人用岳飞。
> 遗老不应知此恨，亦逢汉节解沾衣。
>
> ——《夜读有感》

陆游对灯沉思。想到先父陆宰一生盼恢复，常向他讲起宗泽的事迹，悲愤满腔，几次断续，不能尽言。

一日，陆游对几子说起先父陆宰所言，追念宗泽老将军。

陆宰说，金兵首次来攻，兵仅六万。破汴京，洗劫一空，京城残破不堪。建炎元年（一一二七年），高宗即位，复任李纲为相。

李纲，三朝元老，忠国爱民，强项之臣，名列南宋四大名臣之首。抗战，运筹帷幄，稳定政局，足智多谋，指挥若定。可叹复任未几，投降派内战内行，李纲因坚决反对高宗南逃，力主坐镇指挥，再受攻忤，遭贬斥，先放鄂州，又放海南万宁。

老将军宗泽，此时任东京留守兼开封府尹，已六十九岁。他知罢用李纲，天折一柱，余己，独木难撑，然其老志弥坚，不惧险局。他多方运筹，集聚力量。

他在指挥部，一座残破庙宇，眼见各路"勤王"来援官兵，良莠不齐，不可一战。他几夜苦思良策，反复权衡，铤而走险，仅带一随从，星夜策马，强渡黄河，闯入七十万义军大营，坚访首领王善。他在刀林剑丛中，面对众将怒目，陈说国事，披肝沥胆，苦口劝说他们参加抗金。精诚所至，金石为开。王善与几首领被说服后，宗泽老泪纵横，跪地深拜。王善与部将惊见，随之皆跪，指天誓言，以命抗金，不负老将军、不负社稷。

宗泽共联络大河上下各路义军一百八十余万，备足粮草。正是此时，他将岳飞招入麾下，言传身带，活用兵法战策。他胸怀全局，谋划守城区域，又在城外建起二十四座堡垒群，盘旋连环，守望相护。每垒守军数万人，保卫开封外围。沿黄河南岸十三县，建起连珠寨，东西连线，纵深布防。方圆几百里，梯形布阵，三道防线，壁垒森严，攻守兼顾，开封固若金汤。在城内，稳定民心，处死城内一批勾结敌军的汉奸、恶棍，严惩哄抢和高抬物价奸徒，军士巡查社会治安。

金兵三路，一路久攻开封不下，只得退守。其兵对宗泽心怀敬意，暗中称他为"宗爷爷"。在宗泽统帅下，人心齐，兵力强，粮草足，二百余万大军同仇敌忾，而金兵不过十万耳，本可一战，胜券在握。

宗泽夜巡营，数闻军士急盼渡河，亦有前方联名血书，吁请救民于水火。他上书高宗，请他还都汴京，指挥北伐，捣毁金兵巢穴，永绝后患，保百代太平。逃到扬州避战的高宗和宰相黄潜善、副相汪伯彦等投降派，竟不予理睬。战机难得，失不再来，众将士急如星火，他再上书，接连二十一次，陈述利害，力主北伐。高宗性本多疑，反猜忌宗泽拥兵自重，即派副留守监视他。宗泽眼见天时、地利、人和，难得皆具，收复失地在望，高宗等却拒战，葬送胜机，必留千古之恨。

有一日，与僚属城上北望，慨然曰："神州割裂，痛失山河！"

有僚属对曰："国运有废兴。"

宗泽凛然作色，顾谓众人曰："国运在人，我等责可辞乎？"

转年，一一二八年，六月，时值暑热，宗泽忧愤攻心，疽发于背，病倒，一病不起。七月初的一天，宗泽垂危，死前连呼三声"渡河！""渡河！""渡河！"他死不瞑目，悲愤壮烈！部旅和义军举白幡送葬，逶迤十里，哭声不绝。

金主闻宗泽死，大呼"天助我也！"设酒宴将士，言："宗泽死，宋军败。"金兵复又攻陷汴京。

转瞬八十年，往事如昨。几子听陆游讲述，深悟，愤慨，无言。陆游手敲案几，惋叹："那时，战火初起，我十倍于敌，国库丰溢，全国同心。若战，何至有今日，痛哉！"

子龙沉吟张耒诗句："兴亡一觉繁华梦，只有山川似旧年。"

归田园居

一一九七年五月，王夫人病逝，享年七十一岁。一一九九年，陆游七十五岁，按宋规，致仕。他连享四任祠禄，随致仕而止。次年，宁忠赐直华文阁称号，破格赐紫金鱼袋，属精神荣誉，是为高规格礼遇，以示皇恩。紫金鱼袋，乃三品以上官员腰间佩戴，上绘金鱼。循惯例，陆游写谢启，他在谢启中表达感谢："岂期垂尽之光阴，忽玷殊常之惠泽。"

宋制，五品以上官员致仕，当地郡府应按敕令，给予礼遇，奉致仕者羊、米、面、帛、酒，并"存问"（探视）。然，不见行。

吴兄缓缓说道："山高皇帝远，郡守为大。赠陆公，郡守可得报乎？可升迁乎？"陆游不语。

李迪高声言道："郡守不老乎？"

王弟接言："郡守老，不致仕乎？"

吴兄望望两位，嘿嘿一笑："官人多君子乎？噫嘻！"

陆游一笑："各有所想，姑且由之。"

陆游为官半生，东奔西走，从不谋取个人权利和财产，"忧民怀凛凛，谋己耻营营。""出仕三十年，不殖一金产""士宦遍四方，每出归愈贫"。而今有"食且不继之忧"、断炊之虞。

一日晨，陆游推门，见大雪纷飞，树枝结冰，山风透骨，他不由倒吸一口冷气。进得屋来，他长吟《寒夜歌》，慨叹身世："陆子七十犹穷人，空山度此冰雪晨。既不能挺长剑以抉九天之云，又不能持斗魁以回万物之春……忍饥读书忽白首，行歌拾穗将终身……"

次日，山村寂静，陆游思绪万千。入夜，窗间月色苍凉，梅影孤寒，几声雁叫，颇感几分空旷。陆游夜不成眠，他想到，这一代人已老，统一中国时不我待，若延宕无时，统一尤难，他在《十一月五日夜半偶作》中写道：

> 草径江村人迹绝，白头卧病一书生。
> 窗间月出见梅影，枕上酒醒闻雁声。
> 寂寞已甘千古笑，驰驱犹望两河平。
> 后生谁记当年事，泪溅龙床请北征。

忧思萦怀，心事浩渺。

然居于乡，有小园与东篱倒可遣兴怡情，得一时之趣。

当年，搬进西宅，他和儿孙在窗外叠土为丘，植兰花、玉簪、梅花等，后又植枇杷、薄荷、香百合，"更乞两丛香百合，老翁七十尚童心。"隔窗相望，绿意盎然。晨起，放目窗外，阳光初照，丛丛花卉枝叶舒展，露珠盈盈，舍东溪流鸣溅，如琴似弦。小孙晨读，日日如是，篇篇流利，童音悦耳。

陆游此次致仕，领子孙又修路到北山脚，开出路旁一亩隙地，植四季花木，朝而灌，暮而锄。青枝绿叶，鸟语花香，确是个近在咫尺的好去处。插竹为篱，陆游名其曰"东篱"，源自陶渊明诗："采菊东篱下，悠然见南山。"

东篱外，有小溪潺潺，柳下风来，花随四季。晨鸟翩跹飞鸣，暮鼓悠远。缘溪行，菱叶荷花，村树林烟。也有钓鱼好去处，一寸二寸之鱼，三竿两竿之竹，"有渔翁共醉，溪友为邻"。三五之夜，半墙明月，树影斑驳，姗姗可爱。

他常到东园劳作和休憩，席地而坐，别样闲适，身心愉悦。时与两三小孙相语，观嬉戏。他沿小径，从邻父学春耕，乘微雨锄瓜，写《小园》，写农家：

> 村南村北鹁鸪声，水剌新秧漫漫平，
> 行遍天涯千万里，却从邻父学春耕。

> 小园烟草接邻家，桑柘阴阴一径斜，
> 卧读陶诗未终卷，又乘微雨去锄瓜。

> 历尽危机歇尽狂，残年唯有付耕桑，
> 麦秋天气朝朝变，蚕月人家处处忙。

平日，远近乡民日出而作，日落而息，相见话桑麻，乡情温馨。偶有新闻，三五传开，却也多了话题。这几年，有临安火灾灾民沿路乞讨，乡人怜悯，无不施以饭食。每问大火，灾民流泪，不堪回问。有两女十六七岁，面有菜色，愿做用人，无人留，抹泪无声远走，南去。月余，有人来寻，言系火中从青楼逃出，乡民摇头，皆曰不知。

临安三场大火

陆游每想此事，百思不得其解，堂堂大宋行在，四年三场大火，忧中添灾。

三月刚过，昆山年轻诗人刘过来访。刘过，字改之。古来之习，名与字，互为表里，相辅相成，寓意存焉。刘过，刘过，有过改之，故而字改之。自号龙洲。

陆游曾听友人说起刘过，知他少怀大志，读书论兵，好言古今治乱盛衰之变，感慨国事，诗词多悲壮之音。四次应举不中，无意返乡，游学四方，结交有识之士，博学多闻，贫无所依。他敬告陆游，他是火后来绍兴，避灾访友。只因久读陆游诗词，仰慕之至，特来就教。他小陆游三十岁，属晚辈。

寒暄过后，陆游焚香，读其诗稿，读到精彩处"欲穷人间三千界，须上高峰八百盘"，颔首而吟，赏其诗才。两人谈诗论词，颇同调。

陆游言，他曾精读王安石七言律诗，又喜读梅圣俞，陆游说："圣俞以诗闻，童儿、野叟皆能道其名字。嘉祐五年（一〇六〇年），京师大疫，停市，明令行者不得往来。然，

296

问其疾者竟不绝于途……"

刘过沉思，感而言曰："每读欧阳修《梅圣俞诗集序》《梅圣俞墓志铭》，辄有新悟，其晚年诗，涵演深远，超越西昆体……"

陆游厚待，具酒作食。陆游笑对刘过，说道："君乃圣贤，有（刘）过，则改之。"

刘过笑答："改之，改之，不留过。"两人幽默，会意而笑。

随之，陆游问临安大火。刘过一一说来。其身经三次大火，至今提起仍心有余悸，语音犹颤。

他说，头场大火三月二十三日，御史台杨浩家，风天失火。初起，浓烟滚滚，哭喊声、惊叫声，响彻坊巷。顷刻，火龙飞蹿，烈焰张天。继而火球横飞，"噗噗"声绵亘城内外十余里。接着是火爆巨响，如串雷不断，震撼全城。残碎房屋、檩子椽子、砖头瓦砾，飞出火头……人们纷纷逃命，呼号奔命，前跌后撞，践死者无数，惨不忍睹。大火延及御史台、司农寺、军器监、太史局、法务库、皇城司等重地。火烧四天四夜，祸甚酷烈，城中庐舍九毁其七，六万家、十八万余人受灾，多人烧于烈火中……人受惊吓，或瘫痪在地，或号啕不止，或夜不能眠，或惊梦狂奔，或见火而惧，或神乱而疯，远近惊魂。惨矣，痛矣，悲矣。

说至此，两人无言。刘过掩泪，陆游蹙额。

片刻，陆游问道："防火司何在？"

刘过说，火初，几处望火楼发现，防火兵急临，然火弥天，其铁锚、大索、火叉、水囊、唧筒诸般器具皆无用。

陆游问道："后事如何？"

刘过说道："百官就舟而居，灾民露宿街头，光宗下罪己诏，拨银十六万缗、粮六万五千石，赈灾。追责，先定杨浩连降两级，保留待遇，削职为民。"

"啊？"陆游惊讶，蹙眉。

刘过说道："朝中哗然，岂可如此轻处。谏议大夫程松，历数火烧都城大害，请戮浩，处他一死，以谢都民。光宗摇头，留他一命，削职为民，刺配万安军。两子宴客，责重，削职为民，刺配千里外。"

刘过又说道："福无双至，祸不单行。次年六月，又着了第二场大火，后又着了第三场大火……"

陆游问道："火因可明？"

刘过愁苦，凄然答道："不明。人说失火，或说疯人点火，皆查无实据。城中多流言……有'大师'云'天谴之灾'，光宗修太庙……"

陆游说道："有闻。天谴之说，神鬼之道，谬哉！"

刘过说道："火灾古来既有，乃人之过，其怨天乎？灭火不及，其怨地乎？人也，策也，制也，能也，器也。"

陆游说道："救火司，大宋首设，策也。救小火可也，救大火束手无策，力不及也。而乡镇村庄，只能自救。"

刘过说道："临安多水，有钱塘江，有西湖，惜之无救火之重器！"

陆游说道："然也。乡间无器，自救不及，小火也成大灾，偶有所闻。"

刘过面视陆游，片刻，长叹一声，说道："陆公有所不知，辛公稼轩（辛弃疾，号稼轩），上饶带湖之居，几年前毁于一场大火，所幸家人无伤，迁入铅山瓢泉别业。尤袤公，无锡束带河旁，梁溪水畔读书楼，毁于火灾，三万卷藏书、全部专著、诗作手稿，顿失于大火中，尤公大病不起！大病不起！其专著、诗稿，绝于世，不可复得！已流入市的《遂出堂书目》，幸存。"

陆游惊闻，哎呀一声，颓坐，连呼"吾不知也，吾不知也！稼轩有失，幸也书在。尤公手稿，乃金玉，毁于火中，绝于世，国之不幸也！"

刘过说道："《遂出堂书目》，乃版本目录学之祖，创设目类，慧心独创，得以存世，不幸中之万幸！"

陆游叹息连连，说道："祝融无情，祸害斯民。江山代有智者出，制重器，救民于水火，往后可无火灾乎？"

刘过言："怕是祝融不闲。"

陆游挽留刘过，长夜漫话。三日后，刘过拜别。此一见，陆游与刘过结忘年交谊。刘过写诗《放翁坐上》，写词《水龙吟·寄陆放翁》，收入《龙洲道人诗集》。

陆游修书辛弃疾、尤袤，慰问。几月后，惊闻尤袤病逝，陆游惋叹："大火，大病，急火攻心，孰能活命！呜呼哀哉，已矣哉！"。当晚，痛思尤袤耿直忠国，写书知会刘过。

他说，尤袤调入朝廷时，曾对孝宗言道："臣老矣，无所补报，拾遗补阙，知而谏言。"每遇大事，必畅言己见，孝宗皆纳之。

光宗即位后，他任礼部尚书、侍读，屡谏用人"去邪佞，护善类"，凡有不该提擢者或不该谪迁者，他必实言，甚而率众臣上疏。至宁宗时，曾令宁宗雷霆震怒，当庭怒撕其奏折，掷于地，众目睽睽。尤袤百官前受辱，不惊，不卑，神色如常。几年国事多舛，尤袤积忧成疾，请致仕，宁宗挽留，不准。后病笃，转正奉大夫，致仕，完身而退，回无锡梁溪河畔乡居。孝宗早曾言"尤袤才识，近世罕有。"

陆游信中感言："孝宗识人，尤袤识君。"信末言："尤袤无过，改之可为之诗乎？"语带幽默。刘过读时，感陆游与尤袤知己之交，赋诗记之。

尤袤官德、学品、诗文众人仰慕，其唯一存世之作《遂出堂书目》，收入《四库全书》。

贰拾壹

高龄入朝

陆游友人颇多。远方之友，诗书往返，近处时有会面。素心交，无贵贱贫富之别。这次归乡，心自安然，未料十年后，七十八岁，竟又应命入朝。

情义无价

陆游诗文行于世，杭州折扇、团扇，画陆游像、题陆游诗者常见。居家，求诗、求字、求序、求跋者，一如往昔，上至丞相、侍郎，下有庶民、僧道，陆游善应之。

耒阳县令曾之瑾，寄来其祖父所著《禾谱》《农器谱》二书，请求题诗。陆游连日细读，二书讲五谷培育、气候，农器制作、修理、使用，举措皆备，是务农、兴农实用宝典，读来格外亲切，欣然题诗，并在信中嘱曾之瑾，此乃国之大事，应刊刻传世，有利农家，粮产可增，饮食可依也。

一僧人，远从蜀地来，求诗，住三日。陆游忆蜀地岁月，交谈如故旧，写长句见赠。别时，陆游相送，笑语："万里得诗长揖去，他年挈笠再来不？"僧人笑答："他年挈笠我复来，万里得诗何乐哉！"

有晚辈后生仰慕前来，或请指正诗作，或请教为文之理。陆游倾心相助，待如亲朋。有时挑灯夜读他们的诗作，圈圈点点，遇好诗则题诗相赠，诲人不倦。王景文、刘过还乡，常写诗奉寄求教，可惜刘过厄于穷困潦倒，五十三岁而逝。

一日，一书画商贾来访，乃山阴集古斋主人王之野。

茶后，王之野问道："陆公，可赏画观石否？"

陆游笑答："然也，兴致由之。"陆游焚香。

王之野笑曰："吴中近事君知否？团扇家家画放翁。"

陆游拱手笑应："令我入户消暑也。"

王之野知室内一应书画皆不俗，自有来历。先观壁间所挂鹊、猿和山水画轴。远观气韵，近看题款、钤印，叹赏连连，言道："骨法用笔，笔墨灵动。留白处，无笔墨，意象悠远，飘逸山林之气。"

陆游应道："晨夕相对，闲赏静观，气韵盈怀。"

王之野手指壁上道："题款见书法，钤印有精功。"

陆游含笑，言曰："好眼力。皆是好友唐希雅、易元吉、廉宣仲、张季长、张仲钦、王仲信的精心之作，诗心、文胆、画骨。诸公人品、学品、才品、画品遐迩称道。"

王之野连连额首，说道："久闻诸公大名。"

王之野手指石门山水图，说道："王仲信所画，气象浩然。"

陆游说道"王仲信，博闻多识，擅画名世。"

王之野赞曰："石门山，我曾游。两峰壁立如门，高数十丈。洞东高崖，瀑布飞卷七百尺，风散而为雨，晴日化而为青虹。仲信神笔，摄人心魄。"

陆游道："当年，我与仲信同游。此乃二十多年前见赠。惜之，人已去世。"

王之野念陆游题款："王郎书逼杨风子，画亦平陵蜀两孙。岂是天公憎绝艺，一生憔悴向衡门。"

又说道："王仲信不慕富贵。"

陆游沉思道："其父，奇才，过目成诵，藏书甚丰。父死，秦熺恃秦桧气焰，欲夺其家藏书，许以官职，命郡吏督办。王仲信号涕，拒之曰'愿守此书一死，不换官也！'那郡吏以祸福诱胁之，仲信不为所动。秦熺不能夺，而止。"

王之野曰："骨气！"

两人无语，静默。

陆游叹惋："戬山麓天王寺，其题字还在。我有怀念之诗：二十余年别石门，灯前感旧欲销魂……"

王之野走回书案边，端详青釉琮式瓶中插花，杜鹃独秀，花苞欲放。又俯身背手，细看案几上三块砚石。

他指一块说："此乃极品，乃宋坑紫端石砚。草书用之，涩不拒笔，滑不留墨。"

陆游意爽，笑曰："慧眼，慧眼！乃吾初为吏，任宁德主簿时，好友张仲钦、朱孝闻别时赠送，至今四十年矣！四十年！"

王之野笑问："我出重金，可得乎？"

陆游双手轻轻捧起砚石，指砚侧铭文说道："铭文系我镌刻，见笑，请公视之。"

王之野躬身，默读隶书铭文："……既坚而贞，亦润而泽，涩不拒笔，滑不留墨。稀世之珍那可得，故人赠我情何报。素心交，视之石，子孙保之永无失。老学庵主人。"

陆游言道："张仲钦，后担重任，备敌防边；朱孝闻治乱，功在利民。"

陆游又说，风华往昔，同侪情谊。分别十余年，朱孝闻下世，常入我梦，悠悠情长。确如其言，历四十年，陆游八十一岁时，夜梦当年初为吏，与朱孝闻等，诗酒相知，同摘荔枝的情景。晨起写诗，感叹不已："白鹤峰前试吏时，尉曹诗酒乐新知。我心忽入西窗梦，同在甫村折荔枝。"

王之野叹曰："好诗，好诗！情系四十年！挚情啊！名石，名人，名文，稀世之珍，我岂敢奢求，情义无价！"

终生至交

陆游诸友，皆为终生至交。

东阳郭希吕、吕子益，虽为晚辈，却继父辈情谊，执弟子礼，年年腊月送来家酿石洞名酒，数年如一，直至陆游逝世。一二〇八年，陆游有文，专写此事。

石洞名酒，实为兰陵美酒，东阳古称兰陵。吕子益进士及第，在太学，每岁必来问学，议论文辞。酷暑，尚书、左选郎叶适馈赠簟席，凉爽舒服。王炎幕府时好友张季长，自南郑一别，二十余年音书不断，天南地北，越语蜀音，诗词唱和，常有笔墨之欢，似促膝对坐。

八十三岁时，接张季长逝世消息，陆游写诗《哭季长》，诗中忆其音容笑貌。周必大在家乡庐陵，辄寄诗文，读稔熟的蝇头小字，如见其人，快慰在心。杨万里违忤朝廷，抵牾以铁钱代替铜钱之策，调任赣州，坚辞，不赴，乞祠得准。年后，授宝文阁待制，任宫观闲职，归乡。其诗，写乡居生活，清新自然："落日无情最有情，遍催万树暮蝉鸣。"再读"绿杨接叶杏交花，嫩水新生尚露沙。过了春江偶回首，隔江一片好人家。"读来如走进画中，别样风景，陆游每得，必激赏。赵蕃亦有诗来，或问询，或写意，寄思赏心。

朱熹长居福建建阳，见面极少。其地麻沙镇，盛产麻沙纸，质地优良，有韧性、吸墨性好，印书首选，享誉国中，与杭州、眉山齐名，是为三大雕版印刷中心。建阳书坊专刻善本图书，行销四方，远至日本、朝鲜、阿拉伯、欧洲。另有以藤条为料生产的特殊纸张，保暖、光鲜，专做纸被，冬暖夏凉，流行于士大夫家。朱熹寄麻沙版书籍和纸被，陆游惬意。纸被，陆游格外受用，有诗写道："纸被围身度雪天，白于狐腋软于绵。"

朱熹仕途几挫，几次辞官不赴，志于学。陆游写诗相劝，望其不可遁世："天下苍生未苏息，忧公遂与世相忘"。朱熹答曰："陆公之心，言犹在耳，然不得行也，奈何……"

朱熹在九曲溪畔，隐屏峰下，创立书院武夷山精舍，树德立人，倡言"国以民为本，社稷亦为民而立""平易近民，为政之本"，讲学八年，与学子同食，藜羹与共。早年，状元及第，任同安县（今厦门市同安区）主簿，跨海去金门岛，察风俗，引教化，促建燕南书院，由是金门岛家弦户诵之风兴焉，台湾继之建起书院。

至晚年，朱熹不以老骥伏枥，壮志如初，重建白鹿洞书院，创建岳麓书院，立言"实事求是"，继承和发展了周敦颐、程颢、程颐、邵雍、张载的正心诚意修身之学，集大成，建立理学体系，儒学为内核，渗透佛道之思，唯心贯之，为南宋显学。

陆游和周必大、杨万里，对朱熹在学派纷争中的坚守，在鹅湖与陆九龄、陆九渊等登坛辩论的治学精神，皆怀敬慕之心，互为挚友。朱熹高度评价陆游诗文，亦欣赏陆游书法，称陆游"笔札精妙，意致深远。"庆元六年（一二〇〇年），在"伪学"冤案中病逝，逝前还在修订《大学章句》，享年七十一岁。"道林三百众，书院一千徒"，一生创立、恢复和讲学书院六十余所，培养弟子门人五百人，留下《四书集注》《楚辞集注》和编写《资治通鉴纲目》《伊洛渊源录》

等理学、训诂学巨著，计二十五种，六百卷，两千余万字，文传华夏。谥号文，追赠太师、徽国公。

陆游得噩耗后，痛心疾首，悲而顿足，眼含泪水写祭文曰："某有捐百身起九原之心，有倾长河注东海之泪。"概括一生挚友深情。周必大来书曰："朱公庙堂之争，后弃主战，固属憾事，然其终生志于学，殊可佩矣！"陆游告赵蕃和苏泂等学人，朱熹咏水仙："弱植愧兰荪，高操摧冰霜"，乃其格也。咏其《观书》诗："半亩方塘一鉴开，天光云影共徘徊。问渠那得清如许？为有源头活水来。"乃其体验学问其来。

德不孤，必有邻。在朝诸友人，时来书问讯，眷顾有加。陆游书写近况作答，以慰远思。友人叹曰："人间岁月闲难得，天下知交老更亲！"

陆游新知，多是晚辈士人，诗笺频寄，恭敬拜访，问书论道，酬应唱和，登山临水，新老俱欢。

陆游关心贫民友人的命运，怀一颗悲悯之心。城南陈翁，以卖花为业，豪放不羁，得钱悉数用于酒资。不独饮，呼朋唤友，逢人便强邀共醉，视乡人皆为酒友。有一日，陆游过其门，呼而不应，只见败屋一间，环堵萧然，不避风雨。妻子有疾，体弱气衰，破衣烂衫，而此翁正大醉而睡，唤而不醒。陆游执其手抚其额，苦笑称其"醉翁""隐士"，心有隐忧："饮酒入魔，其寿必损，奈何？"

过两日，天有雨，陆游又来，恰逢醉翁外出。陆游对其妻子说:"送尔五服药,一日两饮,试之。吾诊治,疾可去。"其妻见陆游袍衫尽湿,双脚泥泞,感激泪下。陆游又从怀中掏出银两,嘱其妻曰:"可设茶棚为生,勿做尔翁酒资。"归去,路遇陈翁,告之。陈翁执其手,呜咽而言:"箪瓢屡空,无以为食,我当戒酒,不负陆公之心。"

又一饶姓友人,夙有大志,有诗才,诗意深远,得时人佳誉。屡试不中,纵酒自晦,或数日不醒。醉时往往登屋危坐,浩歌恸哭,达旦乃下。日久,友人疏之,孤危愁苦。一日,醉落汴水,遇客舟得救。

陆游听闻,奔赴劝慰,曰:"噫,不得机缘,何来如此?"

饶公曰:"咳,庸常岁月,酒中之乐耳。"

陆游轻抚其背,曰:"纵酒自伤,何得永年?自当珍重,岂可自弃?"

饶公长叹:"知我者,陆公也。"

后,饶公死于酒,死前仍曰:"陆公善待我也。"

天下修史一支笔

陆游有时随兴而游,最远处曾去府西南七十里娥避山。这娥避山,是当年越王居会稽,宫娥避居于此,故事颇多。

陆游读史,知时人称娥避山为"鹅鼻山",音同字误,不知其义,以讹传讹,多年后,必以误为正,娥避山变"鹅鼻山"也。

陆游找邻村采药老人，请其引登绝顶。采药老人见是陆游来邀，递给他一登山杖，说走便走。一路行来随意交谈，甚洽。

山路崎岖，九曲入云，绝壁峭立，悬石欲坠，危甚，人迹罕至。山巅烟海浮天，乱云飞渡，瀑布声喧。至秦始皇刻石处，两人力疲，坐而长吁。仰见那刻石高耸，高三人许。秦始皇祭大禹祠，登会稽山，勒石，纪秦功，立此碑，文出宰相李斯手笔。石上刻字皆小篆，铁画银钩，秦代书法之极，惜之经千年风雨，漫灭难辨。南望大海，波浪滔滔，海天一线。采药老人说，一次大风雨，碑前却无风无雨，此非"隔道不下雨，对面不刮风"之故耶？抑或秦王之威耶？

采药老人手遮额头，遥指群峰，说道："秦始皇有匡世之功。"

陆游说道："席卷天下，包举宇内，囊括四海，吞并八荒，秦氏之雄也！车同轨，书同文，统一度量衡，实行郡县制，沿袭至今，华夏独有，载入史册！"

采药老人说道："然其焚书坑儒，久为后世诟病。"

陆游说道："坑儒，呜呼哀哉！焚书，医书、农书、法律文书例外。"

采药老人问及"二世而亡，何其速也？"

陆游说道："时移事易。族秦者，秦也，非天下也……"

听陆游一席谈，采药老人赞曰："久知陆公知史，乃史家也，史家也！"

说到采药，老人说，稀有药材难遇，总能采来白菊、白芍、白术、郁金、延胡索、麦冬、贝母、薄荷等。陆游说："这十几种药材，我江浙多产，是常用药，不可或缺。"

陆游又问道："何以采药为生？"

老人答曰："家亦曾有薄田，吾亦曾入塾读书。怎奈豪门围湖造田，吾家田舍皆失，乃至此。"

陆游问道："温饱乎？"

老人答曰："残杯与冷炙，处处潜悲辛！"

陆游沉吟不语。

时有出游，并不妨读书。他家历代藏书，本已誉满江南，经陆游一生搜求，藏书之多，更无人可比。"窗几初幽静，图书发古香"。他爱书、读书，尝"终日不出户"，"灯前目力虽非昔，犹读蝇头两万言"。有时扶杖至小园，亦觉悠然。他的诗《书室明暖，终日婆娑其间，闲则扶杖至小园，戏作长句二首》，其二，抒写心境：

美睡宜人胜按摩，江南十月气犹和。

重帘不卷留香久，古砚微凹聚墨多。

月上忽看梅影出，风高时送雁声过。

一杯太淡君休笑，牛背吾方扣角歌。

六月，东篱桃树绿叶披拂，杜鹃绽放，白玉兰香气沁人，薄荷丛丛，几只喜鹊飘然追逐，两三画眉鸟叫声如哨，彩蝶款款双飞。陆游兴之所至，信口吟道："蜂蝶有路依稀到，云雾无门不可通。便是东风难着力，自然香在有无中。"

一日，陆游在园中闲看三个孙子"斗草"。两小孙子拿叶柄相勾，柄不断者为胜，反反复复，互有胜负，大呼小叫，甚是有趣。

正在兴头，七子子聿进得园来，手举一信，言道绍兴知府有信来，陆游接过，看信后微微一笑，对子聿说："知府事有先闻，似言贺，然有何事可贺？"不几日诏书到，陆游又得任用，获任中大夫、直华文阁，提举佑神观，兼实录院同修撰、兼同修国史。

这五个头衔，前一项为职务，第二项是官阶（级别），从七品；提举佑神观为宫观闲职，领俸禄所在；后两项为实职和工作：修史，修孝宗、光宗史和本朝圣政录。

陆游有其欣慰之处，他七十八岁，圣上不忘，欣赏他的一支笔，而且宁宗（赵扩）视其年事已高，特许免朝谒之劳。不过，他想到首次任职修史，不几日便免职了，延宕至今，十年有余，有感。

宋朝重视修史，修史主官、佐官必得是学冠儒林、专著名世的通史重臣，专职史官非精读上古至今历史、术业精深、识见超人者莫属，代代相续，规制严格。命陆游修史，当年只因有政见不合者，暗中力阻，也有嫉之者掣肘，陆游前又有致仕之请，故而诏书已下，转而作罢。

那时，朱熹听闻，认为"放翁老笔犹健，在今当为第一流，任其修史，无人出其右。"岁月如梭，人事变化，今宁宗下诏，命其与宝文阁学士傅伯寿赴京，同修多年未成之史，陆游总其成。苏泂、杜仲高等后起之秀，已脱颖而出，文坛知名，先后贺之。诗人苏泂认为陆游是最合宜的人选，他写《送陆游赴修史之命》，言"先生著述天下名，有耳谁不知？""堂堂孝庙史，当代谁宜为？二十八年间，凡事公见之。"杜仲高既赞陆游的文才，又赞皇帝选人之功："四海文章陆放翁"，"此是君王第一功"。

人言，自古以来，文士多而史才少，何也？孝宗曾答曰："史才，须有三长：才也、学也、识也。识，众说纷纭，不为迷惑，独有真知灼见，知世求实之识也，世少有也。"

十四日，盛暑天气，赤日炎炎。陆游到临安，住西湖畔官宅六舍。不远处，林中蝉声嘹亮悠长，此呼彼应，听来快然悦耳。依惯例，陆游于次日上札谢恩，言道："臣乞身累年，忽蒙圣恩，起之山泽之间，使与闻大典，既不累以他职，又特宽朝谒，责委之意，可谓重矣。"表示忠于职守，不负圣恩。他在《开局》诗中写道："谁令归踏京尘路，又见新开史局时。"

朝谒，觐见皇帝，天未明即起，辛苦。寅时，须候于宫门，待召，有天气之变，奔波之劳。宽朝谒，免适时觐见也，可见宁宗对他的重视与破例关照。陆游年已耄耋，对这特许，尤感"责委之意，可谓重矣"，是为内心之语。

物是人非归去来

陆游回朝修史，本自应为第一人选。

他乡居遍览《旧五代史》《新五代史》等十多种不同人撰写的著作，搜求史实，爬梳剔抉，呕心沥血，撰写《南唐史》，共十八卷。体例创新，史评独树一帜，辨误、补失详尽，可谓扛鼎之作。孝宗、光宗、宁宗皆赞赏，孝宗曾赞陆游"笔力回斡甚善，非他人可及"。朝野有识之士，无不感其立论公允，史料翔实，比附警世，文采光昌流利，堪称史学典范。

此次奉诏修本朝史，无人敢置喙而言不字。新开史局，陆游夜以继日，常子夜而息，鸡鸣即起，无倦意，披阅增删，意到笔到；指导史官，不厌其烦。七子子聿随侍在侧，孝心备至。有四子在外为吏，虽为下属之吏，知者云，其子乃父之风传焉。

十二月，任其兼秘书监，官秩正四品。转年一二〇三年正月，又升宝谟阁待制，皇恩有加。这次赴京任职，他是三朝旧臣，却不见老臣故交，挚友范成大、朱熹、尤袤等先后谢世。王炎离蜀后，接连遭贬，三十年坎坷，去年郁郁而终，年六十五岁。

公余，探访民间旧友，仅卖卜为生的洞微山人无恙，亦不甚老。当年离京时，他曾执手陆游，动情而言："再过十五年，迎君西湖边。"洞微山人惊见眼前陆游，瞬间一怔，"啊"的一声，执手颤抖，凝望陆游，涕泣失声，泪沾胡须，连连说道："二十余年，二十余年！重见陆公！"言及往昔，语不胜言。别时，山人不舍，执手相送。

一日，陆游去探访西湖畔小僧了文。他想，小僧了文年轻，当尚在。孰料，了文亦下世。其弟子云："师傅在世，常念陆伯，诵陆伯之诗，嘱我等效陆伯之仁。"待捧出遗像，乃一老僧，不复当年气象，陆游感叹："今若复见其人，亦不相识，哀哉！"他心有不胜今惜聚散之感。

入朝后，新贵视陆游为路人，见而漠然。然在山阴，英彦新知与他多有往还，他的《杂兴》诗中，有多首状写个中况味："出仕五十年，危不以谗死。""老来多新知，英彦终可喜。""岂以二三君，遂疑天下士！"未死于谗言，老来又多新知，这使陆游的精神颇得慰藉，他感叹"京华旧侣凋零尽，短鬓成丝心未灰。"

逢公假日，陆游焚香读书。几史官钱文、王习之等下围棋、象棋消遣，时因输赢一目两目、损一兵一卒，争得面红耳赤，随即又哈哈大笑。陆游闻声，过而往之，亦得乐趣，言道："胜亦欣然，败亦可喜，这苏东坡之语，尽悟其趣矣！"

一日晚，与宝文阁学士傅伯寿等史官三五人，坐画舫，游西湖。

华灯初上，楼船来去，名娃歌妓，箫鼓丝竹，浅斟低唱。

一楼船从旁过，有女弹琴而歌，唱西湖竹枝词："第一桥边第一家，瓜皮船儿送琵琶，妾身自是良家女，不是当年苏小家……"

又有一船来，唱得俏巧："临湖门外是侬家，郎要闲时来吃茶，黄土筑墙茅盖屋，门前一树紫荆花……"

桨声灯影，笑啼杂之。树影下，远近有三五小舟，须眉粉黛对坐，卿卿我我，赏月观景，星斗满天。亦有人纵舟，飘飘摇摇，酣睡于十里荷花深处，水畔林中流萤穿飞，光点闪烁。

陆游笑指曰："湖中仙人，享一舟清福。"

傅伯寿对曰："水上闲客，做十里美梦。"

钱文笑曰："横批是：何许人也。"众人笑应。

岸上，游人之盛，大异以往，络绎不绝，摩肩接踵，人头攒动。公子王孙、五陵年少，前呼后应，身着华彩，炫耀富丽，有奔昭仁寺、断桥而去，灯火迷离，两三夜鸟蹿飞。至如贫者亦跟风，携妻挽子，全家嬉游，优哉游哉，不醉不归。游湖回岸，青草香味沁人。只见高高低低篙碰篙，澎澎声响舟触舟。长短人影杂沓。岸上叫声，船上应声，你携我扶，喧哗聒耳。

登岸后，史官对陆游言，贫者游西湖，是"解质借兑"（类似贷款）。正说间，一中年女子，油头粉面，手提灯笼，摇摇摆摆而来，扬起手帕，阻路说道："相公，可去青楼一乐？"

傅伯寿叱之："有眼无珠！尔想受杖刑乎？"

女子乜一眼几位，一撇嘴，嗨一声，又瞪一眼，扭搭扭搭地，哼着几句小曲，悻悻而去。

史官唾道："皮条客！"

陆游拂袖："虔婆！女中泼皮无赖，市井害人虫，无事

315

不为，无恶不作，多地时见！害人为业，出入私家勾引，来往烟花柳巷。"

史官愤而言道："临安有'三十六条花柳巷，七十二座管弦城'，世风沦落，桑间濮道淫靡之风甚矣，足可忧也。"

陆游听后，感喟："闲时游玩，人皆有其性，不可或缺。过矣，则玩物丧志。至于烟花柳巷，浸润民心，消磨心志，败坏民风，乃至国魂尽失，南唐足以为训。"

几位史官亦有同感，傅伯寿言："生于忧患，死于安乐。"

乘轿进丰豫门，去清河坊，灯火处处，流光溢彩。有走马灯悬于店铺，小儿围观，不知烛生热气，轮而吹马之妙也。

夜市人旺，市声嘈杂，不逊日间。夜市四鼓方散，五鼓继鱼市肉市早市又开，停市不足一个时辰。昼夜喧呼，人声不绝。几人前后下轿，聚来，讲论。

陆游惬意："烟火十万家，杭州不夜城。"

傅伯寿曰："灯火家家市，笙歌处处楼。"

史官钱文说道："一西蕃撰文说，天城是杭州，杭州是天城，游杭州一夜，如历天上人间之境。"

史官王习之说："上有天堂，下有苏杭。这西蕃文章，约略是由此句而来。"

历时近一年，陆游夜以继日，总纂完成《孝宗实录》五百卷、《光宗实录》一百卷，陆游升宝章阁待制，呈请还乡，力辞，致仕。

五月十四日，陆游出都，内心别有一番滋味。修史固宜，却难免有持论之争，不同之见，固执之言，且屡有无识之谬，治史而不知史，评书而不知书，论人而不知人。老友张季长腹有万卷，精通古今史，在蜀著述百卷，本是修史之大才，陆游力荐，却未得用，遗憾，惋惜。

陆游痛感，知史者不多，通史者尤少，尤令陆游不快者，下属史官良莠不齐，常有南郭先生充之，附庸风雅，外似文质彬彬，内则缺文少才。有致仕者，实为官痞，不甘寂寞，混迹儒林，随意指划方家、裁判诸子，罔顾公论，取舍由之，恣意编撰，出手即残编。想来，若无傅伯寿诸公知正崇实、辨讹指谬，以一己之力，岂可为之？

陆游叹息。他深思，吏治、吏风不彰，焉能长治久安？遑论恢复中原？昔时在朝，他曾几次上札言事，论及贪腐与吏治隐患不除，祸及国家生死存亡。他自思年事已高，今非昔比，与其在朝不如归去，写诗道："人生快意事，五月出长安。"路上见山岚出岫，风林烟草，水绕垄亩，村童牧牛。几声布谷叫，十里快哉风，吴音越语，快慰心怀，陆游放声长啸，吟唱起陶渊明的"归去来兮……"

贰拾贰

长剑壮别

初秋几日，万里无云，小园乌桕未霜而叶丹，红叶闪烁，桂树飘香，菊花渐开，几只大雁凌空飞过。陆游兴致勃勃，诗情快如并州（今山西省晋元县）剪刀，剪得秋光入诗，吟绝句一首，名为《秋思》：

乌桕微丹菊渐开，天高风送雁声哀。

诗情也似并刀快，剪得秋光入卷来。

不速之客

陆游挥毫写就，忽听外面有人喊道："辛知府到！"

"啊？辛知府？"陆游放下笔，未及整衣迎出，来人高声呼道："放翁兄，久违了！"

"啊？稼轩（辛弃疾号）弟！"陆游没想到多年不见的

辛弃疾，忽然出现在眼前！执手连声说道："请坐，请坐。"忙唤上茶。

随从诸人退下，两人茶叙。

陆游直面目视，问道："贤弟何来此地？"

辛弃疾躬身答道："承蒙圣恩，授绍兴知府兼浙东安抚使。昨日到任，今来府上拜访。"

陆游扬眉笑道："弟乃国之栋梁，早当善用。"

陆游呷口茶，敛容蹙眉，又说道："当年弃之如敝屣，洪钟毁弃……"

辛弃疾是山东历城人，素有大志，文有才名，武有韬略，身材魁伟，能攻善战，人称"铁血男儿"。

金灭北宋南进时，全家与许多官员未及撤离。父早逝，承祖父辛赞精心调教。课余，祖父辛赞，几次领其登高望远，指画河山，引颈南望，嘱托不负先人，以纾君父所不共戴天之仇，生为大宋，建功立业。

一一六一年，他二十二岁时，不负祖父指教，趁金兵南侵，域内兵力薄弱，拉起两千余人，在济南山区揭竿而起，投入耿京义军抗金。其智勇早传江南，陆游深佩。他曾自限三天，追捕逃走的叛徒义端，快马飞驰，临近金营，斩义端于马下。一一六二年，在与南宋联络的归途，听闻张安国叛变，刺杀耿京，他率五十精兵，快马长驱，夜闯金营，在五万人军中，生擒张安国，震惊北国。率军三万，突破重围，奉表回归南宋，为安社稷、复中原而来。

两人长谈竟夕，议南北大势，又论诗词歌赋。

陆游长辛弃疾十五岁，却不以年长自居。

这辛弃疾性豪爽，尚气节，为官识拔英俊不遗余力，所交多海内知名正直之士。他爱国悯民，一腔忠愤，力主抗战，志在统一，奔走呼号五十年。其治国、强军、平乱、济民的《九议》《应论》等三篇和《美芹十论》献于朝。言逆顺之理、金宋消长之势、技之长短、地之要害，甚备，是为举世共识之治国理政长策，流传甚广。

一一六八年，孝宗召其至延和殿对策，他纵论南北形势，及三国、晋、汉用人之得失，持论劲直，不为迎和。孝宗赏其才干。然，他却不得大用，总是在乱地、穷地、灾地、势危之地调来调去，用其治乱、治穷、治灾、治危。他每到一地，即宽征薄赋，强力抑豪强，惩恶霸，治贪官，招流散，教民兵，行屯田，井邑由凋敝而恢复，僚属信服，百姓拥戴，却屡遭豪强攻讦、奸佞排挤，无休歇。

他重情崇义，任大理卿时，同僚吴交如，家贫，病逝，竟无棺木入殓，家人告贷无门。辛弃疾叹曰："身为列卿而贫若此，是廉介之士也！"他视同兄弟，慷慨解囊，备棺木，哭而葬之。

他与陆游，同为名重南宋的大诗人。他尤擅词，写词六百余阕，题材广泛，雅健、雄深、豪放，"别开天地，横绝古今"，达到了高迈难越的境界，冠绝词坛。又有婉约之词，清新飘逸，读来如画中游，村风野趣悦人耳目。

往事历历，陆游屈指算来，辛弃疾自福州任上，被投降派弹劾，诬陷遭罢，甚至撤销祠禄，在上饶鹅湖山下闲居，已十许年。

辛弃疾说，何澹谋私于心，险佞内狭，为求升迁，诬告善类，手段惑人，上下其手，误国误人。其受贿荐官，多起，败露后，一落千丈，声名狼藉，得其所报，咎由自取。

陆游言："何澹，此类奸佞之徒，为己谋，取悦钻营，嫉贤妒能，打击善类，不得善终，历代皆如此。"

烛光摇曳，夜已三更，两人促膝深谈。辛弃疾说，朝中有识之士，说到庙堂，无不摇头叹息。他说，自一一九四年孝宗逝世，纷争渐烈，外戚与赵氏宗族，势同水火。外戚韩侂胄，结党营私，渐次握有实权，顺承宁宗之意，斥道学为"伪学"，一一排除侍卫之臣、忠直之士，孤立光禄大夫、右丞相赵汝愚。何澹钻营，投入韩侂胄门下，升至枢密院高官。他伙同右丞京镗、监察御史胡纮等，投身策划构陷"伪学"禁案，朱熹、赵汝愚、周必大、留正、彭龟年、叶适等受害者共五十九人。一一九六年，赵汝愚先遭难，贬官永州，他无悔无悲，不幸路上染疾，过衡州，病重，不得医，又遭知州钱鍪趁势欺凌，百般窘辱，赵汝愚急火攻心，暴卒。亦有一说是绝望自杀，时年五十七岁。人说赵汝愚，忠有余，智不足，遭韩侂胄反制。

迫于朝野压力，韩侂胄缓和矛盾，一二〇二年解除禁令，受害者五十九人方得解脱，重见天日，其首要朱熹已亡故两年。

辛、陆两人预料，朱、赵诸人总会恢复名誉。果然，九年后，宁宗赠朱熹中大夫，特赠宝谟阁直学士。理宗赠太师、追封信国公，后改封徽国公。赵汝愚复资政殿学士、太中大夫，已而赠少保。后谥忠定，赠太师。理宗时，配享宁宗庙亭，为昭勋阁二十四功臣之一，彻底恢复了名誉，死后享殊荣。

辛弃疾说，时下，韩侂胄急于树立个人威名，筹划北伐，起用抗战人物。

陆游插言："'诸葛一生唯谨慎，吕端大事不糊涂。'韩之人品尽知，然筹划北伐，乃国家兴亡之大事，我等不计其旧怨，寄望北伐，是为社稷也。打鬼，借助钟馗。"

辛弃疾皱眉摇头曰："只怕人们误解。"

陆游说道："定有误解，谁人没有委屈呢？权衡利弊，恢复中原，外御其侮，如何？"

临行，谈起文事，陆游对辛弃疾说起刘过，言其在绍兴，其人可悯。辛弃疾曰，知此人，主抗战，有诗才，不得志，江湖流落，当助。辛弃疾又云，后起之秀姜夔，同是江湖沦落，与范成大、杨万里、朱熹交游，姜夔有独见："诗本无体，《诗经》乃天籁自鸣。"其打破藩篱，勇创新词。陆游说，姜夔精于音律，弱冠之年创出《扬州慢》，兼具苏轼的刚健、柳永的婉约，有黍离之思，眷恋家国，情意绵远。其词另辟蹊径，别开流派，一家之语，自有一家之风韵，必成宋词一大家，我等自应提携之。辛弃疾颔首，曰："善。"

修我戈矛，与子同仇

辛弃疾公务繁忙，却不时来三山探访陆游。

一日，他同陆游登山临水，满目秋色。

一阵秋风吹过，银杏树黄叶飘落，辛弃疾说道："天凉好个秋！"

陆游欣然："天凉好个秋！范仲淹写秋：'碧云天，黄叶地，秋色连波，波上寒烟翠。山映斜阳天接水，芳草无情，更在天涯外……'情境也。"

辛弃疾应道："他的《渔家傲》则是又一境：'塞下秋来风景异，衡阳雁去无留意。四面边声连角起。千嶂里，长烟落日孤城闭。浊酒一杯家万里，燕然未勒归无计。羌管悠悠霜满地，人不寐，将军白发征夫泪。'苍凉之至。"

陆游说道："这两首词，婉约之韵流动豪气。"

辛弃疾言曰："英雄豪放，可做女儿语；女儿有志，或有豪放诗。"两人兴之所至，互道范公为官，忠国爱民，四起四落，矢志不移。庆历二年（一〇四二年），西夏荡平延州北三十六处堡寨，乘三次大胜，进逼泾州（今甘肃省平凉泾川）。知州滕子京率军，与羌族兄弟并肩，誓死坚守泾州，危如累卵，时任陕西经略安抚招讨副使、庆州知州范仲淹，闻讯，急帅兵两万，星夜驰援，百里急进，联手破敌，化险为夷。

辛弃疾言，兵贵神速，范公知兵。

滕子京泾州胜后，不惜花费，宴请参战立功的羌族将士，祭奠英灵。后遭诬告，说他贪污官家公钱，范仲淹挺身而出，为其力辩。滕子京虽未贪污，确有枉花之嫌，贬职一级，谪迁蛮荒之地岳州，"庆历四年春，滕子京谪守巴陵郡"，是也。"越明年，政通人和，百废俱兴，乃重修岳阳楼。"

是时，范仲淹因任副相，受仁宗命，倡行"庆历新政"，一年受挫，被贬至邓州。应邀，写去《岳阳楼记》，如临其境，胸怀天下，千古名篇，经典散文。庆历七年（一〇四七年），滕子京五十八岁，病逝于苏州任上。

陆游驻足，远望，言及范公兼知延州（今陕西省延安市）三年，坚守西北前线，阅兵选将，和合羌族，扬其骁勇善战之长，日夕训练，守边拒西夏，《渔家傲》写于此时。西夏人云，范公"腹中有数万甲兵，不可欺也"。

辛弃疾言，近人仍有攻忤庆历新政者，不足取。

陆游颔首，说推行庆历新政，是改革吏治，有利于能者上、庸者下，意在有效施政，未料遭抵制。其晚年，散财，购良田千亩，设义庄、义田、义学，救助鳏寡孤贫，培养子弟，垂范万世；为文，独为一家。带病赴新任，途经徐州而逝（一〇五二年），可叹。享年六十四岁，谥号文正。文正为最高荣誉谥号，难有人获正字殊荣。

两人尽言范公之德之能，由衷钦羡。言及人生起伏，不胜唏嘘。

一阵风过，辛弃疾回转身，遥望来路，久久不语，若有所思，陆游问道："幼安（辛弃疾字）何所思？"

辛弃疾目视陆游，陆游说道："但说无妨。"

辛弃疾说道："尊兄住宅残旧，夏难遮雨，冬不避风，我要为兄造屋修园，所费资用，概由弟担，吾力可行也。"

陆游听后连连摇头，摆手言道："行不得也，行不得也！吾四子已在外为官，略有薄俸，吾不孤也。卿，后担大任，所用之处多矣！若有所余，可庇寒士，济人才，则我心足矣！"未几，辛弃疾执意复提，陆游复自婉拒。

行中说起刘过，辛弃疾言，闻其老母患疾，为其买一舟，馈路资，其已还乡矣。陆游感动，赞辛弃疾，这般慷慨相助，丈夫！可慰其老母。老吾老以及人之老，孝己之亲，孝人之亲，天下孝子。

辛弃疾说道："尽仁心，当也。"

陆游拊掌说道："刘过老母可得终养，幸甚至哉！"

一二〇六年，宁宗召见辛弃疾。他行前来向陆游辞行。陆游百感交集，言吾老矣，不能送行。今备薄酒，以壮行色！辛弃疾曰："善！"酒间，陆游叮嘱辛弃疾，一旦受命北伐，当不计往昔恩怨，振长缨，复中原，雪国耻。辛弃疾言道："居安思危，未来难料，风云未卜。一旦如兄所言，吾当义无反顾，酬壮志，补天裂，兴我堂堂中国！"

言犹未尽，已近暮色。镜湖涛声阵阵，山风呜咽，残阳如血，鹤唳长天。陆游草书长歌送稼轩，诗中有言"古来立事戒轻发"，嘱辛弃疾奏圣上，北伐必行，切不可急功，须筹谋全局，选用良将，寻找良机，待机而动，初战慎而又慎，万不可轻易发兵。陆游对辛弃疾又说道："依我看来，不可速决，金虽颓势渐显，我方谋定尚需五年，尔后方可静观，待良机。"

月上东山，繁星闪耀。远山耸立天边，黑黝黝的山影似连天怒涛，奔涌远去。沙汀寂寂，村落无声。陆游挟剑与辛弃疾一同到月下，陆游曰："如此良夜，且听我为君歌。"辛弃疾曰："歌大江东去。"陆游歌罢，辛弃疾吟唱岳飞的《满江红》，他由低而高，仰天长啸，声震四野，夜鸟高飞。陆游曰："怒发冲冠，壮怀激烈。"

陆游手握长剑，做一起式，静如处子，忽地，剑光闪闪，风生水起，忽而如哪吒探海，忽而似蛟龙出水，忽而若鹰击长空，忽而仿佛猛虎下山。长剑银光闪烁，威风八面。陆游舞而歌曰：

醉里挑灯看剑，梦回吹角连营。

八百里分麾下炙，五十弦翻塞外声，

辛弃疾和而歌：沙场秋点兵！

陆游所歌，正是辛弃疾的经典名篇《破阵子》，是辛弃疾一一八八年冬，居铅山有疾，好友陈亮远去探望，又约朱熹来会，赠陈亮之词。

这首词，写八百里军阵，吹角连营，气概宏大，壮气磅礴，豪气纵横，早已流传大江南北，激人壮志，鼓荡胸怀。

为歌声吸引，远近几家乡邻已在自家院中驻足而听，击节轻声和之，歌曰：

马作的卢飞快，弓如霹雳弦惊。
了却君王天下事，赢得生前身后名。

不知谁家子，改唱最后一句"可怜白发生"为"长剑送豪英"。山阴，真不愧是诗书之乡、文风鼎盛之地，人们出口成章。

几鹤鸣翔，掠过沙汀。

陆游汗水涔涔，辛弃疾递上汗巾。

陆游擦干脸上汗水，挥手向上，剑指北斗，说道："稼轩，此去风云万里。"

辛弃疾探身说道："岂曰无衣？与子同袍。"

陆游和之："王于兴师——"

辛弃疾执手陆游："修我戈矛，与子同仇。"

两人慷慨相励，畅述壮怀，却不知此地一别，竟是最后一见了。

贰拾叁

嘉德芬芳

陆游常信步小径，观梅赏菊，亦做园艺，"少携一剑行天下，晚落空村学灌园"。几许农活，他做来颇有兴致，"卧读陶诗未终卷，又乘微雨去锄瓜"。他夜半起身喂牛，夜色四合，繁星满天，"夜半起饭牛，北斗垂大荒。"又是一种广远旷达的心境。

位卑未敢忘忧国

他杂身老农间，忧农之苦，而今尤深。

天旱久不雨，他看乡民踏水车，写《悯雨》："黄尘避赤日，苗槁已不迟。踏车声如雷，力尽真何为！"他祈望："我愿上天仁，顾哀民语悲。鞭龙起风霆，尚尽半年诗"。他对贫富悬殊深恶痛绝："富豪役千奴，贫老无寸帛"。七子子聿一次问道，圣上可知？陆游道："大臣上疏，直达天庭。"

他向子修等讲起，他当年几次廷对、上札，谏言抑豪强，依法严限横征暴敛；税赋，富者多担，贫者免担；灾年赈灾，官仓救民；废除地方苛捐杂税，严惩贪官，追责昏官，弃用庸官。到而今，难见起色。他说，孝宗是睿智之君，可是各级官员总有尸位素餐者，谋利不谋国，盘根错节，多有掣肘，奈何？

陆游自幼崇敬大诗人屈原，如今他以自身的经历，深切体验到屈原内心之痛，那不是文字的藻饰，而是痛彻心灵的呼喊："长太息以掩涕兮，哀民生之多艰！"天灾人祸，乡民多艰。会稽远近十多郡县，水灾旱灾交替，十年中，丰年不过十之二三。官吏巧取豪夺，又好似横江之网，搜尽游鱼。他在《书叹》一诗中，愤怒鞭挞：

> 有司或苛取，兼并亦豪夺，
> 正如横江网，一举孰能脱？

他处江湖之远，既忧其君亦忧其民，他诗中常有对不顾生民死活的县吏、亭长的鞭挞，他在《秋获歌》中写道：

> 数年斯民厄凶荒，转徙沟壑殣相望。
> 县吏亭长如饿狼，妇女怖死儿童僵。

山阴本是鱼米之乡，久得镜湖之利，然到陆游乡居时，镜湖水患频频，灾荒不断，乡民苦不堪言。原来，权门豪族与地方官吏勾结，违法圈占湖田，破堤引水，堤岸千疮百孔。逢雨季，湖水漫田；晴日久，旱不得水，农民受害。

他对子虞、子龙、子修说，王十朋四十八年前任绍兴府签书判官时，曾写《鉴湖说》，即指此弊。那时违法圈占湖田一千多顷，而今已达三千多顷。各地毁湖甚多，阆州（今四川省阆中）南池，数百里，烟波浩渺，渔歌互答，今为平陆，坟墓自以千计，虽欲疏浚，复其故，亦不可得！

陆游归乡，曾向绍兴府建言，兴修水利除水患，救民于水火，不得回音，陆游深叹："不在其位，言如鸿毛！黎民之言，又若何？"陆游思量，积弊难返，能吏欲治，孤掌难鸣，若是庸官，多只顾眼前，"仕者苟目前"。至于权门豪族，强占圈地犹嫌不足，岂肯舍贪心而解民苦？到头来，陆游只能嗟叹："吾言固应弃，悄怆夜不眠。"

"悄怆夜不眠"，陆游忧民之所忧，有切肤之痛。春涝，米贵如金，多家无米下炊。乡邻老姬，一子饥饿而死，母子长诀，哭声凄惨不忍闻，而尸体竟无旧布破衣可覆。恰逢此时，州府遣人给陆游送来春酒，陆游哪有饮酒心？他在诗中记录了春涝的惨状，表达了他内心痛苦：

入春十日九日阴，积雪未解雨复霆；

西家船漏湖水涨，东家驴病街泥深；

去秋宿麦不入土，今年米贵如黄金；

老妪哭子那可听，僵死不覆黔娄衾。

州家遣骑馈春酒，欲饮复止吾何心……

惨不忍睹，悲不忍听，陆游和乡民一起遭受春涝的痛苦与不幸。

一旦风调雨顺，偶遇丰年，农夫蚕妇礼让有加，村民夜晚庙前作场，歌舞娱乐。喜欲狂的真情跳动在他的心中，表现在诗中，叩动我们的心弦，他是人民的诗人，他的心始终和人民的心在一起跳动！读他的《书喜》，我们会从他的喜悦中，感受他的悯恤之心：

今年端的是丰穰，十里家家喜欲狂；

俗美农夫知让畔，化行蚕妇不争桑；

酒坊饮客朝成市，佛庙村伶夜作场；

身是闲人新病愈，剩移霜菊待重阳。

牵驴带药走村巷

他体恤民疾，回乡后，年年种植药材，为乡民医病送药，自得其乐。他在《村东》一诗中写道：

村西行药到村东，沙路溪流曲折通。

莫问梅花开早晚，杖藜到处即春风。

他牵着毛驴，驮着药囊，穿行街巷，哪家有人病，他闻讯登门，不取分文。人说，陆游是朝廷四品命官，今来为我等医病，是天赐之福。行医而不开药铺，为民不为利也。

一次，一位穷困乡民忽然患疾，狂泻不止，连找两三位医生，均不止泻，病入危境，家人悲戚。陆游闻讯赶到，望闻问切，仔细观察，他取出一味草药，请家人立即煎好，给病人服下。

家人心怀疑问："这病重如此，一味药岂能治好？"

陆游心知，慢声说道："且过一时辰看来。"家人没料到，一个时辰后，腹泻见轻。

陆游说道："两个时辰后，再服一剂，到时我来。"再服一剂后，腹泻竟然全止，家人欣喜异常。

家人问道："是灵丹妙药？"

陆游称是。

家人又问道："价值几何？"

陆游对曰："尔家贫，怎敢问价？"

又笑言："莫怕。'采采芣苢'，乃车前子耳。"

家人惊喜，谢声连连。他又嘱，平日多食些白菜、芹菜、芋头、山药。

他说道："药食同源。莫小看白菜。白菜养胃生津、清热解毒、利尿通便，又可防胃病、便秘、痔疮，一菜胜百药，所用甚广。"

他用小药治大病，多例。有族人一子，服菟丝子数年，所服至多，饮食倍增，气血充盛。一次沐浴，背忽长大痈，随视随长，众皆惊惧。时正四五月间，金银藤开花，陆游乃大取，依良方所载之法，嘱其饮之，两日至数斤，背肿消尽，病人喜极而泣，深谢救命之恩。

陆游还随时向乡民谈医论药。他说："单方治大病，百代人久验，黄帝、张仲景、孙思邈传来。一枝一叶莫轻看，各有药性。"

他指窗外薄荷道："薄荷，辛凉清香，花开似蝶，'薄荷花开蝶翅翻，风枝露叶弄秋妍。'花美，清香，助眠。药用散风热、清脑明目、利咽喉、解表透疹、驱郁闷。芹菜治眩晕，菊花养肝明目，大枣养心安神，无花果止喘，万年青治心衰，蒲公英治乳肿，姜补热驱寒，香榧治手足疥癣、脚气，榆钱治失眠、消食，荷叶消暑、清热、散瘀、止血，莲蕊去心火、治口舌生疮，梅花疏肝理气、和胃止痛，金银花、板蓝根清热、解毒、祛湿、治瘟疫……"

陆游治疗小儿疾病，诸如小儿脱臼、哭夜、食瘕、麻疹、昏厥、跌打损伤等病，他是手到、药到，病除。一次，陆游进村，闻一家哭声。他循声而至，见一家人正围而痛哭。家人见陆游来，指床上小儿，哭曰已死多时。陆游俯身而望，把脉，找准穴位针灸，三针即止。片刻，小儿鼻中渐有气息，手动，眼睁，竟活转来。一家人惊喜异常，父母急跪地叩头，喜泪满颊，说孩子捡条命啊，陆游说道："假死，乃昏厥耳。"

陆游深研验方，深究一病一方、多病一方、同病一人一方，深得真传，他说："九州医药，保九州之民，万年繁衍至今，生生不息，乃九州之宝，子孙不可离。"他嘱乡民，采药万不可伤根，须保年年长生常用。

陆游继承先人医德医风，得人敬重。每入宅，目不环视，不窥室，不窥物，不问家事，只问疾病。凡女患，必得家人侧立其旁，方诊病。天长日久，他治愈病人多矣。他每来，街巷人声不断："陆公来了！"口口相传，像是迎接远客，洒扫门庭，拂床擦几，有人家还要盛酒备肉款待。他在《山村·经行因施药》诗中记下了这动人的情景：

> 耕佣蚕妇共欣然，得见先生定有年。
> 洒扫门庭拂床几，瓦盆盛酒荐豚肩。

每欲款待，陆游有言在先："酒肴多乎，非乡情也，吾不赴也。"村民敬佩陆游，铭记其德，给初生儿起的名字中，常带有陆字。陆游有感于心，他写道：

> 驴肩每带药囊行，村巷欢欣夹道迎。
> 共说向来曾活我，生儿多以陆为名。
> ——《山村·驴肩每带药囊行》

有好事者，见群童玩耍，问姓，则答张、王、李、赵，姓氏多矣；问名，确乎常有带"陆"者。何其然哉？孩童必答：
"陆爷爷活我家人，不忘也。"

陆游自知已不能挟长剑抉九天之云，但以药囊去父老
乡亲之疾。身处老境，面对疏篱、坏壁，其情怀仍在家国。
一一九五年正月，他在《新春》一诗中写道：

老境三年病，新元十日阴。

疏篱枯蔓缀，坏壁绿苔侵。

忧国孤臣泪，平胡壮士心。

吾非儿女辈，肯赋白头吟？

独树一帜的农家诗

陆游诗抒心志，写国事，倡统一，金刚怒目式的慷慨激
烈总是和悲愤沉郁融合，发出火山爆发般的长啸悲歌，乡居
却多菩萨低眉般的浅唱低吟。他描绘四季农事、风俗民情、
生活情景、农村风光和旷达乐观的心境，则是溪流婉转般的
快意舒心的咏叹。

清代赵翼谓其"凡一草一木，一鱼一鸟，无不剪裁入
诗""自非才思灵敏，功力精勤，何以得此？"。

陆游诗，正如所评，题材广泛，变境亦多，其诗中山水、
村景、人物、时令、乡情、逸趣、梦境，无不是其追求真、
善、美的寄情之笔。写来或清新，或恬淡，或活泼，或幽默，

或轻灵飘逸。口语入诗，明白如话，浅中含深意，平中有起伏，才情跃然。他一生备遭磨难，久历坎坷，仍深深地热爱生活，睦邻友乡，亲和大自然。

陆游这类题材的诗作，历来也有人称为田园诗，这是大有商讨空间的。窃以为，称为农家诗更恰切、妥帖，而且独树一帜。

试看，他在山阴写的农家诗，与王维、孟浩然的田园诗迥异其趣。王维、孟浩然写隐逸之思、士大夫眼中之景，陆游则为入世之咏，写与乡民身处之境。王维、孟浩然是身居山水别业，游居之所，不事农耕，优哉游哉，栖居在闲适的精神世界里。陆游常年参与农事，"身杂老农间""扶衰业耕桑"，春雨锄瓜，夜半饭牛，饲养鸡豚，割草拾粪，舟中卸粮，交往皆乡民，身在农家烟火中。他在《督下麦雨中夜归》一诗中写到"露沾衣""泥没胯""白手学耕稼"：

细雨暗村墟，青烟湿庐舍。两两犊并行，阵阵鸦续下。

红稠水际蓼，黄落屋边拓。犬吠闯篱隙，灯光出门罅。

岂惟露沾衣，乃有泥没胯。谁怜甫里翁，白手学耕稼。

未言得一饱，此段亦可画。

七十岁时，他仍与乡邻同修秋水冲坏的村路，"秋潦坏道数丈，方与邻曲共修之"。七十六岁又有纪实《修路》一诗，这是王维、孟浩然从未能力行之事。陆游《赠湖上父老十八韵》等大量诗作中，与乡民忧乐与共的表达，浓浓的乡谊、邻里亲情，屡见不鲜，是他居乡写作的重要题材和主要内容。

陆游与王维、孟浩然，是不同的社会经历、不同的生活境遇下形成的两种思想精神境界、两种人生、两种风范。这与他生在农村、长在农村，居官遇挫仍回农村，一生有五十八年生活在农村，息息相关。历数中国历史上的所有诗人，唯独陆游在农村前后生活了五十八年，而且他不是隐居遁世，躲进唯我的精神世界，而是在乡野的风雨中劳作、写诗、济民。他心与民通，情与民同，休戚与共。乡风之韵，草根之情，生活体验，在他的笔下浑然天成，信手拈来：

　　纸洁晴窗暖，粳新午饭香。

　　嗜眠为至乐，省事是奇方。

　　孤蝶弄秋色，乱鸦啼夕阳。

　　诗情随处有，信笔自成章。

——《即事》

他独有的爱乡乐群之情和旷达乐观之心，总是在笔端灵动：

　　儿童随笑放翁狂，又向湖边上野航。

鱼市人家满斜日，菊花天气近新霜。

重重红树秋山晚，猎猎青帘社酒香。

邻曲莫辞同一醉，十年客里过重阳。

　　　　　　——《九月三日泛舟湖中作》

　　他和乡邻相处，亲情殷殷，邻里每有喜事，诸如西邻葺新屋、东邻稻上场、男婚女嫁，他必遵乡民风俗，送酒赠衣，表达心意，交往如水乳交融：

东邻稻上场，劳之以一壶；

西邻女受聘，贺之以短襦。

　　　　　　——《晚秋农家东邻稻上场》

　　他描绘乡村的景象与生活，常用白描手法点染出情景交织的画卷，而且读来朗朗上口，节奏鲜明，是一首首清新明快的短歌，令人心驰神往，若入其境，如他的《夏日六言》：

溪涨清风拂面，月落繁星满天。

数只船横浦口，一声笛起山前。

再如《柳桥晚眺》：

小浦闻鱼跃，横林待鹤归。

闲云不成雨，故傍碧山飞。

他在《窗下戏咏》中竟巧妙地写出这般意趣：

何处轻黄双小蝶，翩翩与我共徘徊。
绿荫芳草佳风月，不是花时也解来。

他写《秋怀》，句句平白如话，生动活泼，意味隽永：

园丁傍架摘黄瓜，村女沿篱采碧花。
城市尚余三伏热，秋光先到野人家。

他写《暮秋》，无历来文人之悲，倒有怡人心怀的情趣：

舍前舍后养鱼塘，溪北溪南打稻场，
喜事一双黄蛱蝶，随人来往弄秋光。

再读他笔下的《牧牛儿》，宛若一幅颇有童趣的牧童晚归图：

溪深不须忧，吴牛自能浮。
童儿踏牛背，安稳如乘舟。
寒雨山陂远，参差烟树晚。

闻笛翁出迎，儿归牛入圈。

他的《村女》小诗，写山村闭塞，天地狭小，村中世代通婚，妇女到老竟不知别村什么样，陆游的同情与怜悯之心触动读者：

白襦女儿系青裙，东家西家世通婚。
采桑饷饭无百步，至老何曾识别村。

陆游的农家诗，除却上述作品，在相当多的作品中，如《悯雨》《书叹》《秋狄歌》《农家叹》等等，表达天灾人祸中的农民苦忧，抒写心中悯民之思，激发忠愤。史载，从一一八一年到一一九七年，十七年间，会稽和附近几县，曾遭受六次大水灾，平均三年一次。"山水暴作，害家湮田，漂民庐""大风驾海涛，坏堤伤田家"，灾民啼饥号寒，贫穷无助。他七十六岁时写的《十月二十八日夜风雨大作》，那夜，"风怒欲拔木，雨暴欲掀屋。风声掀海涛，雨点堕车杼""岂唯涨沟溪，势已卷平陆"。在这场风雨大作中，陆游挂念的是什么呢？他挂念的是穷困的乡邻母子："南邻更可念，布被冬未赎。明朝甑复空，母子相持哭"。他的悯民诗，是他农家诗的独特内容，具有震撼人心的力量。

陆游写农家生活，也有轻松幽默之作，如《阿姥》写七十岁老婆婆，赶赴社日祭土地神、祈祷丰收的活动前，对镜化妆，东涂西抹总不成。是出嫁时的镜子满是尘埃，不好用，还是不会化妆，难赶时髦？读来令人哑然失笑：

城南倒社下湖忙，阿姥龙钟七十强。

犹有尘埃嫁时镜，东涂西抹不成妆。

王维、孟浩然没有与乡民的共同生活经历和近似骨肉的亲情，他们的田园诗，常是俯视的咏叹，散淡超然。虽然如此，他们是自成流派，同为经典之作。陆游的农家诗，是陆游生活在农民中的独创，内容与风格自成体系，明显别于他们的田园诗。

陆游的农家诗"信笔自成章"，农家口语入诗，是陆游文学语言风格的独特要素，上述引诗可证。大量经典诗句，诸如"橘包霜后美，豆荚雨中肥。路远应加饭，天寒莫减衣。""隔墙唤邻翁，浊酒聊共酌"等等，举不胜举。读陆游的诗，乡土气息扑面而来。他惯用白描笔法，点染农村生活的淳朴，描绘乡野之美，别具魅力。在情境之美中，民风之淳、乡情之深、心境之明，写得简淡清新，绘声绘色，真实、真情、真挚。文笔之自然，数量之多，在中国诗史上，无人出其右。

"问渠那得清如水，为有源头活水来。"他的农家诗，来自农家，来自亲身体验。农家诗，确是陆游的一大创造，独树一帜，独步千古诗坛。遗憾的是，古来的诗家与评家，少有对陆游农家诗整体的思辨与阐释，尚待拓展研究。

湖山来去任自然

陆游乡居，渐入暮色，时而有疾，短则十天半月，长则两三月，遂减劳作。他起居于陋室，徜徉于小园，布衣草履，来往于湖山。"射虎南山无复梦，雨蓑烟艇伴渔翁。"

他历经沧桑，彻悟晚年之境，安贫乐道，亲近自然，超然物外，恬淡自适，每日吟哦，抒写襟怀，"长堤逐萤火""荒沼问蛙声"：

红藤拄杖扶衰病，村北村南破夜行。

闲绕长堤逐萤火，戏临荒沼问蛙声……

一入黄梅时节，云一阵，雨一阵，无事者避之不出，陆游却常撑伞走小巷，行吟水畔。一日，弯月在天，他在池水边，看绿枝雨滴，菱叶满塘，趟青草夜露，听远近蛙声咯咯，吟诵后生赵师秀的名句："黄梅时节家家雨，青草池塘处处蛙。"

有客问曰："何来雅兴？"

他说："湖山今入手，风月始关身。"有时他一人，"飘然来往淡烟中"，有时和村老、僧人结伴出行，流连山水，踏月歌回，"送尽夕阳山更好，与君踏月浩歌回。"他家买了小舟之后，出行方便，兴未尽，则在舟上饮酒赏月，天明方归。陆游感喟："江天缺月西南落，村路寒鸡一再鸣。自笑此身羁旅惯，野桥孤店每关情。"

乡邻、村民待陆游如亲人，人们见他，"父老舍杖迎，衣冠颇严恭。语我相识久，幸未弃老农。"总要请他家中坐："野人知我出门稀，男辍锄耰女下机（织机），掘得茨菇炊正熟，一杯苦劝护寒归。"有的"取酒匆匆劝小留，舍后携篮挑菜甲，门前唤担买梨头。""溪友留鱼共晚酌，邻僧送米续朝餐。"

几年后，陆游又一次远行，看到主人孙儿正牧放鸡豚，说起那年来，小孙不满一岁，还在襁褓中，宾主追忆时光，尽欢：

> 闲行偶复到山村，父老遮留共一樽，
> 曩时见公孙未睟，如今已解牧鸡豚。

陆游七十五岁后，在《居室记》中写出了他的生活态度：

> ……朝晡食饮，丰约唯其力，少饱，则止，不必尽器；休息，取调节气血，不必成寐；读书，取畅适性灵，不必终卷。衣加减，视气候，或一日屡变。行不过数十步，意倦则止……间与人论说古事，或共杯酒，倦则亟舍而起……舍后及旁，皆有隙地，莳花百余本，当敷荣时，或至其下，徜徉坐起；仰

或零落已尽，终不一往。有疾，亦不汲汲近药石，

久多自平……

《居室记》表明，陆游进入晚境，闲身空老，性情随缘，生活随时，兴趣由心。这时期，他描写日常生活、咏叹自我的诗作，数量多，内容丰富。他每日所见所闻、所忆所梦、所想所感、所思所愿，辄入诗，如：《幽居》《铭座》《寓叹》《村舍》《食晚》《纵笔》《自咏》《遣兴》《忆昔》，《读史》《读书》《书感》《书怀》，《闲游》《远游》《山行》《野性》《即事》《喜雨》《时雨》《梅花》，《春晓》《春日》《春雨》《初夏》《夏日》《夏夜》《秋雨》《秋晚》《秋夜》《秋怀》《秋思》《秋兴》《冬夜》，《枕上》《记梦》《晨起》《对酒》《病中》《病起》，《杂题》《杂兴》《杂感》《忆友人》《题斋壁》等等，又如长题《丁巳正月二日，鸡初鸣，梦至一山寺，名凤山，其尤胜处，曰咮轩，余为赋诗，既觉，不遗一字》等等，长题短句不胜枚举，读这一串串题目，可感诗情外溢。

细读这些诗作，是在家境、老境、心境、梦境中展开。诗中的"四境"，勾画出了他的生存状态，抒发了他的情怀，敞开了丰富的精神世界，尽显了他的生活态度。

就他自身来讲，他积极入世，从不赞同出世、隐居，对隐居的古人严光、巢父、许由，他视为歧路人，他写道："志士山栖恨不深，人知已是负初心。不须先说严光辈，直至巢

由错到今。"

他衰年归乡，"亲朋半作荒郊冢，欲话初心泪满襟"。他这时期的诗作，有多首写到"初心"，喟叹"有负初心"。

他不忘初心，豁达面对致仕后的生活，他在《书室明暖，终日婆娑其间，闲则扶杖至小园，戏作长句二首》，抒写安然的心境：

美睡宜人胜按摩，江南十月气犹和。
重帘不卷留香久，古砚微凹聚墨多。
月上忽看梅影出，风高时送雁声过。
一杯太淡君休笑，牛背吾方扣角歌。

他的《自述》，短短八句，写了家境、老境、心境，是老怀自解：

二亩西蔬圃，三间旧草堂。
病除身小健，秋尽夜微凉。
薄酒时醒醉，残书半在亡。
老怀常自笑，无事忽悲伤。

他写《幽居述事》，遥寄后人，自信"后有高人识此心"：

曾会兰亭醉堕簪，后身依旧住山阴。

琴传数世漆纹断，鹤养多年丹顶深。

涤砚滩头无渍墨，吹箫月下有遗音。

小诗戏述幽居事，后有高人识此心。

他这时期抒写"四境"的诗词，用纪实之笔，诙谐幽默的笔调，排解遗憾与无奈，化解孤独与愁苦，理解病衰与贫困，抒发豁达、乐观的情怀。且读他的《白首》，是随遇而安的自慰：

白首称祠吏，清时作幸民。

招呼林下客，游戏梦中身。

山路乌骡稳，烟波画楫新。

村村有花柳，无事即寻春。

再悟他的《东篱杂题》，是老境的自谑：

南陌归虽人，东篱兴又新。

无求觉身贵，好俭失家贫。

引水常终日，栽花又过春。

桃源不须觅，已是葛天民。

他写的《夏日》，是家居清闲的自乐：

山下柴荆昼不开，苔生古井暗楸槐。

新诗哦罢闲无事，移取藤床睡去来。

还有《自喜》等诗：

半生羁宦走人间，醉里心宽梦里闲。

自喜如今无一事，读书才倦即游山。

他自乐，总有其乐，在《茅舍》一诗中，他写道：

出有儿孙持几杖，归从邻曲话桑麻。

日长亦莫憎春困，小灶何妨自煮茶。

他也时有是自嘲之作，如《野兴》：

老去痴顽百不能，非醒非醉日腾腾。

敲门唯有征租吏，好事原无送米僧。

陆游的这若多诗作，皆源于他的达观，他在《杂感》中
写道：

天际晴云舒复卷，庭中风絮去还来。

人生自在常如此，何事能妨笑口开？

他晚年，生活贫困，多病，却笑口常开，遇年成好，则知足，在《自适》一诗中，他写道："今岁虽中熟，吾徒亦小康"。

抒写自我，自咏自叹，历来是古代诗人诗歌创作生活的一部分。然而写的数量如此之多，眷顾乡土，旷达乐观，不向困难折腰，乐其所乐，且又诗趣盎然，陆游是第一人。

八十老翁顽似铁

陆游经历仕途的挫折，老年乡居，面对生活的风雨，言行与精神超越俯仰人世的士大夫，表现出他独有的坚定、坚强与坚韧。

他经千锤百炼，深知自我，他说"此身恰似弄潮儿，曾过了千重浪。"回顾过往，他清醒地自嘲"应不是封侯相"。往昔的荣耀、赞美，乃至于遭受的打击、讥讽、冷落，都已成为远去云烟。

乡居生活也并非平静无波，言人人殊，亦有讥谤和闲言碎语，他的态度却是置之度外，"从人讥谤""纷纷谤誉何足问，莫厌相逢笑口开"，"琐琐井蛙何足计，一篇《秋水》笑蒙庄"。他在《一落索》词中写道：

识破浮生虚妄，从人讥谤。此身恰似弄潮儿，曾过了千重浪。

　　且喜归来无恙，一壶春酿。雨蓑烟笠傍渔矶，
应不是封侯相。

　　他身在烟火中，精神在其上。他体弱多病，仍躬身农事，
凡夫俗子绝不可及。逢秋，他必去采菱。

　　菱角，生于池沼水畔，美食，嫩可生吃，老可煮食，亦
是良药，为乡邻治病，不可或缺。七十六岁时，一秋日，陆
游划船去采菱，眼见绿叶满塘，覆盖水面，拨开菱叶，藤蔓
间菱角浮动，上上下下，采不胜采。傍晚，突遇风雨，三更
方得归来，他在《夜归诗》中写道：

　　今年寒到江乡早，未及中秋见雁飞。
　　八十老翁顽似铁，三更风雨采菱归。

　　八旬老翁，白髯萧飒，冒寒江上，三更采菱，风雨夜归，
其苦若何，细思这等情景，怎不深叹"八十老翁顽似铁"！

　　陆游的坚定、坚强、坚韧，与他的仁心、风骨、志节，
互为表里，融为一体。他既没有堕入虚无，更没有躲进自我，
他以坚定之志、坚强之心、坚韧之力，俯仰人生，宠辱不惊，
以民忧为忧，以民乐为乐。

　　一一九四年，芒种时节，喜降春雨，乡民小麦丰收后，
忙于插秧，"家家麦饭美，处处菱歌长"，到处是繁忙喜悦

之情。

陆游身处这般情境,年高,辄有恙,身卧竹床,衰发不梳,他享雨凉,听鸟鸣,闻幽香,看黄莺,在丰收和芒种的情境中,心愉而歌,举觞而饮,他写《时雨》一诗:

> 时雨及芒种,四野皆插秧。家家麦饭美,处处菱歌长。
>
> 老我成惰农,永日付竹床。衰发总不栉,爱此一雨凉。
>
> 庭木集奇声,架藤发幽香。莺衣湿不去,劝我持一觞。
>
> 即今幸无事,际海皆农桑。野老固不穷,击壤歌虞唐。

这是多美的一幅农家图,情景交融。一个"永日付竹床,衰发总不栉"的老人,仍情系乡民,关心乡民的喜怒哀乐、酸甜苦辣,是命运与共,是忘我。不同的经历与理想,不同的文化特质,在他诗中表现为这般不同的精神境界和特有的生活情趣。

他晚年,纵有终生的遗憾和诸般无奈,却化入了他的达观;虽有看穿人生的感悟,却无悔无愧;虽有贫困、病衰,却不作茧自缚;虽有愁苦之感,却不堕于悲戚;虽知来日无多,却畅然面对。他守志不移,安贫乐道;读书寄情,写诗遣兴；超迈流俗，自得其乐。故而不戚戚于贫贱，不汲汲于富贵，风雅情趣充盈心间，足下因情趣而行，耳目凭情趣而悦。迎着晚年暮色，真诚地吟哦他的情怀，表现了一个伟大诗人独有的风骨和志节。

他咏叹自我的诗作中，辄有往事之思，有对沈园的不灭回忆，有对众友人的感佩缅怀，有对恩师曾几、考官陈子茂的深情悼念。

毋庸讳言，在理想与现实的矛盾中，陆游亦有内心的感伤与痛苦，这是灵魂的自白，这无损于陆游诗词的光华，反倒让我们深度认识陆游是生活在烟火中的血肉丰满的诗人。他的诗作中，令我们过目不忘的是他的家国情怀，是他那辄入笔端的豪情，是他戎装走过的地方，是汉中、南郑，是大散关、骆谷，是和军卒"行行重行行"的山路，是"夜阑卧听风吹雨，铁马冰河入梦来。"

中原未复，壮志未酬，是他的终生遗憾："可怜万里平戎志，尽付潇潇暮雨中。"（《夏日杂题之六》）但他不因中原未复而放弃，也不因壮志未酬而改节，"万事忘来尚忧国"，仍是他的坚守。他在垂暮之年，已知"墓木拱"，来日无多，不过他心中挂念的仍是"何时青海月，重照汉家营？"

且读他的《北望》：

昔我初生岁，中原失太平。

宁知墓木拱，不见塞尘清。

京洛无来信，京淮尚宿兵。

何时青海月，重照汉家营？

　　陆游放舟水上，赏朝云，观夜雨，访寺问僧，听渔歌菱唱，亦可消愁纾愤。他内心的隐痛，常常化为他的怆然之思。

　　一次，夏秋之交，在梦笔桥畔，他系船夜宿。残灯耿耿，潮声阵阵，想起古人伍子胥，吟绝句一首：

梦笔桥东夜系船，残灯耿耿不成眠。

千年未息灵胥怒，卷地潮声到枕边。

　　到枕边的岂止是卷地而来的钱塘潮声？春秋时期，伍子胥以远见，规劝吴王，莫攻齐，应灭越，否则越必灭吴，"今不灭越，后必悔之"。吴王听信谗言，几怒，反赐伍子胥死。死前，伍子胥嘱人剜出双眼，悬东门，以看越军破城灭吴，亲眼验证吴王决策的亡国之误。伍子胥自刎，吴王命投之于江，江水怒翻，传说钱塘江潮是伍子胥未曾平息的千年之怒，而今，陆游中原沦陷之怒，又何曾平息？枕边潮声，触动他深埋心底的初心！"旧学成迂阔，初心堕渺茫""皎皎初心置天地，兢兢晚节蹈渊冰。"

　　"万事忘来尚忧国""我亦思报国，梦绕古战场""何时青海月，重照汉家营？""报国寸心坚似铁""须君更出囊中剑，一为关河洗虏尘"，是他的初心，他一生的情结，虽入晚境，行为表现是随遇而安、旷达乐观，内心深处却仍然是家国之思，"但愁垂老眼，不见定中原""八十老翁顽似铁""此生有尽志不移"，绝无动摇，仍想为国出力，这正是他不屈不挠的坚定志节。他六十九岁时，在《初冬至，进村》一诗中写道：

南国霜常晚，初冬叶始红。旷怀牛屋下，美睡雨声中。

沮水忆浮马，嶓山思射熊。何由效唐将，八十下辽冬。

他"不以物喜不以己悲"，这表现在他晚年的大量诗作中。"梅花消息动江边，渐见新春换旧年。莫道孤翁心似铁，夜来霜冷透青毡"。他七十五岁冬季写的《饥寒吟》中，以决绝的心态，抒发毫不动摇的志节："旁观勿嘲笑，穷死心所安。"再读他八十一岁冬季写的《幽事绝句》之三：

昨夕风掀屋，今朝雨坏墙。虽知炊米尽，不废野歌长。

欣赏品味陆游的这些诗作，会深切感受他的坚定、坚强、坚韧，他的高风亮节熠熠生辉，抒写一个伟大的人字，穿越历史时空，给予人生的启迪和思考。

汝果欲学诗，功夫在诗外

陆游的乐府古题，气韵萦怀，才气豪迈，人们推崇备至。其七言律诗，纵横驰骋，几代人称这是杜甫之后又一座高峰。

这日，天气阴晦，风卷雪扬。黄昏时候，他正修补手录辛弃疾诗词，忽闻叩门声，开门所见，乃一位应姓学子，远道冒风雪而来，青衫披雪，气喘吁吁，眉毛结冰。陆游见状，即命七子子聿为其煎姜汤驱寒。晚饭后，与其交谈，方知其"辛勤求识面"，游学问教，为学诗而来。

陆游先与其聊农事、话桑麻，言谈甚洽。

陆游问道："有人说'鸡寒上树，鸭寒下水'，流传甚广，对否？"

学子笑曰："吾不知也。"

陆游笑曰："世事洞明皆学问。所谓'鸡寒上树，鸭寒下水'，谬也。我曾观察，又问老妪，方知鸡寒不上树，乃缩上一足；鸭寒不下水，乃藏其喙于翼间，此乃鸡寒上距，鸭寒藏嘴。"

学子有悟，说道："事求其真须细察。"

陆游颔首，笑曰："以讹传讹常误人。"

交谈中，陆游感知学子苦读，读书甚多，善诗，可教。

学子请教陆游为文之道，陆游说道："阅世愈深，内容

354

愈丰，总要有多种笔墨，'清水出芙蓉，天然去雕饰'。我笔说我话，话出我心境。陈词滥调，小儿学语可也，大人用之可笑！"他拿出辛弃疾的词稿，请学子读《清平乐·村居》：

　　　　茅檐低小，溪上青青草。醉里吴音相媚好，白发谁家翁媪？大儿除豆东溪，中儿正织鸡笼，最喜小儿无赖，溪头正剥莲蓬。

　　陆游言道："辛弃疾多种笔墨，豪放之词，雄深雅健；这词却是平白如话，写眼前之景，道心中之境，清新自然，境界全出。淡语有味，浅语有致，其秀在骨。学诗可从此入笔。"

　　又说道："堆砌辞藻浮泛之句，华丽炫目无实，文之病也。文章本天成，妙手偶得之。文章切忌参死句，尤忌百家衣，不可抄东家、借西家，东拼西凑，那是为文之大忌，是文抄公，腐儒之行。倘若虚张声势，或以大话、空话故作高深，欺世也，亦非正路。

　　何谓文学？文学、文学，文章之学。文以载道，诗以咏志，歌以抒情，发乎情，止于礼。独出心裁，文采生焉，是为学也。文之无文，行之不远，夫子之谓也。文理自然，行云流水，姿态横生，东坡之论也。"

　　陆游读辛弃疾《西江月·夜行黄沙道中》：

明月别枝惊鹊，清风半夜鸣蝉。稻花香里说丰
年，听取蛙声一片。

　　七八个星天外，两三点雨山前，旧时茅店社林
边，路转溪桥忽见。

　　两人品读，如饮甘露。陆游说道："轻灵细腻，天趣独到，
愉人神思！写别人未写之境，用他人未用之词，超乎常言，
方为大家。"

　　陆游又云："文贵精而忌冗长，意贵真而忌矫情，言贵
实而忌虚妄。文如其人，人之邪正，观其文，则尽知矣。"

　　陆游又指词稿："诗中之数，宜虚，如'七八个''两三点'，
自有诗意；实数，非诗也，乃账单。读诗，当读《诗经》以下，
博览百家，默诵千首，烂熟于心，诗可成也。"

　　又说道："诗用典故，宜精，恰切，引发联想，诗意尤丰，
令人回味，悠悠心会。先人名句，偶可化用，亦可借用，用
得巧，锦上添花，或有蕴含，或添情趣……"

　　陆游啜茶，扬眉而言："参禅、学仙，常用来比拟学诗，
学诗如参禅、学仙，要长时下功夫，累月积年，渐入诗境。"

　　学子虚怀若谷，起而称是，施礼，说道："陆公文章妙
手天成，确乎炉火纯青，出神入化，吾终生不可及也。"

　　陆游说道："过誉，不可。自古以来，诗、书、画、印，
无笔笔、件件皆精者，吾岂可免乎？尔雪天前来，迎风冒雪，

登山过水，不畏其难，汝有志，持之以恒，悯民、忠国，文必成，人亦成矣！"

学子又问道："一字一词何来？"

陆游以手示之曰："汝果欲学诗，功夫在诗外。读书三万卷，学剑四十年，行路八万里，云尔。"

又说道："君子，智不务多，务求其定；行不务多，务求专于一，知行合一者也。文章实公器，当与天下共。"

雪未息，寒风尤冽，陆游留宿学子，免受风雪之苦。秉烛夜话，东方将晓。次日雪霁，四野如银，学子深拜而别。

三月，桃花灼灼，池柳生烟，应姓学子送鱼来，正见陆游料理藏书，修补破损。吴兄、刘兄、李迪、李弟来时，仍不释手。闲聊，述及每书来历，如数家珍，津津有味，意趣盎然。几人如听故事，入神。吴兄感而叹曰："书里乾坤大，心中日月长。"

几人是陆游儿时的伙伴，童年的朋友，久知陆游"书生习气重，见书喜欲狂"。逢到一地，庸书不购，劣书不理，必搜求珍本，或购买，或手录，必得之而后安。若手录，则用池纸徽墨，精心装帧。家中藏书愈丰，精品满箧盈架。居家后，他辄翻检，读史、读诸子百家、读诗，爱不释手。闲时，常修补年久破损藏书，重设封面，装帧如新。

吴兄见其修补精细，心静悠然，高兴，说道："春有百花秋有月，夏有凉风冬有雪。若无闲事在心头，便是人间好时节。"

陆游笑对吴兄，欣然言道："心净，心境，心净之境，吴兄知诗。"

几人乐而颔首，尽兴叙谈。

陆游对应姓学子说道："家中书，尽可取读之。"

又笑对吴兄几人曰："列位亦可取读，切莫合饭食之。"

吴兄几人纷言："我等愿听陆公讲书，与酒饮之，与酒饮之。"

陆游笑曰："昨日僧人送菜、友人送酒，且待片时，共饮。"

吴兄、李弟争下厨，凑得茴香豆、炒小巢、拌荠菜、葱油蚕豆、醋熘鱼几盘酒肴，李迪又做个熘豆腐，陆游拿出老酒温热，几人落座，小菜佐酒，互说村野新闻，自是畅然而乐。

吴兄举酒对陆游说道："陆公，这般共饮，可入诗乎？"

陆游呷口酒，兴致勃勃，曰："自然。酒助诗兴，诗醉酒香。"

吴兄、李迪、李弟争说："陆公情在诗中，诗在陆公心中。"

应姓学子悦视诸人，笑曰："功夫亦在诗外矣。"又五年，应姓学子中状元，后登博学鸿词科，多撰述，官至知州。

众人陶然而乐，曰："我等皆为评家也夫！"

吴兄笑言："陆公腹藏万卷书，诗中用典甚多，我等难悟深意焉。"

贰拾肆

思接今古

小园数枝梅，风姿婀娜，俏然凌风。前两日，长条短枝花蕾初结，几番风吹，枝头的花骨朵儿，悄然咧开，破雪绽放。一朵朵，一枝枝，一树树，冰肌玉肤，绿萼红花，微风似有若无，暗香飘来。

私欲祸国

这日子布、子聿园中赏梅。

陆游仍如以往，室内扫地，活动筋骨。他体认自可平血气，较之按摩与导引省事。他在独有的《扫地诗》中写道：

一帚常在旁，有暇即扫地。
即省得堂奴，亦以平血气。
按摩与导引，虽善亦多事。

不如扫地去，延年直差易。

　　他抬头隔窗而望，阳光和煦，梅树浅绿。陆游出室，那边子布信口背诵："墙角数枝梅，凌寒独自开。遥知不是雪，为有暗香来。"陆游微微一笑，这是王安石的《梅花》，联想得巧，让人触景生情。子布感叹"不是几番寒彻骨，怎得梅花扑鼻香？"陆游忆起与老友辛弃疾、杨万里一起赏梅的情景，别是一番滋味。

　　子布见老父来，说道："梅花传递春消息。"陆游道："临安却无好消息……去年一场大火，又烧了四天四夜。四场了，惨不堪闻，灾民流落异乡……"子布、子聿知老父心绪，言道："临安回天乏术，如之何？"陆游默然，片刻，说道："梅花傲雪而开，苍松迎风独立，不趋势附时也。"

　　陆游站在梅树旁，往事涌上心头。

　　辛弃疾走时，陆游嘱其奏圣上，北伐必行，须从长计议，筹谋全局，谋定而后动，万不可轻易发兵。辛弃疾曰："徐图必胜之功。"

　　辛弃疾预言"六十年后，金必亡。金亡，必有强敌出，中国之忧方大。缓行而胜之，预筹未来中国之大计。"辛弃疾预言六十年后，必有强敌出，不幸言中，成吉思汗铁骑弯弓南下。但，宁宗召见，却非与其筹划北伐及六十年后，而是谈盐政得失，派其任镇江知府。辛弃疾来信相告，陆游揣测，朝廷似对辛弃疾有戒心，不肯大用。

且说自光宗即位，宫中外戚渐成势力，至宁宗时，外戚与赵氏宗族权力之争形同水火。韩侂胄凭借其外戚之力当国，升为宰相，欲北伐。

　　是时，朝野有识之士如陆游者不乏其人，认为北伐必行，却非此时，须蓄力待机。然韩侂胄急功近利，决心已下，并拿出自己私财二十万缗助军。时有朝廷大臣提议缓行，而被夺官。忠心谋国而无私见的武学生华岳，一腔热血，心无禁忌，秉笔直书，痛陈己见，极而言之，他说当时"将帅昏庸，军民怨恨；马政不讲，骑士不熟；馈粮不丰，形势不固；山砦不修，堡垒不设"，"人才埋没草野，豪杰沦落山林"，"现时出兵，必败无疑！"朝臣惊骇其极而之言，韩侂胄闻后，怒斥其狂，削其学籍，投入大理寺。

　　一二〇六年，宁宗下诏北伐，诏曰："天道好还，盖中国有必伸之理；人心助顺，虽匹夫无不报之以仇！"是为"开禧北伐"。宋军初战，势如破竹，一举攻下一州三县，捷报飞传。

　　杨万里闻讯，却绝望。原来，自绍熙二年（一一九一年）辞官回乡，誓不出仕，家居十五年，却忧国成疾，精神抑郁。家人自其病后，凡邸报和时政消息，俱不报闻。其子，函告陆游，父有疾，吟赏烟霞、流连春花秋月，乃宜。陆游悟其疾，每致言，辄云野老村话，安老友之神。忽一日，有族中子侄偶至，不知内情，骤言韩侂胄出兵，杨万里震惊，继而恸哭失声，呼笔疾书曰："韩侂胄急功，动兵残民，谋危社稷，吾头颅如许，报国无路，唯有孤愤！"言其必败，误国，又书十四言别妻子，笔落而逝。享年八十岁。赠光禄大夫称号，赐谥号文节。

果不出杨万里所料，不到一个月，金军反攻，宋军竟自内乱，将无斗志，兵无战心，前线争功，内部相残。

此时，乱臣贼子火中取栗，突传吴挺之子吴曦易帜叛国，朝野震动。这吴曦，乃利禄熏心之徒，长期以重金贿赂求官，爬上四川宣抚使高位。朝廷不知，吴曦在重金之下，早已暗通关节，战局一开，他即带全军投敌，换取册封蜀王。大后方内乱，南宋突然腹背受敌，危如累卵。陆游三十五年前，在南郑曾对王炎说："吴挺若传予其子，倒可能造成大祸"，预测果验。

叛变投敌，受封为王，从无好下场。四十一天后，幸有合江仓官杨巨源和兴州中军正将李好义、敢勇军士李贵诸人，联合吴曦亲卫军下级军官、军士和李好古、李好仁等忠国之士，共百余人，顺应军心、民意，精心密谋策划，冒死为国，黎明时分，奇袭伪王宫，破门而入，吴曦一命呜呼。蜀地重归，转危为安。

陆游听闻，忆起南郑日子，走过的和尚原、仙人关……慨叹吴家八十年为国屡立战功，而今吴门一孙投敌，是为叛国之贼、逆子贰臣、不肖子孙！说起仓官杨巨源与李好义等人冒死为国，奇袭杀贼，平息叛乱，陆游深怀敬佩，长揖对天三拜，连说："挽狂澜于即倒，救国于危难之际！人心不死、人心不死！蜀有英雄，国之幸也！"

宋军前方频遭败绩。一二〇七年，宁宗眼见大局危在旦夕，他不知辛弃疾在家乡已病重卧榻，急下诏，调辛弃疾入朝；一方派使向金求和。金提出多项割地纳贡条款，与"靖康和约"比，每年贡银由二十五万两增至三十万两、贡帛由二十五万匹增至三十万匹，再加一次性"犒军费"三百万贯，巨额纳贡！由"叔侄国"改为"伯侄国"，还提出"必杀韩侂胄，首级送金国"；强迫为秦桧树碑立传，恢复其高宗时的爵位与谥号。

望断天涯

面对金的无情凌辱和对尊严的肆意践踏，宋自当拒绝。只因宁宗长于宫中，少历练，受挈于左右。史弥远乘机发动宫变，乱中夺权，矫诏派人杀死韩侂胄，其阿附者十多重臣，连遭罢官。

次年，嘉定元年（一二〇八年）正月，开棺枭首，将韩侂胄头颅送往金国，金谥他污辱性名号：忠谬侯。三月，为满足金人条件，竟为秦桧恢复爵位与谥号，篡改历史！国人震惊，群情激愤，人心不平，尽说"韩侂胄生死，当由宋处置，怎能依金意？其头颅怎可送金？秦桧内奸，已死五十余年，怎可奉金旨意，除其恶名！"不过，举国皆知，金要挟，恢复秦桧爵位与谥号，反倒是由金人自己彻底坐实了秦桧是卧底内奸，从此成为无可翻动的历史铁案。陆游说道："出兵北伐，是国人所期，然急功近利，率尔出兵，战非其时；韩侂胄用兵乏术，弃用良材，所用非人。金索头颅，竟送之；为秦桧复名，倒行逆施，皆金之强权威逼，是国之奇耻大辱！此史子孙断不可忘！"九月，南宋在"和约"上签字，史称《嘉定和议》。

其实早在听到北伐时，陆游心即大惊，他认为，万事尚未足备，发兵何其急也！他料定凶多吉少。待一二〇六年冬，败局已显，举国惶恐，陆游悲叹，败在急功近利。他对儿子们说道："至此国家元气大伤，颓势难挽，恢复中原，要靠后来人了。然人不可无志，国不可无心，尔等应志在九州，心在社稷。"

疾风知劲草，板荡识诚臣。在一二〇七年，宁宗为挽救危机，急调辛弃疾，任枢密都承旨，这是进入国家最高军事权力机关，掌管军令和常务，可宁宗不知，辛弃疾未及受命，已卒，享年六十八岁。死前，辛弃疾突然坐起，怒目面北，连喊三声"杀贼！""杀贼！""杀贼！"挺身而逝。

正是梧桐摇落时节，陆游听闻，不胜伤痛，浩叹："出师未捷身先死，长使英雄泪满巾！"辛弃疾归宋坎坷，也是四次遭罢官，壮志未酬。时来重任，却天不假年，撒手而去，呜呼哀哉！宁宗赠少师称号，谥号宗敏。

陆游对子孙们说道："辛弃疾，文武帅才，心在九州，其人已殁，然高风亮节，世之楷模。"

陆游忆及往事："辛弃疾待友依义。朱熹，庆元六年

（一二〇〇）三月初九，忧愤而死，韩侂胄"伪学"禁正严，朝廷下诏，不准人们到武夷山为朱熹会葬。禁令之下，门生故旧多求自保，恐受牵连，竟无敢送葬者。"

陆游说，辛弃疾素与朱熹友善，是时六十一岁。他听闻朱熹病逝，不顾禁令，写出真情实意的祭文，一人跋涉，独上武夷山，往而哭之，祭而悼之。朱熹之子朱在，含泪相迎，孤单两人，凄凉冷落。辛弃疾面向朱熹画像，焚香，顶礼膜拜，高声悼念："所不朽者，垂万世名。孰为公死，凛凛犹生。"

辛弃疾心胸开阔，对人不计相悖与失礼之处。一次他与好友、坚决主张抗战的陈亮，约朱熹赴鹅池，切磋理学。朱熹与陈亮的永康学派冰炭不同炉，托词婉拒，不赴。辛弃疾大度，对陈亮说道："人各有志，勿生芥蒂。"陈亮言道："我与朱熹之学，各持己见，岂可勉强？无伤。"子孙感叹辛弃疾、陈亮度量。

陆游说道："陈亮走后，辛弃疾写词《破阵子》相赠，抒壮志，尔等已知。还有一传说，人云，一位官员过辛弃疾墓旁僧舍，闻其大呼堂上，声音凄厉，从昏暮至三鼓不绝。这位官员静坐不惊，问曰：'志未酬乎？鸣不平乎？'连夜秉烛作文，悼之祭之，其声乃息。"他的孙儿说"辛弃疾死不悔志，亡后犹鸣，令人惊叹。"小孙元廷说道："壮志未酬，英雄不死。"辛弃疾死后二十六年，理宗授其光禄大夫；六十五年后，恭宗授其少师，谥号忠敏。

陆游园中，梅花依旧，梧桐叶落，张望当年辛弃疾所来路径，远山茫茫，白云渺渺，似犹见其勇壮声容，只是不见其人了。心存目断，怀念想望，陆游吟起岳飞词《小重山》：

　　昨夜寒蛩不住鸣。惊回千里梦，已三更。起来
独自绕阶行。
　　人悄悄，帘外月胧明。
　　白首为功名。旧山松竹老，阻归程。欲将心事
付瑶琴。
　　知音少，弦断有谁听。

　　梧桐一叶，落而知秋。陆游经此次国势大变，身心俱创，
然其猛志常在，一以贯之。一天，他录写了七十岁时写的词
《诉衷情》，让孙儿元敏、元简、元用、元雅、元廷和曾孙
阿喜等一同诵读：

　　当年万里觅封侯，匹马戍梁州。关河梦断何处？
尘暗旧貂裘。
　　胡未灭，鬓先秋，泪空流。此身谁料，心在天山，
身老沧州。

　　他命幼孙元雅串讲，问十岁曾孙阿喜：“尔懂否？”阿
喜答道：“明白。”陆游复又问道：“我作《金错刀行》一诗，
尔能背诵否？”阿喜答道：“能。”陆游说道：“且试诵。”
阿喜随之诵读：

366

黄金错刀白玉装，夜穿窗扉出光芒。

丈夫五十功未立，提刀独立顾八荒。

京华结交尽奇士，意气相期共生死。

千年史册耻无名，一片丹心报天子。

尔来从军天汉滨，南山晓雪玉嶙峋。

呜呼！楚虽三户能亡秦，岂有堂堂中国空无人！

陆游笑容可掬，手抚床头长剑，对阿喜说道："好也！太爷爷的长剑要传给你。"

陆游捋髯，望窗外："堂堂中国，泱泱中华，国家兴亡，匹夫有责。江山一统，南北自是兄弟，国运绵长。"

他在《斯道》等诗中说"乾坤均一气，夷狄亦吾人""胡越本一家""清时更何事，处处是尧民"。

日依柴门望儿归

陆游教子，身教为范，言教谆谆，寓于日常，"父子茅檐下，清坐谈诗书"，既讲四书五经，又传承家风，"付与儿孙世世传"。行诸于笔墨，写诗为训。

陆游以诗教子，晚年尤多，《示儿子》《示儿》《示儿辈》《示子孙》，以及《示子虞》《示子修》《示子聿》等单示一儿及孙儿之诗，近百首。寓教于夜读、送行、思念、迎归等情境中，谆谆嘱咐，要勤于耕读，安于贫困，"畜豚种菜养父兄，此风乃可传百世"，"省事家风君看取，半饥半饱过残冬"。

他诗中说，读书是于书中拜见古今圣贤，结交廉能之士，效先人修身养性，免受贪腐与趋炎附势之风所害，他说"仁义本何常？蹈之则君子。"

他常讲："君子有守，不强求显达。"警示子孙："富贵苟求终近祸，汝曹切勿坠家风。""天爵古所尊，荣名无多占""果能成善人，便可老乡里"。他认为"但使乡里称善士，布衣未必愧公卿。"这可谓是金玉之言。他子孙读来，怎能不深思生命的意义、生存的价值，即使在乡里，也该亲民、爱民，做善士并非不如公卿。

他讲忠国、孝悌，要诚心实意。他七十五岁时，在《示儿子》一诗中写道："为农为士亦奚异，事国事亲惟不欺。"他常讲起范仲淹、王安石诸人，言道："修其心，治其身，而后可以为政于天下。"他教育儿孙，家国一体，以国为命，求得位而行其道，以利斯民，不唯文辞为能，他审诸己，亦如是。

他看到儿孙读书有得，听他们研讨治乱之理，他是"吾儿从旁议治乱，每使老子喜欲狂"。

他七十五岁致仕后，五子先后赴任地方低职文官，临行前，他必长谈竟夜，燃尽熏香，循循叮嘱。

二子子龙赴任吉州掾，是讼狱之吏。行前，他由此及彼，倾心纵谈，他说："身为讼狱之吏，百姓身家性命之所系，实为民心向背、社稷兴衰之大任。百姓盼公道，如望云霓。讲公道，申正义，不可畏大人言，所畏者，法也。不可徇私枉法，不可以情代法，不可轻信妄言，不可敷衍塞责。蛛丝马迹，雪泥鸿爪，真迹存焉。不平则鸣，必有隐情。兼听则明，偏听则暗，勿以个人好恶加之。百姓得公道，人心聚，国必兴焉。"

他向子龙详述先祖陆佃，在江宁知府任上，纠正冤案。有一案，原告控三人谋害其兄至死。经审，三人皆认罪，一一招供，似是无疑之案。然，一囚之父四次申诉，陆佃听其诉。通判狄咸与陆佃争曰："三人认罪，不当听其父辩解开脱。"陆佃问府中人，通判与胥吏等人为逃责蔽过，皆曰："其亲人恐其死罪，故而为其开脱罪责。此案无疑，不可改判。"陆佃要来案卷，夜读。他发现作案动机似是而非，事实不清，证据不足，案卷残损，疑点甚多。陆佃对通判和胥吏诸人说道："有错不纠，是害人，败坏官府之声，阴损个人之名；有错必纠，是为善人，冤者感恩，审者终生无愧，堂堂为人也。此案，实为悬疑之案，容我十日，必捕得真凶。"

陆佃按宋代案件重审程序，更换法官，重审验案，宋代称之为"差官别推"，彰显法律正义，是司法的一大进步。换人重审，验案，发现是错案，至第八日果然捕来真凶。原来这是欺兄盗嫂案，死者其弟怕事败露，害死其兄。所押三人与此案无关，是逼供成招，冤陷无辜。陆佃宣布三人无罪，即日开枷放人。冤情意外昭雪，三人伏地号啕大哭，连连稽首，叩地有声，言道："陆大人救我等之命，活三家之人！"百姓为冤者庆幸，得见青天。

陆游扬眉，击掌曰："力平冤狱，伸张正义，代代为范。"

他对子龙说："大宋为官，理讼为要务。要精读法典《宋刑统》，执法办案，以《宋刑统》为准绳，有罪求实，疑罪从无，无罪莫究。一案有错，不可；纠错，众声沸沸，听之不可；有验案之名，无深究之实，不可。循常甚易，改旧必难。弱民无助，唯靠良吏良法，尔当无愧先祖，心系苍生，遵律执法，战战兢兢，如履薄冰。每办一案，细思法理、事理、情理，不枉不纵，死者不恨，生者无怨，

再嘱，熟读《疑狱集》，查案情，重物证，莫轻信口供，尤戒先入为主，不可动刑逼供，不可"连坐"，不可株连，"罚，弗及子孙；赏，则可延于后世"。子龙诺诺。

陆游又言："政声人去后，民意闲谈间。"

他写诗一首送行，融汇了亲子之情、肺腑之言和殷殷期盼。他对子龙说："为官下属，职低权小，并非可辱之事，负于职守则为可耻。"

他嘱子龙，要清廉自守，"汝为吉州吏，但饮吉州水。一钱亦分明，谁能肆谗毁？"那时，他告诉子龙，他的好友周必大、杨万里等几人，致仕归故里，均在吉州，可去探望、交往，但切勿请托办事。事事请托，仰仗权贵，难自立，久之乃成钻营投机之徒，人格卑污，难立人前。"相从勉讲学，

事业在积累""男儿立身须自强"。

他对儿孙，亲情拳拳，亲子之情充盈于写给儿孙的诗篇中。想念远方为官的儿子，他是"临风怅远独伤心。"叮嘱常写信来，以慰望子之思："汝去三年归，我倘未即死。江中有鲤鱼，频寄书一纸。"甚而"夜窗剩欲挑灯语，日依柴门望汝归。"

几子读诗，内心欣然、惨然。自母去世十几年，老父衣食俱简，贫困相扰，衣破露肘，鞋破露趾，坦然无怨："衣穿听露肘，履破从见趾。出门虽被嘲，归舍却睡美。"遵父旨，四子皆忠于职守、体恤民生、公平待人、廉洁为公，在南宋腐败颓废的吏风中，正道直行。

陆游自审一生，深知从政不易，而今时移世易，为官难有为。晚年，他支持儿孙外出为吏，是迫于家贫，"人谁乐离别？家贫至于此。"他常对儿孙、曾孙们，讲孔子赞扬学生颜回甘于清贫，"贤哉回也！一箪食，一瓢饮，在陋巷，人不堪其忧，回也不改其乐。贤哉回也！"又对他们讲孔子的名言："用之则行，舍之则藏，唯我与尔有是夫。""道不行，乘桴浮于海，从我者其由与。"

他对子孙常言："君子固贫，安贫乐道""做贪官污吏易，做清官能吏难。贪官污吏头上有三尺剑，完身而退难矣；清官进亦安，退亦安，终身可得梦魂安。此是进亦有为，退亦有为，安贫乐道乃君子。若有为国建功立业之时，则当仁不让，舍我其谁与！"

贰拾伍

千古绝唱

陆游生于战乱，长于国难。少年日夜读书，暇时练剑。十六岁经历人生第一场风浪，三十四岁步入仕途，时居庙堂之高，常处江湖之远，数遭风浪，他体认"此身恰似弄潮儿，曾过了千重浪"。浪卷烟云远去，独有梅花犹香，可纾性情。行将走进生命尽头，陆游心存一念。

驿外断桥边

蜀地，广都龙华山上。

那夜，月明如洗。幽蓝的夜空下，山影幢幢。寺庙前梅花盛开，陆游徘徊月下，独观到中夜。次日晨，友人说他是"梅痴"，陆游笑而答道："然也，吾乃痴梅者也。"

他常写咏梅之作，有百余首。他寄情于梅花的高标逸韵，是自励，亦是自况、自信。他的《梅花绝句》，含蓄，沉静，意味深长，令人联想。他写幽谷梅花，是他内心独白：

幽谷那堪更北枝，年年自分着花迟。

高标逸韵君知否，正在层冰积雪时。

一日晨起，"闻道梅花坼（开放）晓风，雪堆遍满四山中"，他忽发奇想，"何方可化身千亿？一树梅花一放翁。"若如是，千亿陆游顶风冒雪，此呼彼应，该汇聚成何等的力量！抑或是企望浩然正气遍国中，一扫颓风？如许诗句，断非虚语，寓意深焉。

在小园与东篱，他手植梅十多种。孙儿问他何以喜梅，陆游说："喜梅者多矣，非独我一人，吾尤甚而已。喜梅者，喜其气节、操守，风骨、格调。"

他说："梅花高标独举，先天下而春，玉洁冰清，霜雪节操，素质贞心，不畏苦寒，竹篱茅舍、山泽水畔皆可生长。"

他告诉长孙，梅花历史久矣，三千年繁衍至今，品种三百许。生民得梅花装点家园，可观可赏，又得梅花之利，其根、茎、枝、花入食入药，治多病，有开郁解毒之效。入诗入画，清净高雅，"不要人夸颜色好，只留清气满乾坤。"

陆游说，其太爷陆佃，廉洁自守，有十余年常在外，补郡守缺，尝赋《梅花》诗云："与春不入都因淡，教雪难如只为香。"上句是说不随俗，自淡然，下句是说不争艳，独有香。人心如梅，格高；行如梅，文雅，家风存焉。

陆游每到一处，闲时必寻梅，寻梅如寻故人。

他向子孙讲起，成都西南，蜀王旧苑多梅，皆二百多年古木。他曾和几位友人去领略梅海奇观。他说，放眼而望，梅林漫山遍野，随山起伏，白梅如雪似玉，遥映蓝天。俯首近处，骨朵含笑，暗香浮动。有两树老梅，曲蟠如龙，谓之梅龙，花开独早，竟是极为罕见的六瓣花。他几人为探访这两株老梅，穿行梅林曲径之中，颇费周折，气喘吁吁。这时山上竟飘起雪花，疏疏落落，在阳光下闪耀五彩之光。待见老梅，苍老龙钟，新枝丛生直上，新奇，从不曾见，皆赞赏其老而弥坚、新枝勃发。他们伫立多时，似逢故人，不舍离去……

几个小孙与曾孙，促膝静听，心向往之，纷言"何日更重游？愿追随。"

陆游笑视众孙，谈兴愈浓，言道："旧苑之梅，千姿百态。江梅，萼红瓣白，枝挺直，刺满枝；垂枝梅，仿若垂柳，婀娜娉婷；还有绿萼梅、宫粉梅、朱砂红梅……"

陆游捋髯，又说，以梅曲、梅欹、梅疏为美，是观其姿，取其景，赏其态。然梅之美，是美在风霜雨雪造就的品格。

其孙元雅说道："有诗云：寻常一样窗前月，才有梅花便不同。"陆游笑而颔首，抚其头赞许。

陆游寄情于梅花，又以梅花寓志，自喻自励。曾有一次外出，住古驿站。一日，黄昏时候，毛毛细雨，他走出古驿站。驿吏拿伞说道："我陪陆公。"陆游婉谢："不碍事，沾衣不湿杏花雨，吹面不寒杨柳风，我自走走。"

驿站外，林木无边。古道旁，芳草碧连天。缘水行，两岸夹树，高低错落。银杏叶初绿，龙爪槐抽新芽，白玉兰含苞欲放，大榕树覆罩绿地，杨柳叶尖滴下水珠，<u>丛丛</u>青竹摇曳。

迤逦行来，陆游心舒意畅。又见紫藤串串，紫花下垂，树干盘旋向上，萝蔓缠绕。桂树枝新，梧桐叶茂，林气沁人。陆游时驻足，置身此中，林木芳草之境，几难得遇。

渐闻水流，陆游缓步循声。不意，断桥阻隔，桥下河水冲石叠波，哗然如诉，盈耳。

他驻足，听水，若闻琴弦。继而放目四顾，见林中有一树老梅，苍皮虬枝，高迈盘环，崎然挺立，下有古石嶙峋，落英散落。他伫立良久，有所思。回驿站，见瓶插梅花，几枝横斜，情犹未已，写下了《卜算子·咏梅》。他咏叹梅花的超凡脱俗，淡泊自守，虽在风雨中飘零凋落，而清香依然：

　　驿外断桥边，寂寞开无主。已是黄昏独自愁，更着风和雨。

　　无意苦争春，一任群芳妒。零落成泥碾作尘，只有香如故。

陆游这首词，是生命意义的真谛，节操的礼赞，陆游的内心独白。驿丞、驿吏俯身品读，驿丞微笑，拱手对陆游说道:"绝妙好辞,绝妙好辞,陆公可题壁上否?"宋代驿站房舍皆多,既接待来往官员,亦接待迎考的举人、秀才,设有白壁,专供写诗题词。陆游拱手,应驿丞,乘兴挥洒行草,俊逸流美,情意焕发。有客曰,见这诗,隐然若见陆游。

为念陆公,驿丞远近广植梅树,蔚然成林,人说"一树梅花一放翁"。

此后,人来驿站,走古道,临溪流,品题词,抄转传唱不绝。有道是:过往题词寻何处,陆公笔墨却如初。疏枝横斜古道边,但闻争说香如故。

但悲不见九州同

八十五岁,身体衰弱,出门日稀,乡邻关切。

秋季,一病又愈,乡邻皆喜,纷邀酒宴。他写道:"老人病愈乡闾喜,处处邀迎共献酬。"到冬日,再卧病榻,不思饮食,然其浩然之气犹壮:"饭囊酒瓮非吾事,只贮千言万壑秋。"枕边放着《论语》《诗经》《楚辞》和陶渊明的诗、杜甫的诗等,旁置《剑南诗稿》,每日偶翻阅。子布、子聿和孙儿守候榻侧。

一日,天朗气清,长空万里,室内顿时明亮起来。

陆游对孙儿元雅说道:"汝父可教你读过岳飞的《满江红》?"

元雅答道:"教过。"

陆游道："试诵。"

元雅诵读："怒发冲冠，凭栏处，潇潇雨歇……"

元雅诵毕，陆游双目炯炯有神，说道："这阕《满江红》，是岳飞首到鄂州所写。后，岳家军大战来犯金兵，岳飞上书，主张直捣中原，而高宗却令班师退守。岳飞退归鄂州，那一日，他登临黄鹤楼，俯瞰大江，极目北望，遥想故都和铁蹄下的百姓，又写了首《满江红·登黄鹤楼有感》，且听我诵来。"

他呷了口水，轻声吟诵：

遥望中原，苍烟外，许多城郭。想当年，花遮柳护，凤楼龙阁。万岁山前珠翠绕，蓬壶殿里笙歌作。到而今，铁骑满郊畿，风尘恶。

兵安在？膏锋锷。民安在？填沟壑。叹江山如故，千村寥落。何日请缨提锐旅，一鞭直渡清河洛。却归来，再续汉阳游，骑黄鹤。

陆游环顾子孙，重又吟诵："何日请缨提锐旅，一鞭直渡清河洛。却归来，再续汉阳游，骑黄鹤。"抑扬顿挫，铿锵激越，声传窗外。

子孙听陆游诵读，深知其意，曾孙传义说道："祖爷，岳飞尽忠报国，祖爷报国尽忠，我等自应请缨提锐旅，一鞭直渡清河洛，从头收拾旧山河，朝天阙！"

陆游面视儿孙们说道："男儿有志，以身报国，中国必兴！"

陆游终生以身许国，决心以生命为代价，在战场为统一而献身，遗憾的是"报国欲死无战场。"。前此，他重抄了十年前写的《陇头水》，留给儿孙：

陇头十月天雨霜，壮士夜挽绿沉枪。
卧闻陇水思故乡，三更起坐泪数行。
我语壮士勉自强，男儿堕地志四方。
裹尸马革固其常，岂若妇女不下堂。
生逢和亲最可伤，岁辇金帛输戎羌。
夜视太白收光芒，报国欲死无战场。

对未来的期盼与坚信，一直是支撑陆游的精神力量。虽然他写下了万首诗，文学成就超凡，但他并不以此满足，反倒以此为憾，他终生追求的最高理想虽未实现，但他仍然坚信"会有方来可与期"。他在《衰疾》一诗中写道：

衰疾支离负圣时，犹能采菊傍东篱。
捉襟见肘贫无敌，耸膊成山瘦可知。
百岁光阴半归酒，一生事业略存诗。
不妨举世无同志，会有方来可与期。

几日连阴，乌云漫天，风吹雨雪。冬雷阵阵，屋瓦震动，大地回声。一道闪电如利剑劈开长天乌云，瞬间照亮天地，倏忽又是无边的夜色。陆游难眠。榻侧子布凝视老父神态，想起老父年近古稀时的诗篇《十一月四日风雨大作》："僵卧孤村不自哀，尚思为国戍轮台。夜阑卧听风吹雨，铁马冰河入梦来。"

片刻，远方一阵闷雷"轰隆隆"滚过，震动四野。子布见陆游躬身欲起，轻声问道："老父可有心事？"只见陆游双目有光，说道："拿笔来……"子聿扶老父至案侧。子布研墨、润笔、铺纸，陆游写出"示儿"二字，稍停，凝思，挥毫写下：

死去元知万事空，但悲不见九州同。

王师北定中原日，家祭无忘告乃翁。

此时，他心中万事皆空，并非空空道人之空，而是"万事忘来尚忧国"，唯有一事放不下："但悲不见九州同"，他一生为之奋斗的恢复中原的理想未能实现，是他晚年唯一之悲。

一道人曾问他："陆公心可存念？"

陆游举掌，对曰："人间之念大矣！"

道人又问"何念？"

陆游手指北方，说道"王师北定中原，重整河山！"事后，他写诗《太息》相赠：

书生忠义与谁论，骨朽犹应此念存；

砥柱河流仙掌日，死前恨不见中原！

而今，他自知不久于人世，写《示儿》，是他人生写下的最后一首诗，是他唯一之念，是他对国家与民族忠贞不二精神，在生命最后的长啸悲歌；是他历经起起落落，不计个人得失，不作资身策，坚守初心，生死不渝，一生追求的最高理想，"从来耻作资身策，老去终怀报国心"。他始终坚信，总有一天，王师北定中原，重整山河。他给儿孙留下遗嘱，也是留给炎黄子孙的嘱托，留给中华民族的忠肝义胆，是对朝野的疾呼，对未来的坚信。全诗一气呵成，江河直下，悲壮沉痛，气贯长虹，后人誉为千古绝唱。明末清初文学家贺贻孙，读此诗，痛感"孤忠至性，可泣鬼神"！这诗中跳跃着一颗伟大的爱国之心和山河同在的民族之魂！

入夜，雪霁云散，几树梅花含苞，山野白雪皑皑。陆游的子孙传读此诗，无不心潮起伏。眼见老人渐入弥留之境，心情沉重。

自陆游病重，远近乡民，心怀不安，不闻丝竹之声，不闻人声喧哗。族人、邻里悄来探询，愁楚不语，吴兄抄走此诗，街闻巷知。村里名字带陆字的小儿，大者二十许，小者五六岁。他们来时，对陆游儿孙说道："爷爷曾救我，我为爷爷做甚？"亦有小童念道："王师北定中原日，家祭无忘告乃翁。"

半月后，腊月中，已是一二一〇初的一天。陆游气息渐微弱，手中的《剑南诗稿》滑落，家人掩泪痛哭。

陆游在无限的遗憾中溘然长逝，赍志而殁，享年八十六岁。大儿子虞、二儿子龙、三儿子修、四儿子坦，皆以丁忧归来，守孝。六儿子布、七儿子聿诸事早已料理停当。孙辈元礼、元简、元雅、元廷、元韶等十多人和曾孙传义、传敬、传曾等与玄孙天骐诸人也同守灵。白发、青丝、垂髫，四代，人嗣兴旺，瓜瓞绵绵。

遗恨留山河，悲雾绕西村。出殡之日，子孙、族人、乡邻相送，不绝于途。应姓等后生学子昨日一一赶来，哭灵，今日皆怀刚毅之气。吴兄、刘弟、李迪等，年虽衰迈，亦来相扶送殡。

吴兄肃立墓地，遥想陆游宦海沉浮，远走夔州，仗剑汉中，激扬文字，壮声诵读陆游《书愤》名句：

> 白发萧萧卧泽中，只凭天地鉴孤忠……
> 壮心未与年俱老，死去犹能作鬼雄。

应姓学子悼念："老去上九天，清气满乾坤。"

小雪疏疏洒洒，飘摇映日，四野寂静。陆游当年与家人东岭植树，早已林木参天，这日山风阵阵。

众人环顾三百里会稽山，八百里镜湖，群峰环合，流水

激荡，银杏香樟高耸，苍松翠柏挺立，鹰击长空，耳畔犹
闻——

死去元知万事空，但悲不见九州同。
王师北定中原日，家祭无忘告乃翁。

贰拾陆

中华高歌

陆游的生命融进了万里江山，他坚守的志向亘古相传。

他一生志在社稷，怀抱苍生，以天下为己任，是继屈原、杜甫之后，又一位伟大的爱国主义诗人。他阅尽千年风云史，抒写九州动地诗，是中国文学灿烂星空的一颗光芒四射的星座。

诗史高峰

陆游"六十年间万首诗"，是我国古往今来写诗数量最多的诗人。其经典诗篇，是我国诗史上的一座高峰。他的诗集《剑南诗稿》，书名郁勃之志存焉。其子子虡编选刊刻，共八十五卷，收入诗作九千多首。其中经典诗篇，雄奇豪放，沉郁苍凉，轻灵流利，三大特色交相辉映；铁马冰河雄关，杏花春雨江南，魅力无穷。

陆游诗词，诸体皆备，语言通俗，明白如话，在南宋当代，众誉有加，广为流传。同时代的诗人尤袤、朱熹、杨万里、范成大等人，给予崇高的评价。朱熹在答友人书中说："放翁之诗，读之爽然，近代唯此人为有诗人风致。"后世元、明、清至今，无不作为瑰宝视之。

明末清初，藏书家、出版家、评论家毛晋，他开设的全国著名书坊汲古阁，不惜投入家财，重金聘用名家校勘，首次刻印了《陆放翁全集》，包括《剑南诗稿》八十五卷，《渭南文集》五十卷（其中包括《入蜀集》六卷，词两卷），《老学庵笔记》十卷，《南唐书》十八卷，《家世旧闻》《斋居纪事》《放翁遗稿》《陆氏续集验方》等全部陆游著作。毛晋对陆游及其著作倾心推崇，呕心沥血，他在跋文中说："放翁富于文辞，诸体具备"。他说陆游的诗"篇什富以万计，今古无双。或评如怒猊抉石，渴骥奔泉；或评如翠岭明霞，碧溪出月，何足尽其胜概耶。"陆游作品得以行于世，毛晋厥功至伟。

清高宗弘历（乾隆）主编的《唐宋诗醇》，宋代只收陆游、苏轼两人，可见他对陆游的推崇。书中对陆游诗的评价客观、公正、到位："其感激悲愤，忠君爱国之诚，一寓于诗，酒酣耳热，跌宕淋漓。至于渔舟樵径，茶碗炉熏，或雨或晴，一草一木，莫不著为歌咏，以寄其意。"忠君爱国，在儒家思想中，具有同一性，深入人心，以此为最高境界。书中肯定了陆游的爱国之诚，说明了爱国主义思想，是中国人、是中华民族精神的灵魂。地不分南北，人不分老幼，族不分多寡，总是传承他的爱国主义精神，陶醉于他多彩多姿的诗词境界中，代代弘扬爱国主义思想，甘洒热血，守护美好的家园。

清代著名散文家姚鼐评说："放翁激发忠愤，横极才力，上法子美（杜甫字），下揽子瞻（苏轼字），才制既富，变境亦多。"清代著名文学家、诗人、评论家赵翼，纵览历代评论，综合分析比较，在其《瓯北诗话》中论道："宋诗以苏、陆为两大家，后人震于东坡之名，往往为苏胜于陆，而不知陆实胜苏也。""朝廷之上，无不以划疆守盟、息事宁人为上策，而放翁独以复仇雪耻，长篇短吟，寓其悲愤。"

政治家、思想家、史学家、文学家、评论家梁启超，在《读陆放翁集》诗中，高度评价陆游和陆游的诗："诗界千年靡靡风，兵魂销尽国魂空。集中什九从军乐，亘古男儿一放翁。"

清代以降，从姚鼐、赵翼到梁启超、柳亚子，有一百五十八位诗人、文学家写诗或著文，高度评价陆游和陆游的诗词，进一步彰显了陆游在人们心中的崇高地位和诗的生命力。

现代著名作家、教授朱自清在《爱国诗》一文中，评价陆游说："过去的诗人里，也许只有他才配称为爱国诗人。"当代著名文学史家朱东润等诸家认为，像陆游这样"几乎无时无日不沉浸在爱国主义海洋之中的作家，我们很难举出第二个。""这样的爱国诗人，在中国几千年诗史里，恐怕再也找不出第二位了。"

光耀万世

陆游的诗词，家国情怀炽烈，爱国主义精神沁透诗篇，浩气长存，融入时代。在 20 世纪初，诗人闻一多在美国留学时，研读陆游诗词，他说："诗人的主要天赋是'爱'，爱他的祖国，爱他的人民。"

周恩来总理自幼喜读陆游的诗词，少年时代曾步陆游《示儿》诗原韵，写《献翁》诗："战火洗劫万室空，吾侪争见九州同。华师尽扫列强日，捷报飞传告鳌翁。"抒发了他扫尽列强，九州统一的远大理想。这首和陆游原韵的诗，韵是同韵，更为突出的是，爱国思想一脉相承。周恩来总理一生敬仰崇尚屈原、杜甫、范仲淹、岳飞、陆游、辛弃疾、文天祥、林则徐等诗人的爱国思想，他也熟读了苏东坡，他认为："宋，陆游第一，不是苏东坡第一。陆游的爱国性很突出，陆游不是为个人而忧伤，他忧的是国家、民族，他是个有骨气的爱国诗人。"诚如周恩来总理所言，陆游是个有骨气的爱国诗人，他硬骨铮铮，坚定不移，百折不挠，不负初心。

陆游的诗词，是实现国家统一的高歌，也是人类文明史的一面镜子。人类从原始部落走来，跨越漫长的岁月，饱尝艰难困苦，历史变迁，攻守征战，经历一个又一个历史时期，形成当今的国家。中华民族五千多年交流互鉴，如今是五十六个民族的亲如兄弟的大家庭，陆游在中华大地家喻户晓。陆游在《斯道》等诗中写道："乾坤均一气，夷狄亦吾人""胡越本一家""清时更何事，处处是尧民"。陆游认为中华民族本是一家人，他反对的是金统治者生乱分裂。他预言"清时更何事，处处是尧民。"这是高瞻远瞩的洞穿历史之见，包容九州的胸怀！

长江黄河奔流祖国大地，陆游《示儿》一诗激励中华民族子孙。自南宋后，识字少年，必学陆游诗。每有强敌入侵，陆游的诗便是国人心中的鼓角，唤起共赴国难。进入20世纪，陆游的诗词历来是我国大中小学语文教材的重要内容。凡讲起陆游，从北方到南方，从东南到西北，从港澳到台湾，乃至海外华侨，都会自然流利地背诵陆游的《示儿》等诗。在抗日战争时期，陆游的爱国诗篇，尤受推崇。广大爱国政要、将领、士兵和民众，以他的《示儿》诗自励，振长缨，斗顽敌，誓死不做亡国奴。"王师北定中原日"化为夺取抗日战争胜利的诗语表达，深入人心。

生长在这片土地上，爱祖国是我们的天职。爱国主义是我们民族的灵魂。纵观中华文化史，拥有家国情怀的作品，最能感召中华儿女团结奋斗。陆游与诸位爱国诗人的经典之作，跨越时空，代代相传，是中国精神的交响曲。陆游的《示儿》等经典诗篇，是古典诗词中的一面大旗，是中华民族坚持统一，维护国家主权与领土完整的诗化语言，是神州大地心灵的共鸣。"壮心埋不朽，千载犹可作"，这是中华民族自立于世界民族之林的志气、骨气、底气。陆游的诗词作品，留给当代文艺创作的启迪与思考也是深刻的、长远的，悠悠无尽时。

二〇一八年九月初稿

二〇二四年七月修订

沈园伤往事　终老犹断魂

——陆游《钗头凤》的和者是谁？

绍兴，曾是古越国首都，秦时称山阴。城内外河道纵横，家家临水，户户行船，波光入户，杨柳依依。这山阴还以园林之盛，闻名江南。盛极时，有私家园林二百多处。按当时习俗，每逢三月春来，家家园林皆向社会开放，供人游憩。几经沧桑，大多园林已消失在历史的烟云里，存者寥寥，沈园却仍保留至今，全赖陆游在园内粉壁题下《钗头凤》一词，使沈园成为人们崇仰的一座爱情世界的神圣殿堂，旅游观光的一个好去处。

我初知沈园，是在大学读书时。那时老师讲沈园的题壁词《钗头凤》，听来这是一首境界凄美的好词。约在一九六一年冬，长春电影制片厂演员话剧团在全国巡回演出《钗头凤》，红遍大江南北。在哈尔滨演出时，同学们看后反应强烈，有的同学说，何时能到沈园一游呢？话是这样说，同学心里明白，这只是说说而已，远游沈园谈何容易？

转眼二十多年过去了。一九八三年六月，全国新闻记者团到浙江省采访轻纺工业发展的经验。在绍兴，一天午饭后，我同几个人相约去看沈园，却吃了闭门羹。只见破旧的两扇园门上链上了一条铁链，中间一个大铁锁锈迹斑斑。透过门缝向里望，衰草遍地，残垣断壁，景象衰败。几人怅然而归，大失所望。

十七年后，二〇〇〇年四月，我和几位朋友到绍兴，又去沈园，景色大变，园中亭台水榭修葺一新，桃李争荣，垂柳拂烟。陆游题诗的粉壁墙前，人头攒动，有人在抄词，有人在默念，有人在拍照，人们沉浸在《钗头凤》这首词的情境里。

又过五年，二〇〇五年四月，我同浙江省人大教科文卫委员会主任杨文英、副主任陈培德等同志去西湖，不知哪位友人提起了沈园，有人竟兴致勃勃地背诵起了《钗头凤》来。及至去沈园，一位同行者抄录全词，行在林中小路上边走边吟，如醉如痴。不消说这词的魅力足以撩动人的情怀，引人遐思。归来后，我开始研读陆游的身世和诗词。这期间，对于陆游的《钗头凤》与和词的一些争议，也有了别于往昔的认识，这可算作是意外所得吧。

一、两情难相依，谁和《钗头凤》？

陆游生于一一二五年，正是金兵开始南下的战乱岁月。他二十一岁时娶妻，伉俪相得，琴瑟和谐，其乐融融。怎奈其妻难得母意，数遭遣之，陆游无奈，但"未忍绝之，则为别馆，时时往之"。后为其母发现，遂至仳离，泪洒青衫，两情远隔，然昔日恩爱，萦怀不忘。这是两人的婚姻悲剧，在他们的感情世界里，留下了终生不可磨灭的创伤和痛苦，恰如"孔雀东南飞""举手常劳劳，二情同依依"。后来，其妻另嫁文士赵士程，陆游娶王氏。

陆游三十一岁时，春游沈园，与赵士程夫妇不期而遇。其前妻语赵，赵遣仆人给陆游送来酒肴，以尽礼节。有文章称，是其前妻亲送，实为违时违礼之想象，不足采信。

意外相逢，近在咫尺，远在天涯，往事如昨，触绪难抑。待赵氏夫妇离去，陆游心中沉寂多年的感情潮水，奔流翻腾，他面向粉壁，挥笔写下了千古绝唱《钗头凤》，以抒长恨：

红酥手，黄縢酒，满城春色宫墙柳。东风恶，欢情薄，一怀愁绪，几年离索，错、错、错。
春如旧，人空瘦，泪痕红浥鲛绡透。桃花落，闲池阁，山盟虽在，锦书难托，莫、莫、莫。

这首词状物写情，委婉缠绵，陆游把他怀有百年之期却一朝被迫离异的痛苦，和"山盟虽在，锦书难托"的一腔忧思与愤慨，挥洒壁间。这沈园一见，即成永诀。一时之作，留下终生之悲。

据传，陆游前妻在辗转相传中，读到这首词，百感交集，写和词：

　　　　世情薄，人情恶，雨送黄昏花易落。晓风干，
泪痕残，欲笺心事，独语斜栏，难、难、难。
　　　　人成各，今非昨，病魂常似秋千索。角声寒，
夜阑珊，怕人寻问，咽泪装欢，瞒、瞒、瞒。

　　如果说陆游原词，以爱、恨、悔交织的心情，展现了凄怆酸楚的内心世界，这首和词则是无可奈何、独言独语的自白，自怨自弃的倾诉。这两首词，熨帖吻合，语言纤丽却又深沉，各说各话情却专一。才思纷呈，幽怨绵绵，堪称珠联璧合，千古绝唱。据言，沈园邂逅几年后，多愁善感的陆游前妻郁郁而亡。

　　不过，令人遗憾的是，这首和词断非陆游前妻所作。试想，在程朱理学占统治地位的世风中，她怎能违背"三纲五常"，心怀故夫，密意通情，不遵妇道？她作为再嫁之人，若写这等情词，恐为家庭难容、众人所指。她也绝不会以唱和之词，搅动满城风雨，自毁名节。她也不能不顾及后夫赵士程，否则后夫赵士程情何以堪？

　　倘若仔细推敲原词，足以认定这是他人假托之作。词中写道："欲笺心事，独语斜栏，难、难、难。"再如："角声寒，夜阑珊，怕人寻问，咽泪装欢，瞒、瞒、瞒。"既然是欲笺心事而不能，只能"独语斜栏"，发出"难、难、难"的慨叹，

她怎能又赋词唱和？而下半阕写"怕人寻问"，不得不"咽泪装欢"，为的是"瞒、瞒、瞒"，这明明是第三人设身处地，状其心境，写其心思，述其满腹哀婉、难言之苦。这第三人的文笔词采实为超群，令人叹服。

再者，所传的陆游前妻的和词，从未在宋代和元代人的著作中出现，它最早出现在明代人所著的《古今词统》中，并没有署名。明代与南宋陆游逝世相去二百来年，如是其前妻所作，宋代时便应有记载，绝不至于二百年后突然出现，却又无任何证据。何况在陆游离异后五十多年所写的全部诗、词和文中，从未提及有这么一首词。如有，陆游总会留下只言片语，这也足以说明所谓唐婉的和词确系他人的假托之作。

再说"唐婉"。唯在宋末元初周密所著的《齐东野语》中，称陆游"初娶唐氏"，但未言其名。在清末和20世纪五六十年代有人指陆游前妻是"唐婉"，这种离陆游八百多年后的指认，更是查无实据，是猎奇的臆测。现当代学者、红学家俞平伯等多人，认为所谓"唐婉"答词《钗头凤》是虚拟假托之作。这是可信的求是之论。郭沫若说："和词韵调不甚谐，或许是好事者所托。"言辞委婉，却也道出了他的认定。

这首和词的作者，实为无从考据的"无名氏"。这并无损这首词的文学性与经典性，流传至今的一些无名氏作品，并不因其作者不详而减弱人们对其作品的喜爱与推崇，它们同样是我国文学宝库里的瑰宝。

近百年来，以《钗头凤》为题材编创的戏剧、电影、电视剧等断续出演。出自二度文艺创作规律，想象与虚构必不可少。剧中陆游前妻为谁，是"唐婉""李婉"，还是"周婉""王婉"，已经不重要了。我们不必拘泥于史实，求全责备，只要演绎出动人的剧情便好，那不是学术著作。

二、诗证旧题壁，异说事茫茫

陆游的《钗头凤》流播于世，在南宋末年和元、明四百多年，无人质疑。清朝以来，吴骞、许昂霄、关衡照和当代夏承焘等学者，竟然揣度、推测《钗头凤》可能是陆游四十九岁后入蜀所作，而且是"属意他人"，似是艺伎杨氏。笔者查阅、比较有关资料，对此不敢认同。解开这个扣子并不难，细读陆游的诗词原文本即可。有什么比陆游原文本更可信的呢？况且陆游在晚年的诗、文中写得清清楚楚，何必舍陆文之真，去揣度、推测、穿凿，而愈发扑朔迷离，难以自圆其说呢？

研读陆游晚年的诗词，可以窥见陆游在力主抗金、收复河山、亲赴前线的艰难困苦中，虽然远离家乡，但他对前妻的深情，对婚姻悲剧的痛惜，始终不能释怀，正如李后主的名句"离恨恰如春草，更行更远还生"，只是陆游深埋心底罢了。他一旦老而还归故乡，当年的记忆和现实的痛楚便流入笔端。他多次忆及沈园题词，具体而微，真实可信。

陆游六十五岁又被罢官后，回到山阴鉴湖三山家中。六十八岁那年，他去沈园，触景伤怀，情不自禁，吟诗一首。他在序言中写道："禹迹寺南有沈氏小园。四十年前，尝题小词一阕壁间。偶复一到，而园已三易其主，读之怅然。"小园易主，故人早亡，他已垂垂老矣，百感交集。他在诗中写道："林亭感旧空回首，泉路凭谁说断肠？坏壁醉题尘漠漠，断之幽梦事茫茫。"

一一九九年，陆游七十五岁，贫困、多病。他又去沈园后，写了《沈园》两首。

其一，在斜阳和凄厉的画角声中，他思往事，忆旧游：

城上斜阳画角哀，沈园非复旧池台，
伤心桥下春波绿，曾是惊鸿照影来。

其二，回首四十年，柳树已老，不见绵绵柳絮，联想自身年高，体衰多病，行将作土，犹来凭吊，潸然泪下：

梦断香消四十年，沈园柳老不吹绵，
此身行作稽山土，犹吊遗踪一泫然。

陆游进入耄耋之年，步履维艰，自不能再去沈园，但他"晚岁每入城，必登寺眺望，不能胜情"。

陆游八十三岁时，曾夜梦重游沈园，醒来慨叹唏嘘，写出两首七绝。

其一：

> 路尽城南已怕行，沈家园里更伤情，
> 香穿客衫梅花在，绿蘸寺桥春水生。

其二：

> 城南小陌又逢春，只见梅花不见人，
> 玉骨久成泉下土，墨痕犹锁壁间尘。

陆游当年题壁《钗头凤》，既要抒发对前妻之情，又免得为前妻招惹麻烦，故而当时没有署名。因这词写得好，"观者多疑是古人"，所以陆游八十四岁在《禹寺》中写道："绍兴年上曾题壁，观者多疑是古人。"然而陆游是山阴的名门望族之后，人们又称其为"小李白"，他的笔迹终为人们所识。陆游同时代人陈鹄的《耆旧续闻》、刘克庄的《后村诗话》，宋末元初人周密的《齐东野语》中都有陆游题壁词《钗头凤》和本事的记载。

笔者梳理，所引陆游原作，已构成完整的证据链。足以证明，陆游的《钗头凤》是写于沈园，寄情于前妻，断非四十九岁后入蜀所作，亦非"属意他人"。

陆游对抗金是刚肠侠骨，令人敬仰；他对前妻柔情似水，使人叹惋。倘若我们重读清朝诗人文廷式的名句："重叠泪痕缄锦字，人生只有情难死"，也许对陆游的《钗头凤》会有新的了解。不过这只是陆游心灵世界的一个角落。陆游的近万首诗中的老而弥坚的爱国之情和爱民之情，则是时代的民众的最强音，是他一生的血泪呼喊。

二〇一三年七月初稿
二〇二三年六月定稿

铁铸佞臣跪湖山

在杭州西子湖畔，栖霞岭下，岳飞墓前铁栅栏内，有铁铸秦桧夫妇和万俟卨、张俊四人像，皆反剪双手，赤身跪地。楹联"青山有幸埋忠骨，白铁无辜铸佞臣"，书写的便是由此触发的忠奸之叹，句中凝结着对伟大的爱国主义者岳飞的无限崇敬之情，对秦桧之辈的无情鞭挞之恨。

秦桧夫妇铁铸像跪于岳飞墓前，史载始于明朝正德年间（一五一三年），是浙江都指史李隆用铜铸成，陆续被游人乱石痛击而碎，后又重铸。及至万历年间，秦桧等四人铁铸跪像竟被游人打得"四首齐落，而下首为游人所击，止露肩背"。秦桧生前作恶多端，后世一直被千夫所指、万人唾骂，这是历史的必然，是世道人心。

屈指算来，秦桧夫妇在岳飞墓前已经跪了四百九十三年。让秦桧跪着，是那个时代的产物，是历史、是事实，是中华民族道德法庭对他的审判，反映了中华民族传统荣辱观的历史特点。可是，在秦桧被钉上历史的耻辱柱八百多年后的今天，竟有人让秦桧站起来，为秦桧夫妇雕塑了立像，并堂而皇之地送去参加了艺术展，一时舆论哗然，可谓是"惊世之作"，不过最终作者迫于民意，没展几天便匆匆撤回去了。据说，作者让秦桧站起来，是为了体现"民主""人权"之类的理念。"民主""人权"当然是很美好的东西了，在西方中世纪的漫漫长夜里，处处没"民主"，无人讲"人权"。为了体现今天的"民主""人权"，在艺术作品中让罗马帝国的奴隶穿上西服革履，住进摩天大楼行吗？让中国封建王朝的王公大臣上朝时不再下跪，而与皇帝握手互道早安，然后围坐在圆桌旁，喝着可乐，在麦克风前讨论朝政，行吗？倘若如此表现，既不是"正说"，也不是"戏说"，而是胡说。

人民唾弃秦桧，是因为他与党羽和宋高宗联手，杀害了岳飞，制造了"千古奇冤"；是因为他受命于金，卧底于南宋，"以诬陷善类为功"，把"忠臣良将诛除略尽"，冤狱遍于国中；是因为他擅权朝政，卖官鬻爵，所收黄金白银等富可敌国，可与清朝巨贪和珅相比。翻查史籍，秦桧之罪"罄南山之竹书罪无穷，决东海之水流恶难尽"。事实上，在人民的心目中，秦桧一直是出卖国家和民族利益的历史罪人的象征、奸相的典型。让秦桧跪在岳飞墓前，作为一面镜子，使人们辨忠奸，分善恶，明荣辱，是生动形象内涵深刻的以热爱祖国为荣，以危害祖国为耻的历史教材。

让秦桧站起来的塑像，客观效果是混淆荣辱界限，颠覆是非之别，其变恶为善的倾向令人忧虑，这样的作品公之于世，只能造成人们对历史人物认知的迷乱，联想时下否定英雄、美化丑类的文艺话语，在影视、网络、报刊、图书中并不罕见，不能不让人深思。有的作品，偏离确凿的历史文献与物证，在"重新评价""全新视角"的语境中，以个人偏执之见"重现"历史人物。在这类作品中，以身报国者谋国缺少远见，对敌全无大略，汲汲于一时的得失，遗患无穷；而卖国求荣者，则是忧国忧民，忍辱负重，宏图大略，劳苦功高，功及后世。还有，提及英雄人物，总是求全责备，似乎如此才可与西方接轨，其实"人无完人"谁人不知？提及卖国丑类和汉奸之流，挖空心思为其贴金，意在以一俊遮百丑，甚而拼凑专文，发出洋洋大论："秦桧也有冤情""秦桧有旷世奇功"。凡此种种，历史被个人偏见歪曲，优劣被负面标准混淆，荣辱被另类倾向颠倒。如此这般，民众是不接受的。有人投书报端，发出"我们应当学习谁"的慨叹，也是如鲠在喉，不吐不快。对青少年来说，则弊莫大焉。古人云："不知荣辱，乃不成人。"假若这类作品多起来，青少年从小不辨荣辱，长大时怎能为国为民？时下国际风云变幻，波诡云谲，先贤之言"欲灭其国，必绝其史"，可铭之于心。

好在历史是人民写的。秦桧夫妇等四人在岳飞墓前跪了四百九十三年，还是继续跪下去吧，这不是谁人感情的宣泄，而是今人在道德法庭上，对秦桧继续跪下去的又一次判决。

至于以"重新评价""全新视角"为招牌的欺世之作，也是立不起来的，秦桧站起来的雕像招来全国一片反对声，不就是明证吗？

二〇〇五年十月

秦姓何必愧姓秦

传说，宋朝以后，有个杭州抚台姓秦，有一天他到岳飞墓前，看到秦桧夫妇的跪像，深受触动，百感交集，当即写了一副对联，他写道："人从宋后少名桧，我到墓前愧姓秦。"

宋朝以后，人们皆因秦桧为丑类，极少有人再以桧字为名，这是事实。不过只因姓秦，到岳飞墓前"愧姓秦"，倒是多余的了。

中国的姓氏，起源于四千多年前，眼下据说中国已有四千一百多个姓氏，台湾学者王素纯编著的《中国姓府》收进的姓氏竟达七千七百多个，其繁衍变化十分复杂。许多同姓相见，常说"我们五百年前是一家"，其实许多同姓，自古以来就不是一家，秦姓也非一家。中国的同一姓氏，往往有多个来源，祖先远不是一脉相承，子孙也不是同一血统，故而同姓不同宗者比比皆是。

有部分姓氏，是承蒙"皇恩浩荡"，由皇帝所赐。部分李姓，便是唐朝开国后，为表彰十六位开国元勋，彰显皇帝的信任，赐他们姓李，于是这批元勋从此再也不姓"张、王、赵、刘"了，而是三呼万岁，谢主隆恩，放弃祖姓而改姓李了。

在漫长的封建社会，还有因避祸、避讳、避事等诸多原因改姓的。岳飞后代为逃避奸臣迫害，亦有改姓者，远走他乡。他们的后代生活在安徽、辽宁两省。京剧《四郎探母》里，杨四郎被"番邦"招为驸马而改姓，也是一个故事化的改姓个案。

说秦姓不是一家，是他们并非一祖之后，而是分别源于古代的姬姓、嬴姓。至于杭州秦姓抚台是出自哪个秦姓，无从查考。他是不是秦桧后人，也无从说起。倘若他即便是秦桧后人，依愚之见，也不必"愧姓秦"。这秦姓本是从祖先延续而来，并不属于秦桧的专利，况且祖先也不可选择。根据人类遗传学原理，爱不爱国、有没有正确的世界观、人生观、价值观、道德观，那是与遗传毫无关系的，遗传因子染色体里没有这些高妙的东西。一个人有什么样的思想道德，有什么样的品格，有什么样的文化知识，来源于后天的教育和自己的人生经历与实践。

单说秦姓，在秦桧之前，秦姓没有叛徒、内奸，倒有许多良将鸿儒，如秦冉是孔子的名徒，大学问家；秦开是战国时代燕国的大将军。秦桧之后，秦姓也是英才辈出。秦桧的曾孙秦距，便是其中一位。宋宁宗时，嘉定十年（一二一七年），金兵南犯，老将军赵放力荐秦钜可当抗金大任，却遭到不识秦钜的大臣反对。为什么呢？他们认为秦钜是逆贼秦桧的曾孙，"其祖恶贯天下，万世唾之，不能用其后人"。老将军赵放不顾同僚们的反对，力排争议，他驳斥道："人各有心，心心各异。既不能以其祖而制其后，也不应以其人而制其亲。"老将军侃侃而谈。事实证明，老将军说得不错，他很有眼力。秦距在金兵围蕲州时，任蕲州通判，与郡守李诚之协力捍御，求救于武昌、安庆支援，月余，兵不至，策应兵将徐挥等竟弃城而逃。城破，秦距与李诚之拒不投降，各依随身之兵与金兵进行惨烈的巷战，死伤殆尽。秦钜急归署衙，疾呼吏人焚火烧仓，不能留给金兵。随即入室自焚。一老卒见烟焰中着白色战袍者是秦钜，冒火挽出，秦钜怒喊："我为国死，汝辈可自求生！"掣衣就焚。全家七口宁死不屈，投火而亡，以身殉国，谱写了一曲民族正气歌，气壮山河。而后，历代至当代，秦姓英才彪炳史册者多矣。

由此看来，这姓氏只是一个符号，说明不了什么，更不能说明一个人是怎样的一个人。以姓氏为愧，没有必要；以姓氏为荣又如何呢？其实那也是多余的。清皇族后裔、书法家启功先生在《启功口述历史》中，回忆其族爱新氏如何变为爱新觉罗氏后，说道："现在很多爱新氏夸耀自己的姓氏，也希望别人称其为爱新觉罗。别人这样称他，觉得是对他的一种恭维。这实际很无聊。"

本来现代秦姓与秦桧并无任何干系，与岳飞后人的区别也只是姓氏不同而已，可是偏偏有秦姓后人却要和秦桧挂钩，还要与岳姓补续某种情结。据报载，有个"秦家庄"，"秦家庄"有位秦先生，似是族长级。这位秦先生说，有本族人提议要与几千里外的"岳家庄"人会面，那理由无非是一个村是秦桧的后代，另一个村是岳飞的后代吧。这位先生说会不会面，还得"研究研究"。这"研究"中有什么奥妙呢？是化解祖先的恩怨，还是表现秦姓与岳姓的大团结？还是别有深意存焉？不过窃以为用启功先生的话说，这是很无聊的事情。秦姓与岳姓相见，与张三与李四相见，在今天是没有什么不同的。历史上一些姓氏的先人曾有过种种过节，但对今日这些姓氏的后人来说都毫不相干，祖先的事与你何干？五百年前你在哪里？一千年前你在哪里？

还有好事者说，宋朝以后，秦姓与岳姓不通婚。这倒未必是事实。现代时兴人口普查，谁听说搞过秦姓与岳姓是否通婚的普查？秦姓与岳姓不通婚，证据是不足的。好事者不必为这个题目费脑筋，因为这个题目本身也很无聊。如果今天有秦姓与岳姓男女青年结婚，说明什么问题？只能说明两个青年相爱而已，其他是什么也说明不了的，不是吗？

秦姓、岳姓和张、王、李、赵、刘等诸姓人氏，以姓氏为荣为愧，或借题拿先人说事，窃以为那都是"世上本无事，庸人自扰之"，何必呢。

二〇〇五年十一月

创作《陆游——铁马冰河入梦来》的思考

　　研读历史文献，写作这部作品，笔者对南宋的历史有了较深入的认知。南宋，是陆游生活的时代，是陆游行动的历史大背景。要写出陆游的历史真实性，写出真实的南宋是前置条件。南宋。那是半壁江山，却又完全承继了北宋的基因和血脉；那是经济和文化又一个发展的朝代，却又是危机四伏的岁月；那是众望恢复的时期，却又是腐败漫延的阶段；那是奢靡享乐之风浸润城镇的日子，却又是农民贫穷的历史。笔者尝试拨开历史的烟云，和读者同寻南宋全貌，摆脱碎片化印象。笔者认为，唯其如此，方能认识真实的陆游。

　　陆游生于战乱，死于忧患。他心怀社稷，怀抱苍生。一生曲折坎坷，久历磨难，屡遭挫折，愈挫愈坚，令人慨叹、崇敬。陆游的浩然之气、执着与坚强，是无与伦比的！他忧国忧民，是对儒家思想精髓的继承。他官居四品，致仕后，牵着毛驴，走在乡间的小路上，为乡民送医送药，不取分文，一颗济世之心，动人情怀。

　　他晚年，在农村度过。"身杂老农间"，参与农事，"扶衰业耕桑"，春雨锄瓜、夜半饭牛、饲养鸡豚、割草拾粪、舟中卸粮，交往乡民，写诗尤勤，超乎常人。他以诗词吟咏每天的生活，栖居在诗意的世界里。诗就是他的日记，他的日记就是诗。

他的诗风，从他到南郑前线后，便摆脱了江西诗派的影响，渐而创出了自己的风格和特色。如他的七律，历来被诗人与评家赞赏，称是继杜甫之后的又一座高峰，不变的是他的一颗赤子之心，始终跳动在报国与爱民的情境中。

陆游的传记在二十四史《宋史》中只有一千余字，文字少之又少。笔者为写好陆游的传记文学，阅读了大量历史文献，分析、对比、深入研究，抽丝剥茧，然后才是构思、提炼、布局，进行创作。"读十尺厚的书，写半寸厚文章"，并非易事。很欣慰自己终于拿出这部作品。自我审视拙作，仍有语不尽言之憾。

细思来，用文学笔法写历史人物，原本很难。读司马迁的《史记》，我们为之倾倒。他笔下的人物刻画深刻而又真实，语言精练而又栩栩如生，思想深邃而又充满感情，人物音容笑貌，跃然纸上，恍然眼可见耳可闻，经久不忘。几年后再读，比初读还有魅力，历久弥新，确如鲁迅所言，是"史家之绝唱，无韵之离骚"。它给我们诸多启迪，可思考、学习，而实难达其境，如：历史叙事如何与文学表达水乳交融？这是写历史人物传记文学成败之所在，这需要高超的文字驾驭能力和文学表现力。司马迁笔下，本纪、世家、列传中每一篇，史证确凿，大事不虚，而其中的细节描写、人物对话，有传说，有合理的想象、逻辑的推断，这是《史记》的艺术魅力，文学构思的独创。仰望司马迁的《史记》，遥不可及，临渊羡鱼不如退而结网，然驽马十驾也难得其万一。

陆游的一生笼罩着浓烈的悲剧色彩。他深思高举，廉洁清忠，一生反对生乱分裂，追求中国的统一和富强，一直为他的中国梦而顽强奋斗，慷慨高歌，悲壮激烈。可惜，在南宋，他只能抱憾终生！

遥望陆游的背影，且不该以成败论英雄，却应从心志、气节、风骨看情怀。他作为爱国者，不是失败者，而是胜利者，是一个伟大的爱国主义者，他走在了那个时代的前面；作为诗人，他不是循规蹈矩者，而是爱国诗词写作的创新者、独树一帜的农家诗创作的开山者；作为文人，他不是数典忘祖者，而是中华优秀传统文化的传承者，他关注民生、讲仁爱、崇正义、尚和合，他的诗作是精神世界的一座高峰，是阳光、春水，具有超越历史时空的思想文化价值。他高扬的爱国主义精神，代代相传，与山河同在，与日月同辉。他是中华民族精神的守护者，是中华儿女心中一座耸入云天的丰碑。"天地英雄气，千秋尚凛然"。

笔者请读者走近陆游，亦是意从陆游身上，多角度体验中华优秀传统文化。笔者创作设想，书中既要有文学欣赏，又要有理性思考；既要有形象的塑造、细节描写，又要有历史的全面叙说，不走简单化、表层化、扁平化或是概念化的捷径，而是走进历史深处，从陆游和他友人、先贤的民族精神、家国情怀、高风亮节、经典诗词，吮吸天地正气，接受甘霖洗礼，汲取中华优秀传统文化的丰富营养。

语言的综合表现形式是文学，文学运用语言来表现。对于语言的运用，笔者斗胆尝试，以白话为主，间融文言，融入有生命力、有生气、晓畅易懂的文言。笔者认为，写历史人物，让人物全说当代语言，读起来总觉不对味，似是失真，有损人物形象的描绘，且冲淡历史感。如若全部用文言，又与今日读者距离遥远，不免陈旧，甚至陈腐、僵化。间融文言，是易懂的浅近文言，与白话融合，似可闻古之乡土之音，营造语言环境的历史氛围，体会历史情境，这又是当代人在叙说，有益于引发读者阅读的兴趣。诚如人言，浅近文言，精练、简约，含蓄、内敛，优雅、写意，用好会增加文采，并强化行文的诗意与节奏感，或许对增益社会的语言修养亦有所补。

笔者领悟，古汉语作为祖先的语言，是当代语言的母体和营养，是中华优秀传统文化之根，当吸取其精华，古为今用，创造性转化，创新性活用，故而笔者在行文中也偶用经典文献原句，即有此意。读经典古文，文气扑面，情韵入怀，朗朗上口，浮想联翩。仅在一些句子中夹带之乎者也之类，或夹带先人早已弃用的生僻字，大家说读这类文字，有饭里沙子硌牙的感觉，败坏阅读兴致，不堪卒读。笔者主张自然、顺畅，与白话融为一体，增强作品语言的诗性与色彩，便于阅读、理解、记忆、传播，切勿铺排卖弄、堆砌辞藻、故作高深。笔者心意，念兹在兹，却无复古之意，效果如何，尚待读者检验。不过，写今人的作品，我觉得不宜用文言叙事与论说，否则那将淹没时代气息，似孔乙己讲说，酸腐厌人，与时代格格不入，拉远与读者距离，犹如隔世，也有东施效颦之嫌，可为鉴戒。

我国古典文学，集中华文化之大成，博大精深，是思想理念、人文精神、道德规范的宝库，是精美语言文字的锦绣园林，是民族美学的长河，是我们文化繁荣兴盛，取之不尽、用之不竭的源头之水。身为中国人，自然要有中国文化的主体意识，这与吸纳世界文化精华相辅相成，并不矛盾。珍视中华宝贵遗产，自应漫步历史典籍的园林，博学之，审视之，辨思之，笃行之。年轻人即使对中华优秀传统文化不甚了解，不须苛责，孺子可教，来日方长。而对中华历史和文化的虚无主义，却万万不可苟同。纵观世界各国，从来都在讲本国的历史，都在讲本国的文化，都在讲本国的英雄，都以自己祖国为荣。他们那矗立街头、公园，无处不在的塑像、纪念碑，那历史纪念馆、博物馆、科技展览馆，还有学生课本，大量的课外读物、文学艺术作品，都在讲述他们的历史、文化和英雄，他们的爱国教育是终生的，从摇篮到轮椅。我们中国有悠久的历史、光辉灿烂的文化，仁人、志士、英雄辈出，为人类社会、世界发展，贡献了智慧和力量。这是中华民族的光荣、国家的光荣。我们中华儿女热爱自己的国家，也爱世界人民，不落人后，这是我们的天职。"欲灭其族，必绝其史"，对断根灭族的"去中国化""去历史化""去英雄化"等虚无主义，断不可迷思忘祖，断不可掉以轻心，断不可等闲视之。

中华经典诗词，是中国独有的民族精美文学样式，在世界独树一帜，世界没有哪个民族有中国这样源远流长、体式完备、内容丰富多彩的古典诗词。它是中华民族丰富的情感历史，中华形象化的文化史、文学史和思想史，是我们童年的乳汁，成人的师友，老人的陪伴。它贯穿古今，镌刻在我们一代又一代人心里，不分老幼，终身受益。

有一年在上海，我看到一个五岁的小男孩，面对树林高声背诵道："白日依山尽，黄河入海流。欲穷千里目，更上一层楼！"他在背诵时，一会儿张开两只小臂，一会儿向天空伸出一只小胳膊。还有一次，在黄河上游，几个儿童面向滔滔河水，高声背诵此诗，听来情意悠远。儿童和少年读诗词，如承甘霖，点点滴滴在心头，融入血脉，内化为感情、心境、情趣、性格、气质，敦品励行，滋养身心。自幼诗情盈怀，诗意灵动，这是多么美好的精神世界！

近年，中小学语文课本大幅度增加了古典文学的篇章，是大好事，有利于传承中华优秀传统文化，有利于普及通识教育。笔者读高中时，正逢一次语文教学改革，语文课本一分为二，文学与汉语分设为两门课。文学课本，从《诗经》讲起，选诗六首，开篇是《关雎》，"关关雎鸠，在河之洲……"

接着是《论语》《左传》《孟子》《屈原》《战国策》名篇选，然后是《文学史概述》（一）《秦代以前的文学》，以下以此类推，直到元曲、明清小说。从高一讲到高二。同学们学得多，学得好，入脑入心，无论是以后学理学工学医，还是从事五行八作，都终身受益。这高质量的系统的通识教育，值得传承。

媒体有关学习古典诗词的平台、节目、网页、专栏，吸引千百万观众和读者。这是弘扬中华文化精华，引领社会文化风气，提升大众文化品位的一项人心所望之举。眼下还不能说尽善尽美，但来日可期。随着传播工具的多样化、传播途径的个体化，以媚俗为荣、以低俗为美、以粗俗为乐的作品甚多。其价值判断迷失，审美视角错乱，滋扰耳目。这说明推进优美文化启蒙，任重道远，尤需我们以喜闻乐见的形式，力献绵薄。

人类对艺术追求的是健康之美、优雅之美、语言之美、诗意之美，而美的意蕴是高远的精神境界，是理性对生活的超越，是真、善对崇高的向往。西班牙汉学家阿丽西亚·雷林科，学习、研究中国文学四十余年，翻译了难度极高的《文心雕龙》《西厢记》和《牡丹亭》，接下来要翻译更难的《楚辞》。她说："读汉语时，每个字都像跳动的音符。短短一首小诗，寥寥数语，就让我在脑海中勾勒出了一幅幅美妙画面。"她还说："中国古典文学蕴藏着深邃的智慧和丰富的文化内涵。通过研究中国古典文学，可以让人们更好地了解当代中国。"这话说得好！她深谙中华文化的美好所在，她说她要将中国文学之美传递给更多的读者。这位外国汉学家尚且如此，许多外国汉学家也如此，我想，我等身为中国人，尤要与时代同行，做个热心的传播者、弘扬者，和人们一起领略中华文化的美好所在。

二〇二四年七月

以史为鉴　笔力铿锵

王　威

靳国君同志半生从事新闻与出版工作，在他的笔下产生了不胜枚举的好新闻、好典型，也策划指导出版了许多好书，是新闻出版界德高望重的前辈。荣退后，靳国君沉心书斋，笔耕不辍，从文章到摄影，总是能给人带来惊喜。靳国君同志为文如为人，每每相处总有面对无尽宝藏之感。当一家人还沉浸在靳国君灵动飘逸的摄影作品中无法自拔时，荣幸收到他所著的《陆游——铁马冰河入梦来》书稿，当书稿捧在手里的那一刻，手掌顿有沉甸甸之感。

一、以史为鉴，刻画南宋众生相

靳国君对《陆游——铁马冰河入梦来》创作的尽心竭力

和良苦用心，在作品中随处可见。如自序中所言，自 2010 年创作，"随时查阅历史文献，随时研究陆游诗词及其著作，挖掘史料，间有构思酝酿或片段写作"。于陆游的诗赋中思索，于卷帙浩繁的典籍中勾勒，才成就了这笔力深沉、练达的《陆游——铁马冰河入梦来》。

中国文学史上不缺完美的诗词歌赋，更不缺文人大家，然世人评价陆游，皆赞其是中国文学史上的胸怀与诗情并重的诗人，这与其一生忧国忧民的爱国情怀，与其进退宠辱不惊的个人品格，与其作品创作的品格之高、数量之大，有着密不可分的关系。靳国君在《陆游——铁马冰河入梦来》中，每一部分都有诗歌相伴，或忧愤、或闲适，于国情深意切，于生活豁达恬淡。

陆游生于离乱，长于乱世，自幼学识过人，"我生学语即耽书，万卷纵横眼欲枯"，一生忧心于国家的分裂。靳国君从此处着笔，为我们真实地再现了南宋山河破碎，爱国者抗战忧国，收复失地的决心和行动以及投降派谄媚贪腐，擅权排异的嘴脸和恶行。靳国君在书中以陆游的生平为线，以史为据，大事有据，细节不拘，钩沉索引，在最大限度还原历史真实之上，为我们创作了这部窃以为可以传世的文学作品。

陆游是著名诗人，从古至今有太多的人抒写陆游，用陆游表达情感。《陆游——铁马冰河入梦来》打破了之前关于陆游创作的藩篱，既没有囿于"死去元知万事空，但悲不见九州同"的悲壮,也没有拘泥于"红酥手,黄縢酒,满城春色宫墙柳"的儿女情长,而是以历史真实为大背景,展开创作,表现诗人陆游的人生经历、人生理想和性格特质。

曾有人说,治世、乱世之于文人,各有成就,恰如乱世三国,群雄激荡,百姓流离,却也产生了建安七子,成为我国文学发展的一高峰期。南宋在我国历史上是一个衰落而动荡的时代,但在文学的世界里,南宋有陆游,有辛弃疾,有范成大、尤袤、杨万里……《陆游——铁马冰河入梦来》不但抒写了陆游的诗情、才情和爱国情怀,更是将这些南宋爱国诗人齐聚作品之中。在靳国君笔下,他们个性鲜明、栩栩如生。同为爱国,一生颠沛的陆游是"位卑未敢忘忧国",少年得志的辛弃疾则是"金戈铁马,气吞万里如虎"。除这些可敬可爱的爱国者,靳国君还为我们刻画了历史上有名的奸佞之臣——首鼠两端、残害忠良、结纳私党、斥逐异己、屡兴大狱的秦桧和被后世褒贬不一、急功近利、意气用事、能力有限、死于非命的皇亲国戚韩侂胄。以历史原型为基础,人物性格鲜明,形象立体而丰满。

"靖康之变"后,统一的中原王朝被金统治者生生撕裂,南宋政权安于一隅。乱世之中,英雄辈出,盼望朝廷能挥师北上,收复中原,恢复河山。但宋高宗不思生民之苦,只想苟安现状,面对一次又一次的金兵来犯,一次又一次地妥协投降,令黎民涂炭,百姓实苦。作品中,靳国君没有以文字直斥宋高宗与投降派的自私与怯懦不堪,而是通过对他们狡黠、善变、庸懦形象的书写，通过他们对主张抗战的爱国者的态度，表现出正与反、奸与忠、善与恶的鲜明对比。

二、笔力铿锵，抒写爱国真性情

陆游其人、其诗，是中国历史上爱国主义精神的典范。诚如靳国君在作品中描述的那样，陆游一生"居庙堂之高则忧其民，处江湖之远则忧其君。"几起几落的人生轨迹并没有破没陆游的爱国情怀，直至临终前仍不忘嘱意儿孙"王师北定中原日，家祭无忘告乃翁。"

作品描写陆游从出生便生活在颠沛流离之中，从小就深刻体会到山河破碎，"乱离人不如太平犬"的悲惨际遇，这使小小的陆游早早就在心中树立起"剑指中原，还我河山"的雄心壮志。然而，当时的南宋王朝，从自私的高宗到心存高远却愚孝而又受掣各方的孝宗，到后来碌碌无所作为的宁宗，他们没有给陆游等主张抗战的爱国志士留下任何施展的空间。作品中，失意的又何止是陆游一人，从岳飞到虞允文，从周必大到辛弃疾，一代代人前仆后继，都没能换回河山的统一。懦弱昏庸的宋高宗，给他的子民带来的不仅仅是破碎的家园，更是屈辱的人生体验。然而，《陆游——铁马冰河入梦来》没有沉溺于国破家亡的悲惨景象，也没有丝毫的颓唐气息，整部作品字里行间流露出诗人陆游忧国忧民、宠辱不惊的爱国情怀，为官则尽忠职守，"得一官不荣，失一官不辱，地方全靠一官；吃百姓之饭，穿百姓之衣，莫道百姓可欺，自己也是百姓"。贬谪则"何方可化身千亿，一树梅花一放翁。"对陆游来说，国家统一、民生疾苦才是他一生所关注的重点。作品中，陆游为救灾民"纱帽不足惜"，哪怕是终遭贬谪，也是"身为野老已无责，路有流民终动心。"靳国君笔下的陆游，从民族大义到对百姓的关爱，真可谓是"些小吾曹州县吏，一枝一叶总关情。"

中国历史上有位爱梅成痴的诗人——林逋，以"梅妻鹤子"传于后世。沈括在《梦溪笔谈》中有云："林逋隐居杭州孤山，常畜两鹤，纵之则飞入云霄，盘旋久之，复入笼中。"林逋的"疏影横斜水清浅，暗香浮动月黄昏"成为咏梅的千古名句。然而梅花之于林逋始终是个人情怀，意美，格局却不高。《陆游——铁马冰河入梦来》中，对陆游与梅花有多次关照，每一次都印刻着陆游如梅花般高洁的品格和他的爱国情怀。在"思接古今"中，因"临安却无好消息"的陆游对子布、子聿说："梅花傲雪而开，苍松迎风独立，不附势趋时也。"这既是陆游对晚辈的教诲，也是陆游一生志向、品格的展露。

世人爱陆游，爱其诗，更赞其情怀。这也正是他爱国诗篇的生命力所在。靳国君同志写陆游亦是折服于陆游一生"僵卧孤村不自哀，尚思为国戍轮台"的不屈不挠的爱国情怀。

好的文学创作与社会历史真实，是源于且高于的关系。

《陆游——铁马冰河入梦来》展现给我们的就是这种创作理念与创作水准。靳国君钟情于陆游，在动笔之前查阅大量历史资料，使作品有着深厚的历史感，对不熟悉这段历史的读者来说，读到的不仅是文学，同时也丰富了历史知识。靳国君同志文笔大气、深刻，语言优美，富有亲和力，令人读来有再探究竟的冲动。

发表于《奋斗》二〇一九年第十期

总把激情赋新篇

——我读《陆游——铁马冰河入梦来》

温国兴

我喜欢读书，多年养成的习惯，每年总要读二三十本国外著作。去年我读了历史人物传记文学《陆游——铁马冰河入梦来》，读了两遍。这是本好书，是诗与史融合的力作，作者是靳国君。近日得到消息，这本书在全国文艺图书出版系统的评比中被评为优秀图书，我和书迷朋友们说："够格，这本书有特色，我认识作者。"

靳国君先生过去发表在报刊上的文章我读过，我与他相识却很晚。2015年，在一次省京剧院票友演出之后的聚会上，我认识了靳国君先生，印象很深。那次聚会，我发现靳国君先生随和从众，不摆不装，谈吐自有一格，论说京剧精到深刻，评价演出时有妙语。他应邀清唱了一段麒派《萧何月下追韩信》，韵味浓浓。这年10月，我从报纸上得悉"灵动的眼睛 飘逸的美——靳国君京剧摄影艺术展"举办的消息，就赶去观看。恰巧在展厅遇到了他，这次得以攀谈，大有相见恨晚之感。我将这次参观及同他的攀谈，写成一篇短文，发到我在新华网的博客上。我的好友、那天演出的主角孙健男看到了，推荐给了靳国君先生。他看后，将这篇文章收录到黑龙江美术出版社结集出版的《靳国君京剧摄影艺术》大型画册中。从此，我对靳国君先生更加关注，逐渐对他有了较深的了解。

2017年7月26日，我从《黑龙江日报》上看到了靳国君先生的文章《追逐京剧传神之美》，一口气拜读后，我写了一篇短文，传给朋友们，也发给了靳国君先生。我之所以写这篇短文，主要是因为我再次领略了他文章的风采和他摄影作品的艺术魅力。这些年，他通过对京剧艺术的理解和对摄影艺术的追求，坚持数年，风雨不误，在剧场抓拍，取得了公认的优异成果。他用镜头对准瞬息多变的京剧表演，将最为感人的一瞬定格于底片，让人们可以更深刻地感受京剧艺术的厚重之美。他为广大观众提供了一个很好的回味空间，也为京剧演员提供了一个咀嚼品味深化艺术感染力的参照，而其他演员也可以从这些演员的表情细节上琢磨出很多值得学习借鉴的东西。他是以京剧为切入口，传承中华优秀传统文化，增强我们的文化自信，也为京剧艺术的传承和发展做出了有益的引导。

2018年10月3日，我同靳国君先生应邀看了"喜迎十九大 庆双节东三省京剧名家名票演唱会"。演出结束，我听到了他对这场演出中肯的评价。我们和参加演出伴奏的一个交响乐团的几位领导和艺术家，从京剧聊天交响乐。聊到交响乐时，我们聊到了《黄河大合唱》，靳国君先生说《黄河大合唱》在延安第一次演出时，因缺少乐器，音乐家马可竟用煤油桶改装成土大提琴。他又谈起20世纪50年代后期，上海音乐学院学生何占豪、陈刚在宿舍创作小提琴协奏曲《梁祝》的情景，又讲到俞丽拿的演奏。从他的言谈中，我发现他读书很多，积累了丰富的学识。

有朋友告诉我，他从繁忙的工作岗位退休后，并没有休闲养老，而是开启新里程。他每日读书、看报、阅读文章达四万字之多，这是他的必修课，不可或缺。晚上看《新闻联播》《海峡两岸》，有时选择观看中央电视台的戏曲频道和他感兴趣的体育比赛节目。他坚持锻炼身体，主要是散步、做操、打乒乓球。生活安排得有条理、丰富，生活得健康。

他在汲取知识营养的同时，坚持写作。从2010年起到2019年，八易其稿，写出了爱国历史人物传记《陆游——铁马冰河入梦来》，北方文艺出版社出版发行后，即广受欢迎，网上几大电商平台销量甚多，一些实体书店将这本书摆在醒目位置，出版社已再印两次。古典文学名家、黑龙江省文联主席、首都师范大学特邀教授傅道彬说，这是一部不平凡的书。

我在网上搜索，发现最近几年《人民日报》副刊发表了他的《京剧摄影也需画外功》《山水摄影应走出同质化》《亦师亦友情谊长》等文章。《光明日报》副刊发表了他的《摄影眼看京剧》《山水摄影的多样性与创新性》《摄影创作的三点思考》等文章和摄影作品。他的散文《西湖听雨》《京剧摄影也需画外功》被多个省选为语文试题、学习质量测试题、高考练习题等。他是黑龙江省参事室文史馆馆员，担任《龙江文史》执行主编，负责稿件把关，上下衔接和谐融洽，每期审稿五六十万字，一丝不苟。

我从靳国君先生的诸多作品中感悟到，一个人是否有活力是和年龄没有什么绝对关系的。有的人未老先衰，一些人比靳国君先生岁数小得多，就早早开始了所谓的颐养天年的养老模式。殊不知，过早地养老只能把自己真的养老了、养衰了。人们都希望自己保持生命活力，谁也不愿意老态龙钟、步履蹒跚，更不愿意身上出现一派风烛残年的老态。保持身体健康和良好的精神状态，是每个人的追求，但是往往有不得法者。靳国君先生读书，孜孜以求；写作，笔耕不辍；锻炼身体，持之以恒，科学安排时间，保持了十分难得的活力和创作激情，这使我想起了孔子的一句话："其为人也，发奋忘食，乐以忘忧，不知老之将至，云尔。"

从靳国君先生相貌上看，从他勤奋笔耕与摄影的一系列活动看，以及他敏锐的反应和轻健的脚步，认识他的人都说，他与实际年龄不像。我想这与他身体健康和良好的精神状态密切相关。静而思之，作家、摄影家、艺术家从事精神生产，有正确的"三观"和文艺观、创作观，固然是根本，但健康的身体、饱满的精神状态，不可或缺，它左右深入生活和创作的质量，延长创作寿命；它产生激情，迸发灵感。只有在身体健康和饱满的精神状态中，才会有激情赋新篇，靳国君先生的实践又是一个有力的佐证。

前几天，我与靳国君先生通话，问他在写什么。他说，《陆游——铁马冰河入梦来》去年初问世后，他即开始全面修订和增订，现在还在做，欲使此书更上一层楼。我听后感到，他精益求精的创作态度，已进入了痴迷的境界，这是最佳的写作状态，难得。这次修订和增订，是水磨石啊！我和书迷朋友祝他成功，期待早日读到新版为快。

2020 年 6 月 10 日发表于黑龙江网

挥毫当得江山助，不到潇湘岂有诗

孙　薇

　　今天，我发言的题目引用了陆游的一句诗："挥毫当得江山助，不到潇湘岂有诗"。我觉得这非常符合陆游的家国情怀和《陆游——铁马冰河入梦来》这本书的主旨。

　　我其实还特别喜欢陆游的另外一句："文章本天成，妙手偶得之。"因为作为一个文学爱好者，心里非常清楚，收获行云流水的文章，是多么的来之不易。因为我是第一个发言，所以首先要表达的是，我的心中既有对陆游传奇一生的赞叹和崇敬，也有对作者不惜十年之功，将陆游的生命用纵横驰骋的时间线、空间线使之立体化、人性化地呈现给我们。借着作者的慧眼，我们看到一个活生生的陆游，了解到陆游他波澜壮阔的一生。陆游不仅仅是一位伟大的诗人，更是一名坚守信念、矢志不渝、一心报国的爱国人士，文能写诗流传万首，武能镇守边关，前线御敌。

　　此书一年半的时间里三次印刷，足见其受欢迎的程度。

　　我们遇见一个真正的、真实的陆游。没有戏谑调侃，不用穿越玄幻，我们去南宋，去拜访陆游。

窗底自用十年功。在讲述陆游时，作者用时间脉络体现陆游的一生，像陆游一样笔耕不辍。"六十年间万首诗"，在卷帙浩繁的诗歌中找到与当时的事件、心境相匹配的，读起来让读者更能与陆游共情，体会到陆游的想法，去思考他的抉择。

"但悲不见九州同"。个人的命运是与国家的命运息息相关的，离不开当时的社会环境和历史演进。这本书在史实层面有据可考，真实准确，陆游的家国情怀，壮志未酬，高尚人格，是历史的真实，书中又表现为艺术的真实，两者浑然一体，合情合理、可歌可泣。

"五百年后言自公"。杜甫有一句关于文学的诗，"文章千古事，得失寸心知"，陆游与子女在杜甫草堂附近耕种，构成了陆游与杜甫冥冥中的联系。文学家是有朋友的，透过这本书，我们看到了杨万里、辛弃疾、范成大等与陆游的交往，如果换成今天，他们可能一起去松花江游泳，一起去街边散步。

"山重水复疑无路"。在仕途上不得志，但是陆游却得乡邻之心。他牵挂黎民百姓，在书中记载了很多他的轶事趣闻。陆游是朝廷四品命官，致仕后登门为一方百姓看病，很多家的孩子起名为"陆"，纪念陆游的救命之恩。我们常说"医者仁心"，就是说做医生是良心活，从事的是关系到生命这件最大的事，一定要有一颗彰显大爱的善良之心。从这里，我们也更加了解陆游的为人，他真正将国家社稷和百姓的安居乐业作为自己的奋斗目标。

本书与陆游的诗歌文字一脉相承，简洁却苍劲有力，不粉饰，不随意评价，也完全没有煽情。真的尊重史实，以敬畏之心高度还原。由读者自行评判，那一个属于你心中的陆游的形象。

书中有句话说，中国的文化属性是诗性。琴棋书画诗酒花，这些美好的事物是属于我们中国传统文化的浪漫，我们中国人骨子里的浪漫，属于字正腔圆的方块字的浪漫，更是我们五千年文明古国文化自信的来源。

陆游在和学子谈诗时说："汝果欲学诗，功夫在诗外"，我们看到了陆游除了诗人身份之外的血肉之躯，也看到了作者的孜孜以求和不懈追寻。他将个人对诗人的情感净化升华，既有慷慨悲壮之情，又有豁达辽阔之怀，文学创作的源泉其实就来自日常的生活，离不开我们每个人对现实不同的观察、对各自人生的思考、身体力行的实践，以及格物致知的感悟。学识、修养、才能、智慧，无不反映作者的阅历、操守、格局和情怀，把这些"笨功夫""苦功夫""真功夫"下足、做好，炼成真金，那我们一样可以收获文学上的成就。

《奋斗》杂志社奋斗书院二〇二二年八月十二日举办的
《陆游——铁马冰河入梦来》作品研讨会上的发言

我知道的作者和书

张春光

我和靳国君先生曾一起工作过六年。我俩办公室斜对门，朝夕相见，常和他讨论问题，相互交流，读过他写的一些作品，获益匪浅。

我初见他，和以后的认识，是一致的。他为人正派，清正廉洁；读书多，学识丰富；勤于思考，有主见，内敛；性格开朗，办事公道。

他长期从事宣传、新闻、出版、教科文卫等方面的工作。熟悉情况，实事求是。他工作勤奋，不惧繁忙，认真负责。业余，他不事应酬游乐，专心读书或写作，在文学创作和语言文字研究方面颇有造诣，常发表文学、文学理论、新闻理论、舆论媒体等方面的文章和评论。

最近，拜读了靳国君先生的《陆游——铁马冰河入梦来》一书，感慨颇多。特别是他退休至今，年逾八旬，还潜心研究，笔耕不辍，撰写了这部陆游传记，具有独创性，给人们奉献了宝贵的精神食粮。

靳国君先生的《陆游——铁马冰河入梦来》一书，深度抒写了陆游的形象：忠贞爱国，廉洁为官；勤政做事，体恤民情；为官一任，造福一方；广学深耕，博学多才。

全书，有灵魂，有骨力，血肉丰满，把文言文与白话文融为一体，且通俗易懂，朗朗上口，有滋有味，又有新鲜感，给人以深刻印象，读来爱不释手。

此书，与时代同行，可视为当下一部爱国教育的经典之作，对于矫正"三观"扭曲，为振兴中华伟业，继往开来，发扬民族伟大精神，传承中华文化，有现实意义。近几年，他对此书进行了增订，我想必然会产生长久的深远影响。

二〇二二年九月三十日发表于《文化范儿》

亘古放翁的隔世知音

——读靳国君《陆游——铁马冰河入梦来》

刘金祥

两宋是中国文化的极致时代，两宋诗词是中国文学鼎盛时期的重要标识。作为两宋诗词名头极高的诗人，陆游忠君爱国、民胞物与的思想以及在这一思想统摄下创作的华彩诗章，早已成为中华民族珍贵的精神遗产，始终砥砺和激发着后人赓续传承、以身许国。20世纪五六十年代以降，陆游成为我国文学界和学术界关注的热点题材，许多作家学者以陆游爱国主义思想为逻辑起点，详尽陈说和细密推演陆游诗思、诗情、诗趣的迁转与流变，努力抉发和尽力呈现陆游诗词的内在意蕴和表达范式，形成了诸多文学作品和研读成果。近日阅读了由著名学者兼报人靳国君先生撰写的《陆游——铁马冰河入梦来》，禁不住击节拍案，赞叹不已。该书借助陆游存世的近万首诗篇，凭借卷帙浩繁的史册典籍，依托陆游构建的审美语境，生动讲述和精要阐发陆游的诗学故事和美学理念，赋予文学史上几近定型化的陆游形象以新的人文质素和精神意蕴，俨然陆游传记谱系中的一部重磅作品。

传记文学的魅力和生命，在于丰殷史料与高超文学技巧的有机结合，在于对传主的思想认知和文学表达的高度统一。对陆游报以浓厚兴趣且沉潜浸润经年的靳国君先生在自序中写道："笔者尝试在这部作品中，对历史进行活化的描写，全面展现南宋的历史面貌及其败亡原因，探寻陆游起伏跌宕的一生，刻画陆游的个性特征，描绘其在历史大事件和社会生活中的独特风采，塑造陆游真实的历史文学形象。"《陆游——铁马冰河入梦来》是一部秉持"诗以言志"理念，借鉴"以诗证史"研究方法，以历史人物为核心、以家国情怀为主题、以时代演进为序列、以诗词文学为媒介，对陆游这位交口称誉的著名诗人进行本真性摹写和创新性解读的传记文学。作为陆游爱国诗词的基本标签和重要境界，"铁马冰河入梦来"浓缩了陆游的人生苦旅，昭示着陆游的价值追求，蕴藉着陆游的报国志趣，呈现着陆游的精神面向，以此句作为全书的名称，既显示出作者对陆游精神世界的深彻理解和精准把握，也表明作为陆游隔世文学知音的靳国君先生虔诚地向八百多年前的精神偶像表露一份尊崇和敬意。

阅读《陆游——铁马冰河入梦来》的过程是一个欣忭快慰的过程，也是一个不忍释卷的过程。这是由于作者以新异视角、精巧架构和雅致文笔，展示了一个心怀社稷、怀抱苍生的爱国诗人陆游，点绘了一个志向高古、性格坚毅、心地澄明的传奇放翁，给人们以莫大感染与强烈感召，这种艺术效果也许是那些高头讲章所难以企及的。

在中国文化的辉煌殿宇中，陆游以上马亮剑击狂胡、下马挥毫草君书的儒将形象展露于世，正如靳国君先生在《陆游——铁马冰河入梦来》一书中所称许和赞誉："陆游的生命融进了万里江山，他坚守的志向亘古相传。他一生志在社稷，怀抱苍生，以天下为己任，是继屈原、杜甫之后又一位伟大的爱国主义诗人，是中国文学灿烂星空的一个光芒四射的星座。"尽管陆游一生备尝艰辛、命运多舛，在宦海仕途中屡受打压、频遭贬黜，但其内心坚执、矢志不移、至死未悔，可以说陆游终其一生以诗言志咏物、以诗抒怀传情，诗歌成了陆游生命的化身，万首诗与日月争辉，爱国情如浪奔波涌，为这样一位心怀凌云壮志、满腹春秋诗章的诗坛领袖作传，应当以其诗韵贯穿全书，以其诗格诠解传主的艺术人生。在靳国君先生的笔下，陆游不仅是一位"篇什富以万计，今古无双"的顶格诗人，还是一位"身为野老已无责，路有移民终动心"的寻常黎民，更是一位"报国身心坚如铁""但悲不见九州同"的伟大爱国志士。阅读这部煌煌近二十万字的精美书稿，能够感受到传主借助诗篇抒发着悲天悯人的情感，能够体会到传主凭借诗章践行着"位卑未敢忘忧国"的人生执念，而这种情感和执念明晰地体现在时局变化对陆游诗歌创作的深刻影响上，或沉郁悲愤，或慷慨激越，或引吭高歌，或愁肠百结，或豪情奔放。作者通过对传主诸多诗篇形成演变信息的捕捉与破译，通过对传主重要人生节点的透析和揭橥。为读者展现了一个更为丰满鲜活真切的陆游形象，换言之，陆游的诗词歌赋、情趣爱好、哲思政见、社会交游、爱忧情谊均在书中得以呈现，经历了离乱、从师、科考、婚变、出仕、入蜀、归乡……一个度尽政治劫波、遍尝人世百味却依然对人间烟火保持滚烫挚爱的陆游形象跃然纸上，一个济世仁爱、亲和温情的亘古英才站立在人们面前。透过靳国君先生这部心血之作，读者诸君与陆游共情共鸣、同悲同喜，悲伤着陆游的悲伤，快乐着陆游的快乐。

作者靳国君先生是一位资深作家，多年来先后发表了《十里秦淮费思量》《红豆生宝岛》《在那遥远的地方》《西湖听雨》和《诗人梁南》等作品，其尤为擅长散文随笔和纪实文学创作，在这部《陆游——铁马冰河入梦来》中，他以古朴雅致、雄浑奔放的文字表述，记事述人、品诗畅怀，于从容洒脱、淋漓酣畅中尽显一代文宗的万丈豪情和旷世风流，无论是传主的日常生活、早年教育、社会交往，还是传主的情趣爱好、事业功名、性格心理，作者正是通过对传主上述行状禀赋的细微陈说和深彻阐化，还原和再现了陆游"寸心至死如丹"的男儿本色和英才风范。

作为一种跨学科的体裁样式，传记文学既属于史学范畴又具有文学属性。由于属于史学范畴，因而应注重史料的搜求、甄别和运用；由于呈具文学属性，因而更应讲究人物形象的描摹和塑造。正是从这个意义上，传记文学中的传主与其他形式文学中的人物一样，是创作者艺术创造的结果和审美运思的结晶。

陆游一生经历复杂多变，既游历多地、官任多职，又起落不定、风云流变。值中原沦陷、金瓯难圆的危难之际，其力主抗金御侮，矢志恢复故土，却频遭投降派的压制与主和派的迫害，报国无门，壮志难酬，晚年隐居山阴故里，依旧以抗金复国为念。陆游敏于思考、勤于笔耕，孜孜独行、悲吟长啸，其坎坷曲折的经历和孤郁落寞的心绪借着诗词喷涌而出，"六十年间万首诗"，陆游成为我国古代文学史中逾越李白、杜甫、白居易的最高产诗人。唯其如此，为陆游作传时，可供遴选和采撷的史籍典章诗词无计其数，如处置失当则容易淹没在文献资料的故纸堆里。勤于披览、精于考辨的靳国君先生写作此书时，"敬守历史，遵循史实，大事有据，细节有根，落笔有理"，在披阅、浏览和研读海量文献资料的基础上，索稽勾陈，取精用宏，疏通明了，述学立论，悉心择取最能展现传主精神特质的材料予以生发与铺衍，以富于辨识力与穿透力的眼光和举重若轻的笔触，深透抉发陆游诗词作品意蕴，重新考订陆游履历萍踪，特别是深入探寻陆游思想演化和诗格嬗变，以谨严体例、周致结构和迫近历史情境的精妙笔致，描绘出一个葆有深挚爱国情感、行走于天地之间的陆游。特别是在第十一章《烽火前线》和附录《沈园伤往事　终老犹断魂》两个章节中，作者运用"诗文证史、史证诗文"的研究理路，以确凿史料和细腻笔触，演绎和展

434

现陆游的快意恩仇和似水柔情。作者秉承"为求一字稳，耐得半宵寒"的写作信条，耐心查阅和悉心研磨陆游存世的大量诗文，做了充足的案头准备。《陆游——铁马冰河入梦来》书中几乎所有细节皆有文献依据，所有故事均有历史出处。作者以"八年离乱""国破之恨""科考惊变""初出茅庐""乡居岁月""万里入蜀""烽火前线""铁马秋风""书剑飘零""忧思难忘""长剑壮别""思接今古""千古绝唱"等短语作为章节题目，截取南宋危局一幕幕云诡波谲的历史场景，聚焦陆游云卷云舒的生活画面，侧切陆游平和激越的创作情态，不仅追溯回望了陆游的人生旅程，勾勒擘画出陆游的艺术轨迹；不仅写活了一代文豪的精神风采，还诠释了"南渡诗家之冠"表征的人文意象；不仅展现了陆游的诗词功业和人格气度，还营造了文本语境的历史感、现场感、代入感和共情感，让人们走近既志存戎轩、横槊跃马又温文儒雅、忠厚友善的一代爱国志士。

著名学者傅道彬在为《陆游——铁马冰河入梦来》所作的序言中写道："他（靳国君）用诗笔、史笔、论笔，引领人们走进陆游一段又一段的人生传奇，他写出了陆游的人生大追求、艺术大境界。"笔者以为具有人生大追求、艺术大境界的诗人必定是一位思想家，思想家可能不一定是诗人，但真正的诗人一定是思想家。作为成就卓著的"南宋四大家"之一，陆游置身于南宋救亡图存时代的最前沿，以深邃敏锐的艺术眼光洞察时事走势和审视社会人生，与时代同频共振与民族同向同行，并运用诗歌加以抒发和表现，深蕴在诗歌中的是其思想的主脉与精华，也是那个时代最先进思想的形象反映。对于陆游而言，思想家和诗人是相融相契、缺一不可的两轮双翼，《陆游——铁马冰河入梦来》一书敷陈和揭示的就是陆游思想和诗歌两个维度，一方面爱国思想作为主题和主线贯穿全书，另一方面诗歌评述覆盖全书每一章节，在纵向追踪中对陆游诗歌创作历程进行勾勒与复盘，在横向比附中将陆游放在由辛弃疾、范成大、杨万里、虞允文和曾己等人组成的同时代文人群体中进行端详和勘定，蠡测其文学成就和地位，如书中第二十六章《中华高歌》纵论陆游诗词艺术实绩，这是全书的点睛和归结，是为点；而此前其他各章是对陆游文学创作的分理和疏解，是为面，正是这种点面结合、纵横交融的写作笔法，充分印证了思想家的陆游成就了诗人的陆游，诗人的陆游升华了思想家的陆游；有力表明陆游爱国诗歌内涵宏富丰厚、风格劲健横放的根本原因，在于陆游思想的深邃明澈和高远精奥。

如前所述，《陆游——铁马冰河入梦来》的写作定位是文学传记。笔者以为文学传记既与历史传记不同，也与历史小说有别，它既不像历史传记以"实"为要义，也不像历史小说以"虚"为题旨。历史传记最忌讳主观臆想和无端杜撰，经纬和支撑它的必须是真实可信的史籍史料。历史小说则形态迥然，它在历史与小说之间游走，注重亦虚亦实、虚实相容。而文学传记则是兼擅历史传记与历史小说两者优长的一种复合文体，尽管不必处处有凭、字字有据，但所有故事与全部人物在历史上必须是客观存在的；不仅如此，即便细节描写也不能游离特定的历史情境凭空虚构。但是，作者可以而且必须用生动的文学语言和多样的文学手段对历史事件与人物进行描写和渲染，还应根据情节需要予以适度发挥与适当引申，否则作品的文学性就难以体现和实现。以这一艺术标尺来端审和衡量《陆游——铁马冰河入梦来》一书，不难发现此书这是一部严谨规范的文学传记，也是迄今为止诸多陆游传记中的精良之作。

文章千古事，得失寸心知。《陆游——铁马冰河入梦来》与刊行于世的多种陆游传相较具有独特的表达风格，语言文白相间、简约典雅，行文明快清新、俊逸畅达，极富韵律感和节奏感，这在很大程度与作者具有深湛语言功力、是一位善于锻字炼句的知名散文家密切相关。限于体例，本书并未对陆游的史学研究及书法创作更多铺陈和更细评介，而是尽可能着墨诗歌创作，落笔文学界域，以简明透彻、优容不迫的叙述，引导读者进入陆游繁复多彩的生活天地和诗歌世界，感触陆游至死不渝的爱国情操，领受其诗其词的沉郁悲怆和清旷淡远。

二○二二年十月二十八日发表于《光明日报》、
中共中央宣传部"学习强国"学习平台

自成格局　别开生面

——评《陆游——铁马冰河入梦来》

孙　婧

《陆游——铁马冰河入梦来》，是历史题材作品，是靳国君先生于 2010 年开始构思、写作，2019 年问世的一部精品力作。

全书采用富有诗意的叙述，注重对历史原型的考据，将人物形象塑造得真实而丰满，突破了时见历史人物传记创作的僵化呆板模式。透过文本细而观之，我们不难在以下几个角度体会出作者构思与写作的精心。

一、恪守初心：还原特定时代背景之下的完整的"人"

当下提起陆游，大凡只会想到粗知的陆游和他笔下激情四射的诗句，但在《陆游——铁马冰河入梦来》中（以下简称《陆游》），作者尝试进行了大胆的突破：他在对对象进行描摹时，采用全知型的视角，力图将文字中的历史人物转化为立体生动、具体可感的人物形象；书中按照时光的流向，向读者展现陆游的一生，从童年、少年到青年、壮年，再到垂暮。一方面，选取了陆游入诗较多的"梅"意象来暗示其品性：从"一树梅花"到"一放翁"，陆游正是如梅一般无意争春，却暗香如故——陆游生逢乱世，年少广才又满腹经纶，却屡受挫折。在弱冠之后，即经历了与发妻的爱情悲剧。在仕途，五年七调任、四次遭罢黜，先后乡居共五十余年。晚年七十八岁时，应召回朝修史，仍心系社稷黎民，发奋著述。"百岁光阴半归酒，一生事业略存诗"，是陆游对自我人生难如初心的无奈回顾。

在具体行文过程中，在对陆游的事迹进行描写时，作者做到了秉笔直书。他表示，人物传记应该注重史实，因此在布局谋篇时，他根据二十四史《宋史》等诸多历史文献，虽是对历史场景的再叙述，却不过分渲染、过度想象，尽力还原出历史现场的真实感，力争活化历史，深入到历史的细节深处，其中既有专业知识和深入研究作为基础，又有对时代场景和风俗的细察，探微索幽。例如，书中描写了陆游溯长江入蜀途中，对祖国名山大川的游历：上庐山，访东坡，游鄂州，过三峡，遥望屈原故里，经寇准历练之地，讲述夔州传奇；也描写了他与曾几、张浚的师友之情，以及与周必大、范成大、朱熹、杨万里等人的友谊；闲暇之余，陆游与友人共同体味生活乐趣：从微服逛杭州，夕阳西下吟诗品茶，到钱塘江观潮，共赴"雅集之会"，书中处处充满着生活化的场景，如《成都四年》一节写道："成都多雨，重阳节五天假日，巧遇晴天。他与范成大在首日九月九日上街，行观节庆。行走在桂花树、香樟树下，幽香阵阵，绿荫怡人……"这一节及诸多章节，作者笔下的生活场景，展示了陆游生平的全景视图。

读者可以发现，书中在描摹陆游其人时，以陆游在国人心中的崇高地位，作为叙写创作的基调，以陆游的爱国主义情怀为轴心，增添陆游的文本创作和他生活中的细节，使得呈现在这部著作中的陆游不仅仅是一个爱国诗人，更是一个有血有肉，生动直观的人。

二、时空交错：在历史维度的转换中确立文化中国立场

"一部陆游传，半部南宋史"。《陆游》不仅对陆游的一生做出丰满的描摹，还尽可能还原出陆游生活真实的空间和背景；通过对南宋场景的重现和还原，对时代环境下的学者精神进行勾勒，细节在时空和历史维度的不断转换中，传达出不同时代的经验，以及国人精神嬗变的历程，勾勒出文本中整个文化中国的立场。文本中赞赏先辈生活的尊严感和风骨，也是当下文学描写历史不可或缺之笔墨。

进入文本，我们可以发现作者建构文章的同时，也建构了横纵交错的思考和评述历史的维度。文本中对陆游的书写，依靠的是对史料的收集整理，并采用知识考古学的研究

方法和思路，讲述诗作的创作背景，还原诗作背后的故事，从历史的末端来追溯史料的源头，同时创造性地设计诗人所经历过的场景，在厚植行文的历史底蕴的同时，为作品蒙上传奇的色彩。根据列斐伏尔的第三空间理论，空间可以分为物质空间、精神空间和社会空间，空间是社会的产物，而人通过社会生活创造了社会空间，与此同时，空间与时间具有不可分割性，共同构成事物存在的维度。由此反观《陆游》，文本以陆游为中心，展示出特定的时空背景，作者借助陆游想要勾画的中心实际上是当时的时代，从而触探南宋的风云变幻和身份认同，以及世人的思想、冲突等等；在时空一致性的视角下，将特定空间的思维定式打破，冲破历史与文学的界限，从微观入手，展示宏观视域下的中华优秀传统文化；通过历史的雪泥鸿爪，构建文化中国的整体风貌，强化中国文化的主体意识，也更好地理解当代中国的文化立场。在以往的传记书写中，鲜少出现这样的描摹方式，这种新颖的笔法，在丰富了人物传记书写的时空维度和历史维度的同时，也是当下史传书写的创新性探索，为人物传记的书写提供了新的角度和可能。

三、中国笔法：兼具未来性视野的创作视角和方法

《陆游》通过时空的流转切入陆游，重塑历史场景，给读者以全新的观感，这一方面展现出作者对陆游进行再阐释

时的深度和广度，另一方面也为后来人为古典人物作传，即当代人用文学笔法书写历史人物，提供了可资借鉴的探索。

作者曾经谈到，"历史和现实是最好的教科书。世界上没有什么抽象的爱国主义，只有具体的爱国主义。"书写爱国主义是当下文学创作的时代主题，而通过历史人物，表达这一重大主题，即史传文学的创作，要求创作内容的严谨和遵循正史规范，同时要有鲜明的文学性，既是史传，又是文学，让更多的读者接受和耐读。《陆游》作为雅俗共赏的专著，在文本的字里行间做到了守正出新，敬畏历史，通俗易懂，却又富有韵味和意境，在文字内容方面做到了严谨和规范。在创作语言上，本书让人惊喜之处在于，采用了文白相间的语言，将诗情与韵律融入叙述语言，白话为主，兼有文言，水乳交融，美文入目，使人读后仍沉浸于书语的余韵之思中。

靳国君先生主张"中国人要说中国话"，因为语言表现着"国家的尊严，民族的自信，它是思想交流的良器，外交的桥梁"。因此，整部作品中呈现出的是中国话语的讲述方式，用规范纯洁的中国语言讲述中国故事，弘扬民族大义，见证中国文人精神气质的延传和发展历程，充分展现出作者高超的叙事技巧。他坚持以人民为中心的创作导向，创作无愧于时代的优秀作品。

《陆游》在全新的时代历史背景之下继承并弘扬了中华优秀民族精神，向世界展现中华民族的优秀传统文化，同时在语言的运用上，注重作品的普及性和影响力，照顾到作品不同年龄层次的接受群体，兼具生动性与趣味性，对青少年读者来说，这无疑是悦心性、得新知、培育家国情怀的一本难得的好书。在思想上，文本在历史的记忆中，同时注重古典故事情节戏剧性的深刻性与启迪性，赋予古典人物以今人阅读的时代价值。

文本同时兼具了未来性的胸怀和视野，通读全书，可以感知，作者在陆游身上赋予了整个中华民族的精神寄托——陆游身上体现出的爱国主义精神、"忧国复忧民"，坚决反对分裂、力主统一，大胆谏言，讲仁爱、崇正义、尚和合，对个人命运起伏泰然处之等，都是我们民族精神中需要延传的一脉，是国人的共同心声。因此文本站在一个从过去持续到现在，并将延续至未来的精神高度，使得读者在阅读体验的过程中，通过章节之间的牵丝攀滕，能够体会到文本中作者的精神希冀和自己的共鸣。可以说，作品在塑造陆游形象的同时，渗透着当代文艺的价值，诗人陆游身上展现出了人文学者的优良的学术品格，以及新时代仍然奋斗于文学前沿的文艺工作者的初心与使命。

《魏书·祖莹传》有云："文章机杼之心，成一家风骨，何能共人同生活也。"对历史人物传记的书写，实为新时代具有教育启蒙意义的文学记录。《陆游》从出版，到精心全面修订、增补，作者谈及自己创作的历程时，用"为求一字稳，耐得半宵寒"来描述自己的创作和成书过程。这表明，在新的时代条件下，史传文学的执笔者们在用全新的史观和独特的笔法书写历史，用持之以恒的写作精神展现出自己文学创作的"机杼之心"。伊塔洛·卡尔维诺在《为什么读经典》一书中曾指出："经典作品是一些产生某种特殊影响的书。""它们本身以难忘的方式给我们的想象力打下印记。"所谓经典，便是能够为人类集体意识做出引导和启发的篇目。时代塑造英雄楷模，对历史人物和精神的传承是当下文学必不可少的重要根基。

自成一格，别开生面，是《陆游》一书的创作特色，也是生命力所在。作者立意高，语言富有诗情画意，创出当代人描写、评述历史人物的新境界，为当代人了解历史拓展了诗意途径，也为经典的延传贡献出自己的诗意叙说。

发表于《北方文学》二〇二三年五月号

重读《陆游——铁马冰河入梦来》

温国兴

靳国君先生的著作《陆游——铁马冰河入梦来》（北方文艺出版社出版），一经问世，便受到读者欢迎。在全国文艺出版系统获评优秀图书，中共中央宣传部"学习强国"学习平台和《光明日报》曾发评论，奋斗书院举办作品专题研讨会，全国著名的读书平台喜马拉雅分四十二集全文播讲。

笔者三次重读《陆游——铁马冰河入梦来》，细细品味、研读，深感这是一部值得阅读和广泛传播的优秀作品。靳国君先生以严谨的治史精神描写了陆游波澜壮阔的生涯。陆游为南宋爱国诗人，一生写诗上万首，其中很多是脍炙人口的传世之作。陆游的一生经历丰富，但在《二十四史·宋史》中仅有千余字的记载，其他散见于同代人的著述及后代文人的追述。靳国君先生读宋史，品放翁诗，产生了写陆游的念头，他秉持司马迁著《史记》的精神，"究天人之际，通古今之变，成一家之言"，用他广博的学识，独到的见解，写出了一位个性鲜明，栩栩如生的陆游。

《陆游——铁马冰河入梦来》的特点，可以用四个字来概括，即史、诗、实、是。

史，《陆游——铁马冰河入梦来》一书是写陆游的，通过写陆游，呈现了南宋的历史。作者将陆游放在南宋那个特殊的历史环境，用陆游一生的经历带出了南宋的社会风貌。所以我们既可以将此书作为陆游的传记来读，也可以作为南宋历史的补充读物。我们在书中看到了生活在南宋风雨飘摇的社会中，为拯救朝纲、恢复中原而奔走呼号，用诗词直抒胸臆、鞭挞奸佞的陆游。书中写陆游铁马秋风，战场上英勇杀敌的英雄壮举，也写了陆游体恤民情，赈济灾民的爱民情怀。陆游言："与百姓有缘，才来到此；期寸心无愧，不负斯民。"寥寥数言，一位古代爱民官员的形象跃然纸上。作者写陆游精通医术，为民众解除病痛，其诊病与开方均遵医理，因而深受民众的爱戴。作者将陆游置身于南宋的历史环境之中，让读者感受到南宋的社会流变。为了描写陆游，书中出现了众多的人物，有作为或无作为的昏聩皇帝，有抗击外敌入侵的将领，有刚直不阿的文人，有善良正直的平民百姓，亦有祸国殃民的奸臣贼子。陆游反对的是金统治者割据分裂，他认为中华各民族本是一家人，"乾坤均一气，夷狄亦吾人""胡越本一家""清时更何事，处处是尧民"。靳国君先生笔下的陆游是真实可信的，我们完全可以将这本书当作史书来读。

诗，陆游是卓越的诗人，写陆游就不能不写陆游的诗词，《陆游——铁马冰河入梦来》围绕着那些脍炙人口的诗词，将陆游丰富的人生经历展现在读者面前。陆游是南宋杰出的诗人，在世人心目中，陆游生平最大的成就在于诗词创作上。靳国君先生在书中大量引用了陆游的诗词，他不是为这些诗词做注解，而是通过讲述陆游的亲身经历，将这些诗词创作的背景，诗词中的奥妙含义与诗人的经历有机融合起来，让读者可以更好地理解这些诗词。比如在《成都四年》一章，作者引用了陆游写的《长歌行》。这首诗写出了陆游才干不得施展的郁闷，也写出了诗人的壮志和豪气："人生不作安其生，醉入东海骑长鲸。犹当初作李西平，手枭逆贼清旧京。"作者引用陆游的每首诗都是情与景交融，忿与奋并发，说郁闷不让人感到无望，言困顿不让人心生悲凉。诗人的成长离不开当时的社会现实，诗人面对的社会现实是外敌入侵，昏君无道，奸臣当道，诗人只能慷慨放歌，泄胸中郁结，导腑内愁绪。读《陆游——铁马冰河入梦来》，我们可以对陆游的诗词理解更加的透彻，也更容易记住那些名垂千古的佳句。

实，《陆游——铁马冰河入梦来》一书，尊重史实，却又不拘泥于史籍中的记载，在细节描写上运用合理的想象，增强了作品的可读性。对此，作者给自己确定的原则是："敬守历史，遵循史实，大事有据，细节有根，落笔有理。"写陆游的经历，都是有史实作依据的。比如写陆游宦海四落四起等等，都是有正史记载的。

是，在《陆游——铁马冰河入梦来》一书中，是非分明，爱恨清楚，在大是大非问题上没有含糊。写陆游面对国家与民族危亡，立志以身许国，立下了"上马击狂胡，下马草君书"的宏愿，充分肯定陆游的爱国情怀。书中也写了其他爱国将领的事迹，如宗泽、岳飞等；同时无情鞭挞了昏君、奸臣的丑恶嘴脸。通过对这些事件的描写，衬托出陆游高格伟岸的爱国主义形象。

这本书诗样的生动语言，朗朗上口，虽无韵脚，却诗意盎然。陆游论竹子的一段话，虽非诗而胜于诗："这竹，虚心有节，雅而脱俗，性淡而疏，可为我等之师。""竹可为我师，非止淡泊，大有可学之处，其虚而有实，其节老而弥坚。画竹亦不易，简约为上，叶似风来而动，竹似疏而实繁，几杆青竹，隐约翠竹连天。"这些语言是完全可以作为诗来读的。用诗的语言写诗人，再贴切不过了。

《陆游——铁马冰河入梦来》这本书可读性很强，语言清新流畅，文言文与白话文有机融合，让文言文焕发出新生，让白话文诠释出古意。写陆游的游历，让人有身临其境的感觉，读者可以循着陆游的足迹去追寻那些今天依旧存在的名胜古迹。作者借书中人物之口，吐露出富有哲理的箴言，读来令人有振聋发聩之感。比如说："祸患常积于忽微，智勇多困于所溺。"再比如："人世常有不测风云，不可逆料；顾望总是美好，意外却是无情。要取功名，先要有经受挫折的准备。"诚如傅道彬先生在序中评价的那样，《陆游——铁马冰河入梦来》是用心、用力、用情的热血宏文，是兼史、兼传、兼评的诗意长篇。

二〇二三年十一月二十二日发表于
中共中央宣传部"学习强国"学习平台

跨越时空的心灵对话，再现一个真实的陆游

——读《陆游——铁马冰河入梦来》

王　爽

在陆游离开这个世界八百余年的今天，翻开这本传记——《陆游——铁马冰河入梦来》，我们依然被一种豪情激荡心胸，被一种情怀打动心灵，这便是文学独有的力量——是文学让陆游的爱国精神永恒，赋予这种精神历久弥新的动人光彩；是文学将传记作者靳国君先生对陆游的衷心崇敬，化作力透纸背的字句，叩击着每一个读者的心扉。

一部浩瀚的中国文学史上，陆游的形象如此鲜明，"六十年间万首诗"，后人从中看到了他喷涌的才情和超离的勤奋，更深刻体会到的是，发酵出这"万首诗"的强大原动力——一生不改的"中国心"，一世不忘的中国梦。陆游恐怕不会预知，他在弥留之际写下的"死去元知万事空，但悲不见九州同。王师北定中原日，家祭无忘告乃翁"，在21世纪的今天，仍广为传诵。法国作家缪塞有诗云："有些不朽的篇章是纯粹的眼泪。"我们正是在这"纯粹的眼泪"中，不由

得与这位一腔忠愤、一世忠勇的爱国诗人，一同歌哭，一同憧憬，他的诗作由此获得了经久不衰的旺盛生命力。

　　为了创作这部与陆游其人其作的风格高度统一的传记，靳国君先生一面在历史中沉潜，细致搜集、整理、爬梳、甄别书写陆游可能涉猎的一切史实，为陆游这位他心中的"绝对主角"登场，做最坚实的铺垫；一面在"遵循史实，大事有据，细节有根，落笔有理"的前提下，展开入情入理的文学演绎，连语言上都在慎重的考虑后，选择了既符合人物形象和历史语境，又不至于给今日读者造成理解障碍的浅显文言与白话相融合的方式。拘囿于史学，文本面貌难免失之于板滞；耽溺于文学，文本品格又难免失之于轻飘。从成书来看，靳国君先生无疑寻找到了平衡之道，摸索到了那个曼妙的平衡点。若投拍一部以陆游为主人公的影视剧，这部传记应是很适合作为改编剧本的蓝本，从情节到语言，从框架到情感。一个看起来并不那么容易对当今读者产生亲和力的古代诗人，在靳国君先生扎实的史料功夫和灵动的文笔加持下，变得鲜活、生动、立体起来：宦海沉浮，起起落落，"小官却有大勇气"，"衙小民大，我等心安也"；疆场驰骋，虽然只有短短八个月，却成就了"铁马秋风大散关"的豪迈与"铁马冰河入梦来"的执着；墨海畅游，从"年十二能文"到八十六岁留下千古绝笔《示儿》，他用笔铸就的勋章历经千年不蒙尘。

　　没有一部直击人心的传记，不需要作者与传主的长久"交心"。对传主所有人生场景和情绪体验的文学想象，很大程度上都源于这份"交心"的"心得"。这部传记处处可见作者对传主的深刻理解和体悟——丰富的人生阅历和开阔的文化视野，弥合了巨大的时空差距，达成了一份令人动容的知解。且看靳国君先生与陆游"共度"的船上重阳节——

　　他见空江万顷，月如银盘，自水中涌出，水天一色，感叹平生无此中秋也……过重阳不可无菊，陆游求菊花于船上人家，得数枝，插入瓶中，花内敛而含笑，叶扶苏而迎风，枝挺内柔，芬馥可爱。和家人在江上过重阳，自有他乡乐趣，陆游赏菊又吟诗一首，名为《塔子矶》……几个儿子读过诗后，深感老父志在江山社稷……陆游敛眉，对众儿女说道："家国之思，岂可忘怀？"

　　此时弯月在天，万里澄碧，清风徐来，江水无声。远方船上，有人扣舷而歌，如怨如慕，如泣如诉。桌上烛光摇曳，陆游望着瓶中菊花，陷入沉思……

　　强烈的家国之爱固然是陆游的最亮底色，而若是探究他彪炳史册的文学成就，"问渠那得清如许，为有源头活水来"，赤子之心的浪漫情怀无疑是不可也不必抹杀的"源头活水"。不论兼济天下，还是闲居山中，都心里有国，手里有笔，这才是一个真实的陆游。苦与痛，忧与思，均浸透了诗性。唯其如此，他的家国情怀才格外让人感同身受，不受关山阻隔，不惧时光漫卷。靳国君先生基于自己准确的理解，营造了一种言、行、情、景浑然一体的诗性氛围，从而忠实地还原了一个诗人的形象——将诗还给诗人，这无疑是更高意义上的致敬。

传记中颇多洞见，在陆游的文学接受史上，给人别开生面之感。"对未来的期盼与坚信，一直是支撑陆游的精神力量。虽然他写下了万首诗，取得了文学成就，但他并不以此满足，反倒以此为遗憾。他终生追求的最高理想虽未实现，'有负圣时'，但他仍然坚信'会有方来可与期'。"陆游一生保持一个守望的姿态，"九州同"是他与世诀别之际仍不能放下的心事，彼时万事皆空，只有这一桩心事生生世世心心念念。靳国君先生敏锐地捕捉到了陆游漫漫八十六年的生命之旅的最大"痛点"，诗不是他的梦，却点亮、辉映了他心中的那个梦。这对陆游而言，既是一种遗憾，却也是一种幸运——被诗镌刻过的爱，才有可能接近永恒。

《陆游——铁马冰河入梦来》是靳国君先生"读十尺厚的书，写半寸厚文章"的厚积薄发之作。远望陆游的背影，我们感其拳拳爱国之心，伤其至死未圆之梦，叹其锤字炼句之功，更庆幸其有靳国君先生这样跨越时空的心灵知己，引领我们走近这位既遥远又亲近的诗人，与他倾心交谈，默契相和。于是，陆游在风雨飘摇的时代里守望着他的梦，我们在千年之后守望着他的精神。

二〇二四年六月十四日发表于"书香龙江"公众号

铁马冰河入梦来

——读靳国君先生《陆游——铁马冰河入梦来》

沈春泉

我一直敬仰至死不忘祖国统一大业的爱国诗人陆放翁，可惜手中一直没有写他的传记，直到最近结识了靳国君先生，他签名题字赠我一本他的专著《陆游——铁马冰河入梦来》。于是我第一次开始学习解读自己心目中这位具有爱国情怀的伟大诗人——亘古男儿一放翁。

读时，转眼又是清明。"王师北定中原日，家祭无忘告乃翁"，这是大诗人临终前最后的心愿和遗嘱。清明也好，端午也好，在国人传统文化的血脉里，永远跳动的是家事国事天下事的家国情怀！如果不是通读大诗人的一生，有人也许会断章取义，也许会误解他，或只关注儿女情长"红酥手，黄滕酒，满城春色宫墙柳"，也许只知道他一生酷爱梅花。殊不知，大诗人一直忧国为民，即使到了晚年，依然是"僵卧孤村不自哀，尚思为国戍轮台"，他是一位情深义重的亘古男儿。

前事不忘后事之师，读史使人明智，鉴古知今，在百年大变局中难能可贵的是，守住一颗初心。靳先生为了最大可能还原陆游生平本来面貌，出入浩瀚典籍，索引钩沉不辞考据，确有见地，他用文学笔法勾勒出了陆游的生命和艺术历程。赏读书中陆游少年时代的故事，我更加坚信乡风民俗特别是家风家教对一个人一生的影响是深远的，人的思想意识从来没有什么天赋异禀，"染于苍者则苍，染于黄者则黄"。

陆游不朽的万首诗篇，是永驻中国文化殿堂的经典，具有超时空的文化思想艺术价值，令后世感动和敬仰。他把满腔热血和一生赤诚寄予苍生社稷，在他为官一任之时，哪怕是个茶盐公事，虽非显赫重要职务，却是美差肥缺，但是他铁腕治盐，一身坦荡，无私无惧。更令人敬佩的是敢于在朝廷迟迟不下令开仓赈灾救百姓于水火之时，独断开仓赈灾，不惜被以擅权之罪遭罢官。

"位卑未敢忘忧国"，陆游不论身处顺境还是逆境，他的一颗心始终忧国忧民，他的不朽诗篇，高扬爱国主义精神。在社会主义核心价值观中，最深层、最根本、最永恒的是爱国主义，陆游的诗传诵至今，融入了我们的价值观。

靳国君先生的《陆游——铁马冰河入梦来》另一大特色，是语言独到，融古今语言于一炉，别具一格，自然流畅，诗意盎然。我赏读，爱不释手。

二〇二四年四月三日发表于《银河悦读》

后　记

在笔者修订、增订本书的五年中，一直得到黑龙江省出版集团总编辑金海滨和北方文艺出版社社长、主编林宏海等多位同志的关注和支持。去年七月十二日上午，林宏海主编拿到书稿后，即与负责发行的几位同志，共同筹划扩大发行事宜。责任编辑丛慧颖与富翔强、王金秋，深阅细读，精心审校。林宏海、侯文妍与诸同志，从排版到装帧设计、用纸、印制，精益求精。这是对伟大爱国诗人陆游的崇敬，是对陆游诞辰900周年（1125年—2025年）的深情纪念。笔者夙愿得偿，尤感欣慰。

陆游身上体现的中华优秀传统文化，百折不挠的家国情怀，是我们的共情，内心世界的共鸣，激起我们同声高歌。2019年，《奋斗》杂志总编辑彭大林和佟堃、白莉莉、韦健玮等筹划，在《北方文学》连载拙作初稿。《新青年》杂志主编王冬明、徐朝，执行主编李军等诸同志策划、设计，逐期连载阶段性增订稿三年半之久。

黑龙江省作家协会副主席、省社会科学院历史研究所原所长赵儒军同志，先后通览、阅评当年初版与现今增订版书稿，悉心推介。

黑龙江省文史馆曲贤杰、高韩闽，中国摄影家协会原副主席，黑龙江省摄影家协会原主席索久林同志，分别邀请中央文史馆张璐、浙江省文史馆张晓波，和杭州市文史馆同志，以及浙江省摄影家协会主席吴忠其、杭州陆游纪念馆馆长徐增芳等同志，提供《新青年》部分图片。编辑部精选后，又从各种历史文献资料中，广泛搜寻历史图片配发，文图并茂。

2022 年 8 月，《奋斗》总编辑袁晓光、副总编辑姜晓安等提出并筹办召开了作品研讨会。书院院长任志勇组织编辑、记者，在奋斗者公众号上做了翔实报道。《北方文学》主编鲁微热情参与会议组织工作，并刊发评论。

好雨润物，春风拂柳。一路走来，众手相携、相扶、相助，似串串珍珠在记忆里闪光，我记得每一位同志的真情付出，那是一缕缕阳光，一滴滴雨露。八位学者、读者发表评论，已收录书中。有关报刊、网站及主管部门同志，多有助益，这驱使我锲而不舍，终于完成了这部增订稿。借此出版之际，表达我心中的感念，致以深深的谢忱！

二〇二五年一月